ANNA JACOBS

L'HÉRITAGE DE CASSANDRA

traduit de l'anglais
par Sebastian Danchin

l'Archipel

Ce roman a été publié sous le titre *Destiny's Path*
par Hodder & Stoughton, Londres, 2011.

Notre catalogue est consultable à l'adresse suivante :
www.editionsarchipel.com

Éditions de l'Archipel
34, rue des Bourdonnais
75001 Paris

ISBN 978-2-8098-2773-6

1

Fin février 1866

Xanthe Blake, postée à la fenêtre de la cuisine, observait le paysage brûlé par le soleil. L'herbe de l'enclos était jaunie par l'été australien, il n'était pas tombé une goutte d'eau depuis deux mois. Les feuilles racornies s'entassaient çà et là, poussées par le vent. Elles finiraient par pourrir, mais beaucoup plus lentement qu'en Angleterre. L'eau constituait un bien précieux, aussi s'empara-t-elle de la bassine réservée à la vaisselle et alla en vider le contenu dans le potager. Emportée par la nostalgie, elle se prit à rêver de la campagne verdoyante du Lancashire. C'est là qu'elle avait grandi avant d'être contrainte par le destin à s'installer en Australie où elle travaillait comme gouvernante depuis trois ans. Elle n'avait pas l'intention de prolonger l'expérience.

— À quoi pensez-vous ?

Elle sursauta et découvrit son employeur qui l'observait d'un air grave, debout sur le pas de la porte. Elle avait le plus grand respect pour Conn Largan. Il avait certes été déporté en Australie, mais sa condamnation reposait uniquement sur des faits politiques, ce qui ne faisait pas de lui un criminel aux yeux de Xanthe. En outre, sa mère avait insisté sur son innocence et Mme Largan était mieux placée que quiconque pour connaître la vérité.

— Je ne pense à rien, répondit-elle, feignant la légèreté.

La façon dont il penchait la tête légèrement de côté indiqua à la jeune femme qu'il ne la croyait pas. Largan avait été avocat, c'était un homme d'une grande finesse et d'une bienveillance sincère, elle fut tentée de se confier à lui.

— Vous êtes une femme intelligente, Xanthe, et vos pensées méritent qu'on les écoute, insista-t-il.

Elle se lança, heureuse de trouver quelqu'un à qui exposer ses états d'âme, faute d'oser avouer à sa jumelle ce qui la taraudait.

— Je m'interroge doublement : je réfléchis à ma destination lorsque je partirai d'ici, je me demande aussi comment convaincre Maia de ne pas m'accompagner, sachant combien elle est heureuse à Galway House.

Il garda le silence un long moment, au point qu'elle hésita à regagner la cuisine.

— Ce serait mieux pour Maia si vous l'emmeniez avec vous, finit-il par déclarer.

— Comment pouvez-vous le croire ? Je brûle d'envie de voir le monde alors qu'elle a un tempérament casanier. Sans parler de son attachement à votre mère.

Surtout, Maia était très dévouée à son maître, bien que Xanthe ne soit pas certaine que Conn ait deviné la nature exacte des sentiments qu'elle lui vouait. Elle était convaincue que Mme Largan savait, en revanche, mais la vieille dame n'avait jamais abordé la question.

Il entama une ronde nerveuse, évitant de croiser le regard de la jeune femme.

— Je peux trouver d'autres employées pour les tâches domestiques et pour s'occuper de ma mère, si vous me laissez un peu de temps.

Xanthe dissimula son étonnement. Souhaitait-il se débarrasser d'elles ?

— Ce n'est pourtant pas facile dans la colonie du fleuve Swan. Il y a dix hommes pour une femme ici, et les gens aisés s'arrachent les domestiques. Vous ne le savez peut-être pas, mais Maia et moi avons été sollicitées à de nombreuses reprises par d'autres employeurs depuis notre arrivée ici. Les messieurs qui viennent vous acheter des chevaux trouvent souvent le moyen de venir nous trouver discrètement en nous suppliant d'entrer au service de leur femme.

Quelques-uns avaient même tenté d'obtenir davantage. Pas moins de trois jeunes voisins lui avaient demandé sa main, alors qu'elle les connaissait à peine, et elle n'avait guère eu besoin de réfléchir pour refuser.

Elle regrettait parfois de ne pas être laide, afin que les hommes cessent de l'importuner. À l'inverse des jeunes filles de son âge qu'elle avait pu croiser, jamais elle n'avait rencontré de garçon avec qui elle aurait aimé passer le restant de ses jours. Elle en arrivait à se persuader qu'elle n'était pas normale. Depuis que ses sœurs et elle avaient hérité de leur oncle, elle n'avait plus de raison matérielle de se marier. Elle aurait même pu cesser définitivement de travailler, à condition de ne pas vivre sur un grand pied. En attendant que son héritage lui parvienne d'Angleterre, elle devait se montrer économe.

— Je pourrais demander que l'on m'envoie une ou deux femmes de chambre d'Irlande, poursuivit Conn. Cela dit, une telle opération prendrait près d'un an, et peut-être ne souhaitez-vous pas patienter aussi longtemps.

— Je ne peux aller nulle part tant qu'on ne nous a pas envoyé notre argent. Dans sa dernière lettre, Pandora nous explique que la vente des petites maisons de mon oncle prendra du temps, et qu'il lui faudra ensuite trouver une personne de confiance pour nous apporter la somme. Zachary et elle souhaitent racheter nos parts du magasin, de sorte que je me trouverai en possession d'un pécule supplémentaire.

Il fronça les sourcils.

— Vous apporter cet argent ne sera pas une sinécure. Et puis, qu'en ferez-vous le jour venu ? Comptez-vous le confier à la banque postale ou bien à la Perth Building Society ? Ni l'une ni l'autre n'a encore prouvé sa fiabilité. Plusieurs autres banques ont fait faillite en très peu de temps. Je me demande…

Son regard se perdit à l'horizon, et c'est d'un air songeur qu'il poursuivit :

— L'un de mes amis, Ronan, envisage de me rendre visite, peut-être même de s'installer ici. Je lui confierais ma vie sans l'ombre d'une hésitation. Peut-être pourrait-il vous apporter une partie de votre héritage ? Rien de tel que des souverains en or dans une cassette.

Il s'approcha de la clôture, laissant à Xanthe le temps de réfléchir.

Cette façon de procéder ressemblait bien à Conn Largan. Jamais il n'essayait de forcer la main à quiconque, ou d'imposer ses convictions. Était-ce son caractère naturel, ou bien une conséquence de son exil ? La majorité des hommes issus de familles aisées ne se montraient pas aussi bienveillants avec leurs domestiques. Surtout lorsque celles-ci songeaient à donner leur congé.

— C'est une possibilité, dit-elle après un long silence. De toute façon, je ne souhaite pas recevoir la totalité de mon héritage, sachant que je rentrerai en Angleterre un jour, si bien que…

Elle s'interrompit en entendant un petit cri derrière elle. Elle fit volte-face et constata que sa jumelle la regardait avec stupéfaction. Les deux sœurs se ressemblaient physiquement, elles étaient toutes deux grandes avec des yeux et des cheveux du même brun, mais Maia était légèrement plus ronde. Pourtant, leurs caractères n'auraient pu être plus dissemblables. Xanthe était d'une nature décidée alors que Maia était trop douce pour son propre bien.

Elle s'agrippa au bras de sa jumelle.

— Tu n'es pas sérieuse, Xanthe ! Tu nous avais expliqué l'an dernier que tu ne resterais pas toujours ici, mais je pensais que l'envie de partir t'était passée. Tu semblais heureuse, ces derniers temps.

— J'ai décidé de profiter de l'Australie tant que je n'avais pas décidé où aller, mais je n'ai pas changé d'avis. Je ne voulais pas t'inquiéter, c'est tout.

— Quand souhaites-tu que nous partions ? Laisse-moi au moins le loisir de trouver une remplaçante capable de s'occuper de Mme Largan. Elle va me manquer terriblement !

Xanthe posa sur sa sœur un regard attristé.

— Tu n'as aucune envie de partir, ma chérie. Je le sais.

— Je refuse qu'on se sépare.

— Tu détestes voyager, contrairement à moi, même si tu n'as pas le mal de mer comme cette pauvre Pandora.

Voyant que Maia s'apprêtait à lui répondre, elle leva la main.

— Non, laisse-moi terminer. Tu préfères de loin vivre dans un endroit qui te plaît, avec des gens que tu connais, alors que j'aime rencontrer de nouvelles personnes. C'est ce qui m'a le plus attirée en venant ici : découvrir la diversité humaine sur le bateau, vivre des expériences nouvelles.

Elle vit d'un coup d'œil par-dessus son épaule que Conn s'était éloigné par souci de discrétion.

Elle baissa néanmoins la voix.

— Et puis comment voudrais-tu partir ? Je sais que tu l'aimes.

Les yeux de Maia se remplirent de larmes.

— C'est un amour sans espoir, tu le sais bien. C'est un gentilhomme alors que je suis une simple ouvrière du textile, même si je dispose à présent d'un peu d'argent. Jamais il ne me verra autrement que comme une domestique.

— Tu n'es pas du tout une simple ouvrière. Notre père ne s'est pas contenté de nous donner des noms grecs, il a veillé à notre éducation en nous incitant à nourrir notre esprit autant que notre corps. En termes d'intelligence, tu es l'égale de n'importe qui.

— Comme si la richesse intellectuelle comptait aux yeux des autres ! Les gens attendent de chacun qu'il occupe sa juste place au sein de la société, rien de plus.

— Depuis quand nous sommes-nous contentées du rôle que nous avait accordé l'existence ? Nous sommes les filles de notre père à plus d'un titre. Si ce n'était pas le cas, nous serions mariées depuis longtemps et nous aurions une ribambelle d'enfants accrochés à nos jupes. Jamais je ne…

Elle se tut en voyant l'expression qui s'affichait sur le visage de sa jumelle.

— Je suis ridicule de parler de la sorte. Tu adorerais avoir des enfants. Je me trompe ?

Maia esquissa un pâle sourire.

— Ce n'était pas écrit dans les astres. À vingt-sept ans, je n'ai jamais rencontré l'homme que je cherche, même si plusieurs garçons m'ont courtisée à l'époque où nous vivions dans le Lancashire. Je ne pourrais pas vivre avec un mari que je n'aime pas. Il suffit de voir combien Cassandra et Reece sont heureux ensemble.

— Oui, elle a de la chance de l'avoir rencontré, approuva Xanthe avant de serrer sa sœur dans ses bras afin de lui signifier que la discussion était close.

Elle n'avait pas changé d'avis pour autant. Dès qu'elle serait en possession de son argent, elle quitterait l'Australie. Seule. La vie aux antipodes était trop monotone à son goût, elle éprouvait parfois l'envie de crier son ennui. Sa fierté l'empêchait d'être heureuse dans son rôle de gouvernante, même si elle s'en acquittait du mieux qu'elle le pouvait.

*

Plusieurs mois s'étaient écoulés lorsque Pandora Carr s'éveilla un matin, le cœur au bord des lèvres. Elle ferma les yeux, immobile dans son lit, dans l'espoir que son malaise se dissipe. En vain.

— Ça ne va pas, ma chérie ? s'inquiéta Zachary.

— Non, je suis à nouveau malade.

Elle l'entendit retenir son souffle et devina ses pensées.

— Je dois être enceinte, admit-elle.

— Oh mon amour ! Je suis si heureux !

Elle tourna doucement la tête pour le regarder. Son visage peu gracieux était illuminé. Sans le trouver beau, elle avait été attirée par la bonté qui se dégageait de sa personne.

— Je ne sais pas quoi penser, avoua-t-elle. Cet enfant arrive bien tôt.

Il laissa échapper un petit rire.

— L'arrivée d'un enfant est le fruit du hasard. Et puis n'avions-nous pas envie d'en avoir trois ou quatre ?

— Pas tout de suite. Je commence tout juste à m'adapter au rythme du magasin, cela fait moins d'un an que nous sommes rentrés. À présent que la guerre entre les États s'est achevée en Amérique et que les usines textiles ont repris leurs activités, ce ne sont pas les projets qui manquent.

Son mari et elle avaient décidé de racheter à ses sœurs les parts du magasin de leur oncle, où Zachary travaillait avec bonheur depuis l'âge de douze ans.

— Je sais, ma chérie, mais nous y arriverons sans difficulté avec un bébé. Je m'engage à ce que mes enfants ne manquent jamais de rien.

Il posa sur sa femme un regard anxieux.

— En quoi pourrais-je t'aider ? Pour que tu ne sautes pas du lit au réveil, c'est que tu es malade.

Elle lui adressa un sourire forcé.

— J'ai très envie d'une tasse de thé très sucré. Pourrais-tu demander à Dot de m'en monter une, s'il te plaît ?

Il se pencha et lui déposa un baiser sur le front.

— J'y vais de ce pas.

Il avait entendu la domestique se lever un peu plus tôt.

Lorsqu'elle quitta son lit une demi-heure plus tard, Pandora ne se sentait pas encore tout à fait dans son assiette, mais elle ne tarda pas à reprendre du poil de la bête, plus heureuse que jamais de disposer d'une vraie salle de bains. Elle repensa à son séjour en Australie, lorsqu'elle dormait sous la tente, se lavait avec l'eau tirée du puits, et faisait ses besoins dans une vulgaire tranchée. Elle avait mal vécu cette période, surtout lorsque sa sœur aînée avait quitté le couple qui les employait au lendemain de son mariage.

L'évocation de ses trois sœurs lui fit monter les larmes aux yeux, comme souvent. L'Angleterre lui avait terriblement manqué lorsqu'elle vivait en Australie alors que les autres adoraient leur nouvelle vie, au point de ne pas vouloir rentrer.

Pandora avait beau savoir que ses sœurs ne cesseraient jamais de lui écrire, elle souffrait de cet éloignement. Plus rien ne serait jamais comme avant. Envoyer une lettre et obtenir une réponse prenait six mois. Cela faisait d'ailleurs plusieurs semaines qu'elle espérait chaque matin un courrier de l'une ou l'autre d'entre elles.

Elle acheva de s'habiller en soupirant et descendit à la cuisine afin de confier ses tâches de la journée à Dot. Elle ne s'était toujours pas habituée à disposer d'une domestique.

— Tu te sens mieux à présent ? s'enquit Zachary lorsqu'elle le rejoignit au magasin juste avant l'ouverture.

— Beaucoup mieux. Quel est ton programme aujourd'hui ? Que pense la clientèle de ton nouveau mélange de thé ?

Elle se sentait exclue de cet univers exclusivement masculin, au point de ne jamais suggérer le moindre changement à Zachary en présence des employés.

— Le thé Blake se vend bien. Ton oncle affirmait toujours que j'avais un palais et un odorat très fins, je pense avoir trouvé un mélange aussi équilibré que le sien. Sinon, je compte réorganiser les rayonnages et j'aurai besoin de ton aide. Le mieux serait d'y réfléchir et de dessiner des plans.

Elle adorait sa façon de l'impliquer dans les affaires du magasin.

— Tu devrais te dépêcher si tu veux avoir le temps d'avaler ton petit-déjeuner avant l'arrivée des employés.

Le Grand Magasin Blake ouvrait à peine ses portes que le facteur apportait à Pandora une lettre en provenance d'Australie. Le visage de la jeune femme s'éclaira. Qu'un objet aussi modeste puisse lui parvenir de l'autre bout du monde ne laissait pas de l'émerveiller. Elle chassa ses larmes d'un battement de paupières en caressant des doigts l'écriture sur l'enveloppe.

Elle agita la lettre d'un air triomphant en direction de son mari. Il lui répondit par un sourire, sachant que l'arrivée de ce courrier éclairerait sa journée.

Impatiente de lire la missive, Pandora se réfugia à l'étage. Elle constata d'un coup d'œil que la lettre avait été rédigée par Xanthe, mais elle était certaine que Maia et Cassandra auraient ajouté quelques lignes, comme toujours.

Elle constata avec surprise que ce n'était pas le cas. Xanthe s'épanchait seule sur plusieurs pages, au grand désarroi de Pandora qui ne savait si elle devait être triste ou se réjouir de savoir que Xanthe comptait partir en voyage. Peut-être la reverrait-elle prochainement ?

En dépit des affirmations de Xanthe, elle savait que jamais Maia n'accepterait de vivre séparée longtemps de sa jumelle.

2

Ronan Maguire attendit d'être seul pour ouvrir la lettre d'Australie de son ami Conn. Il la lut avec intérêt avant de l'enfermer dans son écritoire de voyage. Sa mère était parfaitement capable de fouiller ses affaires, le plus simple était encore de mettre sous clé ses papiers personnels.

Il descendit dans le salon, se planta devant la fenêtre et contempla la vaste demeure qui dressait sa silhouette à l'extrémité de l'allée détrempée. Ardgullan House appartenait aux siens depuis des générations. Elle était dix fois plus grande que le petit manoir où vivait sa mère depuis qu'elle était veuve. Une maison à l'abri d'un petit bois, érigée à l'entrée de la propriété. Ronan se demandait parfois si l'ancêtre qui l'avait construite l'avait délibérément placée aussi loin du bâtiment principal.

Une averse plus forte que la précédente s'abattit sur les vitres. Drôle de temps pour un été ! Sa mère pénétra dans la pièce.

— Il n'a pas cessé de pleuvoir depuis plusieurs jours, soupira-t-elle en passant un bras dans le creux du sien. C'est bien l'Irlande ! Pourquoi ne pas aller te promener à cheval ?

— Je rentrerais trempé et gelé.

— Tes voyages en Italie et en Grèce t'auront gâté. Cela dit, il m'arrive aussi de me lasser de la pluie. Le jardinier affirme que nous aurons une belle journée demain. Personnellement, je ne suis pas montée à cheval depuis que j'étais jeune fille et ça ne me manque pas. Les chevaux sentent fort ! J'ai conseillé à ton frère d'aménager une pelouse à croquet derrière la grande maison, c'est le dernier jeu à la mode. Cela nous changerait les idées.

— Avec qui voudrais-tu jouer ? Le village est trop modeste pour que tu y trouves des partenaires de jeu dignes de ce nom.

Elle haussa les épaules.

— Nous pourrions jouer tous les deux quand tu es ici.

— Ce serait du gâchis, je ne suis pas là une bonne moitié du temps. Hubert ne voudra jamais jouer au croquet, il est bien trop solitaire. Sans compter qu'il n'a sûrement pas les moyens d'engager une telle dépense. Tu as vu dans quel état sont les chaumières de nos fermiers ? Le village tout entier est en piteux état. Avant de penser à une nouvelle pelouse à croquet, il serait mieux avisé de s'occuper des habitations.

— Tu passes ton temps à discuter avec les gens du village. Tu devrais consacrer davantage de temps aux personnes de ton propre milieu.

— J'ai grandi avec beaucoup d'entre eux, nous jouions ensemble quand nous étions enfants.

Elle lui lâcha le bras et déplaça machinalement les bibelots alignés sur le manteau de la cheminée.

— Tu n'es plus un enfant. Il est temps de te trouver une femme et de fonder une famille.

— Hubert n'est pas marié, c'est pourtant mon frère aîné. C'est à lui qu'il faut prodiguer tes conseils.

— J'ai en tête une ou deux jeunes filles pour lui, mais il est aussi têtu que toi. Il prétend vouloir mettre en ordre la propriété avant de songer au mariage.

— Uniquement parce que Père était un joueur invétéré qui a lourdement grevé notre patrimoine.

— Oui, répliqua-t-elle sans s'attarder sur le penchant pour les cartes de son défunt mari. Heureusement que mon dernier fils s'est marié. Je suis grand-mère grâce à Patrick, même si je vois rarement mes petits-enfants puisqu'ils vivent en Angleterre.

Cela faisait des années qu'elle poussait Ronan à se marier, allant jusqu'à lui présenter des jeunes filles de la bonne société, mais toutes l'ennuyaient. Quant à Hubert, il fuyait les mondanités, en dépit de ses responsabilités de châtelain. Il préférait passer ses soirées seul, à l'écart des siens. Ronan ne l'avait jamais compris et jamais il n'aurait vu son aîné s'ils n'avaient pas été frères.

Sa mère le tira de ses pensées en lui secouant le bras.

— Tu ne m'écoutes pas. Tu dois impérativement te trouver une femme, je suis convaincue que le mariage te rendrait heureux.

Elle se laissa tomber dans un fauteuil.

— J'en doute, rétorqua Ronan. Sans compter que je n'ai pas de maison et qu'il m'en faudrait une si je fondais une famille.

— Tu as tout l'argent dont tu as besoin, grâce à l'héritage de ta grand-tante Mary. Il te suffirait de t'installer près d'ici pour rendre heureuse ta vieille mère. Tu as trente ans, mon chéri. Si tu attends encore longtemps, tu seras trop vieux pour avoir des enfants.

Il réprima un sourire en pensant à l'enfant illégitime qu'il avait eu, veillant à ce qu'il ne manque de rien.

Elle tambourina des doigts sur le bras de son fauteuil.

— Ce sont tous tes voyages qui t'ont mis les idées à l'envers. Tu sais pourtant que je me fais un sang d'encre chaque fois que tu pars sur les routes.

— Je n'ai jamais pris le moindre risque.

— Dans ce cas, pourquoi ne pas m'emmener avec toi un jour ? Je m'ennuie à mourir quand tu n'es pas là.

Ronan grimaça intérieurement à l'idée de voyager en compagnie de sa mère, certain qu'elle se plaindrait à tout bout de champ.

— Vous tenez bien trop à votre confort, Mère.

— J'en prendrais mon parti. La solitude me pèse.

Elle lui adressa un sourire contraint.

— Je pourrais bien vous surprendre tous un jour en allant parcourir le monde. Londres, Paris, Rome… Tes récits de voyage sont si passionnants !

Une rafale de vent enveloppa la maison en rugissant et Ronan repensa avec nostalgie aux douces journées passées à paresser en Italie et en Grèce. Le sud de l'Europe n'était malheureusement pas très sûr, le mieux était encore d'attendre que la situation s'apaise. Des troubles nationalistes avaient éclaté un peu partout, les frontières bougeaient à travers l'Autriche, la Prusse et la France. Ces soubresauts n'annonçaient rien de bon et Ronan n'éprouvait nullement l'envie d'affronter des dangers inutiles.

— J'ai du courrier en retard, annonça-t-il, abandonnant sa mère à un ouvrage de broderie.

Il ouvrit son écritoire, sortit la lettre de Conn et la relut attentivement. Cette invitation à rendre visite à son ami en Australie était tentante. Conn avait été injustement accusé de conspirer contre la reine et l'Angleterre, sur la seule foi du témoignage de son cousin Michael. Ronan, à défaut de pouvoir innocenter son ami, s'était arrangé pour qu'il dispose d'argent à son arrivée en Australie.

Comment la justice pouvait-elle se tromper à ce point ? Il est vrai que Conn n'avait pas reçu le moindre soutien de son père.

Il entendit un cheval s'arrêter devant la porte. Il s'en réjouit, la présence d'un visiteur ne pourrait qu'égayer sa mère. Quelques minutes s'étaient écoulées lorsque la voix de cette dernière s'éleva dans l'escalier.

— Ronan ! Viens vite. Je viens de recevoir un message de Shilmara. Ce pauvre M. Largan a été victime d'une attaque, il se trouve entre la vie et la mort. Nous devons aller voir Kathleen sans attendre, elle a sûrement besoin d'aide.

— Je t'ai pourtant expliqué que je ne mettrai jamais plus les pieds dans cette maison.

— Si tu ne respectes rien d'autre, Ronan Maguire, respecte au moins notre voisin à l'heure de sa mort, ou alors tu n'es plus mon fils.

En pareil cas, il se pliait ordinairement aux injonctions maternelles. En outre, Conn voudrait sans doute avoir des nouvelles des siens si Ronan lui rendait visite en Australie.

— Je vais atteler les chevaux, répondit-il à la vieille dame.

Lorsqu'il revint lui annoncer que la voiture était prête, il fut surpris de la trouver les poings sur les hanches, rouge de colère. Fenella Maguire était connue pour son tempérament volcanique, pourtant il fut stupéfié par cette brusque saute d'humeur.

— Que se passe-t-il, Mère ?

— Ton ami Conn semble persuadé que tu es d'accord pour lui rendre visite dans ce lieu de perdition.

— Tu as fouillé mes affaires et lu mon courrier !

Elle lui lança un regard de défi.

— Et alors ? Tu n'aurais pas dû laisser traîner sa dernière lettre. Comment pouvais-je me douter qu'elle recelait des secrets ? Je suis tout de même ta mère. Et puis j'ai le droit de lire les courriers qui te sont adressés chez moi. Il est hors de question que tu partes aussi loin ! Tu resteras en Irlande, un point c'est tout !

L'indélicatesse de sa mère acheva de décider Ronan. Il irait en Australie, mais il n'en parlerait qu'au dernier moment. De toute façon, elle ne changerait jamais et se mêlerait de sa vie privée jusqu'à son dernier souffle. Elle pensait agir pour le bien de ses enfants, il le savait, mais il n'avait pas l'intention qu'elle le pousse au mariage, comme elle l'avait fait avec Patrick en lui présentant une femme avec laquelle il ne partageait rien, au seul prétexte qu'elle avait de l'argent et était issue d'une bonne famille. Ronan comptait obéir au destin, où qu'il le mène.

— Êtes-vous prête, madame ?

Le ton de sa voix et la façon dont il avait substitué « madame » à « Mère » indiquèrent à Fenella Maguire combien elle l'agaçait. Elle l'observa d'un air inquiet et choisit, après une courte hésitation, de ne plus rien dire de la lettre de Conn. Posant sa main sur l'avant-bras de son fils, elle se laissa conduire jusqu'à la voiture.

Il aperçut Shilmara bien avant d'y arriver, une énorme bâtisse d'un étage perchée sur une butte de terre surplombant les eaux d'un petit lac. C'était la première fois qu'il retrouvait ce lieu depuis l'exil de Conn en Australie, et il se demanda quel accueil on allait lui réserver. Après tout, que lui importait leur opinion ? Il avait fait le déplacement pour Conn, et non pour ce vieillard calculateur et menteur qui se mourait.

Un palefrenier se précipita afin d'ouvrir la porte de la voiture.

— Trop heureux de vous revoir, monsieur Ronan, murmura-t-il. Avez-vous reçu des nouvelles de M. Conn récemment ?

— Pas plus tard qu'hier. Il se porte bien, il élève des chevaux. Tu sais combien il aime les animaux.

— Et sa mère ?

— Elle a toujours du mal à se mouvoir, mais le climat chaud de l'Australie-Occidentale lui fait du bien.

— J'en suis heureux. Je sais à quel point cette pauvre madame souffrait de ses rhumatismes.

Un toussotement à l'intérieur de la voiture les rappela à leurs obligations et Ronan aida sa mère à descendre.

— Pourquoi faut-il que tu discutes avec les palefreniers ? s'agaça la vieille dame tandis qu'ils gravissaient les marches du perron.

— Je connais Bram depuis que nous sommes tout jeunes. Je ne vois rien d'anormal à ce qu'il me demande des nouvelles de Conn et de Mme Largan.

— Cette femme n'a jamais su quel était son devoir vis-à-vis de son mari. Je ne veux même pas prononcer son nom.

Ronan estimait à l'inverse qu'en allant rejoindre son fils en Australie, Mme Largan avait obéi à un devoir infiniment plus noble, au nom de la vérité et de la justice, et non par fidélité à un mari qui n'avait pas levé le petit doigt lorsque les autorités avaient jeté son fils en prison sur de fausses accusations. Ronan était déçu de l'attitude de sa mère à l'endroit d'une femme qui avait longtemps été sa meilleure amie.

— Inutile de nous battre une nouvelle fois à ce sujet.

Elle rejeta la tête en arrière et s'avança à l'intérieur de la maison dont la gouvernante tenait la porte ouverte.

Ronan s'arrêta pour la saluer en l'appelant par son nom, au grand déplaisir de sa mère.

— Heureux de vous revoir, Peggy. J'ose espérer que votre mère va mieux.

La gouvernante se contenta d'un hochement de tête en surveillant Mme Maguire du coin de l'œil.

— Mme Kathleen vous attend dans le salon.

— Je vous remercie.

Kathleen Largan s'avança à leur rencontre lorsqu'ils pénétrèrent dans la pièce.

— Asseyez-vous donc, invita-t-elle sa visiteuse sans un regard pour Ronan auquel elle n'avait pas adressé la parole depuis qu'il avait apporté son soutien à son mari.

Comme si Ronan était capable de renier un ami aussi proche ! Il se réfugia de l'autre côté de l'âtre, une main sur le manteau de la cheminée, prêt à affronter l'ennui d'une telle visite.

Sa mère lui adressa un coup d'œil critique avant de déclarer, de la voix onctueuse qu'elle réservait aux membres de la bonne société :

— Nous venions aux nouvelles après avoir appris le mal qui affligeait M. Largan. Comme va votre malheureux beau-père ?

— Il s'accroche, à en croire le médecin. C'est le mieux que nous puissions espérer à l'heure actuelle.

— A-t-il été victime d'une mauvaise attaque ?

— Oui. Il est entièrement paralysé d'un côté et n'est qu'à demi conscient. J'ai envoyé chercher Kerian, au cas où.

Ronan se réjouit intérieurement de l'arrivée prochaine du frère aîné de Conn à la tête du domaine. Au moins ne maltraiterait-il pas ses métayers ainsi que l'avait fait le vieil homme. James Largan avait été le laquais des Anglais du jour où il avait touché son héritage, au point de changer de religion pour leur plaire et de s'offusquer que sa femme et ses enfants n'imitent pas son exemple.

Les deux femmes bavardèrent pendant cinq minutes sans que Kathleen adresse une seule fois la parole à Ronan, ce dont il se réjouit. Il avait toujours trouvé cette femme d'une grande rigidité. Il savait surtout que Conn l'avait épousée uniquement sous la pression paternelle.

Tout en écoutant la conversation d'une oreille distraite, il examina la pièce, surpris de la voir aussi miteuse. Les Largan auraient-ils des soucis d'argent ?

Leur hôtesse continua de l'ignorer lorsqu'ils prirent congé. Restait à savoir ce qu'il adviendrait d'elle une fois que son beau-père ne serait plus là pour la protéger. Kieran ne la supportait pas, il était peu probable qu'il l'autorise à demeurer à Shilmara.

Ronan se demanda s'il reverrait un jour cet endroit. Peut-être déciderait-il de s'installer en Australie ? Et quand bien même il rentrerait en Irlande, il envisageait de s'acheter une maison ailleurs.

Comme sa fortune n'était pas inépuisable, il lui faudrait acquérir un domaine qui lui offrirait des rentes, et dont il devrait s'occuper. Il n'aurait plus le loisir de voyager, sinon peut-être à Dublin ou Londres.

Était-il prêt à s'établir durablement ?

Savait-il seulement ce qu'il désirait vraiment ?

*

Pandora tournait en rond dans le salon du premier étage en observant la rue principale d'Outham chaque fois qu'elle passait près de la fenêtre. *Pourquoi faut-il que les femmes enceintes de la bonne société se cachent comme si elles avaient une maladie honteuse ?* rumina-t-elle. La venue d'un bébé était parfaitement naturelle, mais il était hors de question qu'elle se montre à la clientèle du magasin dans son état !

Non qu'elle se considérât comme une dame de la bonne société. Elle avait travaillé comme ouvrière dans sa jeunesse, et voilà qu'un héritage inespéré lui permettait d'avoir du bien, de sorte que les gens ne parvenaient pas à la cataloguer.

Voyant le clerc du notaire traverser la rue et pousser la porte du magasin, elle s'interrogea sur les raisons de sa visite à Zachary.

Elle comptait bien participer à la discussion s'il était question de son héritage.

Ne voyant pas ressortir M. Dawson, elle devina que Zachary s'était isolé avec lui dans le couloir reliant le magasin à l'appartement. Elle se posta sur le palier et tendit l'oreille tout en s'en voulant d'être indiscrète. La voix de Zachary parvint jusqu'à elle.

— Je préfère ne pas déranger ma femme pour si peu, surtout dans son état. Le mieux serait peut-être que je me rende à l'étude de maître Featherworth d'ici une heure, quand ce sera plus calme au magasin.

Furieuse, elle s'interposa du haut de l'escalier.

— Cela ne me dérange pas et s'il est question de mes sœurs et moi, je tiens à être présente.

Un silence suivit son intervention et elle s'imagina les deux hommes échangeant un regard.

— Dans ce cas, je t'envoie M. Dawson, ma chérie. Je vous rejoins dans quelques minutes.

Un bruit de pas se fit entendre sur les marches et le clerc de notaire apparut au tournant de l'escalier. Pandora était bien décidée à lui adresser une remarque acerbe s'il baissait les yeux afin de ne pas voir son ventre de future mère, comme le faisaient bien des hommes, mais il adopta le comportement inverse en la gratifiant d'un grand sourire.

— Inutile de vous demander comment vous allez, madame Carr. Vous êtes resplendissante.

— Venez donc vous asseoir. Comment va votre femme ?

Il rougit.

— Eh bien… elle se trouve dans une position… intéressante.

Elle afficha sa surprise. Dawson et sa femme, mariés depuis peu, avaient tous deux plus de quarante-cinq ans, si bien que personne ne s'était attendu à ce qu'ils aient un enfant.

— Mais c'est formidable !

Le sourire du clerc trahit son inquiétude.

— J'ai peur qu'elle soit bien âgée pour donner naissance à un premier enfant.

— Alice est en parfaite santé, elle n'a manqué de rien pendant la famine du coton, je suis persuadée qu'elle accouchera sans difficulté.

— Vous avez raison, je me fais du mauvais sang pour rien, mais depuis la mort de ma sœur, Alice est tout pour moi. Si je devais la perdre…

Elle ne tenta pas de le rassurer, consciente que les femmes risquaient leur vie chaque fois qu'elles mettaient au monde un enfant. Elle fut soulagée d'entendre Zachary monter l'escalier d'un pas vif et se tourna vers la porte, prête à répondre à ses questions avant même qu'il les pose.

— Non, je ne suis pas fatiguée, et non, je n'ai aucune raison de me reposer.

Elle sourit à leur visiteur.

— Mon mari s'inquiète pour un rien à mon sujet, ce qui m'agace car je suis en pleine forme. J'ose espérer que vous ne harcelez pas votre femme de la sorte.

Elle ne put s'empêcher de sourire à Zachary en voyant sa moue contrite. Elle était incapable de lui en vouloir longtemps. Elle reporta son attention sur le clerc.

— Quel bon vent vous amène, monsieur Dawson ?

— Vous serez heureuse d'apprendre que j'ai vendu deux des trois maisons dont vous avez hérité, de surcroît au prix espéré.

Pandora battit des mains.

— C'est une excellente nouvelle ! Nous allons pouvoir envoyer une somme appréciable à mes sœurs. Avez-vous réfléchi au moyen d'y parvenir ?

— Maître Featherworth s'est penché sur la question, il semble qu'il y ait des inconvénients d'une façon ou d'une autre. Le plus sûr, à notre avis, serait de ne pas envoyer l'intégralité de la somme d'un coup. Si le bateau coulait, comme ce fut le cas du *London* en janvier dans le golfe de Gascogne, l'héritage serait irrémédiablement perdu. Quant aux banques, depuis les faillites récentes, elles ne sont pas très sûres, en Australie comme ici. Le mieux serait encore de confier l'argent sous forme de souverains à une personne de confiance. Reste à trouver le messager en question.

— J'ai une idée, déclara-t-elle, heureuse de lire l'étonnement sur le visage des deux hommes. J'ai récemment reçu une lettre de ma sœur Xanthe. Elle me dit qu'un ami de son employeur viendra prochainement rendre visite aux Largan et que Conn lui a demandé s'il accepterait d'apporter à mes sœurs une partie de leur argent. Ce serait un moyen sûr. Cet homme a du bien et nous n'avons aucune raison de douter de lui s'il est ami avec Conn. À ce stade, Xanthe n'a pas même de quoi régler sa traversée.

Elle étouffa un soupir. Ses sœurs se trouvaient décidément bien loin.

— Qui est précisément cet individu?

— Il se nomme Ronan Maguire et sa famille possède des terres près d'Enniskillen, en Irlande. Xanthe m'a confié son nom et son adresse en me demandant de lui écrire.

— Le mieux serait sans doute que votre mari s'en charge, suggéra M. Dawson.

Elle prit longuement sa respiration.

— Je pense être encore capable de griffonner quelques mots sur une feuille de papier.

Zachary sourit.

— Ma femme a des opinions très arrêtées sur ses responsabilités. Et puis n'oublions pas qu'il s'agit de son argent.

— Sur le plan juridique, c'est désormais le vôtre puisque vous êtes son mari.

— Dans ce cas, la loi est fautive, répliqua Zachary d'une voix feutrée. Il s'agit de *son* héritage. Utiliser cet héritage à ma convenance sans sa permission serait ni plus ni moins du vol.

Pandora en eut les larmes aux yeux. Peu d'hommes étaient capables d'exprimer des vues aussi avancées lorsqu'il était question des biens de leur épouse.

— Merci, lui glissa-t-elle dans un souffle.

Le regard qu'il lui adressa en retour montrait qu'il était pleinement en phase avec elle.

Cette largesse d'esprit était d'autant plus surprenante qu'il s'opposait à l'idée de voir une femme servir au magasin, persuadé que les clientes y verraient une baisse de standing et feraient leurs emplettes ailleurs. Pandora se contentait d'accepter la situation, sachant qu'il connaissait parfaitement le fonctionnement de ce magasin qu'il adorait. En outre, il avait été formé par son oncle qui avait su transformer une modeste boutique en un commerce florissant.

*

La mère de Ronan examina la lettre d'un air méfiant lorsqu'elle arriva quelques jours tard, se gardant toutefois de l'ouvrir. Devinant qu'elle lui était adressée, Ronan la lui prit des mains.

— Qui peut bien t'écrire d'Angleterre ? s'enquit-elle.

— Faute de connaître cette écriture, je ne le saurai qu'en lisant le contenu de cette enveloppe.

Elle se renfrogna en voyant qu'il emportait le courrier dans sa chambre en se promettant de veiller à bien fermer à clé son écritoire.

Cher Monsieur Maguire,

Ma sœur Xanthe Blake travaille pour le compte de Conn Largan en Australie. Elle m'annonce dans sa dernière lettre votre intention de rendre visite à son employeur dans la colonie du fleuve Swan. M. Largan croit savoir que vous accepteriez de vous charger d'une somme d'argent pour mes sœurs.

Auriez-vous cette gentillesse ?

Si vous en êtes d'accord, peut-être vous serait-il loisible d'entamer votre périple par une visite ici ? Mon mari Zachary et moi-même serions heureux de vous loger pour la nuit et de prendre en charge les frais d'un tel détour.

Mme Pandora Carr

Il sourit. Conn lui avait déjà parlé de ces quatre sœurs, dont deux travaillaient pour son compte, précisant combien elles étaient cultivées et atypiques. L'écriture de cette Pandora trahissait son éducation. Il s'étonnait aussi que la lettre n'ait pas été rédigée par le mari.

Il décida d'accepter l'invitation. Il n'avait jamais visité le Lancashire et sa curiosité le poussait naturellement vers des lieux inconnus. Cette région industrielle était-elle aussi sinistre que le suggérait le poète William Blake lorsqu'il évoquait ces « usines sombres et sataniques » crachant des nuages de fumée ?

On frappa à la porte de sa chambre.

— Monsieur Ronan, Bram Deegan demande à vous voir, il dit que c'est urgent.

— J'arrive.

Ronan enferma la lettre dans son écritoire et descendit à la cuisine.

Il y trouva Bram attablé devant une tasse de thé, l'air abattu.

— Que se passe-t-il ?

— Elle m'a renvoyé, monsieur. Je veux parler de Mme Kathleen.

— Sous quel prétexte ?

— Sa fenêtre était ouverte l'autre jour, elle m'a entendu vous demander des nouvelles de M. Conn.

Ronan se sentit bouillir intérieurement. Cette femme était aussi mauvaise que le vieux M. Largan, avec ses jugements à l'emporte-pièce et la cruauté dont elle faisait preuve avec les domestiques. Mais contrairement à son beau-père, elle avait parfois un comportement irrationnel, ce qui la rendait imprévisible.

— Je me demandais si vous accepteriez d'intercéder pour moi, monsieur. Elle refuse même de me verser mes gages. Pourtant, elle me doit plus de deux mois de salaire puisque je suis payé tous les trimestres.

— C'est injuste.

— Ma mère est occupée à préparer mes affaires en versant toutes les larmes de son corps. Mme Kathleen a menacé de chasser mes parents de leur chaumière si je n'avais pas quitté le domaine avant ce soir. Comment je vais me débrouiller sans argent, moi ? Je donne presque tous mes gages à ma mère, c'est tout juste si j'ai quelques shillings à moi.

— Tu n'as qu'à venir ici. Nous te trouverons un lit pour la nuit, ne fût-ce que dans les écuries.

— C'est hors de question ! s'exclama sa mère derrière eux.

Ronan se retourna.

— Mère, vous ne pouvez pas…

— Allons discuter dans le salon. Quant à vous, ajouta la vieille dame à l'adresse de Bram, achevez de boire votre thé et allez attendre dehors. M. Maguire vous donnera une ou deux pièces pour vous aider, mais c'est tout.

Ronan suivit sa mère dans le salon.

— Mère, vous refusez vraiment de fournir un abri à Bram pour la nuit ?

— Bien évidemment. Agir autrement serait manquer de loyauté à l'endroit de nos voisins.

— Je vous croyais plus généreuse, Mère.

Elle le fusilla du regard.

— C'est un devoir de se montrer loyal avec les membres de sa classe. Tu sais combien nous sommes proches des Largan depuis toujours.

— Mon devoir de loyauté concerne la vérité et la justice avant tout. En cela, je ne suis pas différent de Mme Largan.

Au lieu de lui répondre ainsi qu'il s'y attendait, Mme Maguire pinça les lèvres.

— Si vous ne changez pas d'avis, Mère, je partirai avec Bram.

Elle posa sur son fils un regard éberlué.

— Tu n'es pas sérieux ! Tu tournerais le dos à ta mère et à tes voisins au nom d'un *palefrenier* ?

— Je suis très sérieux, au contraire. Je comptais de toute façon m'en aller, les circonstances me conduisent à anticiper mon départ. C'est fois, c'est décidé, je me rends en Australie.

La vieille femme pâlit.

— Tu comptes *lui* rendre visite, c'est ça ? Tu vas voir Conn Largan ?

— Exactement, et après ce qui s'est passé aujourd'hui, ne comptez pas sur moi pour revenir un jour vivre ici.

Mme Maguire se cabra.

— Puisse le Seigneur te pardonner, Ronan, car je ne pense pas en être capable moi-même.

Sur ces paroles, elle quitta la pièce, la tête haute.

Ronan resta longtemps immobile, emporté par la tristesse. Sa mère regretterait dans quelques jours d'avoir prononcé des paroles aussi dures, comme toujours lorsqu'elle s'emportait, mais il serait trop tard. Il serait déjà loin. Le mieux était encore de laisser agir le temps et de lui écrire. Elle finirait par revenir à la raison.

Il alla retrouver Bram qui l'attendait devant la porte réservée aux domestiques.

— Je suis désolé que ma mère refuse de te laisser dormir ici, mais comme je pars moi-même, je te propose de m'accompagner. J'aurais même une proposition d'emploi pour toi.

Par les courriers de Conn, il savait qu'un bon palefrenier n'aurait aucun mal à trouver du travail dans un pays neuf tel que l'Australie. Bram était plus intelligent que la moyenne, peut-être même Conn lui offrirait-il un emploi. Il aurait davantage de chances de s'épanouir en Australie qu'en Irlande.

Son ami d'enfance le regarda d'un air triste.

— Je vous ai entendus vous disputer avec votre mère. Je n'ai pas l'intention de m'interposer entre ta famille et toi, Ronan... je veux dire entre votre famille et vous. Il vous suffit de me donner une ou deux livres et de me fournir une lettre certifiant que je suis un honnête travailleur, je me débrouillerai ensuite. Je jure de vous rembourser un jour.

— Ne prends pas de décision hâtive. Nous en reparlerons ce soir. Entre-temps, pourrais-tu me rendre un service ? Accepterais-tu, si je te prête un cheval, de porter un message à John Docherty et de m'apporter sa réponse ?

— Bien sûr.

— John est un ami fidèle, il nous prêtera une voiture pour nous conduire à la gare d'Enniskillen. Quand je pense au retard de ce pays en matière de liaisons ferroviaires ! Le chemin de fer sillonne l'Angleterre jusqu'aux bourgades les plus reculées.

— Vous comptez donc vous rendre en Angleterre ?

— Nous irons *ensemble*, Bram, mais notre périple ne s'arrête pas là.

Il sortit sa montre de son gousset et émit un bruit de bouche agacé en voyant que l'après-midi était très avancée.

— Je t'expliquerai plus tard. En attendant, acceptes-tu de m'accorder ta confiance et de m'accompagner ?

Le palefrenier fut pris d'une ultime hésitation.

— Êtes-vous sûr de votre décision, monsieur ? Votre mère est déjà fâchée, les Largan le seront plus encore.

— Je suis sûr et certain. Je ne supporte plus la façon dont cette femme maltraite ses domestiques. Quand je pense qu'elle et le vieux M. Largan ont réussi à monter ma mère contre Conn, alors que nous le connaissons et l'aimons depuis toujours. J'en ai assez de toute cette hypocrisie, mon vieux Bram. J'avais de toute façon décidé de partir.

Il était possible que Bram retrouve son emploi le jour où Kieran reprendrait le domaine, mais ce n'était pas une certitude. Plus âgé que Conn et Ronan, Kieran n'avait jamais fait partie de leur cercle d'amis pour avoir passé le plus clair de son temps loin de la propriété depuis son entrée dans l'âge adulte. Pas question de courir un risque inutile. Voyant que son ancien camarade de jeu hésitait encore, il ajouta d'une voix ferme :

— Que tu m'accompagnes ou non, je pars aujourd'hui même.

— Dans ce cas, ce sera un honneur de voyager en votre compagnie.

3

Xanthe débarrassa la table de la cuisine en fredonnant. Cela faisait plusieurs mois déjà que Conn avait écrit à son ami en lui demandant s'il accepterait d'apporter de l'argent pour elle et ses sœurs. Elle avait bien conscience que la patience était de rigueur, ce qui ne l'empêchait pas de se sentir prisonnière de Galway House, en dépit de la gentillesse de ses employeurs.

Elle pivota sur elle-même en entendant du bruit dans son dos et découvrit sa maîtresse sur le seuil de la pièce, appuyée sur sa canne.

— Vous auriez dû m'appeler, madame Largan. Je serais montée voir de quoi vous aviez besoin.

— Je voulais m'entretenir avec vous seule à seule. Maia est occupée à nettoyer ma chambre, pourquoi ne pas avoir une petite discussion, toutes les deux ? Je me fais du souci pour elle. Elle est malheureuse depuis que vous avez pris la décision de partir lorsque vous disposerez de votre argent.

— Je sais, soupira Xanthe, mais je n'y peux rien si nous sommes si différentes. J'ai toujours pensé que nous finirions un jour par mener chacune notre vie, je l'ai préparée à cette idée du mieux que je le pouvais, mais elle refuse de m'écouter.

— Cela vous ennuierait-il de vous asseoir et de m'exposer vos projets ? Mais peut-être préférez-vous que je reste à l'écart de vos affaires ?

Xanthe aida sa maîtresse à prendre place sur une chaise avant de s'installer à son tour.

— Cela me fera du bien de me confier à une personne extérieure. J'ai toujours voulu voir le monde, ce qui n'est pas le cas de Maia.

— Auriez-vous l'intention de devenir exploratrice, comme Louisa Anne Meredith ? Je l'ai toujours enviée, pour avoir lu le récit de ses voyages aux antipodes.

— Vous l'avez *enviée* ?

Un sourire éclaira le visage de Susannah Largan.

— Oui. Je me passionnais pour la botanique lorsque j'étais plus jeune et plus alerte. Est-ce le genre de voyage qui vous tente ?

— Non, pas du tout. Je n'éprouve aucune envie d'explorer des terres inconnues ou de vivre chez les sauvages, sourit-elle. Grandir à l'ombre des usines, sans jardin, n'aide guère à s'intéresser aux plantes, encore moins à vouloir les étudier. Les livres m'ont toujours séduite davantage que les fleurs. À ce stade de ma vie, j'ai surtout envie de visiter certains pays que j'ai appris à connaître par la littérature. La Grèce en particulier. Mon père adorait la culture grecque, sa langue et ses mythes. J'aimerais me rendre dans ce pays en sa mémoire. Ensuite…

— Ensuite ? insista la vieille dame.

— Je ne sais pas. Peut-être apprendre à mieux connaître mon pays, ou peut-être le vôtre, ou encore l'Écosse. J'aimerais visiter Paris. J'ai lu dans la presse qu'un certain Thomas Cook emmenait des groupes visiter la France et l'Allemagne. Je pourrais peut-être m'inscrire à l'une de ces visites à présent que j'ai de l'argent.

— Où comptez-vous vivre entre deux périples ?

— Je pourrais rendre visite à ma sœur Pandora, ou bien louer une petite maison dans un bel endroit une fois qu'elle et son mari nous auront versé notre part du Grand Magasin Blake. Pour être honnête…

Elle lança un regard furtif en direction de la porte de la cuisine, l'oreille tendue, afin de s'assurer que Maia ne pouvait l'entendre.

— Pour être honnête, je ne me vois pas revenir vivre en Australie.

— Votre sœur en sera chagrinée. Et que deviendra Maia si je meurs ? s'enquit Mme Largan. Elle restera seule.

Xanthe ne sut que répondre à une question aussi délicate.

— Vous devez bien comprendre toutes les deux que son amour pour mon fils est sans espoir.

Les jumelles en avaient pleinement conscience, mais Xanthe ne se doutait pas que Mme Largan avait percé le secret de Maia. La maîtresse la plus bienveillante n'aurait pu accepter de voir son fils épouser une jeune fille issue des classes laborieuses.

— À dire vrai, madame, je ne crois pas qu'elle s'attende à être aimée de retour. Elle sait pertinemment qu'un gentilhomme tel que votre fils n'épouse pas une ouvrière du textile.

— Connaître la réalité du monde est une chose, rêver en est une autre. Si je n'avais pas autant besoin d'elle, je l'aiderais à trouver une autre place, pour son propre bien, déclara Mme Largan en regardant tristement ses mains tordues par l'arthrose.

Elle regretta de ne pas avoir avoué aux deux sœurs que Conn était déjà marié. Cela aurait sans doute empêché Maia de s'éprendre de Conn.

— Il est vrai que votre autre sœur vit près d'ici. Maia pourra toujours rejoindre Cassandra si la situation l'exige. En attendant, si vous partez un jour, sachez que je veillerai sur elle du mieux que je le peux. Je souhaite que cette assurance puisse apaiser vos scrupules.

— Vous pouvez en être certaine, répondit Xanthe en se demandant si sa maîtresse ne lui cachait pas quelque secret.

Pourquoi évoquait-elle sa mort ? Sa santé s'était-elle détériorée ? Elle vit Mme Largan se lever péniblement et quitter la pièce. Cette conversation n'avait pas chassé les inquiétudes de la jeune fille. Des jumelles, Xanthe avait toujours été la plus forte, celle qui protégeait sa sœur, et elle s'en voulait à l'idée d'abandonner Maia. Elle ne pouvait pourtant pas renoncer à mener l'existence qu'elle souhaitait dans le seul but de protéger sa jumelle, malgré tout l'amour qu'elle lui portait.

*

Deux semaines après avoir quitté la demeure maternelle, Ronan descendait du train à Outham et observait la ville avec intérêt. Il constata avec un sourire amusé que le ciel d'un gris de plomb était porteur de pluie, comme celui de son Irlande natale. Il comptait profiter de cette étape dans le Lancashire pour visiter l'un de ces monstres industriels surmontés d'une haute cheminée. Il se fit la réflexion qu'il n'aurait pas aimé vivre sous des cieux tels que ceux-là, marbrés de fumée noire.

Un gamin le tira de sa rêverie en lui adressant la parole avec un accent difficilement compréhensible.

— Comment ? Oui, j'accepterais volontiers un chariot pour ma valise. Je me rends au Grand Magasin Blake.

— C'est un peu plus bas dans la rue principale, monsieur, lui répondit le gamin.

Sans être impertinent, il s'adressait à lui d'égal à égal, ce que ne se serait jamais autorisé un membre des classes inférieures en Irlande.

Les autres bagages de Ronan l'attendaient déjà à Southampton où il devait embarquer, tandis que Bram s'était rendu directement à Londres.

Son ami d'enfance n'avait pas caché son enthousiasme lorsque Ronan lui avait versé de quoi visiter la capitale anglaise, sachant que l'occasion ne se représenterait probablement jamais.

Ronan avait écrit à sa mère une courte lettre lui confirmant son départ pour l'Australie, mais elle ne lui avait pas répondu. La vieille dame ne lui en voulait jamais longtemps, aussi avait-il du mal à comprendre sa réaction.

Le jeune porteur fit halte et lui désigna le magasin dont la façade se composait de deux vitrines dans lesquelles étaient exposées conserves et provisions. L'inscription « Grand Magasin Blake » s'étalait en grosses lettres dorées sur fond marron au-dessus de l'entrée. Ronan distingua à l'intérieur de la boutique des rayonnages sur lesquels s'alignaient des denrées de toutes sortes et des paquets colorés, autant de signes d'un commerce florissant.

— Vous comptez entrer dans le magasin, ou bien vous cherchez la porte du logement, monsieur ?

— Le logement, probablement, répondit Ronan qui laissa le soin au jeune porteur d'actionner le heurtoir.

Une jeune femme au visage avenant, vêtue d'un tablier blanc et d'une toque de domestique, ouvrit la porte.

— Bonjour, je m'appelle Ronan Maguire. Je suis attendu par vos maîtres.

Le visage de la femme de chambre s'éclaira.

— Oui, bien sûr. Bienvenue à Outham, monsieur. Si vous voulez bien vous donner la peine d'entrer et de laisser votre valise dans l'entrée, je demanderai à l'un des commis du magasin de la monter dans votre chambre.

Ronan régla le porteur et suivit la femme de chambre à l'étage où l'attendait la maîtresse de maison. Elle possédait cette beauté rayonnante que l'on voit parfois chez celles qui attendent un enfant.

— Monsieur Maguire ! Comme c'est gentil à vous de faire une halte ici.

Il serra la main qu'elle lui tendait.

— Je suis toujours friand de découvrir de nouveaux horizons.

La remarque la fit sourire.

— Je croirais entendre ma sœur Xanthe. Elle a l'intention d'utiliser une partie de notre héritage pour parcourir le monde.

— Avec son mari ?

— Elle n'est pas mariée.

Tout en s'efforçant de masquer sa surprise, il ne put s'empêcher de réagir.

— Il n'est pas courant qu'une femme voyage seule.

— Je doute que l'adjectif « courant » convienne à mes sœurs et moi, monsieur Maguire. Notre père travaillait à l'usine, ce qui ne l'empêchait pas d'apprendre le grec. Sa curiosité naturelle a déteint sur ses filles. Nous ne manquons jamais une occasion de lire quand nous en trouvons le temps.

Ronan jugea peu probable que la sœur de Pandora soit aussi belle qu'elle. Seules les vieilles filles desséchées jouaient les globe-trotters. Au cours de ses périples, il avait croisé la route de quelques femmes qu'il avait trouvées excentriques, curieusement vêtues, et parfois de mœurs assez libres.

M. Carr ne les rejoignit qu'à 18 heures, pour le dîner que tout le monde appelait « le thé ». Le repas achevé, le jeune homme s'excusa d'avoir à retourner au magasin, dont les portes fermaient à 21 heures.

— Votre mari travaille beaucoup.

— Il adore ça. Je me contente de gérer la comptabilité, les femmes ne sont pas les bienvenues dans les magasins de la bonne société.

Ronan afficha sa surprise.

— Vous auriez aimé vous impliquer davantage ?

— Oui, je ne m'ennuierais pas ici, sourit-elle. Même si j'ai toujours aimé les chiffres.

— Parlez-moi donc de vos sœurs. Je suis curieux de savoir comment elles se sont retrouvées en Australie. Vous n'avez pas souhaité les accompagner ?

Pandora lui expliqua comment elles avaient toutes les quatre été forcées de s'embarquer pour l'Australie par leur tante. Cette dernière avait fait enlever Cassandra et menaçait de la tuer si les trois autres ne lui obéissaient pas. Sachant qu'elle avait déjà fait assassiner son propre mari, elles n'avaient pas osé refuser.

— Je n'ai jamais réussi à me plaire en Australie, j'avais un tel cafard que j'en suis tombée malade. J'ai fini par rentrer seule en Angleterre, mais mes sœurs me manquent terriblement.

Elle s'était exprimée avec une simplicité qui dissimulait mal sa tristesse.

— La durée du voyage est moins longue depuis l'avènement des bateaux à vapeur. Et lorsque le canal de Suez sera ouvert, le périple s'en trouvera grandement simplifié. Si vos sœurs réussissent dans leurs entreprises, et je n'en doute pas d'après ce que vous me dites d'elles, elles finiront bien par venir vous rendre visite un jour.

Le visage de Pandora s'éclaira.

— Vous croyez vraiment ?

— Bien sûr.

— Vos propos me réconfortent, monsieur Maguire.

*

Fenella Maguire poursuivait laborieusement ses travaux d'aiguilles dans la plus grande solitude, regrettant de s'être querellée avec son fils. Ronan finirait par revenir au bercail, elle le savait. N'avaient-ils pas toujours surmonté leurs différends ?

Attirée par un bruit, elle mit le nez à la fenêtre et vit Kathleen Largan descendre de voiture.

Fenella se précipita pour l'accueillir.

— Vous sentez-vous bien ? Je pensais que vous souhaiteriez vous reposer après les obsèques.

— Une semaine s'est écoulée depuis.

— Quels sont donc vos projets ?

Kathleen secoua la tête, le front barré d'un pli.

— Je ne sais pas. Kieran ne souhaite pas me voir rester à Shilmara. Il propose de m'acheter une maison dans le lieu de mon choix, Dublin, Belfast, ou même l'Angleterre. Je ne connais personne là-bas, je m'y sentirais isolée. J'ai toujours vécu dans cette région et j'aime la campagne. Pourquoi m'installer en ville et me priver du plaisir de monter à cheval ?

Fenella ne sut que répondre. Kathleen n'était pas facile à vivre, aussi comprenait-elle la position de Kieran. James Largan n'aurait jamais dû pousser son fils à épouser cette femme, au risque de la voir mettre au monde des enfants aussi difficiles qu'elle. Tout le monde en avait déduit que la mariée avait une dot conséquente.

Kathleen n'avait pas eu d'enfants, ce qui était aussi bien, mais Fenella éprouvait de la peine pour elle. Elle avait promis à James Largan de veiller sur sa bru le jour où il mourrait. Le vieil homme s'était toujours montré d'une grande gentillesse vis-à-vis de Kathleen. Cette dernière n'était pas très liante, elle avait même un caractère compliqué. Sans doute était-ce une conséquence de la façon dont ses parents l'avaient traitée en la cloîtrant chez eux sous la surveillance d'une gouvernante sévère.

— Une idée m'est venue, déclara-t-elle en fixant ses mains serrées. Personne n'aura prévenu la femme de M. Largan de sa mort. Je me demandais s'il n'était pas de mon devoir de l'avertir.

— En vous rendant en *Australie* ?

— Pourquoi pas ? M. Largan m'a demandé sur son lit de mort de veiller à ce que sa femme rentre chez elle, et Kieran refuse ne serait-ce que de lui écrire. J'ai pensé que le mieux serait pour moi d'y aller. J'aurais fait n'importe quoi pour M. Largan. Il s'est toujours montré d'une grande bienveillance avec moi, contrairement aux autres. Qu'en pensez-vous, madame Maguire ?

Tout en posant la question, elle jouait avec les plis de sa robe.

— Vous auriez pu lui envoyer un courrier.

— Je n'aime pas écrire.

— Je puis m'en charger à votre place.

— Non, ma décision est prise. Je compte me rendre moi-même en Australie afin de la persuader de m'aider.

— Vous n'êtes pas sans savoir qu'elle vit avec Conn. Vous aviez décidé de ne jamais revoir votre mari.

Les doigts de Kathleen se figèrent.

— Je n'en ai aucune envie, mais c'est inévitable si j'entends rencontrer ma belle-mère. On ne me regarde plus de la même façon depuis la mort de M. Largan. On pourrait croire que je suis une femme divorcée, tout ça à cause de la condamnation de Conn. Je regrette infiniment d'avoir épousé un traître.

— Votre position est difficile, reconnut Fenella.

Seule l'influence de James Largan avait permis que Kathleen soit acceptée par la noblesse locale après la déportation de son mari.

— J'ai décidé de me rendre en Australie afin de rencontrer Mme Largan et de lui annoncer les dernières volontés de son mari, dans l'espoir de la convaincre de rentrer en Irlande et de vivre avec moi. Il me semble que ce serait plus respectable, ne trouvez-vous pas ? Les gens accepteraient à nouveau de me parler.

— Et votre mari ?

— Qu'il moisisse en enfer !

Fenella ne sut que répondre. Quand bien même Kathleen quitterait le comté, nul n'oublierait que son mari avait été condamné à la déportation en Australie. La vie sociale de sa jeune amie se trouvait en péril. Il aurait fallu que Conn meure et qu'elle se remarie pour que sa situation évolue. Malgré tout, certaines personnes refuseraient encore de la fréquenter.

Fenella aurait été la première à regarder d'un œil méfiant la femme d'un condamné si elle n'avait pas connu Kathleen et sa famille depuis toujours. En outre, elle n'avait jamais pu se résoudre à croire que Conn était un traître.

— L'Australie est une destination bien lointaine pour une femme seule.

— C'est la raison pour laquelle je viens vous voir aujourd'hui. Vous m'avez expliqué que votre fils vous avait écrit son intention d'aller là-bas. Je sais que vous vous ennuyez ici toute seule, pourquoi ne pas m'accompagner ?

Fenella en resta muette de saisissement, avant de s'apercevoir, à force de réfléchir, que la perspective d'un voyage en Australie, pour saugrenue qu'elle fût, était intéressante. Elle n'avait jamais éprouvé l'envie de voyager jusque-là, mais son veuvage lui pesait. Le départ de Ronan ne contribuait pas à l'égayer.

Elle réfléchit longuement, à peine consciente de la présence de Kathleen qui l'observait avec attention en ayant le bon goût de ne pas interrompre le cours de ses pensées.

Devait-elle entreprendre un tel voyage ? Oserait-elle se lancer dans cette aventure ?

Rester chez elle l'exposait à mourir d'ennui et elle n'en pouvait plus de se morfondre.

C'est tout juste si elle s'étonna d'entendre sa propre voix résonner dans le silence de la pièce.

— Eh bien j'accepte de vous accompagner en Australie. Pourquoi pas ? Rien ne me retient à Ardgullan.

*

Maia se réfugia dans la véranda, incapable de trouver le sommeil. La nuit était douce et elle décida de se promener dans le jardin de la propriété, encore en chantier. Les plates-bandes n'étaient pas plantées, mais des allées sillonnaient entre les arbres et les massifs, pour certains en fleurs. De ce point de vue, l'Australie était magique car la flore s'y épanouissait à longueur d'année.

Elle ne voulut pas retenir ses larmes, pour une fois. Elle s'efforçait de ne pas pleurer en présence de sa jumelle, sans toujours y parvenir. Xanthe et elle avaient toujours été très proches, l'idée d'être séparée de sa sœur la meurtrissait.

Ses pas la conduisirent de l'autre côté des écuries et elle s'appuya contre la clôture de troncs bruts superposés en zigzag. Elle laissa échapper un petit cri en voyant s'avancer une silhouette masculine.

— N'ayez pas peur, ce n'est que moi.

Elle aurait reconnu la voix de Conn à l'autre bout du monde.

— C'est une nuit magnifique, vous ne trouvez pas ? balbutia-t-elle.

— Trop magnifique pour pleurer. Que se passe-t-il ?

Elle se frotta les yeux, mais ses larmes ne se tarissaient pas.

— Oh, Maia ! dit-il en la prenant dans ses bras. Vous êtes anxieuse à l'idée que votre sœur souhaite partir ?

— Je ne crois pas que je pourrai m'habituer à son absence. Nous n'avons jamais été séparées.

Elle sanglota contre sa poitrine, incapable de retenir les larmes accumulées depuis des mois.

Il attendit qu'elle se calme pour tirer de sa poche un mouchoir tout chiffonné.

— Tenez, il est à peu près propre.

Elle voulut le saisir, mais sa main tremblait si fort qu'elle le laissa tomber. Il le ramassa, prit les doigts de la jeune fille dans sa main tiède, et le temps donna l'impression de s'arrêter. Elle releva la tête en l'entendant respirer bruyamment. Ils restèrent figés sous le regard tendre de la lune, jusqu'à ce qu'il la serre contre lui.

— Le sentiment qui nous lie ne donne aucun signe de faiblesse, ne trouvez-vous pas ? finit-il par murmurer.

— Non, Conn. J'ai bien conscience d'être une simple femme de chambre mais je vous…

Il la fit taire en posant un doigt sur ses lèvres.

— Chut, ne dites rien. J'ai un aveu à vous faire. J'aurais dû vous parler depuis longtemps, dès que j'ai compris la nature de vos sentiments.

Il la fit pivoter dans ses bras, de façon à placer le dos de la jeune fille contre sa poitrine, et l'enlaça.

— Maia, j'ai pour vous beaucoup d'attirance, mais je suis déjà marié.

La foudre l'aurait moins surprise en tombant à ses pieds.

— Marié ! articula-t-elle péniblement. Mais vous vivez seul et ni vous ni votre mère n'en avez jamais soufflé mot.

— Elle est restée en Irlande et je la déteste. J'espère ne jamais la revoir. Notre union n'a pas été heureuse, elle a été arrangée par nos pères respectifs. Mon père a longtemps accusé ma mère de me pousser à refuser ce mariage. Kathleen s'est montrée sous un jour plutôt agréable à l'époque de nos fiançailles. Elle aimait les chevaux autant que moi et j'ai pensé que cela suffirait à notre bonheur, d'autant que je ne m'étais jamais attaché à quiconque auparavant, si bien que j'ai fini par accepter.

Il ponctua la phrase d'un rire douloureux.

— Je n'ai pas tardé à m'apercevoir à quel point j'avais été berné. Kathleen a refusé dès le premier soir de m'ouvrir son lit. Je me suis aperçu par ailleurs que c'était une mégère qui maltraitait les domestiques et tous ceux qu'elle jugeait inférieurs. Lorsque je lui ai demandé de modifier son comportement, elle s'est montrée très agressive. Il faut dire que je frayais volontiers avec les domestiques à qui je donnais de l'argent au moindre prétexte, ce qui ne correspondait pas à sa vision de la société. Elle avait reçu de ses parents une éducation stricte et se montrait incapable de renoncer aux « règles » qu'on lui avait inculquées. Le jour de mon arrestation, elle m'a immédiatement cru coupable. Pas une seule fois elle ne m'a rendu visite en prison, se contentant de m'expédier un petit mot dans lequel elle m'expliquait sa répulsion pour le traître que j'étais.

— Oh, Conn ! C'est horrible ! Je n'ose imaginer votre chagrin.

— C'est vrai, j'aurais dû demander l'annulation de ce mariage. Je disposais de toutes les raisons nécessaires, mais il était trop tard puisque j'étais incarcéré. À mon arrivée ici, je me suis dit que cela ne me servirait à rien. La procédure prendrait des années et aucune femme digne de ce nom ne voudrait de toute façon épouser un condamné.

— Ce n'est pas mon cas.

La poitrine de Conn se contracta et Maia eut peur de s'être montrée trop directe.

— Ma chère Maia, vous êtes la dernière personne à laquelle j'imposerais un condamné comme mari. Vous êtes jeune et droite, je souhaite de tout mon cœur que vous le restiez. Vous méritez tellement mieux.

— Je ne suis pas si jeune. J'ai vingt-sept ans.

— Et moi, quelques années de plus.

— Et si je ne change pas d'avis ?

— Je me verrais contraint de vous éloigner afin de vous obliger à revenir à la raison. Je vous aime trop pour gâcher votre existence.

Elle ne sut que répondre et un long silence s'installa. Comment le persuader qu'elle ne l'oublierait jamais ? Il reprit la parole avant qu'elle ait pu réagir.

— Mon père avait une âme aussi corrompue que celle de Kathleen. Il a refusé de me croire lorsque j'ai protesté de mon innocence. Je ne sais pour quelle raison.

— Quand est-il mort ?

— Il est toujours en vie. En dépit du mal qui la handicape, ma mère l'a quitté et m'a rejoint parce que…

Il laissa la phrase en suspens.

— Parce qu'elle était convaincue de votre innocence, conclut Maia à sa place.

— Oui, c'est une femme exceptionnelle, dévouée à la cause de la justice. Elle savait que l'on m'avait accusé à tort, mais mon cousin Michael s'est chargé de fournir aux juges des semblants de preuve et j'ai été condamné.

Ils restèrent longtemps collés l'un contre l'autre dans le silence de la nuit.

— Vous voyez, finit-il par murmurer, je ne puis vous aimer, de peur de vous détruire. Et je m'y refuse, ma chérie.

Elle laissa s'écouler quelques instants, le temps de rassembler ses pensées et de s'assurer qu'elle avait pleinement conscience de la portée de ses paroles, persuadée que les mots qu'elle allait prononcer la condamneraient aux yeux de Conn. Pourtant, elle l'aimait trop pour supporter l'idée de le quitter, de vivre sans lui.

— Ce serait un honneur pour moi de devenir votre maîtresse, Conn.

— Un *honneur* ! s'écria Conn en obligeant Maia à se retourner. Vous me croyez donc capable de réserver un sort pareil à une jeune fille aussi merveilleuse que vous ? Je vous aime bien trop pour gâcher votre existence, Maia. Je vous aurais demandé de partir depuis un moment si ma mère n'avait pas tant besoin de vous.

Elle lui caressa la joue en souriant, s'autorisant un geste dont elle avait envie depuis des mois.

— Jamais je ne partirai, à présent que je connais vos sentiments pour moi.

— Dans ce cas, que le ciel nous vienne en aide, car s'il était difficile pour moi de garder mes distances jusqu'à maintenant, ce sera désormais un effort herculéen.

— Je ne veux pas que vous gardiez vos distances, Conn.

— Il le faut. Je m'en voudrais éternellement si je gâchais la vie d'une innocente telle que vous.

Comme il ne la repoussait pas, elle se lova contre lui. Il poussa un petit soupir, puis il déposa sur ses cheveux un baiser aussi furtif qu'un papillon.

Elle aurait pu rester dans ses bras jusqu'au bout de la nuit, mais elle entendit Xanthe qui l'appelait depuis la porte de la cuisine. Elle se détacha de lui en soupirant.

Il la retint le temps de lui offrir un dernier baiser délicat sur la joue, puis il s'éloigna en direction des écuries.

Maia prit longuement sa respiration afin d'apaiser les battements de son cœur. L'instant d'après, elle regagnait la maison.

4

Ronan et Bram montèrent à bord du bateau amarré dans le port de Southampton. La soirée était à l'orage et le bâtiment, malgré sa taille, se balançait sur l'eau agitée. Les deux hommes se trouvèrent séparés, le premier gagnant une cabine individuelle pour laquelle il avait versé un supplément, le second étant invité à rejoindre la section de l'entrepont réservée aux hommes.

L'agent de la compagnie avait promis à Ronan une cabine « spacieuse », mais il s'y trouva à l'étroit dès que l'on y installa sa grande malle. Lors de ses voyages précédents, il s'était contenté de traverser la Manche avant de poursuivre son périple en train. Il allait cette fois devoir passer plus de deux mois dans cet espace confiné. Ce lieu sombre avec son minuscule hublot lui déplaisait souverainement, le mieux était encore de sortir régulièrement sur le pont.

Il trouverait un répit bienvenu en Égypte, lorsqu'il lui faudrait se rendre d'Alexandrie à Suez où l'attendait un autre bateau. Il fut tenté un instant de fuir le bord et de renoncer à ce périple insensé avant de se reprendre. Manquait-il donc de courage au point de ne pas supporter un voyage entrepris par des milliers de ses semblables avant lui ?

Il aurait aimé disposer d'un voisin tel que Conn dans la cabine adjacente. La traversée s'annonçait bien solitaire, la présence à bord de Bram ne lui était d'aucun secours puisque les classes ne se mélangeaient pas sur le navire.

En moins d'une heure, Ronan avait le mal de mer et lorsque le steward vint lui annoncer que le dîner serait servi dans le grand salon, il le congédia d'un geste de la main.

— Je n'ai pas faim.

Le steward posa sur lui un regard attentif.

— Auriez-vous la nausée, monsieur ? Cela ne durera pas, mais je vais vous chercher un seau que je fixerai à côté de votre lit, au cas où. N'hésitez pas à me sonner au besoin, même si je ne peux vous promettre de m'occuper de vous dans la minute. Vous n'êtes pas le seul à vous sentir patraque.

Le temps ne montrait aucun signe d'amélioration et Ronan vit son état empirer rapidement. Il manqua le départ et regretta de ne pas dire adieu aux côtes anglaises, mais il se voyait mal tituber sur le pont et exposer sa honte aux autres passagers en vomissant.

Il passa les deux jours suivants allongé sur sa couchette, malade comme un chien. S'il en avait eu la possibilité, il aurait fait demi-tour sans une hésitation. Le steward avait beau lui expliquer qu'il s'agissait d'une indisposition passagère, le temps semblait s'être arrêté et il avait le sentiment d'être mal depuis une éternité.

S'il ne mangeait rien, il se forçait en revanche à boire du thé et de l'eau bouillie, conscient que son corps avait besoin de liquide. Il est possible de se passer durablement de nourriture, mais l'eau est indispensable à la survie.

Le deuxième jour, le steward introduisit Bram dans sa cabine et laissa les deux hommes ensemble.

— J'ai appris que vous étiez malade, monsieur Ronan.

— Satané mal de mer. De ton côté, comme se passe la traversée ?

— Tout va bien. J'ai la chance d'avoir des voisins très propres et agréables dans l'entrepont, je suis confortablement installé. Je vais mettre un peu d'ordre dans votre cabine et vous lire un livre, si vous le souhaitez. J'ai entendu dire qu'il était question de publier un journal à bord. En avez-vous entendu parler ?

— Comment veux-tu que j'entende parler de quoi que ce soit, coincé ici à longueur de journée ?

Bram esquissa un sourire amusé.

— Moi aussi, ça me mettrait de mauvaise humeur d'avoir le mal de mer. Monsieur.

Ronan se surprit à rendre son sourire à Bram.

— Désolé. Je veux bien que tu ranges un peu, mais inutile de me faire la lecture. Je suis incapable de me concentrer. J'ai la tête en bouillie et un goût de fumier dans la bouche.

— Cela vous ennuierait que je vous emprunte un livre, monsieur ? J'en prendrai le plus grand soin.

— Avec plaisir.

Ronan avait oublié combien Bram était bon élève. L'instituteur avait même conseillé à ses parents de le laisser poursuivre ses études, mais James Largan s'était emporté en affirmant que les membres des classes inférieures avaient tendance à vouloir rompre avec leurs origines lorsqu'on les éduquait. Il avait obligé Bram à devenir palefrenier et les parents du jeune garçon avaient accepté, de peur d'être renvoyés de la propriété s'ils s'opposaient au désir de leur maître.

Ronan et Conn n'en avaient pas moins prêté quelques livres à Bram, dans le plus grand secret afin de ne pas lui nuire. De son côté, le jeune palefrenier s'était procuré de vieux volumes usés auprès de colporteurs de passage, histoire de nourrir son intelligence.

Tout en mettant de l'ordre dans la cabine, Bram décrivit à son employeur l'entrepont avec ses rangées de couchettes étroites regroupées par quatre autour de longues tables. Le steward avait veillé à ce que la cabine de Ronan reste propre, sans avoir le temps de la nettoyer à fond puisqu'il lui fallait s'occuper des autres passagers incommodés par le mal de mer.

Ronan se fit la réflexion, en observant Bram, que son camarade d'enfance était très ordonné. Il l'avait déjà remarqué à l'époque où il était palefrenier. Le moindre harnais était à sa place dans les écuries. Kathleen avait privé les Largan d'un employé modèle en le renvoyant. Son beau-frère ne pourrait qu'en être mécontent.

Le domestique s'exprimait d'une voix si apaisante que Ronan ne tarda pas à s'assoupir.

Lorsqu'il se réveilla, c'était déjà le matin et il fut surpris d'avoir dormi aussi longtemps. Il se sentait nettement mieux, c'est tout juste s'il était encore un peu barbouillé.

Il sourit, heureux que la prédiction du steward se soit révélée exacte et que son mal de mer n'ait pas duré. Il se leva, s'approcha du hublot et constata que le soleil brillait au-dessus d'une mer nettement plus calme.

Il se sentit d'attaque pour une tasse de thé servie avec un toast, se promettant de ne rien avaler d'autre tant qu'il n'aurait pas digéré son petit-déjeuner. À nouveau plein d'espoir, il était impatient de découvrir de nouveaux horizons.

*

Fenella se dirigea vers le bateau sous une forte averse, gênée par une douleur agaçante qui lui traversait parfois le ventre. Ce pincement finissait invariablement par s'en aller, mais il la gênait régulièrement.

Derrière elle, Kathleen affichait un silence maussade, ses traits épais desservis par les longues mèches que le vent avait délogées de son chignon. Orla, la femme de chambre de Kathleen dont elles avaient décidé de se partager les services, suivait les deux femmes.

Il était prévu que ces dernières partagent une cabine, ce qui souciait Fenella. La vieille femme se demandait si elle n'avait pas eu tort de se lancer dans une telle aventure. De toute façon, il était trop tard pour reculer, surtout après les remontrances de son fils Hubert. Pourquoi ne voyagerait-elle pas, après tout ? Elle n'était pas si âgée !

Hubert aurait voulu qu'elle attende tranquillement de mourir d'ennui dans son salon, ce à quoi elle se refusait.

Décidément, ses trois fils n'auraient pu être plus dissemblables. Hubert était un garçon taciturne et solitaire qui s'intéressait davantage à ses chevaux qu'à ses semblables. Patrick, désormais installé en Angleterre, était fou de chasse et vivait sur un grand pied, grâce à la fortune de sa femme. Quant à Ronan, il était de loin son préféré. Il était facile à vivre et Fenella ne pouvait s'empêcher parfois de se réjouir qu'il ne se soit jamais marié.

Elle craignait sa réaction le jour où il découvrirait qu'elle s'était embarquée sur le même bateau que lui. Il serait plus furieux encore de voir qu'elle voyageait avec Kathleen, qu'il détestait. Bah ! La situation s'arrangerait, Ronan finirait bien par s'accoutumer à la présence de la jeune femme. Il n'était jamais bon que des voisins restent longtemps en mauvais termes.

Kathleen était sotte de refuser de lui parler au prétexte qu'il avait trouvé le moyen d'envoyer son argent à Conn en Australie. D'un autre côté, Ronan avait tort d'en vouloir à la jeune femme d'avoir abandonné son mari. Il aurait dû se douter que Kathleen était manipulée par M. Largan. Fenella soupçonnait Michael, le cousin de Conn, d'avoir joué un rôle délétère dans cette situation. Michael était un garçon calculateur que Fenella n'avait jamais aimé.

Elle avait souvent pensé que Kathleen aurait eu davantage de chances d'être heureuse si Conn était mort, à l'image d'un nombre non négligeable de condamnés. Il avait toutefois survécu à la prison et vivait désormais libre en Australie. Fenella était heureuse pour lui. Elle ne lui souhaitait aucun mal, quel que soit son passé. C'était un gentil garçon lorsqu'il était jeune, il se montrait toujours poli, mais le mariage l'avait renfermé et vieilli.

Tout le monde avait été choqué lorsque sa mère avait fui l'Irlande afin de le suivre en Australie, et Fenella ne parvenait pas à comprendre ce qui pouvait bien pousser Ronan à se lancer à son tour dans une telle aventure. Elle entendait s'assurer que son fils rentre en Irlande à la fin de sa visite. Il était hors de question qu'il s'installe là-bas, quand bien même les terres seraient bon marché.

Le navire tanguait fortement, alors qu'il était encore amarré, et elle traversa le pont d'un pas mal assuré. Seigneur ! Pourvu que le mauvais temps ne dure pas. Il n'y avait pas de raison qu'elle soit malade. Elle n'avait jamais eu la nausée de sa vie, pas même lorsqu'elle était enceinte de ses fils.

Elle s'ébroua afin de chasser la pluie de sa cape en arrivant devant la porte de la cabine qu'elle partagerait avec Kathleen.

— Quel temps épouvantable !

— Mesdames, je vous prie de rester enfermées jusqu'à la fin de cette tempête, leur recommanda le steward. Il serait imprudent de monter sur le pont.

Kathleen ne daigna pas lui répondre, se contentant d'examiner la cabine d'un air revêche.

— La compagnie n'a donc rien de mieux à proposer à ses passagers ? Je n'ai jamais dormi de toute mon existence dans un espace aussi confiné.

— Ne vous inquiétez pas, tout ira bien, dit Fenella en tendant une pièce au steward avec un clin d'œil.

— Nous devrions réclamer une meilleure cabine, grinça Kathleen à peine l'employé parti.

— Elles sont toutes louées. Souvenez-vous, l'employé de la compagnie nous a expliqué que celle-ci était la dernière. C'est bien pour cette raison que nous la partageons. C'était l'unique moyen de rallier l'Australie, à moins d'attendre quinze jours de plus.

Kathleen se laissa tomber sur le lit avec un soupir.

— Tout cela par la faute de Conn.

Fenella avait appris à ne rien dire en pareil cas. Kathleen rendait son mari responsable de tout ce qui lui arrivait, nul n'aurait pu la raisonner. À l'inverse, la jeune femme considérait James Largan comme le détenteur de la vérité suprême, ce qui étonnait toujours Fenella. Il est vrai que le vieil homme avait toujours traité Kathleen avec une gentillesse dont elle avait été la seule à bénéficier.

À la façon dont la pauvre femme parlait de ses parents, il était évident qu'ils ne l'avaient pas aimée. Rien de surprenant, dans ces conditions, à ce qu'elle s'attache à la première personne qui faisait preuve de bonté à son égard.

— Le temps de retirer mon manteau et je vais ranger nos affaires, proposa Fenella. Autant nous mettre à l'aise.

— C'est le rôle d'Orla, elle est payée pour cela. M. Largan disait toujours qu'il ne fallait pas effectuer les tâches du quotidien à la place des domestiques. En outre, je ne brille guère par mes capacités de rangement.

— Dans ce cas, je vous aiderai. Orla n'a pas le droit de quitter l'entrepont avant le départ à cause du mauvais temps. Et puis je préfère ranger moi-même nos affaires pour savoir où elles se trouvent.

À son grand étonnement, Fenella découvrit à quel point Kathleen était empotée.

— Je ne sais pas dans quel tiroir le mettre, répétait-elle à chaque fois que sa compagne lui passait un vêtement ou un autre.

Elle finit par se jeter sur le lit.

— Je n'y arriverai jamais ! Comment puis-je appeler Orla ?

— Je vous l'ai expliqué, elle n'est pas autorisée à se déplacer à l'intérieur du navire tant que la tempête fait rage.

— C'est pourtant ma femme de chambre. C'est à *elle* de ranger mes affaires.

De guerre lasse, Fenella s'occupa seule de vider les bagages. Kathleen n'était décidément bonne à rien.

*

Le bateau avait quitté l'Angleterre depuis quatre jours lorsque Ronan s'aventura pour la première fois sur le pont. Il leva la tête vers le ciel en espérant que les nuages ne soient pas annonciateurs d'une nouvelle perturbation.

Il longea le pont réservé aux occupants des cabines et vit Bram en contrebas, sur celui des voyageurs plus modestes. Il lui adressait un signe amical de la main lorsqu'il vit le palefrenier se tétaniser en découvrant le visage d'une femme qui se tenait derrière son maître.

Ronan se retourna, intrigué, et se figea à son tour en reconnaissant Kathleen Largan.

Après un moment d'hésitation, il se porta à sa rencontre.

— Que diable faites-vous sur ce bateau ?

Constatant qu'elle feignait de ne pas l'avoir entendu, il lui agrippa le bras.

— Lâchez-moi immédiatement ! s'écria-t-elle sur un ton venimeux.

— Pas tant que vous n'aurez pas répondu à ma question.

— Ma vie ne vous regarde pas. Je vous l'ai déjà dit, je n'adresse pas la parole aux complices des traîtres.

Au même moment, le duo fut rejoint par une troisième personne. Ronan crut défaillir à la vue de sa mère.

— Bonjour, mon chéri. J'ai décidé de t'accompagner en Australie.

Muet de saisissement, il posa sur elle un regard stupéfait. Elle lui adressa un large sourire, mais ses yeux trahissaient son inquiétude.

— Je suis heureuse de constater que vous acceptez de vous parler tous les deux. Il serait ridicule de continuer éternellement à vous quereller.

— Je n'ai aucune intention de parler à votre fils, madame Maguire. Ses propos et ses agissements ne me concernent en rien.

Sur ces mots, Kathleen tourna les talons.

— Comment avez-vous pu emmener cette femme en Australie, Mère ?

— C'est l'inverse qui s'est produit. L'idée de ce voyage émane d'elle.

— Dans ce cas, vous auriez dû refuser de l'accompagner.

La vieille femme haussa les épaules.

— Elle n'aurait pas renoncé à son projet pour autant. Elle s'est mis dans la tête d'annoncer à Mme Largan la mort de ce pauvre James. Tu connais Kathleen. Elle ne revient jamais sur une décision. Et puis tu n'es pas le seul à t'ennuyer au pays. J'avais besoin de soleil, moi aussi. Allons, mon chéri. Il serait inutile de m'en vouloir, d'autant que je ne peux pas rebrousser chemin. Je ne sais pas nager.

Elle ponctua sa phrase d'un sourire lumineux.

Il leva les yeux au ciel et prit sa mère dans ses bras.

— Je ne suis pas persuadé que ce voyage soit aussi plaisant que vous l'imaginez.

— Mais si, mon chéri. J'ai bien conscience que tout ne sera pas rose, surtout par mauvais temps, mais au moins ne serai-je pas toute seule. Ce sera infiniment mieux que de me morfondre dans mon salon. Quand je suis seule, je passe des heures à attendre que n'importe qui me rende visite. Même Kathleen, qui n'est pas la compagne la plus drôle au monde.

— C'est le cas quand je ne suis pas là ? s'enquit Ronan d'une voix attendrie.

Elle eut un léger haussement d'épaules.

— Parfois. En dépit de tous ses défauts, ton père me manque cruellement.

Il passa un bras autour des épaules de sa mère et la serra contre lui.

— Dans ce cas, profitons ensemble de ce périple du mieux que nous le pouvons.

— Ce sera le cas. J'ai l'intention de m'amuser. Ronan, promets-moi d'essayer de t'entendre avec Kathleen. Pour moi.

— Un saint ne la supporterait pas plus de quelques minutes. De plus, je te ferai remarquer que c'est elle qui ne m'adresse pas la parole.

— Je lui en toucherai un mot. Je suis persuadée que vous serez les meilleurs amis du monde à notre arrivée en Australie. N'est-elle pas la femme de ton meilleur ami ?

Ronan aurait de loin préféré que sa mère ne tente pas de les réconcilier. Il ne faisait pas confiance à Kathleen, qu'il jugeait trop imprévisible.

Comment réagirait Conn le jour où elle frapperait à sa porte à l'improviste ? Pourvu que son ami ne le rende pas responsable de la situation.

*

Xanthe perçut un changement dans la relation que Conn entretenait avec Maia, sans qu'elle puisse en déterminer la nature exacte. Elle n'était d'ailleurs pas la seule à s'étonner de cette métamorphose car elle surprit à plusieurs reprises Mme Largan en train de les observer, le front barré d'un pli.

N'y tenant plus, elle décida de s'en ouvrir à sa jumelle.

— Que s'est-il passé entre Conn et toi ? lui demanda-t-elle un soir dans le lit qu'elles partageaient.

— Rien. Que voudrais-tu qu'il se soit passé ?

— Je suis persuadée du contraire et je n'en démordrai pas.

Maia se tourna vers sa sœur.

— Ma relation avec Conn ne regarde personne.

— Tu n'as tout de même pas…

— Partagé son lit ? la coupa Maia en laissant échapper un soupir. Si seulement…

— Il ne t'épousera jamais.

— Je le sais, mais cela ne m'empêcherait pas de me donner à lui s'il le voulait. Ce n'est pas le cas.

Xanthe sursauta.

— Tu n'es pas sérieuse !

— Si.

— Tu t'es offerte à lui ?

— Oui.

— Ce n'est pas de l'amour, c'est de la folie !

— Tu ne peux pas comprendre, faute d'avoir jamais aimé un homme. Je ne souhaite pas en parler davantage. Tu as décidé de t'en aller pour voyager, alors accorde-moi le droit de mener ma vie comme je l'entends.

Xanthe était consciente que sa décision de partir seule avait profondément blessé sa jumelle. La situation paraissait insoluble.

Si Conn aimait réellement Maia, il lui suffisait de l'épouser sans se soucier de l'opinion d'autrui. Ce n'était pas comme s'ils fréquentaient beaucoup de monde dans cette propriété perdue au milieu de nulle part.

Casanière comme elle l'était, pourquoi Maia n'était-elle pas tombée amoureuse de quelqu'un d'autre que ce fils de famille qui ne la jugeait pas digne de devenir sa femme ?

*

À quelques jours de l'arrivée au port d'Alexandrie, Fenella fut réveillée en pleine nuit par une douleur vive. Elle tenta d'étouffer ses gémissements dans son oreiller, mais la douleur allait croissant et ses plaintes se transformèrent en cris.

Elle comprit que Kathleen lui parlait, mais elle ne l'entendait même pas, obnubilée par le mal qui lui déchirait le ventre.

Elle entendit la porte de la cabine s'ouvrir, reconnut la voix de Ronan et sentit son fils la soulever. Elle s'agrippa à lui jusqu'à ce qu'un court moment de répit lui permette de reprendre suffisamment ses esprits.

— Mon fils, je t'aime, hoqueta-t-elle.

— Moi aussi, Mère. Nous avons envoyé chercher le médecin du bord. Il sera là dans une minute.

Le médecin interrogea la malade, lui palpa l'abdomen et finit par s'asseoir sur le bord du lit alors qu'elle se tordait de douleur en poussant des cris.

— Pour l'amour du ciel, n'avez-vous donc aucun moyen de la soulager ? s'écria Ronan.

Le médecin posa sur lui un regard attristé.

— Non. Certains confrères américains recommanderaient une laparotomie, une opération qui consiste à ouvrir le ventre du patient afin de retirer la partie malade des intestins. Hancock a tenté l'intervention avec succès en 1848.

Il eut un rire amer.

— Je me passionne pour les articles consacrés aux avancées de la médecine. Lorsque j'étais plus jeune, je rêvais de ressembler à ces chirurgiens.

— Pourquoi ne pas tenter votre chance, dans ce cas ?

— Je ne possède ni les compétences, ni le matériel nécessaire. Je puis uniquement atténuer ses souffrances en lui administrant du laudanum jusqu'à ce qu'elle meure paisiblement.

— Jusqu'à ce qu'elle *meure* ? répéta Ronan, horrifié. Vous comptez laisser mourir ma mère ?

— Je n'ai pas d'autre solution. Je peux l'empêcher d'avoir trop mal, rien de plus.

Comme Ronan restait sans voix, Kathleen s'avança.

— Dans ce cas, faites le nécessaire, docteur. Nous ne pouvons la laisser souffrir ainsi. On a administré du laudanum à ma mère sur son lit de mort.

En dépit de l'analgésique, Fenella souffrait toujours, mais ses cris avaient cessé.

Kathleen resta auprès d'elle, mais elle chargea Orla, sa femme de chambre, de la toilette de la vieille femme. Par respect pour sa mère qui aurait détesté savoir qu'il la voyait dans sa nudité, Ronan se retournait chaque fois qu'intervenait la femme de chambre. Le reste du temps, il se tenait au chevet de sa mère, se contentant de l'accompagner dans ses derniers instants.

C'est tout juste s'il acceptait de toucher à la nourriture qu'on lui apportait, alors que Kathleen continuait de manger avec son appétit coutumier.

Fenella mit deux jours à mourir. Ronan en était arrivé au stade où il priait le ciel de lui épargner des souffrances inutiles. Lorsque sa mère poussa son dernier soupir, il baissa la tête et fondit en larmes, sans se soucier d'être vu.

Il fallut en appeler à Bram pour le convaincre de quitter la cabine pendant qu'Orla préparait le corps et qu'un marin cousait celui-ci dans un linceul de toile.

Ronan eut tout juste le temps de déposer un baiser sur la joue de sa mère avant que soit terminée cette triste besogne.

— Je vous suis reconnaissant de votre aide, déclara-t-il à l'adresse d'Orla.

— C'était une femme généreuse.

— Si jamais je puis un jour vous être utile…

— Je vous remercie, monsieur. Je m'en souviendrai. Sait-on jamais ce qui peut se passer en Australie ?

Kathleen, les yeux secs, assista avec froideur à la cérémonie organisée le lendemain matin, en présence des autres passagers. Ronan eut la consolation que la dépouille soit bénie par un prêtre qui se rendait à la colonie du fleuve Swan. Il ne put s'empêcher de laisser couler quelques larmes à l'instant où, la prière achevée, le linceul s'enfonçait dans les flots. Il se sentait coupable d'avoir provoqué la mort de la vieille femme. Jamais elle n'aurait entrepris ce voyage s'il n'avait pas décidé de se rendre en Australie.

Il voulut noyer son chagrin dans l'alcool ce soir-là, sans y parvenir. Peu habitué à boire, il fut malade sans parvenir à anesthésier ses sens.

Le lendemain, le steward toqua à la porte de sa cabine afin de lui confier les possessions de sa mère.

— Pourquoi m'apporter ces affaires ? s'émut-il.

— Je me contente d'obéir aux instructions de Mme Largan, monsieur.

Le manque de sensibilité de Kathleen ne connaissait pas de bornes. Il secoua la tête, incapable de toucher aux affaires maternelles, et faillit demander au steward de les jeter par-dessus bord avant de se souvenir que sa mère avait probablement pensé à emporter ses bijoux.

— Vous n'avez qu'à les déposer dans un coin. Je m'en occuperai plus tard, vous jetterez à l'eau tout ce que je ne souhaite pas garder.

Le steward s'exécuta avant de s'éclipser. Quelques instants plus tard, Bram pénétrait dans la cabine sans frapper.

Ronan fronça les sourcils.

— Que fais-tu là ?

— Ce malheureux steward est tout déboussolé, lui expliqua Bram.

— Je lui ai pourtant donné des instructions précises.

— Qui d'autre qu'un nanti voudrait balancer toutes ces affaires en pleine mer ?

— Je ne suis pas un nanti.

— Vous l'êtes pourtant aux yeux de gens tels que moi.

Ronan haussa les épaules.

— Rien de plus facile. Quand j'aurai opéré un tri, tu n'auras qu'à prendre les affaires de ma mère. Libre à toi de les garder ou de t'en débarrasser.

Son ami d'enfance le regarda d'un air pensif.

— Vous êtes sûr, monsieur Ronan ?

Le calme de Bram fit naître un sentiment de honte chez Ronan. Il posa les yeux sur les malles de sa mère avant de relever la tête.

— Accepterais-tu de m'aider à tout trier ? l'implora-t-il.

— Bien sûr.

Il avait l'impression de violer l'intimité de sa mère en fouillant ses sous-vêtements et ses corsets, ses bas et ses gants, ses éventails et ses châles.

Il découvrit le coffret à bijoux qu'il mit de côté avec une poignée d'objets qu'il souhaitait garder, à commencer par la Bible maternelle. L'opération lui sembla durer une éternité.

Le steward frappa à la porte de la cabine et passa la tête.

— C'est l'heure du déjeuner, monsieur.

— Je n'ai pas vraiment faim.

Bram s'interposa.

— Vous serait-il possible d'apporter quelques sandwichs, du cake et du thé ?

— Tout de suite.

— Tu n'auras qu'à manger, déclara Ronan à son ami. Je ne pourrais rien avaler.

Une fois le steward reparti, Bram commença par se sustenter et poussa Ronan à manger un peu tout en poursuivant son tri. Celui-ci n'en revenait pas de l'ampleur de la garde-robe que sa mère, paix à son âme, avait cru bon d'emporter.

— Je me sens mal de fourrager ainsi dans ses affaires.

— Moi aussi, avoua Bram.

Leur tâche achevée, Ronan sortit une bouteille de cognac et remplit deux petits verres.

— Santé !

— À la mémoire de votre mère, répondit Bram à mi-voix.

Ronan trempa les lèvres dans son verre, puis il alla s'asseoir sur le lit.

— Comment comptes-tu te débarrasser de tout ça ?

— Je pensais vendre le tout. Il y en a pour une certaine somme. Cela vous dérange ?

— Pas du tout.

Sa mère elle-même n'y aurait pas vu d'inconvénient. Elle avait toujours eu bon cœur, même si elle avait du mal à comprendre que Ronan puisse se lier avec des personnes issues des classes inférieures. Ses domestiques l'adoraient.

Kathleen n'était pas passée le voir, alors qu'elle aurait pu l'aider à trier les malles de sa mère. Elle n'avait même pas daigné lui envoyer sa femme de chambre.

*

Le rangement achevé, Bram examina son trésor avec satisfaction. Les effets personnels de Mme Maguire représentaient plus d'argent qu'il n'en avait jamais possédé de sa vie. Pour la première fois, il s'interrogea sur les surprises que lui réservait sa nouvelle vie. Quel avenir souhaitait-il vraiment ? Il occupait une position bâtarde auprès de Ronan, à mi-chemin de l'ami et du domestique, et il en serait de même avec Conn.

Ne pouvait-il pas espérer mieux s'il choisissait de prendre son envol ?

Il aurait pu économiser suffisamment d'argent et s'acheter une petite ferme, un commerce, ou tout autre moyen de gagner son indépendance. En discutant avec les autres passagers, il avait compris que l'on pouvait faire fortune en Australie. Pourquoi pas lui ?

Le mieux était encore de tenter sa chance. Il n'avait rien à perdre, en dehors de ses quelques habits et de la vieille Bible familiale que sa mère avait absolument voulu qu'il emporte, en sa qualité d'aîné.

Il ferma les yeux et prit une longue respiration. S'il avait un jour des enfants, il refuserait qu'ils deviennent les esclaves d'un grand propriétaire, comme lui. Il veillerait à ce qu'ils reçoivent une bonne éducation de façon à choisir librement leur avenir.

Il n'avait pas besoin de gagner beaucoup d'argent, il se contenterait d'une existence décente. Sans être idiot, il n'avait jamais tenu une affaire, de sorte qu'il ne savait pas comment s'y prendre.

Certains de ses compagnons de voyage avaient été employés dans des magasins. Le mieux était de s'informer auprès d'eux. Il pouvait également suivre les cours du bord à l'intention de ceux qui souhaitaient s'élever dans la vie.

Qui ne tente rien n'a rien.

*

Le médecin vint s'accouder au bastingage à côté de Ronan le lendemain de la cérémonie d'immersion.

— Vous n'avez aucune raison de vous en vouloir, déclara-t-il tout de go.

— Je suis pourtant responsable de sa mort. Si je n'avais pas voulu me rendre en Australie, elle serait probablement en vie aujourd'hui.

Le médecin laissa s'écouler un silence avant de répondre.

— J'en doute.

— Que voulez-vous dire ?

— La plupart des patients atteints de colopathies meurent de toute façon. Ceux qui se remettent doivent leur guérison à leur constitution, et non aux efforts des médecins. Ainsi que je vous l'ai expliqué lorsque je l'ai examinée, certains médecins se hasardent à ouvrir l'abdomen, mais votre mère n'aurait pu être opérée dans des circonstances ordinaires, à moins de vivre dans une grande ville abritant des chirurgiens susceptibles d'expérimenter ce genre d'opération. En dépit des miracles que l'on doit à l'utilisation du chloroforme comme anesthésiant, un grand nombre de patients meurent de septicémie, une infection dont on croit savoir qu'elle se transmet par l'air.

Ronan prit le temps de réfléchir à ce qu'il venait d'entendre.

— Au moins aura-t-elle passé ses derniers jours avec vous au lieu de mourir seule, ajouta son compagnon d'une voix douce. C'était une femme très vive que tout le monde appréciait.

Ronan acquiesça, la gorge nouée par l'émotion. Il contempla l'horizon un long moment. Lorsqu'il tourna enfin la tête, il était seul.

Kathleen observait la mer un peu plus loin. Les autres femmes du bord, assises par petits groupes, discutaient entre elles ou faisaient des travaux d'aiguilles. Dès les premiers jours, Kathleen s'était désintéressée des passagères et Ronan les avait vues murmurer sur son passage. Lorsqu'il avait cherché à comprendre les raisons de cet isolement, sa mère lui avait expliqué que Kathleen avait maladroitement mentionné le fait qu'elle était l'épouse d'un condamné, ce qui lui avait aussitôt valu d'être ostracisée.

Conn subissait-il le même sort en Australie ? Comment un garçon aussi sociable le vivait-il ?

Ronan s'éloigna du bastingage et fit lentement le tour du pont en saluant au passage Bram, en grande discussion avec un personnage plus âgé.

Quels que soient les coups qu'elle vous assenait, la vie poursuivait imperturbablement son cours.

5

Deux jours plus tard, le navire mouillait dans le port d'Alexandrie. Ronan, qui ne parvenait pas à accepter la mort tragique de sa mère, n'en revenait pas que trois semaines seulement se soient écoulées depuis leur départ d'Angleterre.

Certains passagers, désireux de passer plusieurs jours dans la ville afin d'explorer ses merveilles antiques, en parlaient avec animation. Ronan, quant à lui, n'éprouvait pas l'envie de partir en excursion. Il n'arrivait même plus à lire.

Le petit sac de voyage contenant les bijoux de sa mère et quelques babioles lui ayant appartenu traînait dans un coin de sa cabine. On aurait dit qu'il l'accusait d'être un mauvais fils. Il finit par l'enfermer dans l'une de ses malles, incapable de voir plus longtemps ces objets qu'elle avait aimés et qu'elle ne toucherait jamais plus.

Avant de monter dans le train, la plupart de ses compagnons de voyage allèrent admirer les travaux de construction du canal, réalisé à l'initiative des Français, qui relierait bientôt la Méditerranée à Suez. Bram, qui s'était joint au groupe, évoqua avec enthousiasme à son retour le nombre d'ouvriers employés sur ce chantier gigantesque, infiniment plus important que celui d'une ligne de chemin de fer.

C'est tout juste si Ronan l'écouta d'une oreille distraite en hochant machinalement la tête.

Il régnait une chaleur étouffante dans le train et des nuées de vendeurs des rues se pressaient le long des wagons à chaque arrêt.

Ronan, en sueur, arriva très vite à la conclusion que les pays chauds n'étaient guère confortables. Lui qui avait déjà connu la chaleur en Grèce lorsqu'il l'avait visitée un printemps, avait l'impression d'être enfermé dans un four.

Restait à savoir si le climat australien serait aussi pénible. Si la chaleur était aussi intense qu'en Égypte, il ne resterait pas longtemps. Ses inquiétudes amusèrent l'un de ses compagnons de voyage. Celui-ci lui rappela que les saisons étaient inversées et que le printemps commencerait tout juste lorsqu'ils débarqueraient en Australie.

Le capitaine et les officiers de la compagnie P&O s'étaient gentiment moqués du futur canal de Suez en affirmant que le système de transport mis en place entre Alexandrie et Suez suffisait largement. Ils estimaient que la construction d'un tel projet relevait de la folie et que le canal serait rapidement envahi par le sable.

Au terme d'un voyage en train très inconfortable, Ronan afficha son désaccord. Il jugea qu'il aurait été nettement plus agréable de rester à bord du même bateau.

À Suez les attendait un navire à destination du port de Galle, à Ceylan. Ronan mit à profit ces quinze jours de traversée pour surmonter progressivement son chagrin, ce qui ne l'empêcha pas d'éprouver un fort sentiment de culpabilité la première fois qu'il éclata de rire. Il savait pourtant que rien ne pourrait ramener sa mère à la vie et qu'elle aurait été la première à lui conseiller de reprendre le cours normal de son existence.

La durée de son séjour dans le port de Galle était incertaine car elle dépendait du navire assurant l'acheminement du courrier entre Ceylan et l'Australie-Occidentale, une région reculée infiniment moins peuplée que l'Inde ou l'Extrême-Orient dont on parlait couramment comme « le bout du monde ».

Chaque fois qu'il glanait des informations auprès de passagers ou de marins, Ronan ne manquait jamais de les transmettre à Kathleen qui l'écoutait en silence avant de le remercier d'un mouvement de tête. Elle évitait toujours de lui parler directement et passait le plus clair de son temps seule en affichant une mine stoïque.

Il aurait aimé arriver à destination avant elle de façon à pouvoir avertir Conn, mais il ne pouvait se résoudre à laisser une femme seule se débrouiller par ses propres moyens dans un pays inconnu. Il envisagea d'envoyer Bram en éclaireur, sans être certain que cela soit possible. À en croire les autres passagers, il n'était pas aisé de se déplacer en Australie-Occidentale, faute de trains. Sans compter que Bram, qui ne connaissait pas plus cette contrée que son maître, pouvait fort bien se perdre.

Ronan trouva charmants les habitants de Galle. Il n'aurait pas dédaigné y passer quelque temps si cette perspective n'avait pas déplu à Kathleen.

— Ronan Maguire, lui dit-elle, vous feriez mieux de nous trouver le moyen le plus rapide d'aller à la colonie du fleuve Swan. Voyager en compagnie d'un homme est déjà délicat pour moi, rester ici plus que nécessaire ne serait pas convenable.

— Vous croyez peut-être que je peux nous procurer un navire d'un coup de baguette magique ?

— Ce ne sont pas les bateaux qui manquent dans ce port. Pourquoi ne pas en affréter un ?

— Parce que je ne suis pas cousu d'or, tout simplement.

Le lendemain de cette conversation, Bram, qui avait le don de se lier facilement, revint de promenade en arborant une mine satisfaite.

— J'ai trouvé un bateau, annonça-t-il à Ronan.

— Vraiment ?

— Oui. Il s'agit d'un petit bâtiment de marine marchande qui a trouvé refuge à Galle à la suite d'avaries mineures. Il rallie le port de Fremantle. C'est bien là que nous allons ?

— Pas du tout, le corrigea Kathleen d'un air supérieur. Nous nous rendons à Perth.

— Fremantle n'est autre que le port de Perth, lui rappela Ronan pour la troisième fois.

— N'étions-nous pas censés débarquer à Albany ?

— C'est la destination de la malle-poste, alors que le bateau dont parle Bram est un navire marchand. Sans compter que Fremantle se trouve près de Perth, contrairement à Albany.

— Dois-je leur demander s'ils peuvent nous accueillir tous les quatre ? s'enquit Bram.

Ronan hocha la tête.

— Je t'accompagne.

Quelques instants plus tard, ils cheminaient en direction du port.

— Plus vite nous arriverons à destination et plus vite je serai débarrassé d'elle, gronda Ronan entre ses dents.

— Ce ne sera pas le cas, puisque vous vous rendez tous les deux chez M. Conn.

— Si elle s'éternise là-bas, je m'en irai rapidement. Moi qui ne comprenais pas pourquoi Conn l'avait épousée, j'en arrive à croire qu'il a eu un accès de folie à présent que je la côtoie. Ou bien alors c'est elle qui est folle.

Le capitaine du navire marchand acceptait parfois des passagers car il disposait de deux cabines. Après les avoir visitées, Ronan estima qu'elles conviendraient puisque le voyage ne durait qu'une quinzaine de jours. Il lui suffirait de partager une cabine avec Bram. Quant à Kathleen, elle allait devoir cohabiter avec sa femme de chambre. Ronan plaignait Orla de tout son cœur !

*

Ils étaient les seuls passagers à bord. Faute de mieux sur un bateau où aucune activité n'était proposée, Bram se contenta d'observer l'équipage. Il n'y avait pas davantage de service et la nourriture était médiocre au mieux.

Bram n'en avait cure, tant que les repas lui tenaient au ventre.

À mesure que s'écoulaient les jours, il se lia avec le capitaine qu'il appela bientôt par son prénom. Le métier de Dougal, bien rémunéré, fascinait l'ancien palefrenier.

Les deux hommes discutaient régulièrement des mérites respectifs des diverses sortes de marchandises et Bram se demanda si le destin n'était pas en train de lui indiquer sa voie.

— Vous arrive-t-il de transporter des marchandises pour le compte de commanditaires ? demanda-t-il à Dougal un jour.

— Je transporte tout ce que vous voulez, tant que l'on me paie.

— Même des cargaisons modestes ?

Le capitaine afficha un sourire amusé.

— Vous envisagez de devenir commerçant ?

— J'y songe, avoua-t-il. Je n'ai pas l'intention de passer toute ma vie au service d'un autre.

La discussion se poursuivit au fil du temps. Bram en apprenait davantage tous les jours. Il cherchait notamment à savoir quelles denrées se négociaient le mieux dans la colonie du fleuve Swan. Dougal, qui continuait de rembourser les traites de son bateau, un bâtiment âgé mais en bon état, expliqua à son compagnon qu'il était censé récupérer un chargement de bois de santal en Australie-Occidentale. Cette essence très odoriférante, présente naturellement dans la colonie, se vendait bien en Orient.

Alors que la traversée touchait à sa fin, Dougal déclara un jour à Bram sur un ton anodin :

— Si jamais vous envisagez *vraiment* de vous installer à votre compte et d'ouvrir une boutique, je pourrais vous laisser en dépôt ma marchandise et vous prélèveriez une commission moindre que les autres.

— Pourquoi pas ?

*

Kathleen réussit à supporter de partager sa cabine avec sa domestique en la bannissant de leur refuge commun pendant la journée. Lorsqu'elle ne s'occupait pas de sa maîtresse, la pauvre Orla passait des heures à contempler l'horizon sur le pont, à l'abri d'un taud. Assise un peu plus loin, Kathleen l'ignorait superbement.

— Vous n'avez pas une maîtresse facile, remarqua Ronan un jour où il était accoudé au bastingage à côté de la femme de chambre.

À ce stade, Orla se sentait suffisamment en confiance pour lui avouer la vérité.

— C'est une femme horrible. Et encore, vous ne savez pas tout. Je m'empresserai de quitter son service le jour où je trouverai une autre maîtresse.

Elle se couvrit instinctivement la bouche.

— Vous ne le lui direz pas, n'est-ce pas, monsieur Maguire?

— Vous ne m'avez rien dit. Sans compter que je vous comprends. Mais pourquoi l'avoir suivie jusqu'ici?

— Je n'ai pas eu le choix. Mes parents sont métayers sur le domaine des Largan. Mme Kathleen a menacé de les chasser si je n'acceptais pas de l'accompagner.

— Qu'a dit Kieran Largan?

Elle posa sur lui un regard surpris.

— Je ne lui en ai pas parlé.

— Je doute qu'il ait accepté de mettre à exécution la menace de Kathleen.

Les yeux de la jeune fille se mouillèrent de larmes.

— Vous voulez dire que... je n'avais pas de raison de quitter ma famille?

Emportée par l'émotion, elle baissa la tête afin de dissimuler ses pleurs.

Quelle horreur! pensa Ronan. Kathleen se moquait éperdument des autres. Elle ne se posait pas de question, à la façon de ces automates qui répètent mécaniquement les gestes pour lesquels ils sont programmés. Il avait pu s'apercevoir combien Kathleen était perdue chaque fois qu'elle se trouvait confrontée à une situation inédite, faute de savoir comment réagir.

*

Tandis que le pilote du port, manœuvrant le navire, longeait l'île de Rottnest jusqu'à Fremantle, Ronan déclara à mi-voix :

— Ce voyage aura duré moins de trois mois, mais j'ai l'impression d'être parti depuis une éternité.

Personne ne lui répondit. Tous étaient hypnotisés par la côte sauvage, terne et plate, avec sa végétation broussailleuse.

— Est-ce vraiment le port le plus important de la colonie ? s'étonna Ronan.

Dougal, libéré de son poste par la présence du pilote, ricana.

— Ça ne ressemble à rien, pas vrai ? Albany n'est guère plus grand. C'est là qu'accoste la malle-poste et que se ravitaillent en charbon les bateaux. À part ça, c'est encore plus mort qu'ici.

Bram hocha la tête.

— Quelqu'un m'a expliqué sur le bateau précédent qu'il n'y avait que trente mille habitants en Australie-Occidentale, alors que ce territoire est plus grand que l'Angleterre. Il a précisé que la population serait encore moins importante s'il n'y avait pas les condamnés. Leur présence est une vraie bénédiction pour ce pays, ce sont eux qui construisent les ponts et les routes. Il faut croire que leurs crimes ont profité aux populations locales, en fin de compte.

Kathleen poussa un soupir d'agacement et s'éloigna de son ancien palefrenier, furieuse que l'on puisse parler des condamnés en sa présence.

— On me l'a dit aussi, répliqua Ronan. J'ai profité de la présence d'habitants de la colonie du fleuve Swan qui retournaient au pays pour les interroger.

Le navire s'immobilisa, l'ancre descendit au milieu des appels des marins, le pilote quitta le bord et un canot s'approcha. Les passagers furent invités à y prendre place en descendant le long de la coque du navire, à l'aide d'un treillis de corde tenant lieu d'échelle.

Orla s'agrippa au bras de Bram.

— Jamais je n'y arriverai. Rien que de regarder en contrebas, j'en ai le vertige.

— Mais si, ma fille, l'encouragea Bram. Souviens-toi des arbres que tu escaladais quand tu étais petite.

— Je n'ai jamais eu le temps de monter aux arbres. J'étais bien trop occupée avec mes frères et sœurs cadets.

Kathleen la gratifia d'un soupir méprisant et s'avança vers les marins qui se trouvaient là pour l'aider.

— Si tu ne me suis pas, Orla, je te laisse moisir à bord, persifla-t-elle en guise d'encouragement.

Bram prit la femme de chambre par la main.

— Allez, ma fille. Un petit effort.

Orla se signa en marmonnant une prière.

Ronan s'avança.

— Je descendrai le premier et je vous aiderai à descendre dans le canot, Orla.

— Je vous remercie, monsieur.

Elle avala bruyamment sa salive et se laissa guider par les hommes le long du filet de corde en tentant désespérément d'empêcher le vent de soulever ses jupes.

Ronan l'aida à prendre pied sur l'esquif et elle se laissa tomber à côté de sa maîtresse sur l'une des planches qui faisaient office de banc.

Kathleen, raide comme la justice, ne lui accorda pas même un regard. De l'autre côté de l'eau, Fremantle ressemblait davantage à un village qu'à une ville, avec ses maisons éparpillées à flanc de colline, au hasard de rues mal tracées.

Les marins traversèrent le goulet à la rame et déposèrent leurs passagers sur le quai, en attendant qu'on apporte leurs bagages. Dougal les rejoignit et Ronan se tourna vers ses compagnons.

— Je vous demanderai de vérifier que vous n'avez rien oublié à bord.

Tous le lui confirmèrent et il versa au capitaine le solde de la somme convenue pour la traversée avant de lui serrer la main et de se mettre en quête d'un hôtel, la journée touchant à sa fin.

*

Ronan, tout sourires, exposa leur situation à un gamin qui s'était approché avec une charrette à bras. L'enfant partit en courant chercher du renfort tandis que Bram et son maître chargeaient les bagages sur la charrette. Kathleen, qui avait observé la scène, pinça les lèvres en voyant que Ronan souriait au premier venu.

Elle masqua ses sentiments pour avoir appris très jeune qu'il était dangereux de montrer ce que l'on pensait aux personnes de sa propre classe. Elle se fichait en revanche de l'opinion des domestiques et, plus encore, de celle des condamnés. Mais elle avait beau s'évertuer à garder un visage lisse, il lui arrivait d'afficher ses pensées, surtout lorsqu'elle était en colère.

Si elle avait su à quel point cette colonie était minuscule et peu évoluée, jamais elle n'aurait entrepris un tel voyage, en dépit de ce qu'elle endurait en Irlande en tant que femme de condamné. Mme Maguire disparue, elle n'avait pas d'autre choix que de se reposer sur Ronan, à son grand désespoir. Elle le détestait depuis qu'il avait aidé son mari à l'époque de sa déportation. Sans lui, sans doute Conn serait-il mort, ce qui l'aurait débarrassée d'un époux encombrant.

Ce dernier n'avait pas intérêt à l'approcher ! Elle veillerait à garder ses distances. Elle se rassura en se disant que Mme Largan, lasse de vivre dans un monde aussi grossier, devait rêver de retourner en Irlande. Il suffirait alors que Kathleen s'installe chez elle pour qu'on lui reparle à nouveau et qu'elle soit invitée dans les meilleures maisons, comme c'était le cas lorsqu'elle vivait auprès du vieux M. Largan.

Elle suivit la procession de quatre charrettes qui remontait la rue sablonneuse et découvrit une longue succession de maisons disparates allant des bâtisses sommaires en bois aux petits pavillons de brique, à des années-lumière de Shilmara. Pas une seule n'était digne d'accueillir une femme de son rang.

Les larmes lui montèrent aux yeux à l'évocation de cet endroit où elle avait longtemps vécu. Elle n'y était plus la bienvenue depuis la mort de James Largan, mais elle en avait conservé la nostalgie. Elle avait adoré cette maison la première fois où elle l'avait vue, trop heureuse de quitter sa mère. Jamais elle n'avait envisagé de quitter Shilmara un jour. Personne ne l'avait jamais aimée comme James Largan. Le vieil homme ne l'avait jamais intimidée, contrairement à Conn.

Il lui avait fallu renoncer à ses chevaux, avec la consolation de savoir que Kieran veillerait sur eux. Elle attendait avec impatience le jour où elle pourrait à nouveau les monter.

Il ne lui manquait plus qu'à découvrir que Mme Largan était morte, elle aussi, et que cet horrible voyage n'avait servi à rien. Si c'était le cas, elle ne savait pas comment elle réagirait. Jamais elle ne reprendrait la vie commune avec Conn.

Mais où aller ? Quel tour donner à sa vie, sachant que personne n'accepterait de parler à l'épouse d'un condamné ?

Perdue dans ses pensées amères, elle ne s'était pas aperçue que la petite troupe s'était arrêtée devant un taudis de style colonial en bois flanqué de part et d'autre par des vérandas.

— C'est tout ce que vous avez trouvé ? demanda-t-elle à Ronan.

— Nos jeunes porteurs affirment qu'il n'y a pas mieux. Cela fera l'affaire pour une nuit.

On les conduisit dans leurs chambres et elle s'empressa de montrer au propriétaire des lieux que le plancher était sale. Il commença par lever les yeux au ciel avant d'envoyer quérir une bonne étique qui agita son balai et se contenta de déplacer le voile de poussière et de sable qui recouvrait le sol sous les lits. Une fois de plus, elle allait devoir partager sa chambre avec sa domestique.

— Souhaitez-vous que je sorte vos affaires de nuit et une serviette, Mme Kathleen ? s'enquit Orla d'une voix douce. Ils ont promis de monter de l'eau chaude.

— Oui, très bien, répliqua Kathleen.

Elle s'assit quelques instants sur sa couche étroite en fermant les yeux pour ne plus penser à rien.

Que Conn ne s'avise pas d'empêcher sa mère de rentrer au pays avec elle, elle se maîtrisait mal lorsqu'elle perdait son sang-froid. Elle avait pourtant appris à dominer ses émotions sous la férule d'une gouvernante sévère et d'une mère qui maniait le fouet avec vigueur, mais elle n'arrivait pas toujours à se contrôler.

Elle aurait aimé se soulager en laissant libre cours à ses larmes, mais elle ne pouvait se permettre de pleurer devant sa domestique.

Combien de temps allait encore durer ce cauchemar ? Combien de temps lui faudrait-il se débrouiller seule ? Elle avait toujours été habituée à se reposer sur d'autres, et son seul recours était désormais Conn. Seigneur, quelle folie l'avait donc poussée à se rendre dans cet enfer ?

*

Le lendemain, Ronan et Bram se mirent en quête d'un moyen de transport qui leur permettrait de se rendre à la propriété de Conn. Ayant appris que Galway House se trouvait à plus d'une journée au sud de Perth, ils louèrent les services de deux propriétaires de carriole. Ceux-ci les conduiraient dans un premier temps jusqu'à la rive sud du fleuve Swan où ils passeraient la nuit dans une auberge avant de rallier le jour suivant la ferme de Conn, ainsi que la qualifiait les cochers qui parlaient d'un voyage de trois jours au total, « sauf accident ».

— Des accidents de quel ordre ? s'inquiéta Ronan.

— Il arrive qu'une roue ou un essieu se casse, mais c'est plus rare de nos jours car les routes sont meilleures. Le courrier passe par là pour relier Perth à Albany. C'est une vraie route à présent, aménagée par les condamnés. On n'est plus obligé de contourner les arbres les plus imposants. Il n'empêche, ajouta le cocher avec un sourire. Ça reste un chemin de terre.

— Où ferons-nous halte le deuxième soir ?

— On verra si on trouve une ferme en chemin. Sinon, on se contentera de dormir dans les carrioles.

Ronan se pinça pour ne pas rire en lisant l'indignation sur le visage de Kathleen. Autant ne pas envenimer la situation, la jeune femme était suffisamment compliquée à gérer sans qu'il en rajoute.

Elle ne tarda pas à le prendre à part.

— N'avez-vous donc aucun moyen de transport plus confortable ?

Une fois de plus, elle ne pensait qu'à elle, faute de s'intéresser à autrui.

— Non, se contenta-t-il de répondre. Je me suis renseigné à Fremantle, ces deux hommes m'ont été recommandés pour leur fiabilité.

— Ce sont des misérables et des impudents !

— Les membres des classes inférieures sont différents ici, Kathleen. Je pensais que vous l'aviez remarqué. Ils font preuve d'une grande indépendance.

— Ils sont incapables de rester à leur place et mériteraient qu'on les fouette. Quant à la colonie du fleuve Swan, je ne la trouve pas le moins du monde civilisée.

— Vous ne vous attendiez tout de même pas à ce que l'on envoie des condamnés dans un monde civilisé ?

Son visage se ferma et elle lui tourna le dos.

Voyant qu'elle giflait Orla quelques instants plus tard, il comprit qu'elle passait ses nerfs sur sa malheureuse femme de chambre. Il ne jugea pas opportun d'intervenir, mais la vue de la joue marbrée de rouge de la pauvre fille le mit en colère, tout comme Bram. Il plaignit Conn de tout son cœur et se souvint que son ami, dans l'une de ses lettres, lui avait expliqué que sa déportation avait eu l'immense mérite de le libérer de sa femme.

Il n'osait imaginer ce que ressentirait Conn en la voyant.

Comment réagirait-il ? Il avait déjà souffert de la vie commune à l'époque où le couple résidait dans une grande demeure. À en croire le contenu de ses lettres, Conn vivait désormais dans une simple ferme, ils ne pourraient donc pas vivre séparément.

*

Maia discutait avec Mme Largan dans la véranda lorsqu'elle vit deux carrioles quitter la route et s'engager sur l'allée conduisant à la maison. Une femme était assise à l'arrière du second véhicule. Raide comme un piquet, elle affichait une moue renfrognée.

— Mon Dieu ! s'écria Mme Largan en crispant une main sur sa poitrine. C'est impossible ! Et pourtant, c'est bien elle. Maia ! Allez tout de suite prévenir Conn. Il s'agit de sa femme. Comment diable Kathleen a-t-elle pu parvenir jusqu'ici ?

Maia ouvrit de grands yeux. *La femme de Conn ?*

— Dépêchez-vous !

La jeune fille se précipita à l'intérieur de la maison où elle rapporta à Xanthe ce que venait de lui dire Mme Largan avant de se diriger vers les champs dans l'espoir d'y trouver Conn.

— Où se trouve le maître ? demanda-t-elle au garçon d'écurie.

— Il est parti à cheval.

— Dans quelle direction ?

— Il comptait passer chez les Graham, dans la ferme voisine. Il ne devrait pas tarder à rentrer.

Maia s'élança sur le petit chemin sans réfléchir.

À son grand soulagement, elle avait parcouru quelques centaines de mètres lorsqu'elle aperçut Conn. Elle s'arrêta afin de reprendre son souffle et il ne tarda pas à la rejoindre. Il tira sur les rênes et mit pied à terre.

— Que se passe-t-il ? Ce n'est pas ma mère, au moins ?

— C'est elle qui m'envoie. Elle voulait vous alerter. Deux carrioles viennent d'arriver, votre femme se trouve à bord de l'une d'elles.

— Ma *femme* ? Vous êtes sûre ?

— Je n'en sais rien, je ne la connais pas, mais c'est ce qu'affirme votre mère. La femme en question paraît… très en colère.

— Voilà qui correspondrait bien à Kathleen. Elle en veut à la terre entière. Tout l'insupporte, à l'exception de ses chevaux.

Il resta un moment immobile, transformé en statue. On aurait dit qu'il avait soudainement vieilli de plusieurs années.

— Allons, décida-t-il en poussant un soupir. Vous n'avez qu'à monter derrière moi.

Sans laisser à Maia le temps de réagir, il se hissa sur son cheval et se pencha vers elle.

— Posez un pied sur l'étrier. Oui, comme cela.

Il la tira jusqu'à lui et elle parvint à passer une jambe au-dessus du dos de l'animal sans se soucier de dénuder ses mollets.

Conn attendit qu'elle soit bien installée pour mettre le cheval au pas d'un claquement de langue.

— Je n'en reviens pas qu'elle m'ait suivi jusqu'ici. D'autant qu'elle se moque éperdument de moi, elle ne m'a jamais aimé.

Maia lui passa les bras autour de la taille et posa sa tête contre son dos. Elle aurait aimé que la course dure une éternité, mais ils ne tardèrent pas à arriver en vue des écuries.

— Je vous laisse descendre.

Elle s'exécuta et faillit perdre l'équilibre en touchant terre.

— Sean ! J'ai besoin de toi ! appela Conn en démontant à son tour.

Voyant que le vieil homme n'arrivait pas, il confia les rênes à Maia.

— Tenez. Sean ne tardera pas à venir vous relayer.

La jeune fille se retrouva seule devant les écuries sous le regard ironique du soleil, à se demander ce qui pouvait bien se passer dans la maison. Elle s'inquiétait pour Mme Largan… et pour lui.

Son bonheur ne lui avait jamais paru aussi lointain.

6

Xanthe atteignit la véranda avant même que les carrioles s'arrêtent devant la maison.

— Maia est partie chercher Conn, murmura-t-elle à sa maîtresse.

Mme Largan la remercia d'un hochement de tête, soulagée.

— Bien. Il aura au moins quelques minutes pour se préparer.

— Je ne savais pas…

— Qu'il était marié ? Votre sœur ne vous l'a pas dit ? Il l'avait avertie. J'y tenais personnellement.

— Non, elle ne m'en a pas soufflé mot.

Voilà qui expliquait tout.

— Sa femme est une personne horrible. Elle voudra prendre possession des lieux et… Veillez à ne pas la laisser vous frapper.

Xanthe eut un haut-le-corps.

— *Me frapper ?* Je voudrais bien qu'elle essaie !

— Elle frappe quiconque se trouve à sa portée lorsqu'elle est en colère. Elle a un caractère épouvantable.

Quel genre de femme avait bien pu épouser Conn pour qu'un tel avertissement soit nécessaire ?

Mme Largan assista à l'arrivée des deux carrioles, le visage fermé. Xanthe n'avait pas le souvenir de l'avoir vue aussi sombre. En temps ordinaire, sa maîtresse était la plus douce des femmes, elle souriait en toutes circonstances.

— Xanthe, n'oubliez pas que c'est *moi* qui donne les ordres ici. Pas elle. N'hésitez pas à vous adresser à moi si ses requêtes vous semblent déraisonnables. Elle est capable de provoquer des catastrophes au sein d'une maison, sur un simple coup de tête. Je n'ai pas assez de gens ici pour la surveiller. Mon mari la trouvait amusante, cela n'a jamais été mon cas.

— Je m'en souviendrai. Ne vous inquiétez pas. Je suis capable de me défendre.

— Prévenez votre sœur.

Mme Largan se leva difficilement et observa les nouveaux venus, appuyée sur sa canne.

— Le gentleman qui l'accompagne est Ronan Maguire, un vieil ami de Conn. Son compagnon est Bram Deagan, qui était palefrenier à Shilmara. Quant à la femme de chambre... on dirait la petite Orla ! Mon Dieu, comme elle a grandi. Je me demande bien ce qui a pu les conduire jusqu'ici, mais j'aurais tout donné pour qu'ils ne soient pas là. Kathleen crée des problèmes partout où elle passe.

Xanthe dévisagea longuement cette femme dont Mme Largan se défiait tant. Trapue et dotée d'un visage hommasse, elle s'habillait de façon peu flatteuse.

Les deux voyageuses patientèrent sur le banc de leur carriole tandis que Ronan sautait à terre d'un bond et se dirigeait vers la véranda d'un air décidé.

La femme de Conn le vit s'éloigner avec indignation, la main tendue pour qu'il l'aide à descendre. Le dénommé Bram, au terme d'une hésitation, finit par répondre à son geste.

Xanthe oublia la scène pour s'intéresser à Ronan Maguire. Sans être beau, il était séduisant avec ses cheveux bruns auxquels le soleil donnait des reflets acajou. Si tout indiquait qu'il était d'un naturel souriant, il affichait une mine aussi grave que celle de Mme Largan. On sentait chez lui une colère rentrée.

Ronan... Pourquoi ce prénom lui était-il familier ? Elle se souvint soudain que c'était celui de l'homme censé apporter l'argent de son héritage et son cœur fit un bond dans sa poitrine. S'il s'était acquitté de sa mission, elle allait pouvoir quitter Galway House.

Il retint longuement la main de la maîtresse de maison dans la sienne.

— Madame Largan, quel plaisir de vous revoir. J'espère que vous ne nous en voudrez pas de débarquer à l'improviste.

Il se pencha vers son interlocutrice.

— Je suis sincèrement désolé d'arriver avec *elle*, ajouta-t-il dans un murmure. J'ai appris qu'elle se trouvait sur le même bateau que moi après le départ, sinon je puis vous assurer que je l'aurais fait kidnapper à Southampton pour ne pas voyager en sa compagnie. Nous savons tous les deux de quoi elle est capable. Elle ne peut pas s'empêcher de semer la zizanie.

Il lança un regard interrogateur en direction de la compagne de Mme Largan.

— Je vous présente notre gouvernante, Xanthe.

Il adressa à l'intéressée un sourire qui la fit frissonner. C'était la première fois qu'elle voyait un homme doté d'un sourire aussi éclatant. Jusqu'alors, elle avait toujours cru que l'attirance instantanée relevait de la légende. Comme elle cherchait ses mots, ce qui ne lui ressemblait guère, il reprit la parole.

— J'imagine que vous êtes la sœur de Pandora. La ressemblance est frappante. Maia ne vit-elle pas avec vous ?

— Si, il s'agit de ma femme de chambre, lui expliqua Mme Largan.

Comme les deux jeunes gens restaient muets, elle posa sur eux un regard étonné. On aurait pu croire qu'ils se connaissaient depuis toujours. Le cœur de la vieille dame se serra. Cet envoûtement mutuel ne pouvait avoir qu'une seule signification. Il était suffisamment gênant que son fils soit tombé amoureux de Maia, et voilà que Ronan avait le coup de foudre pour Xanthe. Comment faisaient donc les sœurs Blake pour attirer les hommes de la sorte ? C'était d'autant plus curieux qu'elles n'encourageaient en rien les garçons dont elles croisaient la route.

— Vous avez vu Pandora ? s'enquit Xanthe, les yeux brillants d'intérêt.

Comme il hochait la tête, elle poursuivit :

— Comment va-t-elle ? Elle nous manque terriblement et…

Une voix dure l'interrompit.

— Je n'aurais jamais pensé que les ragots d'une domestique puissent prendre le pas sur l'accueil d'une invitée.

Mme Largan se redressa et lança un regard dur à sa bru en la voyant approcher.

— Et moi, je n'aurais pas cru qu'une invitée puisse s'adresser si grossièrement à son hôtesse.

— Si cette maison est bien celle de Conn, c'est moi qui en serai la maîtresse désormais. Je suis encore sa femme, que je sache.

— Une femme qui l'a abandonné au moment où il avait besoin d'aide.

— Votre mari nous a expliqué que Conn était un traître et que nous devions tous l'oublier.

Mme Largan laissa échapper un grondement sourd qui donna à Xanthe l'envie de lui passer un bras autour de la taille pour la réconforter.

— Jamais un père n'a traité son fils aussi honteusement.

— Il affirmait que Conn méritait ce qui lui arrivait, rétorqua la nouvelle venue en serrant les poings.

Xanthe n'en revenait pas. Comment pouvait-on se montrer aussi mal élevée avec une femme âgée qui était à la fois sa belle-mère et son hôtesse ? Cette mégère ressemblait à une gargouille. Sans doute n'avait-elle jamais été jolie, même dans sa jeunesse, mais elle portait sa méchanceté sur son visage. En outre, elle paraissait beaucoup plus âgée que Conn.

Rien de surprenant à ce qu'il soit tombé sous le charme de Maia.

Xanthe décida de s'éclipser, consciente que la situation tournait au vinaigre.

*

Conn contournait la maison lorsqu'il entendit les remarques de Kathleen. Il ralentit le pas machinalement. L'idée même de la revoir lui donnait la nausée, mais il n'avait pas l'intention de laisser sa femme insulter sa mère. Ou n'importe qui d'autre.

— Tu n'es pas la maîtresse de maison, Kathleen, déclara-t-il en s'avançant dans la véranda, et tu ne le seras jamais.

Elle se retourna d'un bloc et le fusilla du regard, la bouche pincée et les joues marbrées de taches rouges.

— Tu n'as pas changé, Conn Largan. Tu n'as toujours pas le sens des convenances. Je pensais qu'on t'avait enseigné les bonnes manières en prison, ainsi que l'espérait ton père.

Comme tout le monde restait interdit, elle fit un pas en direction de son mari.

— Puisque tu ne juges pas utile de m'inviter à m'asseoir, je le ferai sans ton autorisation. Les routes de ce pays oublié des dieux laissent beaucoup à désirer. Je boirais volontiers une tasse de thé, j'imagine que ta gouvernante est capable de s'en occuper.

Conn saisit sa femme par le bras avant qu'elle ait pu s'asseoir.

— Auparavant, il faut que nous ayons une petite conversation, tous les deux.

Elle tenta de se dégager mais il refusa de lâcher prise, désireux d'éloigner cette harpie de sa mère au plus vite. Tout en l'entraînant à l'intérieur de la maison, il se souvint des querelles du passé, qu'elle avait fini par remporter à coups d'ongles et de pied. En particulier, elle avait refusé de le laisser se glisser dans son lit le soir de leur mariage. Comme la seule qualité que Conn lui reconnaissait à l'époque était sa capacité à lui donner des enfants, il avait tenté de la convaincre, sans jamais recourir à la force, ce qui n'avait pas empêché Kathleen de le griffer profondément au visage et d'appeler à l'aide à tue-tête.

Par la suite, il suffisait qu'il pénètre dans la chambre qui avait toujours été la sienne pour qu'elle se mette à hurler en lui envoyant à la tête tout ce qui passait à sa portée.

Elle avait rapidement révélé sa véritable nature de bien d'autres façons. Elle affichait le mépris le plus profond pour les besoins et les désirs d'autrui, faisait preuve d'une méchanceté inouïe à la moindre provocation. Ronan n'avait pas tardé à se réjouir que son mariage n'ait jamais été consommé, ce qui lui avait donné un prétexte pour demander à son père l'autorisation d'en obtenir l'annulation. M. Largan avait refusé tout de go, au prétexte que rembourser la dot de Kathleen lui coûterait trop cher. Conn n'étant pas l'aîné, l'absence de descendance n'avait aucune importance aux yeux de son père qui lui avait conseillé de se rabattre sur une fille du village pour satisfaire ses besoins.

Incapable de passer sa vie entière auprès de Kathleen, Conn s'était toutefois renseigné sur la façon d'annuler son union. Cette démarche avait provoqué une querelle majeure avec son père, à la suite de quoi il avait quitté la demeure familiale, sans sa femme. De toute évidence, les parents de Kathleen avaient dû verser beaucoup d'argent à James Largan pour qu'il accepte de marier son cadet à leur fille. L'argent avait toujours été la préoccupation première de son père.

Conn se figea soudain en s'apercevant que son arrestation était intervenue quelques semaines seulement après le différend qui l'avait opposé à son père. C'était la première fois qu'il établissait un lien entre les deux événements. Non, il se trompait forcément. Un père ne faisait pas condamner son propre fils…

Il n'en restait pas moins que quelqu'un avait réuni de fausses preuves contre lui. Son cousin Michael n'était pas assez intelligent pour avoir agi seul. Quant à Kathleen, elle avait continué de vivre auprès de son père à Shilmara.

Tout en entraînant sa femme à travers la maison, Conn s'aperçut qu'il était plus fort qu'autrefois. Physiquement comme moralement. Il s'était montré trop faible dans sa jeunesse.

Aurait-il la force de se débarrasser d'elle ? Il n'avait pas le choix. Reprendre la vie commune et imposer la présence de Kathleen à sa mère n'était pas une option. Autant se mettre en ménage avec le diable.

Ils croisèrent Maia dans le couloir et Kathleen s'arrêta net en affichant sa surprise.

— Mais enfin, ma fille ! Vous étiez dans la véranda il y a un instant !

— Il s'agit de ma jumelle, madame. Je suis la femme de chambre de Mme Largan, alors que ma sœur Xanthe est la gouvernante.

Elle s'était exprimée d'une voix calme, une expression impénétrable sur le visage.

— C'est bien la première fois que je vois des domestiques jumelles. Vous êtes des condamnées, vous aussi ?

— Non, madame. Nous avons émigré volontairement.

— Maia, si vous voulez bien nous excuser, ma femme et moi avons besoin de parler.

Conn agrippa de plus belle le bras de sa femme et l'entraîna dans la pièce qui faisait office de bibliothèque, même si les rayonnages et les livres y étaient peu nombreux.

Il lâcha le poignet de Kathleen et referma la porte.

— À quoi diable joues-tu ? Pourquoi venir en Australie ?

— Je n'avais nulle part où aller et tu restes mon mari, après tout. Tu as le devoir de t'occuper de moi.

— Mon père t'avait donné un toit. Pourquoi quitter Shilmara ?

— Ton père est mort et ton frère m'a jetée dehors.

— Père est mort ? Quand est-ce arrivé ? As-tu averti ma mère ?

Elle se frotta le poignet.

— Pas encore. Tu ne m'en as pas laissé le temps.

— Cela ne m'explique pas ce que tu fais ici. Je suis certain que Kieran ne t'a pas jetée à la rue, quand bien même il ne souhaiterait pas que tu restes à Shilmara. Il t'aura proposé une solution de repli, ainsi qu'une rente.

Elle afficha la moue méprisante qu'il connaissait si bien.

— Un taudis de six pièces à Dublin ! Je refuse de m'abaisser de la sorte. Quelles que soient tes fautes, je mérite une demeure plus digne.

— Pas du tout, mais là n'est pas la question. Quelle est la vraie raison de ta venue ici, Kathleen ? Je suis bien certain que tu n'as pas entrepris ce voyage pour moi.

— Je comptais proposer à ta mère de revenir vivre en Irlande avec moi, mais je m'aperçois qu'elle ne fera pas de vieux os. Elle risque fort de mourir pendant la traversée, comme la mère de Ronan, et je me retrouverai à mon point de départ, obligée de me débrouiller seule, sans que quiconque vienne me rendre visite et…

Il la coupa, les yeux écarquillés.

— La mère de Ronan est morte pendant la traversée ?

— Je viens de te le dire. Sa disparition m'a placée dans une situation délicate. Les passagères ont cessé de me parler quand elles ont su que j'étais la femme d'un condamné.

Elle jeta autour d'elle un regard circulaire.

— Cet endroit pourrait avoir de l'allure si tu l'agrandissais en construisant une aile supplémentaire. Et tu vas devoir engager davantage de domestiques pendant mon séjour ici.

Il comprit qu'elle était plus égocentrée que jamais. À bien y réfléchir, ce n'était pas de l'égoïsme, mais une tare qui influençait son regard sur le monde. Elle était incapable de voir au-delà d'elle-même, de prendre en compte l'existence des autres.

— Je n'ai pas les moyens de construire une grande maison dont je n'ai aucun besoin. Sans compter qu'il est quasiment impossible de trouver des domestiques ici. Gérer cet endroit relève déjà du casse-tête.

— Je ne vois pas comment tu peux t'en sortir avec deux femmes de chambre.

— Je me débrouille très bien, avec l'aide d'une femme de la région qui nettoie les sols et s'occupe de la lessive. Mais que cela soit clair entre nous, Kathleen : il est *hors de question* que tu restes ici longtemps. Les questions d'intendance ne te concernent donc pas.

Il se promit de la mettre dehors à la première occasion, quand bien même il devrait la ligoter. Il résista à la tentation de le lui dire afin de conserver à leur relation un semblant d'urbanité.

— Je n'ai nulle part où aller et plus aucun moyen de locomotion, dès l'instant où les conducteurs des carrioles seront repartis. J'ajoute qu'il me reste très peu d'argent, et je vois mal comment je pourrais recevoir ici le montant de mes rentes trimestrielles.

Elle se massa les poignets à l'endroit où était encore visible la marque des doigts de son mari.

— Est-ce un exemple de ce que tu as appris en prison ? demanda-t-elle.

— Je me charge de ton retour en Irlande et je te confierai de quoi vivre jusqu'à ce que mon frère te donne une maison, mais tu vas devoir rentrer à Shilmara. Ou bien chez tes parents, ce qui est encore mieux. Ils t'aideront.

— Mes parents sont morts. C'est mon frère qui a hérité de leur domaine et il est pire que ton frère. Il refuse de me recevoir depuis ton arrestation. Tu as *gâché* ma vie !

— Je ne vois pas en quoi puisque je suis innocent.

— Ton père affirmait que tu étais coupable. C'est lui qui s'est occupé de moi, à ton tour de me prendre en charge.

Conn ne prit pas la peine de lui expliquer que sa déportation l'avait affecté infiniment plus profondément qu'elle.

— Écoute-moi. Si Kieran t'a proposé une maison, je suis certain qu'il tiendra parole. Il veillera à ne pas te laisser à la rue. Sans compter que tes parents ont dû te laisser un peu d'argent.

Elle haussa les épaules.

— C'est vrai, mais ma rente trimestrielle est insuffisante. En outre, plus personne ne veut me parler depuis la mort de ton père.

— Tu te feras de nouveaux amis si tu t'installes à Dublin. Je t'arrête tout de suite, je ne veux rien entendre. Nous discuterons plus tard des modalités de ton retour, mais tu repars en Irlande. Il n'a jamais été question que ma mère rentre là-bas, ce que tu aurais compris si tu avais pris la peine d'écrire. Le climat d'ici est meilleur pour sa santé, mais elle reste très fatiguée et…

Kathleen se mit à crier.

— Je ne rentrerai pas toute seule ! Je refuse ! Tu ne peux pas m'y contraindre !

— Dans ce cas, je te trouverai un logement à Perth.

— Sans mari pour me donner un soupçon de respectabilité ? Non merci ! Et que voudrais-tu que je fasse à Perth ? Ce serait aussi inacceptable que de vivre à Dublin. Je ne pourrais même pas monter à cheval.

Elle se mura dans un silence buté, le front barré d'un pli.

Conn, perplexe, s'interrogea sur la conduite à tenir.

— Si ta mère ne peut pas rentrer en Irlande avec moi, il faudra bien que je reste ici. Ronan m'a expliqué que tu élevais des chevaux, du moins pourrai-je monter. Et puis je bénéficierai de ta protection. Il est *hors de question* que j'aille vivre ailleurs, toute seule.

Elle laissa s'écouler un battement avant d'ajouter :

— De toute façon, c'est impossible. Je ne sais pas m'occuper d'une maison.

Elle avait hélas raison. Au cours de la courte période où ils avaient vécu ensemble, il avait pu constater qu'elle était incapable de tenir un budget. Il renonça provisoirement à parler de l'avenir afin de l'interroger.

— De quoi est mort mon père ? Quand est-ce arrivé ? J'avais toujours cru que seuls les meilleurs disparaissaient jeunes. Il avait à peine soixante ans.

— Il a été victime d'une attaque. Son visage est devenu cramoisi et il s'est écroulé.

Ce drame ne semblait nullement l'avoir affectée, alors qu'elle vivait chez James Largan depuis des années.

— Ne bouge pas d'ici. Je vais annoncer la nouvelle à ma mère.

— Je n'ai pas la moindre intention de poireauter ici alors que j'ai soif. Je voudrais me laver. Ta prétendue gouvernante ne s'occupe donc de rien ici, ou bien se contente-t-elle de réchauffer ton lit ?

— Ne sois pas ridicule. Je n'ai pas mis de femme dans mon lit depuis qu'on m'a jeté en prison. Xanthe occupe ici les fonctions de gouvernante, et rien d'autre. Elle te donnera une chambre où tu pourras te rafraîchir et t'apportera de quoi te désaltérer.

— Xanthe ? Drôle de nom pour une bonne ! Rien d'étonnant à ce que ces gens se croient tout permis. Tu ferais mieux de lui donner un nom normal. Je préfère l'appeler Susan.

— Je doute qu'elle te réponde, puisque ce n'est pas son prénom. Je te préviens, Kathleen. Ne t'attends pas à trouver des esclaves ici. Tu vas devoir parler poliment aux domestiques, et par l'intermédiaire de ma mère qui est la maîtresse de maison à Galway House.

— Je suis ta *femme* ! À présent que je vis ici, c'est à moi que les domestiques doivent obéir.

Conn sentait la patience lui manquer.

— Tu n'as jamais été ma femme. Jamais. En t'épousant, j'ai payé pour tout le mal que j'ai pu occasionner par le passé et pour tous les péchés que je commettrai à l'avenir.

Elle conserva son expression butée. Il se demanda si elle comprenait même qu'il l'insultait. Elle avait toujours été très limitée.

— Commence déjà par m'envoyer cette fille.

Il se mit en quête de Xanthe.

— Ma femme souhaite pouvoir se laver et se restaurer. Puis-je vous demander de la conduire dans la chambre d'amis et de vous occuper d'elle ?

— Bien sûr, *monsieur.*

Elle ponctua sa réponse d'un sourire moqueur, pour avoir compris que la présence de Kathleen sonnait le glas de l'atmosphère décontractée et amicale qui régnait à Galway House jusqu'alors.

— Xanthe, n'oubliez pas que c'est toujours ma mère qui commande. Et si d'aventure ma femme s'avise de ne pas vous appeler par votre prénom, faites la sourde oreille.

— Ce n'est pas la première fois que je suis confrontée à ce problème. Les femmes qui géraient la soupe populaire d'Outham, dans le Lancashire, me nommaient Susan. Sans doute parce que cela se rapprochait de Xanthe.

— Elles n'avaient aucun droit de vous l'imposer. Il en est de même avec ma femme.

— Qui paie commande, veut le dicton. L'argent vous offre bien des libertés dans la vie.

Conn crut lire de l'attendrissement dans les yeux de la jeune femme. Elle n'avait pas encore pris la mesure de la méchanceté de Kathleen, mais elle ne tarderait à découvrir la vérité.

Comment diable allait-il se tirer de ce mauvais pas ?

*

Conn regagna d'un pas lent la véranda où il trouva Ronan assis à côté de sa mère en pleurs, un bras passé autour de ses épaules. Il lui aurait annoncé la nouvelle.

Conn s'agenouilla de l'autre côté de la vieille dame.

— Je ne pensais pas que la mort de mon père vous attristerait.

— Je ne pleure pas de tristesse, mais de soulagement. J'ai toujours eu peur qu'il vienne jusqu'ici afin de m'obliger à retourner vivre avec lui. Un prêtre serait choqué de ma réaction, mais vous savez tous les deux combien il était dur avec moi et combien il me terrorisait.

Elle s'essuya les yeux.

— J'en oublie mes devoirs. Pourrais-tu demander à Maia d'aider sa sœur à préparer des chambres pour nos hôtes ?

— Comment vous sentez-vous, Mère ?

— Ne t'inquiète pas, je reste avec elle, le rassura Ronan.

Conn se souvint brusquement de ce que lui avait dit Kathleen.

— Je suis désolé pour ta mère, Ronan.

Un éclair sombre traversa le regard de son ami.

— Oui, répondit Ronan en se tournant vers Mme Largan. Ma mère est morte pendant la traversée. Le médecin n'a pas pu la sauver.

Elle ouvrit de grands yeux.

— Tu viens de perdre ta mère ?

— Il y a un peu plus d'un mois.

— Oh, Ronan ! Si tu savais comme je suis désolée. C'était une mère aimante.

Il lui lança un regard désabusé.

— Je commence à m'habituer à l'idée de sa disparition. Kathleen m'a beaucoup aidé sur le moment. À sa façon, en tout cas. Elle est restée auprès de ma mère jusqu'au bout. J'avoue que cela m'a surpris.

— Elle a toujours su s'y prendre avec les chevaux malades. Elle a appris par la manière forte, soupira Mme Largan. Ses parents la battaient, d'après ce qu'elle m'a dit. Elle n'a pas connu une enfance aisée.

— Ils la *battaient* ?

— Oui. Ses parents étaient très sévères et sa mère la fouettait régulièrement.

— La pauvre. Je ne savais pas.

— Cela n'excuse en rien son comportement actuel ! s'interposa Conn. Vous ne devez pas la plaindre, Mère, au risque qu'elle perturbe cette maisonnée.

— Elle le fera de toute façon. Où est-elle ?

— Je l'ai installée dans la chambre d'amis. C'est encore le mieux, elle se trouve à l'opposé de l'endroit où nous avons nos propres chambres.

Il lança un coup d'œil à son ami.

— Je vais te demander de m'aider à déplacer les meubles dans les autres chambres. Je n'ai pas eu le temps de les terminer. De toute façon, c'était inutile. Personne ne rend jamais visite aux condamnés dans ce pays.

Sa mère lui tapota gentiment la main afin de lui signifier qu'elle compatissait.

— Allons, allons ! Tout finira par s'arranger.

Conn trouvait sa mère bien optimiste.

*

Maia s'engouffra dans la cuisine où sa sœur disposait des rafraîchissements sur un plateau.

— Elle veut manger dans la salle à manger, et non dans sa chambre, lui annonça Xanthe avec une grimace. J'ai décidé de ne pas dépoussiérer la pièce, j'ai déjà suffisamment de travail avec tous les autres invités.

— Dois-je mettre la table ?

— En aucun cas. Je me contenterai de leur servir un plateau, mais tu peux commencer à préparer des rafraîchissements pour les autres. J'espère qu'Orla voudra bien nous aider une fois que le repas de sa maîtresse sera servi.

En se retournant, elle découvrit le serviteur de Ronan debout à l'entrée de la véranda.

— Entrez donc. Je m'appelle Xanthe, et voici ma sœur Maia. Nous sommes en pleine activité, mais nous allons vous trouver de quoi manger.

— Je suis Bram. On n'a pas besoin de moi aux écuries, je peux vous aider, si vous voulez.

— Avec plaisir. Je vous demanderai de surveiller la bouilloire et de remplir la grande théière le moment venu. J'y ai déjà mis du thé. Merci à vous.

Elle se tourna vers Maia.

— Conn m'a recommandé de m'adresser à sa mère si sa femme me donnait des ordres déraisonnables. C'est Mme Largan qui continue à diriger la maison.

Elle ajouta dans un murmure :

— Veille bien à ne pas te trahir.

Lorsque Xanthe apporta le plateau dans la salle à manger, elle trouva Kathleen assise à la place d'honneur. Elle déposa le plateau devant elle sans une remarque.

— Vous n'aurez qu'à sonner quand vous voudrez que je débarrasse, madame.

Elle s'apprêtait à quitter la pièce lorsque Kathleen la rappela.

— Je refuse de manger sur un plateau. J'exige que vous mettiez la table. Je n'arrive pas à croire que Mme Largan puisse se contenter d'un service aussi médiocre.

— Je n'ai pas le temps de dresser une table, je dois servir les autres invités, répliqua Xanthe avant de lui tourner le dos.

Kathleen s'emporta aussitôt.

— Revenez immédiatement !

Xanthe, les tympans percés par les cris aigus de son interlocutrice, ne se retourna même pas.

Elle s'arrêta brusquement en entendant un bruit de vaisselle brisée.

Conn accourut au vacarme. Ronan, s'excusant auprès de Mme Largan, lui emboîta le pas. Les deux hommes passèrent à côté de Xanthe, plantée à l'entrée de la salle à manger, abasourdie, et se figèrent sur le seuil.

Ils découvrirent Kathleen, trônant à l'extrémité de la table poussiéreuse.

— Je n'accepterai *jamais* que l'on me serve avec une telle désinvolture, déclara-t-elle en ponctuant ses propos à grands coups de poing. Comment cette fille *ose-t-elle* me parler de la sorte ? J'exige qu'on la renvoie immédiatement. *Im-mé-dia-te-ment !*

Le contenu du plateau gisait à ses pieds, au milieu des éclats de vaisselle.

— J'exige qu'elle soit renvoyée sur-le-champ ! insista-t-elle.

Conn jugea préférable de ne pas répondre, conscient que le silence était encore l'arme la plus efficace contre sa femme. Kathleen lui lança un regard assassin. Voyant qu'il ne bougeait pas, elle s'efforça de maîtriser ses émotions. Conn la connaissait suffisamment pour savoir que c'était une réaction habituelle chez elle, mais il n'avait pas le souvenir de l'avoir vue se comporter de façon aussi choquante.

— Xanthe, si vous voulez bien nous attendre dans la cuisine, le temps de calmer la situation.

Conn se tourna vers sa femme. La vaisselle cassée, mélangée au magma du repas, se trouvait si loin de la table qu'elle avait forcément jeté le plateau avec force. Elle se comportait comme une enfant coupable d'un caprice. À bien y réfléchir, à la vue de son visage cramoisi et de ses yeux exorbités, elle ressemblait surtout à une folle.

— Je vais tout ramasser, proposa Ronan d'une voix calme, et je reste ici en cas de besoin.

Conn y vit la preuve que son ami pensait comme lui.

Les deux hommes se retournèrent en entendant un bruit de pas derrière eux.

— Ne vous inquiétez pas, Mère, déclara Conn avec un sourire forcé. Kathleen a eu… un petit accident.

— Je refuse de me laisser servir par des souillons. C'est *elle* qui a jeté ce plateau par terre quand je lui ai adressé une remarque. Je suis une femme de bonne famille, la femme d'un homme bien né, même s'il a mal tourné, et je ne me laisserai pas traiter de la sorte. J'exige que l'on renvoie cette paresseuse.

Comment pouvait-elle s'imaginer qu'il avale pareil mensonge ? Pas un instant Conn ne croyait Xanthe capable de jeter par terre un plateau de nourriture. Ce n'était pas dans sa nature. Kathleen avait changé en pire au cours de toutes ces années de séparation. Il n'était pas surprenant que Kieran ait refusé de continuer à l'accueillir à Shilmara, ou que le propre frère de la jeune femme n'en ait pas voulu chez lui. Tout le monde au pays devait se réjouir de la savoir en Australie.

— Le mieux est encore qu'Orla te conduise dans ta chambre.

— Pourquoi ? demanda Kathleen en ouvrant de grands yeux. Je n'ai pas besoin d'elle, Conn. Je demande uniquement un repas, servi dignement par celles dont c'est la tâche.

Ronan commença à ramasser les débris de vaisselle. En passant près de Conn, il lui glissa :

— Ne lui envoie pas Orla. Elle bat cette pauvre fille.

Kathleen se leva si vivement que sa chaise tomba en arrière.

— Pourquoi ces messes basses ?

Mme Largan s'avança.

— Venez donc vous asseoir avec moi dans la véranda, Kathleen. Nous y mangeons souvent.

— Je vous trouve moins exigeante qu'autrefois.

— Nous ne sommes pas en Irlande, les habitudes ne sont pas les mêmes en Australie.

— Ce n'est pas ce que disaient les passagères sur le bateau. J'ai écouté leurs conversations. Elles affirmaient que les personnes de qualité ne devaient pas baisser la garde. Je ne fais que suivre leurs conseils.

— C'est tout simplement impossible ici, et ceux qui s'y efforcent en paient lourdement le prix. La colonie manque cruellement de domestiques.

La jeune femme battit des cils furieusement.

— Je regrette d'être venue jusqu'ici.

— Il eût été plus sage d'écrire auparavant. Mais puisque vous êtes là, venez vous asseoir avec moi, Kathleen. Nous mangerons un peu de cake avec une tasse de thé.

Voyant que sa femme n'esquissait pas un geste, Conn se demanda s'il ne devait pas intervenir. La folie qui brillait dans les yeux de Kathleen finit par s'éteindre et elle emboîta le pas à sa belle-mère.

— Vous marchez beaucoup plus difficilement qu'autrefois, lui fit-elle remarquer.

— Mes articulations sont pourtant moins douloureuses qu'en Irlande.

— J'aimerais que tu restes avec elles, murmura Conn à l'adresse de Ronan. Je ne veux pas la laisser seule avec ma mère.

Ronan lui adressa un regard apitoyé et hocha la tête.

Conn attendit d'être seul pour aller trouver les domestiques en cuisine, inquiet à l'idée que sa femme commette de nouvelles incartades. Il demanda que l'on porte du cake et du thé dans la véranda. Pendant que Xanthe préparait le nécessaire, il observa Orla. Elle paraissait abattue et une marque rouge marbrait sa joue. Il s'approcha afin d'examiner l'ecchymose.

— C'est ma femme qui vous a frappée ?

La jeune fille haussa les épaules.

— Ça lui arrive, mais ce n'est pas grave, monsieur.

— Il est hors de question qu'elle agisse ainsi chez moi.

Elle posa sur lui un regard morne.

— Comment voudriez-vous l'en empêcher, monsieur ?

Conn ne réagit pas tout de suite.

— Pourquoi restez-vous auprès d'elle ?

— L'ancien maître m'a menacée de jeter mes parents dehors si je m'en allais.

— En est-il de même avec Kieran ?

Elle parut déroutée.

— Je ne sais pas. Je ne me permettrais jamais de poser ce genre de question au nouveau maître. Il s'est contenté d'exprimer sa satisfaction que je sois avec elle.

Jamais Kieran ne se serait préoccupé des états d'âme d'une femme de chambre. Il laissait habituellement sa femme gérer le personnel. Conn se tourna vers les jumelles.

— Je vous prie d'excuser le comportement… étrange de ma femme. Dorénavant, le mieux est encore d'éviter de vous retrouver seules avec elle. Elle est capable de réactions violentes. Orla, si elle s'avisait à nouveau de vous frapper, appelez à l'aide. Nous veillerons à ce qu'elle ne vous fasse pas de mal.

— J'aime autant pas, monsieur. Ça la rendrait folle furieuse. Après tout, c'est juste des claques.

Avant que Conn ait pu répondre, Xanthe lui tendit un plateau.

— Le thé et le cake sont prêts.

— Je m'en charge, s'interposa Maia en s'emparant du lourd plateau en bois.

Conn la suivit et se réfugia dans un coin discret afin d'observer la scène de loin. Kathleen, les yeux perdus dans les massifs du jardin, semblait épuisée, comme souvent après une crise.

Il vit sa mère servir le thé tout en poursuivant la conversation sur un ton léger.

Kathleen répondit du bout des dents à ses questions entre deux parts de cake avant d'annoncer qu'elle se retirait.

— Je suis fatiguée. Je vais m'allonger un moment.

— Vous vous souvenez du chemin jusqu'à votre chambre ?

— Oui.

Conn se glissa furtivement dans une pièce voisine et attendit que sa femme se soit éclipsée avant de rejoindre sa mère dans la véranda.

— On dirait qu'elle se comporte mieux avec vous, Mère.

— C'était déjà le cas autrefois. Sa mère la fouettait pour lui apprendre à se maîtriser. Je fais l'inverse en lui parlant gentiment.

— On ne peut pas dire qu'elle se soit maîtrisée aujourd'hui. Jamais je ne l'avais vue se comporter aussi mal.

— La malheureuse était faite pour mener une existence tranquille à la campagne, auprès des chevaux qu'elle aime. Au lieu de quoi ses parents lui ont farci la tête avec des idées idiotes selon lesquelles les domestiques étaient à son service corps et âme.

Il jeta un regard furtif par-dessus son épaule.

— Croyez-vous qu'elle soit folle ?

— Je ne sais pas. Sa mère présentait des symptômes similaires, qui ont empiré avec l'âge. Il aurait fallu l'enfermer si elle ne s'était pas noyée volontairement.

— Je n'étais pas au courant.

— Sa famille a menacé de représailles tous ceux qui en parleraient. Les plus pauvres craignaient trop pour leur avenir. Quant à ceux de notre classe, ils étaient trop bien élevés pour colporter des rumeurs.

— Cela n'a pas empêché mon père d'insister pour que j'épouse Kathleen.

— Il l'a fait pour des raisons pécuniaires. Je me suis disputée avec lui à ce sujet, mais il m'a menacée de te déshériter et de nous jeter tous les deux à la rue si je ne me taisais pas.

— Il a usé des mêmes menaces avec moi. Il voulait se venger de vous.

Conn n'avait jamais révélé à sa mère cette conversation avec son père.

— Ton père a refusé de changer d'avis. Comme tu n'étais pas l'aîné, il se moquait bien que tes enfants soient à la hauteur de notre nom. Je suis désolée, mon Conn chéri. Je n'ai jamais été capable de lui tenir tête. Il trouvait toujours le moyen de blesser ceux qui osaient le contredire.

— Cela ne vous a pas empêchée de vous enfuir.

— C'est vrai, mais j'ai longuement planifié ma fuite. Je serai éternellement reconnaissante à Sean de l'aide qu'il m'a apportée.

Elle se leva péniblement.

— Je vais aller m'allonger un peu, moi aussi. Je suis fatiguée, aujourd'hui. À l'avenir, évitons de reparler de tout cela, si tu le veux bien. La page est tournée.

Même lorsque sa mère avait débarqué de façon inopinée en Australie, elle ne lui avait quasiment pas parlé de son père. C'était son idée de la loyauté.

Il se massa le front dans l'espoir de chasser son mal de tête. Il avait le plus grand mal à aligner les pensées. Sa décision n'en était pas moins prise : il était hors de question que Kathleen reste là, au risque de rendre insupportable le quotidien de sa mère.

7

Xanthe voulut s'assurer que tout était en ordre dans les chambres d'amis de l'aile est. Celle attribuée à Mme Kathleen était meublée de façon ordinaire, sans luxe. Elle décida d'installer Orla à côté de sa maîtresse. Restait à savoir si Bram dormirait dans la maison, ou bien dans les écuries dont Sean occupait la seule véritable chambre. Les autres palefreniers venaient seulement en journée et se contentaient de dormir dans un coin lorsque leur présence était requise certains soirs.

Il restait à espérer que la maison dispose de draps et de couvertures en quantité suffisante. Conn, préoccupé par l'élevage des chevaux, s'était d'autant plus désintéressé de la maison qu'il ne recevait jamais.

Xanthe ouvrit la porte-fenêtre de la chambre d'amis suivante afin de l'aérer. Le lit n'avait jamais été monté, ses divers éléments reposaient contre un mur. Il était heureusement équipé d'un bon matelas, si bien que l'ami de Conn disposerait d'une couche confortable.

À l'inverse, les lits des deux autres chambres n'avaient pas de matelas. Xanthe allait devoir remplir de foin une toile de jute. Il s'agissait d'un pis-aller, mais elle ne pouvait guère proposer mieux à ses visiteurs. Il lui faudrait dresser une liste de tout ce qui manquait, à charge pour Conn d'acheter le nécessaire lorsqu'il se rendrait à Perth.

Elle voulut monter le lit elle-même, mais les montants étaient trop lourds, jamais elle n'y parviendrait seule. Le mieux était encore de requérir l'aide de Conn ou de Ronan.

*

Ronan releva la tête en voyant Xanthe traverser la véranda. Il la trouva plus belle que jamais. Elle était dotée d'une personnalité plus marquée que celle de sa jumelle, la façon dont ses yeux avaient lancé des éclairs lorsque Kathleen l'avait insultée ne trompait personne, même si elle n'avait rien dit.

— J'ai une lettre de Pandora et Zachary pour votre sœur et vous, ainsi que des affaires vous appartenant.

— Vous voulez sans doute parler de l'ar…

Il lui fit signe de se taire en posant un doigt sur ses lèvres. Il tenait manifestement à garder la transaction secrète, sans doute à cause de Mme Kathleen.

— Nous en reparlerons, monsieur Maguire. À l'heure qu'il est, j'ai besoin d'aide pour préparer les chambres. J'ai donné à Mme Kathleen celle qui était prête.

— S'est-elle calmée ? fit la voix de Conn derrière elle.

Elle se retourna.

— Elle n'a pas pipé mot depuis qu'elle s'est retirée. Conn… je veux dire, monsieur, accepteriez-vous de déplacer le mobilier ? Les montants de lit sont trop lourds pour moi. Nous n'avions jamais terminé d'équiper ces chambres.

— Je vous donnerai volontiers un coup de main, se proposa Ronan avec un sourire qui électrisa la jeune femme.

Il avait une façon très charmante de sourire avec ses yeux.

— Je vous remercie, répondit-elle.

Elle reprit le chemin de l'aile est, suivie de Ronan. Elle vit du coin de l'œil que Conn discutait avec Maia. Elle manifesta son agacement d'un claquement de langue. Sa sœur était décidément incapable de dissimuler ses sentiments. Comme Ronan observait le couple, elle s'empressa de distraire son attention.

— Cette aile est réservée aux invités, monsieur Maguire, lui expliqua-t-elle, bien que nous n'en ayons jamais. Tout le monde dort dans l'aile ouest, y compris Maia et moi.

— Dans ce cas, je veillerai sur le dragon, au cas où il se promènerait la nuit dans la maison.

— Vous croyez vraiment qu'elle en est capable ?

— Elle a parfois des crises de somnambulisme. C'est arrivé à quelques reprises sur le bateau. Un soir où l'un des passagers l'avait réveillée, elle a été prise de panique et s'est mise à le frapper.

— Je vois, acquiesça Xanthe en lançant un bref coup d'œil dans sa direction avant de baisser à nouveau la tête.

Pourquoi donc la dévisageait-il de la sorte ?

— Je vous conseille de ne pas vous laisser maltraiter par Kathleen. Elle frappe régulièrement sa femme de chambre.

— Si elle s'aventurait à me frapper ou à frapper ma sœur, je la frapperais en retour.

Elle hésita un court instant avant de poursuivre :

— J'ai bien conscience de ne pas avoir le droit de m'exprimer ainsi, mais dans la mesure où ma sœur et moi allons devoir la supporter… J'espère que vous ne me tiendrez pas rigueur de ma franchise, mais je la trouve pour le moins… étrange.

— Elle l'a toujours été. Elle a fait vivre un enfer à Conn le peu de temps qu'ils ont vécu ensemble, et la situation n'a fait qu'empirer depuis son départ de Shilmara. À sa façon, elle était heureuse là-bas. Pour une raison qui échappe à tout le monde, elle s'entendait très bien avec M. Largan père. Il la trouvait amusante. C'était un homme foncièrement méchant.

— Je vois.

Elle s'arrêta sur le seuil de la première chambre à coucher.

— Vous préférerez sans doute l'extrémité du couloir.

— Faites au mieux. J'ai dormi dans des endroits bien moins accueillants au cours de mes voyages.

— Vous avez donc beaucoup voyagé ?

— J'ai visité la France, l'Italie et la Grèce.

— J'aimerais beaucoup recueillir vos impressions lorsque vous disposerez d'un peu de temps. Je compte voyager, moi aussi, à présent que j'en ai les moyens.

Voyant son étonnement, elle ajouta :

— Pourquoi me regardez-vous de cette façon-là ?

— Il est rare que les femmes éprouvent l'envie de voyager.

— C'est pourtant mon cas. Je deviendrais folle si je devais passer une existence de ménagère.

— Vous le faites bien ici.

Elle haussa les épaules.

— C'est une façon de gagner ma vie, mais ce n'est pas un *plaisir*.

— Vous êtes une femme surprenante.

Elle lui sourit.

— On me le dit souvent. La faute en revient à mon père. C'était un personnage étonnant qui nous a appris à penser par nous-mêmes. Sans doute est-ce pour cette raison que nous nous marions sur le tard.

— Quel genre de mari recherchez-vous ?

— Je ne cherche pas de mari et je ne souhaite pas avoir d'enfant.

Elle décida qu'elle s'était assez dévoilée et se montra soulagée lorsque Conn les rejoignit. Le regard bleu vif de Ronan Maguire sondait un peu trop son âme à son goût. Elle se sentait vulnérable en sa présence.

En dehors de Maia, il était rare qu'elle parle d'elle-même à quiconque. Pourquoi se confiait-elle à un étranger, au point de lui révéler ses rêves ? Pourquoi l'avait-il interrogée ? C'était un gentilhomme alors qu'elle n'était qu'une domestique.

*

Ronan suivit des yeux Xanthe et la vit ramasser le petit sac contenant les boulons et les écrous des montants de lit. La jeune femme le fascinait, elle ne ressemblait en rien aux domestiques qu'il avait pu connaître dans son existence. En dépit de sa politesse et de son engagement dans son travail, il n'y avait rien de soumis chez elle. Elle était belle sans donner le sentiment d'accorder la moindre importance à son apparence, à l'inverse de toutes les jolies femmes dont il avait croisé la route. Tout en ayant des origines très modestes, elle était indépendante financièrement, mais son indépendance d'esprit ne devait rien à sa fortune récente.

Comment devait-il se comporter vis-à-vis d'elle, sachant que l'attirance et le désir avaient pris possession de lui à l'instant où il l'avait vue ?

Conn aida Ronan à monter le lit qui lui était destiné, ainsi que ceux de Bram et d'Orla. Xanthe, qui dirigeait l'opération, leur demanda de déplacer les meubles superflus de la première chambre dans celles des deux domestiques. Ils achevèrent leur tâche en reléguant le mobilier inutilisable dans une petite pièce à la fenêtre condamnée.

— Il faudra que je m'occupe de la réparer, déclara Conn. Il n'est pas facile de se procurer des vitres dans ce pays. Je ne sais pas comment ont été cassés ces carreaux. J'ai commandé le nécessaire à Perth, mais je n'ai pas encore été livré. Je crains fort que cela soit plus compliqué encore de remplacer la vaisselle que Kathleen a brisée tout à l'heure.

Un sourire éclaira le visage de Ronan.

— La vie de colon n'est apparemment pas de tout repos.

— Le vrai colon, c'est celui qui a défriché le terrain et construit la maison à ma demande. C'est à lui que je dois tout, je me contente de poursuivre son œuvre.

— Il est mort ?

— Non, il est retourné en Irlande à la mort de sa femme. Je lui ai racheté le domaine à un prix très raisonnable. Je dispose d'une quarantaine d'hectares, ce qui est largement suffisant pour élever mes chevaux. J'ai surtout un puits qui ne se tarit jamais. La moitié de la propriété est encore plantée d'arbres, et c'est aussi bien ainsi.

— Tes bêtes semblent bien se porter.

— J'ai eu la chance d'avoir une récolte exceptionnelle cette année, j'ai du foin à foison. À mesure des années, je me suis procuré des bêtes solides. Dans ce pays, ce n'est pas la finesse des chevaux qui compte, mais leur capacité à effectuer des tâches difficiles.

Il se tourna vers Xanthe qui venait d'arriver.

— Je ne peux pas préparer les deux derniers lits, faute de matelas remplis de paille, déclara-t-elle.

— Je demanderai à Sean de s'en occuper, peut-être Bram peut-il l'aider. Vous avez suffisamment de pain sur la planche avec Maia. On aurait pu envoyer chercher quelqu'un d'autre.

— Sean a demandé à l'un des garçons d'écurie de nous aider.

— Merci de veiller à tout, avec votre efficacité habituelle.

Elle sourit.

— Ce n'était pas très compliqué de compter le nombre de chambres nécessaires. Prévenez-moi quand on aura rempli de paille les toiles à matelas, je ferai les lits avec Maia.

Elle allait quitter la pièce lorsqu'une voix la fit sursauter.

— Tu laisses ta femme de chambre te donner des ordres ?

Conn se retourna et vit sa femme sur le seuil de la pièce. Elle paraissait reposée et plus que jamais décidée à en découdre.

— Je paie Xanthe pour diriger la maisonnée et elle s'acquitte fort bien de sa mission.

— C'est toi qui le dis, rétorqua-t-elle, les larmes aux yeux.

Ronan se fit la réflexion que l'on pouvait difficilement en vouloir à Conn de lui parler si sèchement. Cette femme était impossible, elle lui avait mené la vie dure tout au long du trajet depuis Fremantle. Pourquoi fallait-il qu'elle agresse autrui en permanence ?

Conn avait dû s'apercevoir qu'elle avait les yeux brillants car c'est d'une voix plus douce qu'il reprit :

— Tu souhaites peut-être voir mes chevaux, Kathleen. Cela te fera du bien de te dégourdir les jambes après trois journées de carriole.

Le visage de la jeune femme s'illumina.

— Avec plaisir. Combien de chevaux possèdes-tu ?

Le couple s'éloigna, au grand soulagement de Ronan qui le suivit des yeux, planté sur le seuil, en plaignant son ami de tout son cœur.

— Excusez-moi, monsieur, mais je voudrais passer. Je dois nettoyer la chambre de Mme Largan.

Ronan s'effaça et Maia quitta la pièce en le laissant seul avec Xanthe qui avait regardé disparaître son maître, le front barré d'un pli.

Il l'observa en silence, détaillant sa silhouette mince et ses cheveux d'un noir bleuté.

Maia revint presque aussitôt.

— Mme Largan a besoin de s'allonger un peu. La pauvre, elle n'a pas besoin de toutes ces complications.

Ronan trouva la voix de Maia plus douce que celle de sa jumelle.

— Vous êtes très différentes, toutes les deux.

Il regretta immédiatement ses paroles.

— Je suis désolé de me montrer aussi familier, mais après avoir passé quelques jours avec votre sœur Pandora, j'ai l'impression de vous connaître. Je vous donnerai votre argent ce soir, s'il est possible de s'isoler. J'aurai quelques détails à vous fournir.

— Nous pouvons vous retrouver dans la véranda arrière, qui est réservée aux domestiques.

— Je demanderai à Conn de veiller à ce qu'*elle* ne nous dérange pas, grimaça Ronan. Je n'ai aucune confiance en cette femme, je ne lui ai rien dit de ce qui vous concerne.

Sa grimace se changea en sourire.

— Cela dit, j'aimerais voir sa tête le jour où elle apprendra que votre sœur et vous êtes indépendantes grâce à votre héritage.

— Personne n'est jamais totalement indépendant, remarqua Xanthe d'un air songeur. Il faut bien acheter de la nourriture, des meubles, du tissu pour fabriquer des vêtements. On dépend toujours des autres d'une façon ou d'une autre.

— Si je comprends bien, vous pensez que l'homme n'est pas une île ?

— Non. La phrase de Donne[1] est plaisante, mais ses poèmes n'ont pas la beauté de ceux de Keats. Il a toutefois raison d'affirmer qu'aucun homme n'est une île. C'est également vrai des femmes.

Il afficha sa surprise. Jamais il n'avait entendu une domestique parler philosophie, ou discuter des mérites poétiques de Donne. En dépit de la liberté de ton qui caractérisait Xanthe et sa sœur, il avait la conviction de se trouver en présence de deux personnes de qualité.

— Il est temps de nous remettre au travail, décida Xanthe. Nous parlerons poésie plus tard.

— Bien sûr. Euh… j'aurais besoin de m'isoler. Auriez-vous l'amabilité de me dire où se trouvent les lieux d'aisance ?

Sans s'émouvoir le moins du monde, Xanthe lui désigna un baraquement de bois équipé de deux portes, de l'autre côté de la cour.

— Celle de droite est réservée aux hommes, précisa-t-elle.

Maia attendit d'être seule avec sa jumelle pour s'adresser à elle à mi-voix :

— Tu ne trouves pas Mme Kathleen épouvantable ? Pauvre Conn.

— Pauvre Conn en effet, approuva Xanthe.

Pauvre Maia, surtout, soupira-t-elle intérieurement. Pourquoi avait-il fallu que sa sœur tombe amoureuse d'un homme marié ?

*

Conn et Kathleen sortirent des écuries en silence.

— Comme tu as pu le constater, je me suis installé comme éleveur.

---

1. Le poème *No Man is an Island* (« Aucun homme n'est une île ») de John Donne (1572-1631) a été publié en 1624. C'est à cette œuvre que l'écrivain Ernest Hemingway a emprunté le titre de son roman *Pour qui sonne le glas*. (*N.d.T.*)

— Triste sort pour un avocat. N'as-tu pas la possibilité d'exercer ta profession à présent que tu es libre ?

— Je ne souhaite plus être en lien avec une justice qui a obtenu ma condamnation alors que j'étais innocent. Je ne voudrais pour rien au monde contribuer à envoyer un jour un innocent en prison.

— Tu prétends toujours être innocent ? s'étonna-t-elle.

— Mais je le *suis*.

— Ils disposaient pourtant de preuves de ta culpabilité. Michael et ton père me l'ont confirmé.

— Je suis convaincu d'avoir été piégé par Michael, avec l'appui de mon père.

Elle le dévisagea, bouche bée.

— C'est terrible d'accuser ainsi ton père sans l'ombre d'une preuve. Il était extrêmement perturbé par ce que tu avais fait.

— Vraiment ? Je ne lui connaissais pas ce talent de comédien. Ces prétendues preuves ont été créées de toutes pièces. À part lui, je vois mal qui aurait pu commettre un tel forfait. Mon père et Michael ont menti tous deux lorsqu'ils ont témoigné sous serment au tribunal. Je les croyais sincères sur le moment, mais j'ai eu le temps d'y réfléchir depuis et je suis convaincu qu'ils ont agi sciemment.

Il était heureux de ne pas avoir soupçonné la vérité à l'époque. La trahison de ses proches l'aurait rendu fou de douleur.

Ils se remirent en route.

— Pourquoi ne m'as-tu jamais rendu visite en prison ? voulut-il savoir. J'aurais pu t'exposer ma version des faits.

— Ton père m'a formellement déconseillé de me rendre dans ce lieu de perdition. Il a promis de s'occuper de moi puisque tu n'étais plus en mesure de me protéger. Ce qu'il a fait jusqu'à sa mort. Il s'est montré *bon* avec moi. Il me laissait monter ses chevaux, m'emmenait avec lui lorsqu'il rendait visite à ses amis. J'étais heureuse à Shilmara.

Elle laissait filtrer sa souffrance à travers ses propos et Conn se surprit à ressentir de la pitié pour elle. Il s'empressa de changer de sujet de conversation, incapable de l'entendre plus longtemps chanter les louanges de son père. Il fit halte près de l'enclos où étaient enfermés les poulains dont il était particulièrement fier.

— Nous avons besoin de chevaux résistants par ici. Leur allure n'a guère d'importance. Regarde-moi ceux-là ! Des animaux magnifiques.

Elle les observa longuement depuis la clôture.

— Ils sont visiblement sains et bien nourris, avec une belle robe, mais je préfère les beaux chevaux.

— Les routes ne sont guère faciles et la plupart des cavaliers y usent leurs montures.

— S'il n'en tenait qu'à moi, je les ferais fouetter pour avoir maltraité leurs bêtes. L'étalon châtain que j'aperçois là-bas est splendide.

— Oui, il m'a déjà donné deux excellents poulains. Je lui cherche actuellement une ou deux autres juments.

Il attendit qu'elle ait admiré ses bêtes tout son soûl pour lui demander d'une voix douce :

— Pourquoi es-tu venue ici, Kathleen ? Dis-moi la vérité.

— Je te l'ai dit, je comptais demander à ta mère de rentrer au pays et de vivre avec moi.

— Je ne vois pas en quoi cela t'aurait aidée.

Elle ne chercha pas à masquer son étonnement.

— J'étais reçue partout lorsque je vivais avec ton père. Depuis sa disparition, à l'exception de la mère de Ronan, plus personne ne m'adressait la parole, même à la messe. J'ai pensé que je retrouverais une vie sociale à peu près acceptable si ta mère venait vivre avec moi.

— Ma mère n'est pas en mesure de retourner en Irlande. Tu as vu avec quelles difficultés elle se déplace à présent. Maia l'assiste à chaque instant.

Kathleen resta plongée dans le silence et il ne chercha pas à interrompre le cours de ses pensées.

— Dans ce cas, je serai obligée de rester ici. Mais ne compte pas sur moi pour partager ta couche.

Pourquoi l'idée qu'il la touche la dégoûtait-elle autant ? Sans être vaniteux, il savait que les femmes le trouvaient séduisant.

— Ne t'inquiète pas. Je ne compte pas t'inviter dans mon lit.

— Je m'en doute. Tu as des vues sur la femme de chambre de ta mère, à n'en pas douter. Cette souillon n'aura aucun mal à satisfaire tes besoins.

— Comment as-tu…

Il se mordit la langue en comprenant qu'il venait de se trahir.

— Je n'ai jamais touché Maia de cette façon-là et cela n'arrivera pas. C'est une jeune femme parfaitement convenable.

Elle le dévisagea d'un air songeur.

— Je te crois. Tu as toujours été faible avec les domestiques. Mais elle te plaît, avoue-le. Tu finiras par la mettre dans ton lit. Les hommes ne pensent qu'à ces saletés. Vous ne valez guère mieux que des étalons en présence d'une jument en chaleur. Ton père me l'a expliqué un jour. Il était d'une autre eau, *lui*.

— Si ton opinion des hommes se résume à cela, tu ferais mieux d'entrer au couvent. Tu n'y croiseras aucun homme.

— L'idée de m'enfermer te plairait, pas vrai ? Tu es comme mon frère. Je deviendrais folle, prisonnière entre quatre murs.

Elle tendit la main et caressa le museau d'une jeune jument. L'animal, pourtant peu habitué à se laisser approcher par des inconnus, se laissa faire.

— Tu ne peux pas rester ici, Kathleen, déclara-t-il sans aucune animosité. Nous serions malheureux tous les deux.

— Je n'ai nulle part ailleurs où aller. Et puis je suis déjà malheureuse.

— Tu peux vivre ici en attendant de trouver une autre solution, mais souviens-toi que cette maison est celle de ma mère, et non la tienne. C'est elle qui donne les ordres et il est hors de question que tu maltraites mes domestiques.

Un éclair de colère traversa le regard de Kathleen, mais elle se contenta de serrer les dents.

— Il est temps de rejoindre les autres.

— Je compte rester avec les chevaux jusqu'à l'heure du dîner.

— J'enverrai quelqu'un te chercher lorsque le repas sera prêt.

Il tourna la tête en voyant une silhouette sortir des écuries.

— C'est Sean, dit-elle en suivant son regard. Je me souviens de lui à Shilmara. C'est lui qui a aidé ta mère à s'enfuir. Ton père était furieux. Tu as tort de garder chez toi un scélérat de son acabit.

— Heureusement qu'il était là pour aider ma mère. Sans compter qu'il s'occupe très bien des chevaux.

— Il n'y a que ça pour toi : ta mère et tes chevaux.

Elle lui tourna le dos et s'éloigna en direction de l'enclos voisin où paissaient de jeunes bêtes.

Il hésita un instant à la laisser se promener librement à travers le domaine. Après tout, elle ne rudoyait pas les domestiques pendant qu'elle se promenait, et puis elle aimait sincèrement les animaux.

Il se tourna vers Sean.

— Ne la laisse pas te donner des ordres.

Le vieil homme haussa les épaules.

— Elle ne pourra pas s'en empêcher, mais tant qu'elle ne fait pas de mal aux chevaux, je m'en moque.

Conn le remercia d'un sourire avant de regagner la maison. Sean avait beau passer le plus clair de son temps dans les écuries, rien ne lui échappait.

Il décida de rejoindre Ronan, chagriné à l'idée que son ami ait perdu sa mère pendant le voyage. Rien de surprenant à ce qu'il affiche sa tristesse par moments.

8

À une heure de carriole de Galway House, Cassandra veillait Kevin Lynch, confiné dans son lit.

L'aînée des sœurs Blake lui essuya le front et repoussa d'une main douce les rares boucles blanches qui lui restaient.

— Puis-je vous apporter à boire ?

— Non, ma fille. J'ai passé… le stade de la soif, haleta-t-il. Je ne vous… ennuierai plus… longtemps.

Elle ne tenta pas de le contredire. Personne n'aurait cru qu'il survivrait aussi longtemps. Ils avaient été heureux tous ensemble.

— Vous nous manquerez, Kevin. Vous nous avez tant appris sur ce pays. Je ne sais pas comment nous aurions fait sans vous.

Il sourit.

— Vous avez été… les enfants… que je n'ai jamais eus.

Reece pénétra dans la pièce et prit place de l'autre côté du lit. Il haussa un sourcil interrogateur en direction de sa femme et celle-ci secoua discrètement la tête. Il prit dans la sienne la main usée de Kevin.

— Je dois te dire, déclara le vieil homme, à bout de souffle. Je t'ai… tout laissé, mon garçon.

— J'étais persuadé que cette ferme reviendrait à votre neveu, s'étonna Reece.

— Il ne la mérite pas. Jamais il ne m'a répondu.

— Nous vous serons éternellement reconnaissants de votre gentillesse, murmura Cassandra.

Des pleurs d'enfant s'élevèrent de la pièce voisine et Kevin adressa un sourire à la jeune femme.

— Allez donc vous occuper… de la petite Sofia.

Il attendit qu'elle ait quitté la pièce avant de continuer.

— J'ai laissé à Conn… un testament… en bonne et due forme.

Reece baissa la tête. Le destin se montrait bien clément avec sa femme et lui. Ils étaient arrivés en Australie sans un sou, et voilà qu'ils étaient propriétaires d'une ferme. Celle-ci était modeste, mais prometteuse.

Lorsqu'il releva les yeux, Kevin dormait en respirant péniblement.

Il le veilla quelques minutes de plus, sans lui lâcher la main. Le silence qui régnait autour d'eux le tira de ses pensées et il reporta son attention sur le vieil homme. Kevin avait cessé de respirer, une expression sereine sur ses traits. Sa mort avait été douce.

— Merci, murmura-t-il en s'adressant au mort. Et pas uniquement pour nous avoir laissé ces terres. Vous nous avez donné infiniment plus. Cassandra ? appela-t-il.

Elle parut sur le seuil de la chambre, son bébé dans les bras.

— Il est mort si paisiblement que je ne m'en suis pas aperçu immédiatement.

— Je suis heureuse que sa fin ait été aussi douce. Il me manquera beaucoup.

Elle caressa la joue du défunt de sa main libre, puis elle posa sa fille, le temps de recouvrir la dépouille à l'aide du drap.

— Nous l'enterrerons demain.

Reece acquiesça.

— Il faut que tu ailles prévenir les Southerham, poursuivit Cassandra. Ils souhaîteront peut-être assister à l'inhumation, par respect pour un voisin fidèle, en dépit de son passé de condamné.

Reece fit la grimace.

— Je déteste aller là-bas. La ferme est en piteux état, c'est pire à chacune de mes visites. Léo se donne beaucoup de mal, le brave garçon, mais en dehors des animaux qu'il adore et sur lesquels il veille, il faut tout lui dire. Livia a le nez dans un livre la moitié du temps et Francis passe ses journées avec ses chevaux, si bien qu'ils négligent de donner à Léo les ordres indispensables. Heureusement qu'ils ont un peu de bien, jamais leur ferme ne les fera vivre tant qu'ils s'en occuperont de la sorte. Voilà bien les gens de la noblesse !

— Tous ceux de leur classe n'ont pas l'esprit aussi peu pratique qu'eux. Regarde Conn, il se débrouille très bien.

Elle balaya la pièce des yeux.

— C'est incroyablement gentil de la part de Kevin de nous laisser tous ses biens, ne trouves-tu pas ? Nous sommes chez nous à présent, c'est incroyable !

Il la serra contre lui d'un geste qu'il répétait souvent dans la journée.

— Nous aurions acheté des terres le jour où ton héritage serait arrivé d'Angleterre, mais la décision de Kevin me permet d'ajouter un apport substantiel à la communauté, et j'en suis soulagé. Je m'étais souvent demandé si Kevin ne nous laisserait pas quelque bien, à la suite de remarques, mais il ne m'en avait rien dit.

Il secoua la tête.

— Je m'en veux de me réjouir alors qu'il vient de mourir.

— La vie continue et il souhaitait nous voir heureux. Nous l'avons toujours soigné de façon désintéressée et il le savait.

— Tu as sans doute raison.

— Allez ! Va annoncer la nouvelle aux Southerham. Faute de prêtre, du moins pouvons-nous organiser une petite cérémonie et prononcer des prières. Il avait choisi le lieu où il désirait reposer. Un endroit magnifique au sommet de notre petite colline.

Reece la prit à nouveau brièvement dans ses bras et déposa un baiser sur le nez de Sofia, accrochée aux jupes de sa mère.

— En sortant de chez les Southerham, je pousserai à cheval jusque chez Conn pour lui proposer d'assister à la mise en terre.

J'en profiterai pour lui parler du testament. Je serai rentré avant la nuit, je ne crois pas qu'il pleuvra d'ici là. Je creuserai la tombe tôt demain matin.

— Pendant ce temps, je préparerai le corps.

— Tu as besoin d'aide ?

— Non. Je l'ai fait à la mort de mon père et je serai heureuse de rendre cet ultime service à Kevin.

— Décidément, j'ai de la chance de t'avoir épousée.

Il tapota affectueusement le ventre de la jeune femme qui commençait à s'arrondir.

— Si celle-ci est une fille, je souhaite qu'elle te ressemble.

Elle gloussa.

— Elle ne pourra pas me ressembler davantage que Sofia.

Un sourire adoucit les traits de Reece.

— Celle-là, c'est une petite finaude.

Tous deux offrirent un visage attendri à l'enfant qui construisait une tour à leurs pieds, à l'aide des blocs de bois fabriqués à son intention par Kevin.

Quelques minutes plus tard, Cassandra regardait Reece s'éloigner à grandes enjambées sur le petit chemin conduisant à la ferme de leurs voisins. Elle avait bien des raisons d'être reconnaissante au destin, mais elle remerciait le ciel avant tout de l'amour que portait son mari à Sofia, alors que l'enfant n'était pas de lui. Il avait toujours pensé que la petite fille lui avait été envoyée en remplacement du bébé perdu avec sa première femme, morte en couches.

Cassandra entreprit de préparer Kevin. Tout en surveillant la petite d'un œil, elle lava le corps avant de lui enfiler des habits propres en prévision de son ultime voyage.

*

Reece adressa un signe de la main à Léo, occupé à bêcher le potager des Southerham. Ceux-ci avaient de la chance de l'avoir, tout comme Léo avait de la chance d'avoir trouvé un foyer chez eux. Son beau-père l'avait envoyé en Australie dans le seul but de s'en débarrasser au prétexte qu'il était simple d'esprit. Léo n'en avait pas moins un don avec les animaux, ce qui lui aurait permis de gagner sa vie n'importe où dans la colonie. Grâce à lui, les écuries des Southerham étaient parfaitement tenues, mais il faisait preuve de peu d'initiative dans l'accomplissement des autres tâches quotidiennes à la ferme.

Reece posa un regard apitoyé sur les tristes baraquements qu'il avait aidé Francis à construire à l'époque où il travaillait pour lui. Francis, par souci d'économie, n'avait pas voulu acheter du bois, si bien qu'ils avaient utilisé des troncs d'arbres morts, ainsi que le ferait Reece à présent qu'il était à la tête de sa propre ferme. Les écuries des Southerham ne payaient pas de mine, mais elles ne prenaient pas l'eau et accueillaient les chevaux auxquels Francis tenait plus que tout.

Comme de juste, Reece trouva son ancien employeur assis sur un rondin de bois près de son cheval préféré. Il fut choqué de voir à quel point Francis s'était étiolé en quelques jours. Il soupira à l'idée que la mort rôde aussi chez ses voisins, les seuls qu'il avait dans cette région isolée.

Livia s'occupait de son mari avec un dévouement exemplaire depuis deux ans, mais le destin ne tarderait pas à lui reprendre Francis. Le climat tempéré de l'Australie-Occidentale, s'il avait prolongé la vie de l'intéressé, ne suffirait pas à le sauver. Livia avait déclaré un jour qu'elle quitterait Westview afin de créer une école à Perth le jour où mourrait son mari, mais Reece l'imaginait mal menant à bien un tel projet tant elle manquait d'esprit pratique.

Il s'arma de courage afin d'accomplir sa mission.

— Je viens vous annoncer le décès de Kevin.

Voyant que Francis accusait le coup, il se hâta d'ajouter :

— Il est parti si paisiblement qu'il m'a fallu quelques minutes avant de m'apercevoir de son décès.

— Je mourrai probablement dans de grandes souffrances en crachant mes poumons.

Reece soupira. Francis multipliait les remarques de cette nature depuis quelque temps, et il ne savait jamais comment réagir.

— Kevin a-t-il eu le temps de vous dire qu'il vous laissait tous ses biens ? Livia et moi lui avons servi de témoins lorsqu'il a rédigé son testament, peu après notre arrivée ici. Vous êtes bien tombé.

— Il me l'a avoué à la dernière extrémité. Je ne me doutais pas qu'il avait rédigé ses dernières volontés depuis aussi longtemps. Il me connaissait à peine à l'époque.

Il se retourna en entendant des pas.

— Bonjour, Livia.

Il expliqua à la nouvelle venue les raisons de sa visite et surprit le regard que la jeune femme posait sur son mari.

— Je viendrai pour l'inhumation, mais j'ai bien peur que ce soit un peu loin pour Francis.

— Je suis pourtant près du but, moi aussi, plaisanta sinistrement son mari avec un rire amer.

Elle se contenta de lui prendre la main et de la serrer dans la sienne.

— Nous pensions mettre Kevin en terre demain matin vers 10 heures, si cela vous convient, reprit Reece. Il nous faudra procéder aux derniers rites nous-mêmes. Le pasteur itinérant n'effectue sa visite mensuelle que dans quinze jours. Je doute même qu'il trouve le temps de pousser jusqu'ici et de bénir la sépulture. Je compte me rendre à cheval à Galway House tout à l'heure afin de prévenir Conn et les jumelles.

— Transmettez-lui nos salutations. Je vous raccompagne jusqu'au sentier. Je reviens dans une minute, Francis.

Elle attendit de s'être éloignée de la ferme pour se tourner vers Reece :

— Ne vous offusquez pas de ses remarques. Son état se dégrade rapidement, ce qui le perturbe. Léo a dû l'aider à marcher jusqu'aux écuries hier.

— Ne vous inquiétez pas, je serais aussi perturbé que lui si j'étais au bord de la tombe.

Reece s'arrêta et lui prit la main.

— N'oubliez jamais que nous sommes là en cas de besoin, de jour comme de nuit. N'hésitez pas à nous envoyer Léo le moment venu.

— Je sais. Je vous remercie.

Il se retourna au moment de franchir la crête et constata qu'elle n'avait pas bougé, le regard perdu à l'horizon. Elle avait beau avoir du caractère, afficher tant de sérénité et apporter un soutien sans faille à Francis face à la maladie relevait de l'exploit. Reece ne savait pas comment il réagirait s'il arrivait malheur à sa femme. Il avait perdu sa première épouse, c'est vrai, mais il n'avait pas eu avec elle une relation aussi forte. Se marier avec Cassandra était la chance de sa vie. Ils s'entendaient à merveille, partageaient les mêmes espoirs, les mêmes projets, mais aussi les mêmes efforts si l'on entendait réussir dans ce pays tout neuf.

Quant à la petite Sofia, elle avait su conquérir son cœur en le prenant entre ses petites mains roses et il la considérait comme sa fille.

*

Reece rentra chez lui et sella le cheval de Kevin, qui était désormais le sien. Tout comme Conn, Kevin possédait le don de reconnaître les bêtes les plus solides. Delilah était laide, mais elle était aussi à l'aise entre les brancards d'une carriole qu'avec un cavalier. Il la flatta affectueusement. À son arrivée en Australie, c'est tout juste s'il était capable de monter en selle et de conduire une charrette, mais il avait eu le temps de se familiariser avec ces deux moyens de locomotion. Il irait plus vite ce jour-là en montant la jument.

Cassandra lui recommanda de transmettre toute son affection à ses sœurs, puis elle retourna à l'intérieur de la maison afin de choisir une chemise de nuit propre en guise de tenue mortuaire. Sa fille, trop petite pour comprendre ce qui se passait, jouait à ses pieds en se sentant instinctivement en sécurité.

Au terme d'une petite heure de route, Reece arrivait en vue de Galway House. Il s'étonna de découvrir une inconnue assise dans la véranda. Elle arborait une mine pincée et il devina à sa tenue qu'elle faisait partie de la classe dominante, aussi souleva-t-il son chapeau poliment en passant près d'elle sur le chemin des écuries.

Il trouva Conn adossé à la clôture, en grande conversation avec un inconnu.

Les deux hommes se retournèrent au bruit des sabots de la jument et Conn murmura quelques mots à son compagnon avant de l'entraîner à la rencontre de Reece.

Conn présenta son ami Ronan au visiteur.

— Il apporte l'héritage de votre femme, confié par Pandora. Son mari et elle ont vendu deux des cottages de son oncle.

Reece serra la main du nouveau venu.

— Ravi de vous rencontrer.

Il se tourna vers Conn.

— Je vous apporte une triste nouvelle.

— Kevin ou Francis ?

— Kevin. Il s'est éteint paisiblement ce matin. Nous le mettrons en terre demain matin, je pensais que vous souhaiteriez peut-être vous joindre à nous.

— En temps ordinaire, j'aurais accepté avec plaisir, mais je n'ose guère laisser ma mère seule ces temps-ci.

Pris d'une hésitation, il finit par annoncer à Reece l'arrivée inopinée de sa femme, et le caractère difficile de Kathleen.

Reece s'efforça de dissimuler sa surprise du mieux qu'il le pouvait. Conn n'avait jamais dit à quiconque qu'il était marié. Il est vrai qu'il n'avait guère tendance à afficher sa vie privée, habitué à être snobé du fait de son passé judiciaire. Tout le monde était pourtant au courant des sentiments de Maia à son endroit, et Reece trouva cruel de l'avoir laissée croire qu'il était libre.

— Désolé, j'étais perdu dans mes pensées, s'excusa-t-il en s'apercevant que Conn lui parlait. Vous disiez ?

— Xanthe et Maia souhaiteront peut-être assister à l'inhumation, répéta Conn. Je peux demander à Sean de les conduire chez vous.

— Je peux également m'en charger, proposa Ronan. J'ai très envie de découvrir ce pays pendant mon séjour.

— Je te confie volontiers la carriole et mon cheval, mais tu seras sans doute contraint de dormir à la belle étoile cette nuit et le temps est menaçant. La maison de Kevin n'est pas grande. C'est lui-même qui l'a construite, comme le veut la coutume par ici.

— Ce n'est pas la première fois que je campe, et puis il ne fait pas froid.

— C'est vrai. Même en hiver, il est rare qu'il gèle, et il ne neige jamais. Il pleut beaucoup, en revanche. Rentrons, Reece. Je souhaite vous présenter à ma femme, sinon elle pourrait en prendre ombrage.

— Attention, la voici, murmura Ronan.

Conn se retourna.

— Ah, Kathleen. Te voilà. Je comptais justement te présenter Reece Gregory, qui possède des terres dans les environs. Il a épousé la sœur aînée de Xanthe et de Maia.

Elle salua sèchement le visiteur.

— Vous êtes un ancien condamné, vous aussi ? Mon mari affirme qu'il ne reçoit jamais la visite de gens normaux.

Reece ouvrit de grands yeux, choqué par tant de grossièreté gratuite.

— À quoi bon, Kathleen ? réagit Conn d'une voix lasse. M. Gregory est un homme libre.

— Il n'en a pas moins épousé une domestique. Pourquoi me le présenter ? Tu manques de manière à ce point, désormais ? Je constate que tu fraies avec de curieux amis.

À ces mots, elle tourna le dos aux trois hommes et s'éloigna.

Conn serra les paupières et ses deux compagnons échangèrent un regard triste.

— Kathleen a toujours été dotée d'un caractère… difficile, finit par se reprendre Conn. J'avoue que ça ne s'est pas amélioré avec les années.

Il prit longuement sa respiration.

— Allons saluer ma mère. Nous demanderons aux deux sœurs si elles souhaitent passer la nuit chez vous avec Cassandra.

C'est aussi bien qu'elles ne soient pas à la maison en ce moment. Du moins tant que je n'aurai pas trouvé une résidence à Kathleen.

Les yeux de Maia se voilèrent lorsqu'elle apprit la mort de Kevin.

— Je suis très triste. C'était un homme adorable. Cela dit, il me semble difficile de laisser votre mère, Conn. Kevin ne m'en voudrait pas.

— Elle peut certainement se débrouiller pendant un jour ou deux. La femme de chambre de Kathleen l'assistera au besoin.

Mais Maia secoua la tête.

— Votre mère n'en dit rien, mais elle souffre énormément en ce moment et je sais mieux que quiconque comment la soulager.

Elle se tourna vers sa sœur.

— Tu n'as qu'à y aller pour nous deux, Xanthe. N'oublie pas de dire à Cassandra que je l'aime. Tu en profiteras pour régler avec elle nos affaires anglaises.

Conn posa instinctivement sur Maia un regard attendri.

— Je vous serai éternellement reconnaissant de votre dévouement à ma mère. Je vais demander à Sean d'atteler la petite carriole. Profitez-en pour vous préparer, Xanthe.

Cette dernière gagna sa chambre en manifestant son exaspération d'un claquement de langue. Ces deux-là étaient décidément incapables de masquer le sentiment qui les unissait.

Kathleen n'était pas assez bête pour que leur manège lui ait échappé. N'importe quelle femme, qu'elle aime ou non son mari, s'en offusquerait.

*

Xanthe installée à côté de lui sur le banc de la carriole, Ronan se contenta de suivre le cheval de Reece pendant quelques kilomètres en roulant au pas, attentif aux pièges d'une route en piteux état. Il n'osait pas quitter le chemin des yeux. Le hongre que lui avait confié Conn était un bel animal et manifestait sa joie de battre la campagne, si bien que le jeune homme finit par adopter une conduite plus détendue.

Xanthe rompit le silence la première.

— Donnez-moi donc quelques nouvelles du monde. Les informations parviennent jusqu'ici avec beaucoup de retard. Le Lancashire se remet-il enfin de la pénurie de coton ? Les usines ont-elles rouvert leurs portes ? La nouvelle de la fin du conflit en Amérique nous a bien soulagés, même si notre joie s'est trouvée assombrie par l'assassinat de ce pauvre M. Lincoln. J'aimerais me rendre en Amérique un jour, mais le voyage est long pour une femme seule et je n'aurai probablement jamais l'occasion de l'effectuer.

Il lui répondit longuement et elle l'écouta avec intérêt, émaillant la conversation de questions et de commentaires intelligents.

Le silence était retombé depuis quelques minutes lorsqu'elle lui demanda à brûle-pourpoint :

— Racontez-moi votre voyage jusqu'ici. Pandora n'a guère eu l'occasion de nous détailler le sien, la pauvre avait le mal de mer et souffrait de la chaleur. Avez-vous trouvé le temps de visiter Alexandrie et Suez ? Je suis curieuse de savoir à quoi ressemblent ces deux villes. Avez-vous vu le chantier du canal ? On dit que c'est un chef-d'œuvre et que le voyage en Australie s'en trouvera grandement raccourci.

— Vous êtes une curieuse jeune femme, laissa échapper Ronan.

— J'en ai conscience. À présent que je dispose d'un peu d'argent, je n'ai plus de raison de feindre l'humilité.

Sans avoir jamais forcé le trait dans ce sens, elle s'était souvent tue au lieu de s'exprimer librement.

Il rejeta la tête en arrière, secoué par un grand rire.

— Qu'ai-je dit de si amusant ?

— J'avoue n'avoir jamais croisé la route d'une femme aussi directe que vous, Xanthe.

— J'exécute mon travail du mieux que je le peux, se justifia-t-elle.

— Je le vois bien, mais il n'en reste pas moins que vous n'êtes pas une personne réservée. Votre façon même de vous tenir est différente de celle des gouvernantes habituelles. Vous regardez le monde en face.

Il avait prononcé ce verdict sur un ton admiratif.

— Je crois être polie. Mais ne parlons plus de tout ça, expliquez-moi plutôt pourquoi vous ne vous êtes pas arrêté en route. J'avais cru comprendre que vous aimiez voyager.

— Après la mort de ma mère, je n'avais plus le cœur à découvrir le monde. Je tenais beaucoup à elle.

— Pardonnez mon indélicatesse. Je ne voulais pas raviver chez vous des souvenirs pénibles.

Il poussa un soupir.

— Sa mort continue de me chagriner, mais vous n'y êtes pour rien. C'était une femme très vive et une bonne mère. Elle va beaucoup me manquer, et pas uniquement parce que nous vivions ensemble en Irlande. Mais la vie continue, et j'imagine que l'on finit par s'habituer.

— Pas complètement. Mon père me manque toujours beaucoup et j'éprouve souvent l'envie de lui parler alors que son décès remonte à plusieurs années.

Elle posa une main bienveillante sur le bras de Ronan et il retint son souffle en lisant dans les yeux de sa compagne autant de compassion que d'intelligence. Avait-elle seulement conscience de son charme ? Il ne faisait aucun doute qu'elle constituerait une tentation pour les hommes dont elle croiserait le chemin lors de ses voyages, au risque de la mettre en danger.

Lui-même se sentait tenté. Sa présence toute proche chatouillait ses sens. Il la désirait, c'est vrai, mais il commençait surtout à l'apprécier, un sentiment que n'avaient jamais provoqué chez lui les femmes avec lesquelles il avait eu des relations intimes.

Il lui en sut gré de le distraire de ses pensées en tendant le doigt.

— La ferme des Southerham se trouve tout au bout de ce petit chemin à gauche. Elle dispose d'une vue magnifique sur le couchant qui lui a valu le nom de Westview. La ferme de Kevin se trouve un peu plus loin à droite. On la nomme simplement

Lynch Farm. Je me demande si ma sœur et mon beau-frère souhaiteront la baptiser différemment. Quel plaisir de revenir ici ! Je suis impatiente de revoir Cassandra et sa petite Sofia.

Elle sauta à terre en reconnaissant la silhouette de sa sœur sur le pas de la porte. Elle se jeta dans ses bras, puis elle saisit sa nièce qu'elle fit virevolter en tournant sur elle-même comme une toupie.

Ronan observa la scène d'un air amusé. La quatrième sœur Blake était belle, elle aussi. Si Pandora était la plus jolie selon les canons classiques et si Maia possédait une douceur qui atténuait quelque peu sa beauté lorsque l'on s'intéressait à elle de plus près, Cassandra avait tout d'une déesse de la Fécondité, le ventre légèrement arrondi par l'enfant qu'elle attendait. Quant à Xanthe, son esprit était aussi étincelant que son sourire, un mélange pour le moins détonant.

Ronan tira sur les rênes et descendit de la carriole. Reece, qui avait démonté quelques instants plus tôt, adressa un geste à sa femme et se tourna vers leur hôte.

— Souhaitez-vous que je vous aide à débrider le hongre ?

La proposition fit sourire Ronan.

— Mes origines ne m'empêchent pas de m'occuper de mon cheval, vous savez.

— Conn ne me le pardonnerait pas si je ne m'occupais pas de son cheval. Il aime ses bêtes comme s'il s'agissait de ses propres enfants.

— Sans doute parce qu'il n'en a pas et n'en aura probablement jamais.

— Sa femme est…

Reece hésita sur le terme qui aurait le mieux décrit Kathleen.

— Une vile créature, pétrie de dépit et de méchanceté, déclara Ronan en achevant la phrase à sa place. Je me demande bien comment le malheureux va pouvoir s'en débarrasser. C'était pure folie de la part de Kathleen de rejoindre Conn en Australie.

— Je le plains de tout mon cœur. Surtout quand je vois la femme merveilleuse que j'ai épousée.

Les deux hommes achevèrent de s'occuper des chevaux, puis ils se lavèrent les mains et se rendirent auprès de Cassandra et de Xanthe.

La première leur offrit de préparer du thé et s'éclipsa dans la cuisine, aménagée dans un bâtiment séparé à l'arrière de la petite maison.

Xanthe leva la tête.

— Le ciel est de plus en plus gris. J'espérais qu'il ne pleuvrait pas, mais il est vrai que nous sommes en hiver.

— Moi qui croyais que l'Australie était un pays chaud et ensoleillé, me voilà détrompé, remarqua Ronan.

— Il fait très chaud l'été en Australie-Occidentale, parfois même trop, mais les hivers sont humides.

La jeune femme ne s'était pas trompée, ils finissaient de dîner lorsqu'il commença à pleuvoir. De grosses gouttes tambourinèrent sur le toit et rebondirent sur la terre desséchée tandis que le vent poussait des rideaux d'eau le long de la façade, rendant la véranda inhabitable.

— Vous allez devoir dormir à l'intérieur de la maison ce soir, monsieur Maguire, déclara Cassandra en fronçant les sourcils. Comme le corps de Kevin se trouve encore dans sa chambre, je ne sais pas où nous allons vous installer. Il vous reste la possibilité de dormir par terre, au pied de son lit.

Le jeune homme frissonna.

— J'aime autant ne pas tenir compagnie à un mort.

— J'avoue que cette perspective ne m'enchanterait pas, moi non plus.

— M. Maguire n'aura qu'à dormir dans le salon avec moi, suggéra Xanthe.

Ronan faillit s'étouffer en avalant de travers.

Elle posa sur lui un regard malicieux.

— Je ne vous proposais pas de partager le même lit, monsieur Maguire. La pièce est assez grande.

Elle posa une main sur sa poitrine en affichant un air faussement terrifié.

— Je dormirai près de la porte de Reece et Cassandra, au cas où il me faudrait crier à l'aide en pleine nuit.

La boutade provoqua l'hilarité du jeune couple, mais Ronan ne put se résoudre à rire. Le tableau qu'elle avait fait naître dans sa tête l'avait choqué. Il était étonné de la désinvolture avec laquelle ils évoquaient la possibilité de voir un homme et une femme partager une même pièce sans être mariés. Il posa un regard gêné sur ses hôtes.

— Les voyageurs sont les bienvenus dans la plupart des maisons par ici, mais ils doivent se contenter de peu, expliqua Reece. Il existe peu de bourgs en dehors de Perth, et donc peu d'auberges. Cette coutume n'a rien d'immoral, elle tient compte de la réalité du terrain. Avec cette pluie, il vous serait impossible de dormir dans la carriole ou dans la véranda, et Xanthe ne peut plus dormir dans notre chambre à présent que nous y accueillons Sofia. Nous laisserons évidemment notre porte ouverte, par souci de bienséance.

Il fut tenté de sourire en pensant à ce qu'aurait dit sa mère si elle s'était trouvée en pareille situation. Jamais elle n'aurait envisagé de dormir la porte ouverte, à quelques pas d'un inconnu. Il se comporterait en parfait gentleman, bien sûr, mais la présence aussi près de la ravissante Xanthe Blake risquait fort de troubler son sommeil.

*

Maia alla trouver Conn et lui conseilla de porter sa mère jusqu'au salon où elle comptait passer la soirée. La vieille dame demandait rarement à son fils de lui rendre un tel service, il fallait donc qu'elle se sente particulièrement mal. La pluie menaçait à l'extérieur, la nuit était tombée plus tôt que d'habitude tant le ciel était sombre, mais un feu brûlait dans l'âtre et quelques lampes à huile contribuaient à l'atmosphère confortable qui se dégageait de la pièce.

Conn laissa Kathleen dans la véranda où elle tournait en rond en maugréant et s'installa afin de discuter avec sa mère.

Entendant sa femme rentrer, il adressa un regard inquiet à sa mère.

— Tu ferais mieux d'aller voir ce qu'elle fait.

Il quitta le salon discrètement et se dirigea vers la cuisine d'où s'échappaient des éclats de voix. Il attendit près de la porte dans l'espoir de comprendre quel drame sa femme avait encore déclenché.

— Que faites-vous donc, Mary ?

— Je m'appelle Maia et n'espérez pas que je vous réponde si vous m'adressez la parole autrement.

Conn tendit le dos en voyant Kathleen s'approcher de la jeune femme, la main levée, prête à la frapper.

Maia saisit une louche.

— Je vous déconseille de toucher à un cheveu de ma tête !

— Pourquoi faudrait-il que je vous appelle Maia ? Ce n'est pas un prénom convenable pour une personne de votre condition.

— Comment saurais-je que vous vous adressez à moi si vous ne vous servez pas de mon prénom ? Je risque bien de ne pas obéir à vos ordres.

Conn, tapi dans un coin d'ombre, sourit en voyant Maia préparer le repas comme si de rien n'était tout en surveillant Kathleen du coin de l'œil. Lui-même n'était pas rassuré, prêt à intervenir à la moindre alerte.

— Alors je vous repose la question. Que faites-vous, *Maia* ?

— Je prépare un potage pour le repas du soir.

— Qu'y a-t-il d'autre au menu ?

— Un potage, c'est tout. En l'absence de Xanthe, je ne peux guère vous proposer mieux.

— Je ne peux pas croire que mon mari offre un simple potage à ses invités ! Les soupes sont bonnes pour les pauvres.

— Une soupe, du pain et une tarte aux pommes, c'est largement suffisant pour contenter un estomac, qu'il soit riche ou pauvre. Nous possédons des vergers et nous mettons nos pommes en conserve. Nous arrivons au bout de nos provisions de la saison dernière.

Kathleen continua d'observer Maia en silence, l'air perplexe.

— Pourquoi ne pas vous asseoir quelques instants, Mme Kathleen ? Vous devez être fatiguée de votre voyage.

La jeune femme hésita quelques instants avant de se poser sur une chaise.

— Voyager est fatigant, c'est vrai.

Elle s'exprimait sur un ton plus calme, comme lorsqu'elle parlait aux chevaux.

— Que faites-vous exactement ?

— J'étale la pâte.

— C'est la première fois que je vois quelqu'un manier de la pâte.

Conn fronça les sourcils : sa femme n'avait donc jamais traîné en cuisine lorsqu'elle était enfant ? Il se souvenait de Cook lui donnant un rouleau à pâtisserie à l'aide duquel il confectionnait des tartelettes avec son frère aîné.

Rassuré de constater que sa femme s'était calmée, Conn alla voir sa mère dans le salon, convaincu que Maia saurait se défendre en cas de problème.

*

Kathleen regarda avec attention la façon dont Maia posait les tranches de pomme sur le fond de tarte avant d'y ajouter de l'œuf battu sucré.

— Je n'ai jamais su comment on préparait une tarte aux pommes.

— Vraiment ? Petite, j'adorais regarder ma sœur en cuisine. Ma mère est morte quand j'étais très jeune.

— Je n'avais pas le droit de me rendre dans la cuisine.

— Quel dommage !

Kathleen laissa s'écouler un nouveau silence avant de déclarer soudainement :

— Conn vit comme un paysan ! Il pourrait pourtant se permettre de vivre sur un plus grand pied !

Elle embrassa la pièce d'un geste méprisant en guise de ponctuation.

— Je ne sais rien de ses revenus.

Kathleen se leva, reprit sa ronde à travers la cuisine et se planta à nouveau près de la table alors que Maia posait sur la tarte des feuilles réalisées à l'aide de petits triangles de pâte.

— Quel goût a donc la pâte lorsqu'elle n'est pas cuite ?

Maia lui en tendit une chute.

— Tenez, goûtez. Vous ne voulez pas essayer de dessiner des feuilles vous-même ? Je vais en avoir besoin pour les autres tartes.

Kathleen s'empara d'une boule de pâte qu'elle tritura entre ses doigts avant de l'étaler et de dessiner maladroitement des feuilles.

Maia s'empressa de la rassurer en voyant son agacement.

— C'est normal de ne pas y arriver du premier coup, il faut des années de pratique, mais j'ai pensé que ça vous amuserait d'essayer.

— C'était une expérience intéressante, répondit-elle avant de repousser les morceaux de pâte. Comment occupez-vous vos soirées ?

En son for intérieur, Maia s'étonna que l'épouse de Conn daigne converser avec une simple domestique alors qu'elle affichait le plus grand mépris à l'endroit des gens de maison. Si elle n'avait pas eu conscience que sa compagne était une adulte, Maia aurait pu croire s'adresser à une enfant. Une enfant malheureuse, qui plus est.

— Ma sœur et moi travaillons beaucoup, mais nous trouvons le temps de lire une fois nos tâches accomplies, en particulier l'hiver car il pleut beaucoup. M. Largan tient généralement compagnie à sa mère. Ils discutent, ou bien alors il lui fait la lecture. Il possède une bibliothèque fournie, je suis sûre qu'il vous prêtera volontiers un livre si vous le souhaitez. Sinon, il leur arrive de chanter, ils ont tous deux de très jolies voix. Hélas, je ne comprends pas les paroles de leurs chansons car elles sont en gaélique.

— Je n'aime pas lire, cela me donne mal aux yeux. Les voisins ne rendent jamais visite à Mme Largan ?

— Ils sont aussi occupés que nous et se couchent tôt pour la plupart. En outre, en dépit du fait que M. Largan était un condamné politique, les gens le considèrent toujours comme un criminel.

— Mais *c'est* un criminel. Son père me l'a confirmé. Cela dit, je n'ai jamais été condamnée, ce qui n'empêche pas les gens de me fuir aussi. C'est injuste. Où les personnes de ma classe se retrouvent-elles donc ?

— Un pasteur itinérant préside à l'office une fois par mois dans une grange des environs. Je ne sais pas si vous pourriez considérer les fidèles comme relevant de votre classe, il s'agit essentiellement de fermiers.

— Y a-t-il d'autres condamnés ?

— Votre mari a bénéficié d'une mesure de grâce à son arrivée ici, de sorte que ce n'est pas un détenu, mais un affranchi, si l'on veut utiliser le terme exact. En réponse à votre question, il n'y a pas d'autre affranchi dans la région, à l'exception du voisin à l'enterrement duquel se sont rendus Xanthe et Ronan.

Comme Kathleen restait sans réaction, Maia l'observa discrètement et la vit essuyer une larme. En dépit d'elle-même, elle la prit en pitié, avec son intelligence limitée et sa haine du monde.

Des pas résonnèrent dans le couloir et Conn ne tarda pas à les rejoindre.

— Faute de mieux, je regardais la femme de chambre de ta mère préparer des tartes aux pommes, l'accueillit Kathleen.

— Peut-être souhaites-tu te joindre à nous ? Je m'apprêtais à lui faire la lecture.

— Bon, très bien.

Maia évita soigneusement le regard de Conn au moment où il quittait la cuisine. Sa conversation avec Kathleen lui laissait une impression étrange. Elle avait le souvenir d'une jeune femme qui habitait à quelques rues de la maison paternelle à Outham, et dont le comportement s'apparentait à celui de Kathleen. Comme cette dernière, elle faisait preuve d'une grande rigidité dans ses principes, au point de s'y tenir de façon agressive.

Pourquoi diable Conn l'avait-il épousée ? Beau et aisé comme il l'était, il aurait dû avoir l'embarras du choix.

Elle aurait aimé qu'il ne fût pas marié, de façon à pouvoir s'autoriser à l'aimer. Quelle idiote elle faisait ! Il n'était pas libre et elle allait devoir l'oublier.

*

La pièce était plongée dans la pénombre, seules rougeoyaient encore les braises du poêle. Ainsi qu'il s'en doutait, Ronan éprouvait les plus grandes difficultés à trouver le sommeil en sachant que Xanthe dormait à quelques mètres de lui. Si elle dormait. Il en doutait, car la respiration de la jeune fille restait irrégulière.

On aurait pu croire qu'elle avait pénétré ses pensées car elle s'exprima soudain d'une voix grave.

— Vous ne dormez pas non plus ?

— Non. J'ai du mal à m'assoupir lorsque je me trouve dans un cadre inconnu.

— D'autant plus que le plancher est dur. Vous pouvez vous consoler en vous disant que vous coucherez dans un lit douillet demain soir.

— Mais vous ne serez pas là.

Elle en eut le souffle coupé.

— Je suis désolé. Je n'aurais pas dû vous avouer cela, mais vous êtes une très belle femme et vous devez bien vous douter que les hommes sont sensibles à votre charme.

— Je sais, cela m'agace au plus haut point. Ils me regardent sans me voir vraiment.

Il comprit ce qu'elle ressentait.

— Je crois que je commence à vous voir.

— Vous continuez pourtant de me dévorer des yeux.

Il émit un petit gloussement.

— J'essayerai de me contrôler à l'avenir.

— Où comptez-vous aller à la fin de votre séjour ici ?

— Je ne sais pas. Je vais devoir rentrer en Irlande afin d'annoncer à mes frères la disparition de ma mère et m'occuper de ses affaires. Je n'ai aucune idée de ses dernières volontés, mais j'imagine qu'elle aura tout laissé à mes frères et moi. Ces formalités accomplies, je ne sais pas. Je n'ai encore rien décidé. J'ai toujours vécu avec elle, il me faudra sans doute trouver un autre lieu de vie.

— Votre mère vivait-elle chez votre frère aîné ?

— Non, nous habitions dans un petit manoir situé sur le domaine d'Ardgullan. À la mort de Père, elle a tenu à déménager là en pensant qu'Hubert se marierait rapidement. Ce qui n'a pas été le cas.

— Vous allez devoir vider ses affaires personnelles, c'est une tâche bien ingrate. À moins qu'une proche ne s'en charge à votre place ?

— Il n'y a que mes frères et moi. Je n'ai pas l'intention de demander à la femme de Patrick de m'aider, elle méprise l'Irlande et les Irlandais. Je me demande bien pourquoi elle l'a épousé.

Comme Xanthe ne disait plus rien, Ronan comprit qu'elle s'était endormie en entendant ralentir sa respiration. Lui-même n'avait pas cette chance. Leur conversation avait beau être innocente, il avait savouré l'intimité de ces confidences partagées dans l'obscurité. En outre, son corps lui rappelait qu'il n'avait pas possédé de femme depuis longtemps.

Mais ce n'était pas d'une femme qu'il avait envie. Il avait envie d'*elle*.

La situation était sans espoir. Il avait trop l'âme d'un gentleman pour s'autoriser à séduire une jeune fille aussi honnête.

9

Reece se leva tôt le lendemain matin. Il enfila la tenue de travail usée qu'il avait préparée la veille et traversa le salon en enjambant les couvertures dans lesquelles dormaient encore Ronan et Xanthe.

Il gravit la colline où il comptait creuser la tombe de Kevin, bercé par le chant des oiseaux. Il attarda son regard sur une famille de cacatoès qui piaillaient, perchés en haut d'un arbre, leur plumage gris et leur crête rose tranchant avec le vert terne des feuilles de gommier. De tous les perroquets, ceux-là étaient ses préférés. Il ne s'agissait pas de perroquets à proprement parler, contrairement à ce qu'il avait cru initialement, jusqu'à ce que Kevin le détrompe. Faute de présence humaine, Kevin s'était attaché à la nature australienne.

La pluie de la veille n'était plus qu'un souvenir et le ciel s'éclaircissait de minute en minute. Reece enfonça la lame de la bêche dans la terre en espérant que le sol ne soit pas trop pierreux.

Pris par son labeur, il n'entendit pas Ronan approcher et sursauta lorsque ce dernier lui adressa la parole.

— Laissez-moi vous aider.

Reece s'appuya quelques instants sur le manche de la pelle, le temps de reprendre son souffle.

— Merci de votre proposition, mais vous allez vous salir et vous n'avez pas d'habits de rechange. C'est une chance que les pluies de ces derniers jours aient rendu la terre moins dure.

— Disposez-vous d'un cercueil ? J'ai remarqué que le corps était simplement posé sur le lit.

— J'ai quelques planches avec lesquelles je compte improviser une bière une fois la fosse creusée.

— Dites-moi où les trouver et je commencerai à les assembler. Je sais travailler le bois, j'ai longtemps traîné chez le menuisier du village quand j'étais jeune.

Reece lui désigna les écuries, au pied de la colline.

— Vous trouverez un tas de bois en bas. Les outils se trouvent à l'intérieur du bâtiment, accrochés au-dessus de l'établi. Je n'ai pas eu le temps de choisir les planches dont j'avais besoin. Prenez celles que vous voulez.

Xanthe salua Ronan en le voyant passer quelques instants plus tard devant la cuisine.

— Une tasse de thé ? lui proposa-t-elle.

— Avec plaisir. J'ai une soif ardente.

— Si cela ne vous ennuie pas, je vous le servirai dans un mug émaillé. C'est plus grand qu'une tasse quand on a soif.

— J'allais chercher du bois derrière les écuries. J'aide Reece à fabriquer le cercueil.

Le sourire de la jeune femme s'effaça.

— Ce n'est pas une tâche bien gaie. En quoi pourrais-je vous aider ?

Sa réponse sortit toute seule.

— Vous pourriez me tenir compagnie, suggéra-t-il en haussant un sourcil.

Elle le dévisagea longuement avant d'accepter d'un hochement de tête.

— Très bien. Le temps de préparer du thé et d'en porter une tasse à Cassandra et je vous retrouve avec la mienne.

Il eut le sentiment d'avoir réussi un examen de passage. Si c'était le cas, il n'avait aucune idée de l'épreuve à laquelle elle l'avait soumis. Il ne savait pas davantage comment continuer de lui plaire.

*

Ils fabriquèrent le cercueil à l'aide de planches mal équarries, Reece ayant expliqué à Ronan d'un air contrit que le papier de verre était un bien trop précieux et trop rare. À quoi bon poncer du bois qui pourrirait en terre ? À défaut d'être belle, la bière était solide. Ronan l'avait même équipée de poignées de corde clouées sur les côtés. La couverture qui la recouvrait donnait à l'ensemble un semblant de dignité et il s'avoua satisfait du résultat, eu égard aux circonstances.

Livia, en sa qualité de voisine, arriva peu avant 10 heures du matin après avoir franchi la crête en empruntant un petit sentier, accompagnée d'un jeune homme prénommé Léo. Celui-ci, manifestement simple d'esprit, était doté d'un caractère avenant qui lui valait l'affection de tous les présents. Ronan se fit la réflexion qu'il n'aurait pas été aussi bien accepté en Irlande.

En tout, six adultes et une enfant adressèrent leurs adieux à Kevin Lynch, chacun ayant pour le défunt une parole affectueuse.

Reece et Léo portèrent le cercueil jusqu'au sommet du tertre sans donner l'impression de peiner outre mesure sous la charge.

Xanthe s'approcha de Ronan.

— Léo est lent, murmura-t-elle à l'oreille du jeune homme, mais il adore les animaux et il a sauvé la vie de Cassandra le jour de son accouchement. Nous l'aimons tous beaucoup. Certains de nos voisins ont également appris à l'apprécier depuis qu'ils ont vu avec quelle facilité il soignait les bêtes malades.

Ronan espéra ne jamais devoir s'adresser à Léo s'il tombait malade, mais il garda cette pensée pour lui. La chance l'avait servi jusqu'à présent, il était en bonne santé et ne s'était jamais cassé un bras ou une jambe lorsqu'il était enfant alors qu'il passait son temps dans les arbres et sur les toits. Il observa discrètement la voisine, une femme aussi gentille que triste. À quoi pouvait bien s'occuper une personne de sa qualité dans une ferme aussi isolée ?

Elle lui adressa un sourire.

— J'ai apporté mon livre de prières, mais ce n'est pas un missel et le rite catholique est sans doute différent.

— Kevin n'y aurait pas vu d'inconvénient, déclara Reece. Nous honorons le même Dieu.

Ils lurent des extraits du livre sacré à tour de rôle et Ronan s'étonna de l'aisance des deux sœurs. Xanthe en particulier lut les prières en y mettant beaucoup de sentiment et il en fut ému.

La cérémonie achevée, ils discutèrent dans la véranda en évoquant longuement le défunt.

— On se croirait à une veillée funèbre irlandaise, estima Ronan.

La remarque fit sourire Cassandra.

— Kevin nous a souvent parlé de ces cérémonies en insistant sur le fait qu'il aimerait être honoré de cette façon-là le jour venu.

Livia et Léo repartis, Ronan retira sa ceinture-portefeuille dont il sortit les souverains d'un bel or brillant apportés d'Angleterre.

— Voici une note du notaire qui gère vos affaires, maître Featherworth. Je vous serais reconnaissant de bien vouloir compter cet argent et de me signer la quittance préparée par ses soins.

— Comme si nous pouvions douter de vous ! s'écria Xanthe.

Elle rougit légèrement en voyant la mine étonnée de son aînée.

— Il est prudent de douter des inconnus dans la vie, répliqua Ronan. Les escrocs aiment à se montrer sous leur meilleur jour.

— Pas lorsqu'ils sont des amis de longue date de Conn, qui n'est pas homme à accorder aisément sa confiance.

— Je vous le concède.

— Pourquoi n'avoir pas souhaité parler ouvertement de cet argent lorsque nous nous trouvions à Galway House ? insista Xanthe.

— À cause de Kathleen.

— Vous la croyez capable de nous voler ?

— Cette femme est imprévisible. Allez savoir si elle ne jetterait pas cet argent dans une rivière, si elle ne le dissimulerait pas dans une cachette introuvable. Son mépris des domestiques pourrait l'inciter à trouver scandaleux que vous héritiez d'une telle somme. Moins elle a de raisons d'être perturbée, mieux Conn s'en portera.

— Elle prend les domestiques pour des demeurés, reconnut Xanthe. Ce n'est pas votre cas, pas plus que celui de Conn. Il a été jusqu'à nous inviter à l'appeler par son prénom, ce qui n'est pas courant de la part d'un employeur, même en Australie. Il affirme avoir appris, au contact de la prison, que la naissance n'assurait la supériorité de personne. Il nous a dit avoir été traité avec gentillesse par des gens que rejetteraient la plupart de ses semblables.

— Il aura perdu sa fierté lors de son séjour derrière les barreaux. Je suivrai son exemple en vous invitant à m'appeler Ronan.

Il dévisagea ses interlocuteurs, mais il ne faisait aucun doute qu'il cherchait avant tout l'approbation de Xanthe. Comme à son habitude, la jeune femme s'accorda un instant de réflexion avant d'accepter.

Cassandra compta les souverains qu'elle sépara en trois tas avant de glisser ceux qu'elle réservait à ses sœurs dans de petits sacs de toile qui tintèrent joyeusement.

Xanthe glissa son sac et celui de Maia dans les aumônières offertes par Mme Largan qu'elle attacha autour de sa taille avant de les dissimuler sous sa jupe.

— Je demanderai à Pandora de conserver le reste de mon argent dans le coffre du magasin en attendant mon retour, dit-elle d'un air songeur. Lors de son séjour ici, Zachary m'a expliqué que notre oncle se défiait des banques et qu'il avait acheté un coffre à un certain Thomas Milner, de Sheffield. Il s'agit d'un modèle ancien, mais particulièrement solide et ignifuge.

Ronan se montra surpris.

— Vous ne souhaitez pas déposer cet argent à la banque ?

— Les faillites de banques ont été si nombreuses ces dernières années que je n'en prendrais pas le risque.

— Sans doute, mais les coffres-forts ne rémunèrent pas votre argent.

— J'en ai bien conscience. C'est un choix délicat. Faute d'argent, jamais je ne m'étais souciée de ce genre de problème jusqu'à présent. Que faites-vous du vôtre ?

— Je possède des maisons disséminées un peu partout, dont mon notaire collecte les loyers. Ces biens constituent l'essentiel de ma fortune. Quant à mes économies, je les garde dans deux banques différentes afin de limiter les risques. Enfin, je dispose d'une somme en argent liquide dans une cachette sûre. Il me faudrait acheter un domaine, mais j'avoue n'avoir jamais éprouvé l'envie de m'installer jusqu'à présent. Lorsque je ne voyageais pas, ma mère était heureuse de m'accueillir chez elle et j'aurais également pu demander l'hospitalité à mon frère Hubert. Je n'avais donc aucune raison de me presser. Je suis très attaché à l'endroit où je suis né. Ardgullan est une propriété magnifique, même si rien ne sera plus pareil suite au décès de ma mère.

Il s'était exprimé avec une telle tristesse que Cassandra détourna le regard afin de lui laisser le temps de se ressaisir.

— Il sera bientôt 13 heures, remarqua-t-elle. Je ferais mieux de vous donner à manger avant que vous repartiez.

Cassandra attendit de se trouver seule dans la cuisine avec sa cadette pour lui déclarer tout à trac :

— Méfie-toi de ne pas t'éprendre d'un gentilhomme tel que lui.

— Pourquoi dis-tu ça ?

— J'ai bien vu la façon dont vous vous regardiez. Il a beau te trouver le plus grand charme, jamais il ne t'épousera. Il choisira une femme au sein de sa classe.

— Je n'ai pas l'intention de me marier, ainsi que je l'ai toujours dit.

Cassandra sourit.

— Pandora ne comptait pas se marier, moi non plus, mais tu changes vite d'opinion le jour où tu rencontres la bonne personne.

Xanthe releva fièrement la tête.

— Ce ne sera pas mon cas.

— Quoi qu'il en soit, ne l'autorise pas à prendre trop de libertés avec toi.

— Tu n'avais pas besoin de me le préciser.

— Oh si ! Je sais combien l'amour change les gens.

— Je ne suis *pas* amoureuse de lui ou de quiconque, décréta Xanthe avant de changer de sujet de conversation, et son aînée eut le bon goût de ne pas insister.

Pour une raison qu'elle ne s'expliquait pas, elle refusait de discuter de Ronan. Cela ne l'empêchait pas de souscrire aux opinions de sa sœur. À vingt-sept ans, elle avait dépassé l'âge des passades avec des hommes séduisants, fussent-ils dotés d'un sourire aussi charmeur que celui-là.

*

Le repas terminé, Ronan attela le cheval à la carriole et Xanthe fit ses adieux aux siens. Se retrouver assise à côté de lui sur ce banc de bois lui parut étrangement intime lorsqu'ils reprirent le chemin de Galway House. On aurait pu croire qu'ils étaient les meilleurs amis du monde depuis toujours.

Ils ne prononcèrent pas une parole dans un premier temps, mais Xanthe le surprit à plusieurs reprises en train de l'observer en coin. Elle finit par se lancer.

— Vous êtes bien silencieux. Seriez-vous fatigué ? Si ce n'est pas le cas, je serais curieuse de vous entendre me parler de l'Irlande. C'est une contrée que j'aimerais visiter un jour.

— Je préférerais parler de vous.

— En quoi un homme tel que vous pourrait-il s'intéresser à moi ?

Il répondit avec une franchise égale.

— Il ne vous aura pas échappé que vous m'attirez énormément, et je crois sentir chez vous une attirance réciproque.

Elle examina longuement ses mains avant de relever la tête sans chercher à éviter son regard.

— C'est le cas, en effet, mais je ne compte pas y donner suite. Je sais trop bien à quoi mènent les attirances de cette sorte. Je n'ai pas l'intention de me marier, et quand bien même je changerais d'avis, jamais vous n'épouseriez une ancienne ouvrière du textile comme moi.

Il savait qu'elle avait raison. Un garçon de son rang n'épousait pas une ouvrière. Hélas.

— Vous ne tournez pas autour du pot, à ce que je vois.

— Jamais, répondit-elle. Il est toujours préférable d'affronter la vérité.

Il l'observa longuement avant d'afficher un sourire contrit.

— Moi aussi, je sais me montrer direct. Il n'est nullement dans mon intention de profiter de vous, mais cela ne m'empêche pas de vouloir mieux vous connaître.

— Mon histoire est bien banale.

Il eut un petit rire.

— Une ouvrière du textile baptisée d'un nom étrange par un père qui parlait grec, une personne qui lit mieux que la majorité des hommes dont j'ai croisé la route, une jeune femme aussi belle qu'intelligente ? Je ne vois là rien de banal. Pourquoi rougissez-vous ?

— Je n'ai guère l'habitude des compliments. Je vous serais reconnaissante de ne pas parler ainsi.

— Je suis pourtant sincère.

— Il n'empêche, cela me déplaît. Je préférerais de beaucoup que mon visage soit plus ingrat. Mon existence s'en trouverait facilitée. Les commentaires des gens me gênent. Quant à mes capacités intellectuelles, je ne puis les comparer à celles des autres, faute d'avoir rencontré beaucoup de personnes éduquées. Je sais simplement que j'adore lire et que j'éprouve l'envie de voir le monde. Est-ce si peu courant ?

— Chez une personne de votre condition, certainement. Oh, regardez !

Un kangourou traversa la route devant eux, suivi de deux autres. L'un d'eux avait un petit dans sa poche. Il tira sur les rênes afin de stopper le cheval et des cacatoès noirs à queue blanche s'envolèrent des arbres en piaillant d'une voix criarde. On aurait pu croire qu'ils se querellaient et échangeaient des insultes.

— Je suis en Australie, murmura-t-il avec ébahissement une fois les volatiles envolés. Je m'y trouve vraiment et…

Il se tourna à demi vers elle et la suite de sa phrase lui échappa. Elle lui souriait d'un air indulgent, ses lèvres délicieuses n'étaient qu'à quelques centimètres des siennes. Mû par un réflexe, il se pencha et l'embrassa avant de se retirer aussitôt.

Elle posa la main sur sa bouche.

— Vous auriez pu vous abstenir de ce geste.

— Était-ce désagréable ?

— Non. C'était même… tout l'inverse. J'en arrive à le regretter.

Il l'attira à lui et fut le premier surpris lorsqu'elle se laissa embrasser à nouveau. La sensation qu'il éprouva était bien plus qu'agréable. C'était un baiser parfait. Il s'obligea à détacher ses lèvres et recula sur le banc en lui caressant les cheveux, consumé par l'envie de savoir s'ils étaient aussi doux qu'il y paraissait.

Elle posa sur lui un regard grave et s'écarta de lui en l'arrêtant d'un geste lorsqu'elle comprit qu'il était tenté de recommencer.

— Non, je vous en prie. Je n'ai pu résister à la tentation de ce baiser, histoire de voir si… Mais un baiser sera suffisant, il nous faut être raisonnables.

Il s'appuya contre le dossier du banc.

— Il m'arrive de ne pas avoir envie d'être raisonnable.

— Je n'ai pas le choix. La nature a voulu que les femmes portent les fruits de leur inconduite. Elles en paient parfois le prix leur vie durant.

Elle fronça les sourcils.

— J'avoue n'avoir jamais compris ce qui poussait les femmes à la tentation, mais je pense en avoir une meilleure idée à présent.

Ce n'était pas la réaction habituelle d'une femme lorsqu'on l'embrassait, mais il fut littéralement enchanté par le sérieux avec lequel elle analysait la situation. À tout prendre, il aurait préféré qu'elle ait une réaction idiote, il lui aurait été plus facile d'oublier la douceur de ses lèvres, la chaleur de leur étreinte.

Il relança le cheval et les minutes suivantes s'écoulèrent en silence. Il préféra se concentrer sur la route pour ne pas penser à ce qui venait d'arriver. La terre avait séché rapidement après la pluie de la veille. Les ornières brûlées par le soleil lui apportaient pourtant la preuve que ces mauvaises routes étaient boueuses pendant l'hiver.

— Quand comptez-vous quitter l'Australie ? finit-il par s'enquérir en constatant qu'elle n'avait pas l'intention de relancer la conversation.

— J'aimerais partir dès à présent, de façon à oublier combien l'idée de me perdre chagrine Maia, soupira-t-elle. C'est tout aussi difficile pour moi. Nous n'avons jamais été séparées et les jumelles sont plus proches que des sœurs ordinaires. Je sais pourtant que la vie dont je rêve ne lui conviendrait pas. Je serais incapable de mener une existence terne, même pour son bien.

— Dans ce cas, pourquoi ne pas partir immédiatement ?

— Il est très difficile de trouver des domestiques et je m'en voudrais de laisser Conn et Mme Largan sans gouvernante. En outre, peu de bateaux font escale en Australie-Occidentale.

— Je ne suis pas rassuré de savoir que vous rentrerez seule en Angleterre.

Elle lui sourit.

— Je ne serai pas seule, le bateau sera plein. En outre, je pourrai louer une cabine cette fois. Quel plaisir de voyager dans un tel luxe !

Il fit la grimace en repensant au minuscule réduit qui lui avait été attribué.

— On peut difficilement parler de luxe.

— Vous n'avez pas vu quelles étaient les conditions de vie dans l'entrepont. Je serai en sécurité en qualité d'occupante d'une cabine, vous ne croyez pas ?

— Une femme aussi belle que vous ne sera jamais en sécurité, répliqua-t-il sur un ton plus dur qu'il ne l'aurait voulu.

Le sourire de Xanthe s'effaça.

— Même si je porte des tenues sévères en me comportant avec discrétion ?

— Même. Les belles femmes ne peuvent que tenter les hommes sans scrupule. Je ne sais pas si vous en avez conscience, mais les pulsions masculines sont fortes, et capables de prendre le pas sur leur bon sens, même lorsqu'ils s'efforcent de bien se comporter. Sans parler de ceux qui prennent ce qui leur plaît lorsque l'occasion se présente, au besoin par la force.

— Je ne suis pas totalement ignorante, vous savez. Les femmes qui appartiennent à votre classe sont infiniment mieux protégées que nous le sommes. Mon père nous a mises en garde contre les hommes au sortir de l'enfance. J'ai bien conscience que cela ne sera pas facile, mais je *refuse* de renoncer à mes rêves. Peut-être me faudrait-il engager une compagne plus âgée. Pensez-vous que cela puisse aider ?

— Un peu, mais engager un compagnon capable de vous protéger serait encore le mieux.

Ronan aurait aimé lui servir de guide et de protecteur. Quelle joie de voyager avec elle, de découvrir ensemble de nouveaux horizons ! Mais alors, qui la protégerait contre lui ?

Il jugea préférable de garder ses distances. L'attirance qu'il ressentait ne pouvait mener à rien.

— J'ai tout le temps de trouver une solution, décréta-t-elle avec détermination.

Voilà une femme qui ne se laissera pas facilement divertir de son but, pensa-t-il.

— À gauche ! s'écria-t-elle soudain. Vous avez bien failli rater l'embranchement.

Dès leur arrivée à Galway House, Ronan se trouva accaparé par son hôte tandis que Xanthe retrouvait ses fonctions de gouvernante. Conn traitait ses domestiques avec gentillesse, mais chacun occupait sa place et c'était aussi bien.

*

Conn proposa à Kathleen une promenade à cheval et lui fit découvrir les merveilles du bush australien. Elle n'était jamais aussi heureuse qu'à cheval et elle écouta attentivement ses conseils, soucieuse de ménager sa monture.

Elle n'était pas plus tôt rentrée à Galway House qu'elle retrouvait sa hargne coutumière. Elle s'adressa à Maia d'une voix si dure que Conn vit les yeux de la jeune femme se mouiller de larmes. Il n'osa pas intervenir, de peur que la situation s'envenime.

C'est avec soulagement qu'il vit rentrer Ronan et Xanthe en fin d'après-midi, heureux de ne plus avoir seul la charge de s'occuper de Kathleen.

Les dames couchées, les deux hommes s'accordèrent une petite promenade dans les jardins.

— Comment vas-tu te débarrasser d'elle ? s'inquiéta Ronan.

— Dieu seul le sait.

— Veux-tu que je me rende à Fremantle afin de m'enquérir des prochains départs pour l'Angleterre ?

— Il faudrait que je la drogue pour l'obliger à partir, si tu veux mon avis.

— As-tu demandé conseil à ta mère ?

— Non, elle est trop fragile ces temps derniers, je préfère éviter que Kathleen lui parle mal. C'est à moi de trouver une solution.

Il hésita un instant avant de poursuivre :

— Je pensais me rendre à Perth afin de prendre conseil sur le meilleur moyen d'obtenir l'annulation de mon mariage.

Ronan lança à son compagnon un coup d'œil étonné.

— Je n'ai jamais couché avec elle, lui expliqua Conn. J'ai d'abord pensé qu'il était de mon devoir d'essayer, mais elle s'est débattue comme une tigresse et j'ai rapidement renoncé. Avec le recul, j'en suis heureux.

— La procédure d'annulation risque d'être longue.

— Sans doute, mais elle devrait aboutir. Si elle regagne l'Irlande pendant l'instruction du dossier, tout le monde y trouvera son compte.

— Pourquoi ne pas aller trouver l'évêque de Perth ? Si tu le souhaites, je peux veiller sur Galway House en ton absence.

— Le mieux serait que j'en parle au plus vite à Kathleen. Encore faut-il qu'elle soit d'accord sur le principe d'une séparation à l'amiable.

*

Conn, profitant d'une nouvelle promenade à cheval le lendemain, expliqua en termes simples ses intentions à sa femme.

Kathleen fronça les sourcils.

— Je ne vois pas l'intérêt d'une telle mesure.

— Nous ne sommes pas heureux ensemble et j'aimerais avoir un jour des enfants.

— À quoi bon ? Laisse donc à ton frère le soin d'avoir des enfants pour leur léguer le domaine. Les grossesses sont douloureuses, ton père me l'a bien précisé avant notre mariage.

Conn ouvrit de grands yeux. Son père avait donc tout fait pour l'empêcher d'avoir des enfants, en plus du reste ? Il n'en revenait pas.

James Largan avait voulu contrôler toutes les facettes de la vie familiale. Il n'avait pas caché son mécontentement lorsque Conn avait quitté Shilmara en embrassant une carrière d'avocat.

Ils étaient silencieux depuis quelques minutes lorsque Kathleen lui demanda :

— Si nous n'étions plus mariés, que deviendrais-je ?

— Tu vivrais à ta guise puisque tu ne serais plus mariée à un condamné. Les gens accepteraient à nouveau de te parler.

— Mais qui s'occuperait de moi ?

— Ton frère accepterait de t'aider, probablement.

— Il me déteste et je le lui rends bien. Il souhaitait que l'on m'enferme. Je l'ai entendu le dire à mon père un jour.

— Il ne voudrait pas pour autant que tu te retrouves dans la misère. Tant que tu vivrais loin de lui, je suis certain qu'il accepterait de t'aider. Pourquoi ne pas t'installer à Dublin ?

— Je refuse de vivre en ville, répondit-elle, au bord des larmes. Je veux retourner vivre à Shilmara. J'y étais heureuse depuis ton départ. Ton père s'est montré bon pour moi.

Conn s'arma de patience.

— Tu sais bien que ce n'est pas possible. Shilmara appartient à mon frère Kieran, désormais. Tu vas devoir t'inventer une nouvelle vie.

Elle tira sur les rênes de sa monture.

— Tant que je serai ta femme, tu seras *obligé* de t'occuper de moi, alors je ne veux pas mettre un terme à notre mariage.

— Tu auras suffisamment d'argent pour vivre seule confortablement.

— Je ne peux pas.

— Bien sûr que si.

Elle se renfrogna plus encore.

— Je ne *peux* pas !

— Qu'en sais-tu ?

Voyant qu'elle hésitait à répondre, il attendit qu'elle se décide. Sa réponse fut si inattendue qu'il en resta bouche bée.

— Parce que je ne sais ni lire ni écrire.

— Mais enfin ! J'ai lu des notes que tu avais prises !

— C'est Orla qui les écrit à ma place. Je lui donne le change en prétendant avoir mal aux yeux quand j'écris, comme me l'avait conseillé ma mère. C'est également Orla qui me lit mon courrier.

— Elle n'en laisse rien paraître.

Kathleen prit un air triomphant.

— Quand je l'ai prise comme femme de chambre, ton père l'a menacée de chasser ses parents de leur chaumière si elle ne tenait pas sa langue.

— La femme de chambre que tu avais avant te faisait-elle la lecture, elle aussi ?

— Bien sûr. Elle s'occupait de moi depuis que j'étais petite, mais elle est morte. Pourquoi faut-il toujours que les gens meurent ? C'est injuste.

Conn ne savait comment réagir. Il n'avait rien soupçonné, Kathleen avait fait preuve de ressources afin de cacher son problème. Restait à comprendre *pourquoi* elle ne savait ni lire ni écrire. Les implications de cette situation lui serrèrent le cœur. Elle ne se trompait pas en affirmant son incapacité à vivre seule. Pourquoi fallait-il que la responsabilité de la prendre en charge lui échoie ?

Il s'était autorisé la nuit précédente à rêver de Maia, d'un mariage heureux, d'enfants, sans extravagance. Il se voyait désormais responsable à jamais de Kathleen qu'il haïssait, sans se sentir le cœur de la jeter dehors.

Les hommes ne sont pas censés pleurer, mais il aurait volontiers cédé à la tentation en réfléchissant à la façon dont sa vie avait basculé au lendemain de son arrestation.

Il laissa échapper un soupir et reprit le chemin de Galway House où il confia son cheval à Sean avant de se réfugier à l'intérieur de la maison sans se soucier de Kathleen.

À quelques mètres de lui, Maia discutait avec sa sœur en préparant du thé pour sa mère. Il fut frappé par sa fraîcheur et sa sérénité. Elle lui lança un regard interrogateur, soucieuse de le voir triste.

Le contraste entre les deux femmes était saisissant. Il adressa à Maia un petit signe et s'enferma dans la bibliothèque où il se prit la tête dans les mains.

10

Deux jours plus tard, alors que la maisonnée se préparait pour la messe dominicale, Conn décida de s'en remettre au prêtre qui officiait une fois par mois dans la grange voisine de l'unique épicerie des environs. Au terme d'une nuit sans sommeil, il s'était résolu à se battre afin d'obtenir l'annulation d'un mariage qui n'en était pas un. En contrepartie, il s'était promis de veiller à l'avenir de Kathleen.

Celle-ci se présenta quelques instants plus tard, vêtue d'une ample robe à crinoline au tissu fripé.

— La femme de chambre de ta mère a refusé de chauffer le fer pour qu'Orla repasse ma robe, au prétexte qu'elle devait se préparer et qu'il était hors de question de débarrasser la table qu'elle avait préparé en prévision du déjeuner. Cette fille n'est qu'une paresseuse. Je te rappelle qu'elle a le devoir de s'occuper de tes invités, à commencer par ta femme.

Il veilla à se contrôler.

— Ce n'est pas de la paresse, Kathleen. Elle a une charge de travail *vraiment* importante. En outre, personne ne porte de crinoline par ici. Tu n'as rien de plus simple ?

— Pour me rendre à la messe ? Sûrement pas. Ton père et mes parents m'ont toujours appris qu'on s'habillait quand on allait à l'église.

Elle lissa le tissu de la main sans avoir conscience du tableau incongru qu'elle formait avec son visage sans grâce et ce corps épais mal mis en valeur par l'ampleur de sa robe.

— Ta tenue prendra trop de place sur les bancs. Ainsi que je te l'ai dit, il ne s'agit pas d'une véritable église, mais d'une simple grange.

Le visage de la jeune femme se ferma. Il lui avait souvent vu cette expression autrefois, chaque fois qu'elle refusait de l'écouter. Au comble de la frustration, il leva la tête en direction du ciel encombré d'épais nuages gris.

— De toute façon, tu n'as plus le temps de te changer. En revanche, je te conseille de te munir d'un parapluie.

— Je n'en ai pas, et puis à quoi bon, puisque nous prenons la voiture ? Je traverserai en courant les quelques mètres entre la calèche et l'entrée de l'église.

— Nous allons prendre la carriole que nous devrons laisser dans un champ avant de marcher jusqu'à la grange.

— Tu vas à la messe en *carriole* ?

— Je n'ai pas de calèche et le cabriolet n'accueillerait pas tout le monde. Nous sommes sept, ce matin, au cas où tu l'aurais oublié.

Elle compta sur ses doigts.

— Ta mère, toi, moi, Ronan... quatre au total.

— Tu oublies Xanthe, Maia et Sean.

— Tu ne comptes tout de même pas te rendre à l'église dans la même voiture que tes domestiques ?

— Bien sûr que si, c'est trop loin pour y aller à pied.

Il comprit qu'il était vain de la raisonner.

— Allons-y, c'est l'heure.

— Je vais salir ma robe dans ta carriole.

— Sean veille à la nettoyer, il dispose des coussins et des couvertures à l'arrière en pensant à ma mère.

La vieille dame les rejoignit au même moment d'un pas douloureux.

— Mère, êtes-vous sûre de vous sentir assez bien ?

Un pâle sourire étira ses lèvres.

— Je tenais à être présente la première fois où Kathleen nous accompagne à la messe.

Elle se tourna vers sa bru.

— Vous avez une belle robe, Kathleen. Est-ce la dernière mode de porter la partie la plus ample de la crinoline au niveau de l'ourlet ? Cela ressemble davantage à une pyramide qu'à une cloche.

— Oui, M. Largan tenait à ce que je sois bien habillée, il m'achetait toujours les derniers vêtements à la mode.

Conn évita de croiser le regard de sa mère. Connaissant son père, cela devait l'amuser d'inciter Kathleen à se vêtir de façon ridicule, sans que la noblesse des environs y trouve à redire. Son père avait toujours été cruel.

Kathleen se plaignit des cahots et de l'inconfort de la carriole tout le long du chemin, au point de monopoliser l'attention de tous.

À l'inverse de sa belle-fille, Mme Largan ne disait mot alors qu'elle grimaçait de douleur à chaque embardée. Elle n'était pas femme à se lamenter sur son sort.

Ils arrivèrent parmi les derniers. Conn aurait préféré s'installer dans le fond, de façon à ne pas déranger les notables locaux, mais sa mère l'entraîna pour une fois vers les premiers rangs. Il prit place entre sa mère et sa femme sur l'un des bancs confectionnés par les fidèles, feignant d'ignorer les regards hostiles qu'on lui adressait.

Livia Southerham pénétra dans la grange juste avant le début de l'office, accompagnée de Léo qui prit place au fond. Cela faisait un moment que Francis Southerham n'avait pas accompagné sa femme, et Mme Largan se poussa afin de laisser une place à cette dernière, au grand dam de Kathleen qui l'imita à contrecœur en soupirant. Livia tendit ostensiblement la main à Conn. Tout en étant sensible à cette marque de respect, il aurait pu lui dire que c'était peine perdue. Les gens avaient beau traiter certaines affaires avec des condamnés, jamais ils ne les accepteraient dans leur cercle. L'ostracisme dont Conn était victime ne se manifestait pas seulement à l'office, mais partout.

Du moins leurs voisins avaient-ils le bon goût de ne pas snober sa mère. Lorsque celle-ci leur présenta sa belle-fille, ils l'accueillirent avec raideur, sans refuser pour autant de lui adresser la parole, au grand soulagement de Conn. Les femmes examinaient sa tenue de près, sans doute l'interrogeraient-elles par la suite sur la mode du moment.

L'assemblée installée, Mme Largan sortit son missel et proposa de le partager avec Kathleen qui refusa d'un mouvement de tête.

La jeune femme passa son temps à regarder autour d'elle, sans accorder la moindre attention aux cantiques comme à la brève homélie du prêtre.

L'office terminé, Conn se précipita à la rencontre du prêtre.

— Lorsque vous aurez terminé de converser avec les fidèles, j'aurais aimé solliciter votre avis sur une question grave.

Le prêtre hocha la tête et Conn se mit en retrait, conscient que son statut l'obligeait à passer après les autres.

Comme sa mère l'attendait sur son banc, quelques femmes vinrent la saluer, qui s'adressèrent aussi à Kathleen sans que cette dernière se mêle vraiment à la conversation.

— Vous souhaitiez me consulter, monsieur Largan ?

Conn manifesta son soulagement.

— En effet. Cela vous ennuierait-il que nous nous entretenions à l'écart ? Il s'agit d'un problème personnel.

Le prêtre l'entraîna dans un petit atelier voisin de la grange où se trouvaient des outils et un établi. Il entreprit de retirer sa chasuble.

— En quoi puis-je vous aider ?

— Comment est-il est possible d'annuler un mariage ?

— Je vous croyais catholique.

— Je ne sais plus vraiment à quelle religion j'appartiens, aujourd'hui. D'autant que nous adorons tous le même Dieu.

— Quelle est votre motivation ?

— Mon union n'a jamais... euh, été consommée.

— Votre femme vient tout juste de vous rejoindre, je suppose qu'elle vit chez vous ?

— Elle est arrivée à l'improviste, je ne pouvais lui refuser le logis. Cela dit, nous ne partageons pas la même couche, nous ne l'avons jamais fait. J'aimerais lui trouver un domicile à Perth.

— Je ne sais quoi vous dire. Il serait plus aisé de traiter cette affaire en Angleterre. Ou même sans doute en Irlande, en l'occurrence.

— J'ai bénéficié d'une mesure de grâce conditionnelle à mon arrivée ici, si bien qu'il me faudrait une autorisation spéciale pour regagner mon pays. De toute façon, je ne le souhaite pas. J'espérais pouvoir obtenir une annulation ici. Ce mariage est une imposture à laquelle je souhaite mettre un terme le plus rapidement possible.

Le prêtre soupira.

— Je vous conseille de vous adresser à votre évêque, monsieur Largan. Perth ne se trouve qu'à une journée de cheval d'ici et puisque les catholiques ont désormais leur cathédrale, vous y trouverez à n'en pas douter des personnes de bon conseil.

Il tira une montre de son gousset et regarda l'heure.

— Mon Dieu ! Je n'avais pas idée qu'il était si tard. Si vous voulez bien m'excuser, je vais devoir prendre la route. Je dois encore dire l'office ce soir dans une autre communauté, assez loin d'ici.

Conn, comprenant qu'il n'avait aucune aide à attendre de son interlocuteur, le remercia et regagna la grange. Il attendit discrètement que les paroissiennes achèvent leur conversation avec sa mère, Kathleen et Livia. Un inconnu discutait de façon animée avec Ronan, sans doute aurait-il pris la précaution de vérifier que l'Irlandais n'était pas un condamné.

Conn savait d'avance qu'il ferait fuir tout le monde s'il s'approchait. Il s'en voulait de savoir sa mère aussi isolée et veillait toujours à lui laisser le temps de s'entretenir avec leurs voisines chaque fois qu'elle en avait l'occasion.

Il se mordit la langue sur le chemin du retour en entendant Kathleen se moquer de l'office et de cette prétendue église. Il finit par perdre patience.

— Pourquoi ne retournes-tu pas en Irlande, puisque les églises te conviennent mieux là-bas ? Ce n'est pas moi qui t'ai invitée à venir ici.

— Je suis ta *femme*, même si tu es un condamné. Je n'ai personne d'autre!

Il jugea que la coupe était pleine.

— Tu n'es *pas* ma femme, et tu ne l'as jamais été. Et que ce soit bien clair, tu ne resteras pas ici plus longtemps que nécessaire. Je te trouverai un logement à Perth en attendant que tu rentres en Irlande.

Derrière lui, l'un des occupants de la carriole manifesta sa gêne, mais il n'en avait cure.

— Tes manières ne se sont pas améliorées, répliqua Kathleen.

— Les tiennes non plus.

Il se maîtrisa avec difficulté en entendant sa mère se racler la gorge. Pourquoi Kathleen refusait-elle de voir que la page de Shilmara était tournée?

De retour à Galway House, il se rendit dans les écuries. Il sellait son cheval lorsque Kathleen le rejoignit.

— On ne monte pas le dimanche, lui dit-elle.

— Laisse-moi tranquille.

Elle laissa s'écouler un petit moment avant de reprendre d'une voix normale:

— C'est une belle bête. J'aimerais la monter, un jour ou l'autre.

— Je ne te le conseille pas si tu veux que j'accepte de te prêter un autre de mes chevaux. Personne n'approche celui-là.

Elle tendit le bras et, comme pour le contredire, Démon se frotta le museau contre la paume de sa main. Conn n'en revenait pas qu'elle puisse s'entendre aussi bien avec les chevaux, et aussi mal avec les gens.

— Je parlais sérieusement. Démon m'appartient.

Elle poussa un soupir d'exaspération.

— Dans ce cas, quel cheval puis-je monter?

— Aujourd'hui, aucun. Je tiens à me promener seul.

Apercevant Sean, il l'appela.

— Merci de ne pas seller une autre bête aujourd'hui. J'ai besoin de paix le temps d'une heure ou deux.

Le vieil homme le gratifia d'un hochement de tête accompagné d'un clin d'œil. L'instant d'après, Conn sautait en selle et s'éloignait sans un regard vers sa femme.

*

Le lendemain matin, Conn demanda à Ronan de le suivre à l'extérieur de la maison afin qu'ils puissent parler.

— Accepterais-tu de surveiller le domaine pendant que je me rends à Perth ?

— Avec plaisir. J'imagine que ce prêtre ne t'a été d'aucune utilité ?

— Non. En plus d'être catholique, je suis un ancien condamné à ses yeux. Ces offices mensuels s'adressent théoriquement aux adeptes de toutes les religions, mais il est clair qu'il n'envisage pas la situation de cette façon-là. Le prêtre que nous avions précédemment était infiniment plus compréhensif. Celui d'hier m'a seulement conseillé d'aller trouver les autorités catholiques, j'ai donc l'intention de requérir l'aide de l'évêque de la cathédrale Sainte-Marie de Perth.

— Espérons qu'il soit de bon conseil. Kathleen est... difficile.

— Très difficile. Un dernier détail, Ronan : veille à ce qu'elle ne fasse pas tourner ma mère en bourrique, et qu'elle ne s'en prenne pas à Maia et Xanthe. C'est à toi que je confie ma mère et la maison. Kathleen n'a aucune autorité sur quiconque.

— Je ferai de mon mieux, répondit Ronan avant d'ajouter avec un petit sourire : je doute que ta gouvernante se laisse circonvenir par quiconque.

Le visage de Conn se détendit.

— Tu as raison. Xanthe est une femme de caractère. Elle m'a déjà remis à ma place à une ou deux occasions. Nous avons de la chance d'avoir trouvé les jumelles. Maia est plus douce, mais elle ne se laissera pas malmener non plus par Kathleen.

Conn rentrait dans la maison lorsque sa femme l'intercepta.

— Je t'ai entendu dire à Ronan que tu te rendais à Perth. Je te rappelle que nous avons besoin de davantage de personnel. Le mieux serait que je t'accompagne pour en recruter.

— Il n'en est pas question. J'ai l'intention d'aller trouver l'évêque pour lui demander d'annuler notre mariage.

— Je souhaite rester ta femme. Je ne saurai jamais me débrouiller seule.

— Je te le répète, tu n'as jamais rempli ton devoir d'épouse.

Il lui tourna le dos, peu soucieux de poursuivre la discussion, mais elle se mit à crier sans s'inquiéter qu'on puisse l'entendre.

— Ils l'ont dit le jour de notre mariage, et ton père me l'a confirmé. Je *suis* ta femme et tu ne pourras rien y changer.

*

Le soir même, Conn faisait les derniers préparatifs en prévision de son déplacement lorsque Bram Deagan vint le trouver.

— Je me demandais si vous accepteriez que je vous accompagne à Perth demain, monsieur Largan ?

Conn manifesta son étonnement.

— Appelle-moi par mon prénom, Bram. On se connaît depuis toujours.

— D'accord, Conn.

— As-tu réfléchi à mon offre d'emploi ?

Bram se montra hésitant.

— C'est une proposition généreuse, mais j'envisageais de me lancer dans le commerce. J'ai longuement discuté avec le capitaine du bateau qui nous a conduits ici, nous envisageons de monter une affaire ensemble.

— Tu as l'argent nécessaire ?

— J'en ai un peu, grâce à Ronan qui m'a donné les affaires de sa mère au lieu de les jeter. Ça paraît peu, mais le montant que j'obtiendrai en les revendant me permettra de démarrer.

— Je ne me doutais pas que tu rêvais de te lancer dans le commerce.

— Je ne sais pas de quoi je rêve, à dire vrai. Je sais seulement que je ne veux plus jamais me trouver en position de faiblesse, comme le jour où Mme Kathleen m'a renvoyé.

— Ronan m'a expliqué qu'elle t'avait mis dehors au prétexte que tu avais parlé de moi avec lui.

— C'est vrai. Le vieux maître lui laissait la bride sur le cou, il la gâtait si bien qu'elle le prenait pour un dieu.

Il secoua la tête d'un air triste avant d'ajouter :

— C'est curieux tout de même qu'on se retrouve tous les trois en Australie, vous ne trouvez pas ? Il fallait que Mme Kathleen soit au bord du gouffre pour vous rejoindre. Elle ne le montre pas, mais elle est facilement inquiète. À Shilmara, elle revenait souvent de promenade à cheval avec les yeux rouges, comme si elle avait pleuré.

— Tu es plus gentil avec elle qu'elle ne l'est avec toi.

— Il faut savoir pardonner aux gens comme elle. Ce n'est pas qu'elle est simple d'esprit, mais elle est bizarre, en dépit de l'éducation qu'elle a reçue.

— Tu as raison. Ses parents ont soigneusement veillé à me cacher sa vraie personnalité. J'ai beau savoir que les gens de ma classe ne font pas des mariages d'amour et que seul compte l'argent ou la position sociale, je ne m'étais rendu compte de rien. En revanche, je suis convaincu que mon père était au courant. Il ne voyait que sa dot. À présent qu'il est mort, je me rends à Perth où j'espère obtenir l'annulation de mon mariage.

— Je vous le souhaite, mais ne l'abandonnez pas pour autant par la suite. En dehors de Shilmara, elle est perdue. Elle a offensé les autres dames sur le bateau et s'est retrouvée seule suite à la mort de Mme Maguire. Elle passait son temps à contempler l'horizon. Je ne pouvais m'empêcher d'avoir pitié d'elle.

La bonté de Bram fit honte à Conn tout en le rappelant à ses responsabilités. Il n'avait toujours pas trouvé de solution pour Kathleen.

— Tu crois donc pouvoir gagner de l'argent en important certains produits ? La population est peu nombreuse en Australie-Occidentale.

— J'ai l'intention de m'informer à Perth, je serai mieux placé pour vous répondre ensuite, mais les gens ont forcément besoin de certaines marchandises. Je n'espère pas devenir riche, simplement gagner ma vie.

— Je serais peut-être disposé à investir un peu d'argent dans une telle affaire, réagit Conn. Cela t'intéresserait-il d'avoir un associé ?

— Pourquoi pas, à condition que vous ne cherchiez pas à diriger l'affaire. Je ne veux plus qu'on me donne des ordres.

— Je me contenterais de te donner quelques conseils.

— Je les écouterai bien volontiers, mais la décision finale me reviendra.

Le voyant aussi déterminé, Conn acquiesça et lui tendit la main.

— Très bien. Accompagne-moi à Perth et nous nous renseignerons ensemble une fois que j'aurai pris soin de mes affaires privées.

*

— Je suis heureuse que ce garçon soit parti, annonça Kathleen au petit-déjeuner qu'elle prenait désormais à la cuisine pour n'avoir pas réussi à convaincre Mme Largan de lui tenir compagnie dans la salle de manger.

— De qui parlez-vous ? s'étonna Xanthe en se demandant si elle faisait allusion à Conn.

— Je parle de ce Deagan. Ronan n'aurait jamais dû le prendre avec lui. Je ne sais pas si vous êtes au courant, mais je l'avais renvoyé.

— Il a pourtant l'air travailleur. Il aide volontiers aux tâches de la propriété.

— Ce n'est pas la question. Je l'ai renvoyé parce qu'il se montrait impudent. Il avait le front de parler de ses maîtres, précisa Kathleen en se pinçant le nez. Les classes inférieures doivent savoir rester à leur place.

Xanthe étouffa un soupir exaspéré. Elle n'avait pas compris au début pourquoi Kathleen venait si souvent en cuisine bavarder avec elle, alors qu'elle méprisait les domestiques. Elle avait fini par s'apercevoir que la malheureuse se sentait perdue tout en essayant désespérément de recréer la vie qu'elle avait connue en Irlande.

— Le pain est rassis.

— Il vous suffit de le griller.

— *Moi*?

— Qui d'autre? Vous avez d'autres occupations urgentes?

— Vous devriez préparer du pain frais tous les jours, bougonna Kathleen avant de s'emparer de la fourchette à toast, au maniement de laquelle Xanthe dut l'initier.

— Je n'ai pas le temps de cuire le pain quotidiennement, se justifia-t-elle. Vous n'avez donc pas remarqué ma charge de travail? Vous pourriez m'aider, si vous le souhaitez. On voit bien que vous vous ennuyez.

— Je ne suis pas une domestique! J'ai bien dit à Conn qu'il devrait engager des gens.

— Il n'y en a pas. Les rares femmes de chambre disponibles finissent par se marier au bout de quelques mois. Il y a dix hommes pour une femme, dans ce pays.

Kathleen fronça les sourcils.

— Pourquoi donc?

— Parce que le gouvernement ne déporte que des condamnés de sexe masculin. Il en est arrivé plusieurs milliers ces dernières années. On affrète bien des « bateaux de fiancées », comme on les nomme, mais ça ne suffit pas.

Xanthe n'était pas certaine que Kathleen ait compris ses explications car elle triturait son toast en soupirant.

— Je pense aller me promener à cheval.

— C'est une bonne idée.

— Je suis bonne cavalière.

— C'est ce que tout le monde dit.

Kathleen hocha la tête.

— J'aime les chevaux et ils m'aiment tous.

— Sauf le cheval de Conn. Sean affirme qu'il ne laisse personne d'autre l'approcher.

— Démon se laisse caresser par moi.

— En tout cas, je ne vous conseille pas de le monter, cela mettrait Conn de très mauvaise humeur.

Une sonnette tinta et Xanthe s'essuya les mains sur un torchon.

— Mme Largan a besoin de moi, dit-elle en quittant la pièce, laissant Kathleen à son toast dans la cuisine.

11

Conn éprouva le plus grand plaisir à quitter Galway House. En temps ordinaire, sa maison était le refuge dans lequel il s'isolait du monde, mais il se sentait plus léger à mesure qu'il approchait de Perth avec Bram. Il ne connaissait rien de meilleur que l'air vif d'une journée d'hiver ensoleillée, aux antipodes de la canicule estivale.

— J'étais innocent, déclara-t-il soudain, désireux de convaincre son compagnon.

— Je l'ai toujours su.

Conn le remercia d'un signe de tête, la gorge nouée.

Ils atteignirent Perth en fin de journée. Après avoir installé leurs montures dans une écurie, ils se rendirent chez une logeuse que connaissait Conn. La veuve ne put que leur proposer une chambre minuscule meublée de deux petits lits.

— Cette femme vous traite avec le plus grand respect, remarqua Bram.

— Elle était mariée à un condamné qui est mort en cassant des cailloux sur une route. Elle a travaillé dur avant de pouvoir ouvrir cette pension, que fréquentent essentiellement des affranchis et des condamnés en libération conditionnelle.

Au matin, les deux hommes prirent leur petit-déjeuner ensemble avant de se séparer. Conn se dirigea vers la cathédrale, plus décidé que jamais à trouver le moyen d'obtenir l'annulation de son mariage. Lorsqu'il pénétra dans le sanctuaire à 9 h 30, la messe du matin était terminée depuis un moment et il ne trouva qu'une femme occupée à balayer la nef.

— Où pourrais-je trouver l'officiant ? lui demanda-t-il.

Elle posa sur lui un regard dénué de curiosité.

— Il doit prendre son petit-déjeuner, s'il a deux sous de bon sens.

— Où réside-t-il ?

Elle lui fournit les indications demandées et il gagna d'un pas lent le presbytère, inquiet de sa mission.

Le prêtre, un homme âgé, écouta sa requête en silence avant de l'interroger.

— Vous n'estimez pas avoir la charge sacrée de veiller sur cette femme ?

— Non.

— Vous reconnaissez toutefois qu'elle n'est pas autonome ?

— C'est vrai, aussi ai-je l'intention de m'assurer qu'on s'occupe d'elle. Elle dispose d'une rente à laquelle je n'ai jamais touchée et dont je ne veux pas. Je souhaite pour ma part fonder une famille, avoir des enfants qui perpétuent mon nom. Est-ce trop demander ?

— Vous allez devoir prendre rendez-vous avec l'évêque. Une telle requête n'est pas de mon ressort.

— Quand puis-je le rencontrer ? Je ne peux m'éterniser en ville, j'ai une mère impotente.

— Je compte aller trouver monseigneur tout de suite. Ma gouvernante vous servira une tasse de thé pendant mon absence.

Il conduisit Conn dans une petite pièce austère où de vieux journaux l'aidèrent à patienter.

Deux heures s'écoulèrent avant que le curé revienne en lui annonçant que l'évêque le recevrait le lendemain à 14 heures.

Conn jugea préférable de ne pas se plaindre d'un tel délai et remercia le prêtre de son aide. De retour dans la rue, il se demanda comment occuper le reste de sa journée.

Il choisit de se promener au soleil le long du fleuve en s'évertuant à ne penser à rien.

*

Bram passa la journée à explorer à pied cette ville qui trouvait peu de grâce à ses yeux. Il avait accompagné un jour à Dublin M. Largan père, alors que le valet de pied du vieil homme était souffrant, et cette expérience avait laissé dans sa mémoire le souvenir indélébile d'une cité glorieuse aux bâtiments grandioses. Se glissant à l'intérieur de la bibliothèque du prestigieux Trinity College, il était resté abasourdi à la vue de tant d'ouvrages logés dans un décor digne d'un palais. Il aurait fallu dix vies à n'importe quel lettré avant de venir à bout de ces milliers de volumes.

À l'inverse, Perth lui fit l'effet d'un mélange incongru de masures en bois, de bâtiments de brique, de boutiques et d'édifices publics au nombre desquels il compta deux églises ainsi que le siège des autorités locales, reconnaissable à ses tourelles. La ville ne possédait pas d'hôtel de ville à proprement parler, mais l'un des habitants dont Bram croisa la route lui expliqua qu'il était question d'en ériger un. L'Église anglicane possédait en revanche une école construite selon un modèle traditionnel en brique et pierre de taille.

La profusion de passants, de charrettes, de chevaux et même de calèches, tout comme les eaux du fleuve dans lesquelles se reflétaient les rayons du soleil, firent malgré tout bonne impression à Bram qui eut l'intuition de l'avenir potentiel d'une telle cité. Si Dublin avait la Liffey, Perth dominait la large embouchure du fleuve Swan sur laquelle les bateaux dessinaient de petits points clairs. Bram n'avait pas grandi près de la mer, mais il avait appris à l'aimer et à la respecter lors de l'interminable traversée qui l'avait mené jusque-là. À condition qu'elle soit calme, toutefois, car il gardait le souvenir cuisant des jours de houle.

La population de Perth était aussi disparate que son architecture. Aux côtés de ceux, riches et pansus, qui donnaient l'impression de dominer le monde, s'agitaient les silhouettes des individus issus des masses laborieuses, pour certains miteux et efflanqués. Ce contraste le choqua, ravivant chez lui la mémoire des récits de la famine de la pomme de terre que lui faisait sa mère lorsqu'il était enfant. Le père de Conn, tout en veillant à ce que ses paysans ne meurent pas de faim, s'était contenté de leur fournir le strict minimum vital et la mère de Bram lui avait raconté comment elle cueillait des orties afin de donner de la soupe aux siens. En revanche, le vieux M. Largan n'avait en rien pourvu aux besoins de ceux qui ne travaillaient pas pour lui.

Tout le monde savait au pays que la mère de Conn avait aidé les plus nécessiteux du mieux qu'elle le pouvait en ces temps sombres, et les personnes concernées lui en avaient gardé une reconnaissance durable, d'autant qu'elle avait agi dans le plus grand secret, par crainte de son mari.

Après s'être repéré, Bram prit le temps d'examiner les devantures des magasins afin de voir ce qu'ils proposaient à la clientèle. Il pénétra dans plusieurs boutiques et s'intéressa discrètement aux conversations des chalands, attentif à ce qu'ils achetaient et, plus encore, à ce qui leur manquait.

Il comprit ainsi que la nourriture pouvait constituer un marché porteur, à condition de proposer des aliments rares. Il y avait suffisamment d'habitants aisés prêts à acheter des mets raffinés.

Les femmes qui manipulaient les coupons de tissu s'exprimaient avec cette propension des riches à ne pas se soucier de l'opinion d'autrui, n'hésitant pas à élever la voix lorsqu'elles s'adressaient aux vendeurs. Pensaient-elles donc que les classes inférieures étaient peuplées de sourds ? Il en profita pour glaner des informations utiles sur leur vision de l'existence au sein de la colonie, conscient que les riches feraient sa fortune plus vite que les pauvres.

Il quittait un magasin lorsqu'il aperçut une mendiante au coin de la rue. Squelettique, le teint blafard, elle avait un visage usé par la vie qui trahissait l'ampleur de son désespoir. Les passants la frôlaient sans lui prêter la moindre attention. Il envisageait de donner une pièce à la malheureuse lorsque ses yeux se révulsèrent et qu'elle s'écroula sur le trottoir.

Comme personne ne faisait mine de lui venir en aide, Bram traversa la rue sablonneuse en évitant le crottin de cheval.

La femme gisait sur le trottoir, inanimée. Il s'agenouilla et lui prit la tête dans le creux de son bras. À son grand soulagement, elle gémit et battit des paupières. Elle poussa un cri en le voyant et voulut se dégager.

Il s'appliqua à la rassurer.

— Vous vous êtes évanouie, mademoiselle. J'ai voulu vous aider.

Elle recula instinctivement et s'appuya sur un coude, incapable de se relever sous l'effet du vertige.

— Vous avez faim ?

Elle hocha la tête.

— Laissez-moi vous aider à vous relever, et je vous achèterai de quoi manger.

Elle le regarda d'un air méfiant.

— Pourquoi ?

— Parce qu'il m'est arrivé d'avoir faim une ou deux fois dans ma vie.

— Pas question de vous rembourser avec mon corps.

— Je vous l'ai demandé ?

Elle serra les paupières en soupirant, au point que Bram crut qu'elle s'était évanouie à nouveau. La voyant soudain tentée de se mettre debout, il s'appliqua à la soutenir avec délicatesse afin qu'elle puisse le repousser si elle le souhaitait.

— Doucement, lui dit-il avec bienveillance. Quand avez-vous mangé pour la dernière fois ?

— Il y a deux jours. J'étais malade. Comme je ne pouvais pas payer mon loyer, ils m'ont mise dehors en gardant mes affaires pour leur peine. Je n'ai rien d'autre que ces vêtements.

À son accent, il devina qu'elle était anglaise, mais elle s'exprimait lentement, contrairement aux Londoniens. Il l'examina discrètement. Elle avait une tenue fripée, comme si elle avait dormi tout habillée, mais elle n'était pas vêtue de haillons.

Il avait bien conscience de ne pouvoir porter toute la misère du monde sur ses épaules, mais il pouvait se permettre d'aider son prochain et cette femme avait touché son âme.

— Je vais commencer par vous acheter de quoi manger, après quoi nous irons récupérer vos affaires.

Elle le dévisagea longuement dans l'espoir de comprendre quelles étaient ses motivations.

— Pourquoi ?

— Parce que je suis suffisamment bête pour aider les autres sans contrepartie.

Un sourire étira brièvement les lèvres de la jeune femme. Elle se raccrocha à lui, prise de vertige.

— Je suis arrivé récemment ici, lui expliqua-t-il d'une voix douce. Je ne sais pas où trouver de quoi vous restaurer. Vous pourriez commencer par avaler un verre de lait avec un morceau de pain. Il est prudent de ne pas trop manger si vous jeûnez depuis longtemps.

— Je connais une échoppe dans cette petite rue.

Il continua de la soutenir. Il lui aurait été plus facile de la porter tant elle était frêle, mais jamais elle ne l'aurait autorisé à la prendre dans ses bras.

La boutique ne payait pas de mine et le lait ne paraissait pas de première fraîcheur, mais elle n'hésita pas un instant à prendre la tasse émaillée que lui tendait l'épicier.

Bram acheta un croûton de pain qu'il glissa dans la main de sa protégée.

— Attendez de voir si vous supportez le lait avant de le manger.

Elle acquiesça et enferma le croûton dans un vieux mouchoir qu'elle s'empressa de glisser au fond d'une poche.

— Où se trouve l'endroit où vous habitiez ?

— À quelques rues d'ici.

— Vous n'êtes pas en état de marcher longtemps. Donnez-moi l'adresse, dites-moi combien vous leur devez, et je reviens tout de suite avec vos affaires.

Elle pinça les lèvres d'un air suspicieux, comme s'il lui demandait de révéler un secret.

Agacé d'une méfiance qu'il s'expliquait mal, il sortit de sa poche la montre gousset usée offerte par son père en cadeau d'adieu.

— Je vous la confie pendant mon absence, on décidera de la suite tout à l'heure.

Elle écarquilla les yeux, bouche bée, en voyant qu'il glissait la montre dans le creux de sa main.

— J'y veillerai attentivement. Je vous promets de ne pas bouger jusqu'à votre retour.

— Je ne m'inquiétais pas, vous savez, répondit-il avant de lui demander l'adresse et de s'éloigner d'un pas pressé.

Il mit plus de temps que prévu à trouver la pension et à convaincre la logeuse au visage revêche de lui rendre les affaires de l'inconnue en échange du règlement de son loyer. Ce n'est qu'en menaçant la femme d'appeler la police et de l'accuser de vol qu'il obtint le bagage de toile et les deux baluchons réclamés.

La note de la pension était si modeste qu'il lui resta largement assez après l'avoir réglée, d'autant qu'il avait vendu quelques affaires de Mme Largan pendant la traversée.

Il se demandait parfois si la noblesse avait conscience du fil du rasoir sur lequel avançaient les pauvres, entre instinct de survie et famine. Il se promit de ne jamais l'oublier et d'aider de son mieux les plus démunis. En attendant, il devait commencer par s'aider lui-même, à présent qu'il avait l'opportunité de réussir sa vie.

Lorsqu'il voulut retrouver la jeune femme, elle avait disparu. Planté sur le trottoir, il fut pris d'une déception amère. En règle générale, il portait pourtant sur ses semblables un jugement très sûr.

Elle émergea au même moment d'une ruelle et son visage s'éclaira en découvrant Bram, armé de son sac de toile et de ses tristes baluchons.

Elle s'approcha de lui en rougissant.

— Je… J'ai dû répondre à un besoin pressant.

— Vous devriez vous assurer que vos bagages sont intacts, suggéra-t-il.

Elle fouilla ses affaires et finit par hocher la tête en tenant serrée entre ses doigts le portrait de deux personnes d'un certain âge.

— Vos parents ?

— Oui. Ils sont morts, c'est tout ce qui me reste d'eux. Comment avez-vous pu récupérer mes bagages ?

— J'ai proposé à votre logeuse de lui verser ce que vous lui deviez.

— Elle se serait très largement remboursée avec mes affaires.

— Sans doute est-ce la raison pour laquelle elle a commencé par refuser, jusqu'à ce que je la menace d'appeler la police en l'accusant de vol.

La jeune femme partit d'un rire rauque qui se conclut en quinte de toux.

— Voilà qui ne lui aura pas plu. Je suis convaincue qu'elle achète des marchandises volées avant de les revendre.

— Pourquoi avoir trouvé refuge chez elle ?

— Je n'avais pas les moyens de trouver mieux que le coin de cave qu'elle me louait.

— Où comptez-vous aller à présent ? s'enquit Bram.

La voyant vaciller, il se précipita.

— Laissez-moi porter vos sacs et accrochez-vous à mon bras.

— Je suis désolée. Je ne suis pas encore vaillante, reconnut-elle en s'agrippant au coude de Bram.

— Le mieux est de vous emmener dans la pension où j'habite, je leur demanderai de vous trouver une chambre.

Elle posa un regard honteux sur sa tenue sale et chiffonnée avant de lui répondre d'une voix à peine audible :

— Jamais on acceptera de m'accueillir dans une maison respectable avec ces vêtements.

Il lui sourit.

— Je leur servirai une histoire. Vous êtes ma cousine tout juste arrivée d'Angleterre. Comment vous appelez-vous ?

— Nancy.

Elle ne lui avait pas précisé son patronyme et il n'osa pas insister.

— Alors vous vous appelez maintenant Nancy Deagan, vous êtes la dernière fille de mon oncle Niall. Vous vous en souviendrez ? Vous êtes désormais Nancy Deagan.

En vue de la pension, il lui glissa dans un murmure :

— Laissez-moi parler à la logeuse.

Il entra dans la maison et demanda aussitôt à la propriétaire si elle pouvait fournir une chambre à une cousine en détresse.

Comme la femme posait sur lui un regard soupçonneux, il se montra très direct :

— Je vous amène une jeune femme parfaitement convenable dans le besoin, madame Greeling, et non une fille des rues. Je ne cherche pas à la mettre dans mon lit, on jouait ensemble quand j'allais voir mon oncle en Angleterre. Nancy est ma cousine germaine, la fille de mon oncle Niall, j'ai promis à son frère de veiller sur elle. Vous n'allez tout de même pas refuser de l'aider ?

Conn survint au même moment et il se mêla à la conversation sans manifester la moindre surprise.

— Je suis content de constater que tu l'as retrouvée, Bram. La pauvre, dans quel état elle est !

— Vous connaissez cette fille, monsieur ? s'enquit la logeuse, toujours aussi méfiante.

— Je la rencontre pour la première fois, mais il s'agit de la cousine de Bram et il m'en a parlé. Je compte lui offrir une place de femme de chambre, mais en attendant de retourner chez moi, je vous serais reconnaissant de lui trouver une chambre. Vous connaissez comme moi la pénurie de personnel.

— Bon, très bien, tant que vous vous portez garant.

— Elle voudra prendre un bain, ajouta Conn. Je vous réglerai le nécessaire.

— Très bien, monsieur.

La gêne de Nancy n'avait pas échappé à Bram, mais une sérieuse toilette s'imposait, il se dégageait de la jeune femme une odeur de crasse nauséabonde.

— As-tu au moins une tenue propre, Nancy ?

— Non, toutes mes affaires sont sales.

Conn donna une tape dans le dos de Bram.

— Dans ce cas, le mieux est encore d'aller acheter des vêtements chez un fripier.

La logeuse s'éloigna en compagnie de Nancy et Conn attendit qu'elles soient hors de portée de voix pour se tourner vers son compagnon.

— Je vois que tu as toujours un cœur d'artichaut dès qu'il s'agit d'aider ton prochain.

Bram haussa les épaules.

— Elle s'est évanouie sous mes yeux et personne ne faisait mine de l'aider. Je n'allais tout de même pas la laisser sur le trottoir sans réagir ? Elle m'a tout l'air d'une fille convenable et si vous parliez sérieusement en disant vouloir l'engager, je suis persuadé qu'elle acceptera.

Conn sourit d'un air contrit.

— Nous avons tous les deux un cœur d'artichaut. En tout cas, sa présence pourrait bien résoudre les soucis de Xanthe si elle fait l'affaire.

— Que voulez-vous dire ?

— Xanthe a décidé de nous quitter afin de voir le monde.

— Avec son salaire de domestique ?

— Xanthe n'est pas n'importe quelle domestique. Ses sœurs et elle ont hérité d'un oncle qui possédait une importante épicerie.

Cette nouvelle laissa Bram songeur.

— Un jour, moi aussi je léguerai de l'argent aux miens. Jamais je n'aurais pu y arriver en Irlande, mais si j'en crois ce qu'on me dit ici, il est possible de réussir dans cette colonie. Je compte ouvrir une boutique.

— Fais-moi gagner de l'argent aussi, tant que tu y es. Tu as toujours eu l'esprit vif.

Bram afficha un sourire roué.

— Je ferai de mon mieux.

*

Xanthe était occupée dans la cuisine lorsque Ronan arriva.

— J'aurais voulu une tasse de thé.

Elle cessa de remuer le ragoût qui mijotait dans une grande gamelle et lui désigna la bouilloire posée sur un coin du poêle.

— Vous n'avez qu'à la mettre à chauffer, si cela ne vous ennuie pas de préparer votre thé vous-même. Je suis en retard ce matin et je ne voudrais pas que le dîner brûle.

— Comment se fait-il que vous soyez en retard ?

— Mme Kathleen est passée me voir.

— On dirait qu'elle s'attache à vous.

— Ne me demandez pas pourquoi, d'autant qu'elle n'arrête pas de se plaindre et qu'elle refuse de m'aider.

— Elle s'image être au-dessus de ce genre de contingence, dit-il en s'emparant de la bouilloire. Ses parents lui ont bourré le crâne avec toutes sortes de notions idiotes. Vous prendrez une tasse de thé ?

— Vous devriez en préparer pour tout le monde. À propos, où est passée Kathleen ? Sean l'a autorisée à prendre un cheval ?

— Il a accepté de l'accompagner à contrecœur, comme Conn le lui avait demandé. Les chemins par ici sont mal indiqués, il ne serait pas prudent de la laisser partir seule. Je ne m'y hasarderais pas moi-même.

Ronan sortit tasses et soucoupes.

— Que pourrais-je servir avec le thé ?

— Vous avez déjà faim ? Vous avez dévoré pour deux au petit-déjeuner.

La remarque le fit sourire.

— J'ai réparé les planches de la véranda qui avaient perdu leurs clous. Le travail ouvre l'appétit.

— Seriez-vous menuisier à vos heures ?

— Cela m'arrive. Comme tous les gamins, j'adorais travailler le bois et je passais mon temps dans les pattes du charpentier de mes parents. Il m'a appris le métier, histoire de ne pas me voir gâcher son bois.

— Votre père ne s'en offusquait pas ?

— Mon père se fichait bien de ce qu'on faisait tant qu'on le laissait en paix. Quant à ma mère, elle voulait qu'on soit heureux, du moins lorsque nous étions enfants. Par la suite, elle s'est préoccupée surtout de nous marier. Ni Hubert, mon frère aîné, ni moi ne lui avons donné les petits-enfants dont elle rêvait, mais Patrick s'en est chargé.

Il paraissait si triste que Xanthe posa une main sur la sienne. Il en profita pour glisser les doigts de la jeune femme entre les siens.

— Vous avez une nature bienveillante.

— Vous croyez ? Peut-être, après tout. Maia est nettement plus gentille que moi. Elle donnerait sa chemise au premier venu.

— On parle de moi ? s'éleva la voix de Maia derrière eux. Ah, je vois que vous avez préparé du thé ! C'est parfait. Mme Largan n'avait pas faim ce matin, mais elle a soif.

Elle hésita avant d'ajouter :

— Elle ne mange rien, en ce moment. Je m'inquiète pour elle.

— J'ai cuit des scones. Tu n'auras qu'à lui en donner avec la confiture que nous avons reçue de Perth. Elle n'est pas très bonne, mais Conn n'en a pas trouvé de meilleure. Il faut bien dire que les gens font en général leurs propres confitures.

— Ce sera parfait.

Ronan tira une chaise à lui et s'y installa.

— Je refuse de partir tant que je n'aurai pas goûté à vos scones. Vous ne voudriez tout de même pas que je meure de faim, Xanthe ?

Il prononçait son nom avec un tel naturel et son sourire était si chaleureux que Maia en resta interdite. Xanthe comprit que sa jumelle les avait surpris main dans la main. Il lui faudrait expliquer à sa sœur de ne pas en tirer de conclusions hâtives, puisqu'elle s'était contentée de consoler un garçon attristé par la mort de sa mère, sans plus…

*

Francis Southerham se réveilla tôt ce matin-là, la poitrine congestionnée au point de peiner à respirer. Il regarda sa femme qui dormait paisiblement à ses côtés. Il s'en voulait de lui imposer les tâches domestiques, elle avait désormais les mains rougies et rugueuses. Ils n'avaient pas réussi à trouver une fille des environs pour les aider, et ce n'était pas faute d'avoir demandé autour d'eux.

Il se glissa hors des draps et s'habilla dans le salon avant de sortir. Le soleil n'était pas encore levé et la nature baignait dans une pénombre qui effaçait les couleurs. Les premiers chants d'oiseaux s'élevaient paresseusement dans l'aube naissante.

Il gagna les écuries, heureux de sentir revenir ses forces. Il eut toutes les peines du monde à étouffer sa toux, de peur de réveiller les autres, mais la lutte était perdue d'avance et il crut que ses poumons allaient éclater.

Le monde vira brusquement au noir autour de lui. Lorsqu'il reprit connaissance, il était allongé à même le sol, sans comprendre ce qui lui arrivait. Sa toux s'était calmée, mais il était incapable de bouger, pris d'une lassitude immense. Il ferma les yeux et savoura la chaleur des premiers rayons du soleil sur son front couvert de sueur.

Livia fut tirée du sommeil par la toux de Francis. Elle se redressa dans son lit, inquiète. Jamais il n'avait connu de crise aussi violente, elle en avait le cœur serré. Elle se leva et enveloppa un châle autour de ses épaules.

Elle sortait de la maison lorsqu'elle le vit s'écrouler. Elle se précipita à son secours et le vit brièvement battre des paupières. Le temps qu'elle se penche sur lui, il était mort. Son corps gisait au milieu de caillots de sang dont le rouge carmin formait un contraste saisissant avec ses traits livides.

Léo la rejoignit et s'agenouilla près de Francis.

— Je ne m'attendais pas à ce qu'il meure aussi tôt, balbutia-t-elle, complètement perdue.

— Au moins est-il mort rapidement, commenta Léo.

— Que vais-je devenir sans lui ?

Il secoua la tête.

— Je peux m'occuper de ses chevaux.

— Je suis incapable de diriger une ferme, sans compter qu'il me faudra gagner de l'argent.

— Nous poserons la question à Reece. Il sera de bon conseil.

Elle resta un moment à côté de son mari, puis elle lui baisa le front et se releva.

— Léo, cela vous ennuierait-il de le porter jusqu'à la véranda ? Je vous apporte une couverture. Ensuite, je vous serais très reconnaissante d'aller trouver Reece, de lui expliquer la situation et de requérir son aide.

Léo acquiesça sans bouger pour autant.

— Vous devriez boire un thé chaud bien sucré, madame Southerham. Cela vous fera du bien. Je vais vous en préparer une tasse.

Elle se dit intérieurement que rien ne lui ferait du bien à ce stade. Elle avait parlé à Francis de son intention d'ouvrir une école lorsqu'il ne serait plus là, ce qui l'avait rassuré, mais elle s'en sentait brusquement incapable.

Elle recouvrit la dépouille de Francis d'une couverture et prit le temps de boire le thé que Léo lui avait préparé. Mieux valait ne pas penser.

Avec qui passerait-elle ses soirées à discuter ? Et combien de temps pourrait-elle survivre avec l'argent que lui laissait Francis ?

Comment allait-elle organiser sa vie ? En sa qualité de fille de pasteur, elle pouvait prétendre à une certaine noblesse sans pour autant avoir les moyens de vivre en châtelaine. Elle approchait des quarante ans et n'était guère jolie, au point de n'avoir jamais attiré sur elle les regards masculins avant sa rencontre avec son cher Francis, si bien que ses chances de se remarier étaient minces. Une seconde union était pourtant la solution la plus sûre aux difficultés des veuves sans enfants. En outre, elle n'avait rien d'une ménagère accomplie et voyait mal de quelle manière elle aurait pu apporter sa pierre à la construction de la colonie.

Le retour de Léo en compagnie de Reece la contraignit à l'accomplissement des tristes tâches inhérentes à un décès.

Léo lui retira une épine du pied en procédant à la toilette du mort.

— Souhaitez-vous qu'on l'enterre dans votre propriété, ou bien au sommet de la colline, aux côtés de Kevin ? l'interrogea Reece. C'est un lieu magnifique pour une sépulture.

— Faites pour le mieux, répliqua-t-elle, incapable de prendre une décision en ce jour funeste.

— Vous devriez venir passer la nuit chez nous, l'invita Reece.

— Je ne me sens pas le cœur de le laisser seul ici.

— Léo sera là.

— Quelle chance nous avons d'avoir croisé la route de ce garçon. Je ne sais pas ce que je ferais sans lui.

— Il a eu de la chance de vous rencontrer, vous aussi. Réunissez ce dont vous avez besoin pour la nuit. J'irai tout à l'heure annoncer la nouvelle à Galway House. Ils tiendront sûrement à assister à l'inhumation.

Livia s'exécuta et c'est tout juste si elle ne s'écroula pas dans les bras de Cassandra lorsqu'elle se présenta chez elle en compagnie de Reece, soulagée de pouvoir laisser libre cours à ses larmes.

*

Le deuxième jour de leur séjour à Perth, Conn et Bram firent le tour des magasins de la ville afin de s'informer sur la nature des marchandises qu'il serait bon d'importer. Avant de quitter la pension, ils prirent des nouvelles de Nancy.

Ils découvrirent une nouvelle personne, à présent qu'elle était propre et correctement vêtue. Ses longs cheveux bruns, retenus par un ruban, étaient éclatants et son regard gris respirait la franchise. Elle manifesta d'emblée sa reconnaissance à Bram.

— Je ne sais comment vous remercier. Dès que j'aurai trouvé un emploi…

— Quel était votre travail ?

Elle rougit.

— J'étais femme de chambre chez un employeur qui… Il a voulu…

Cramoisie de honte, elle ne put achever sa phrase.

— Quand j'ai refusé de lui ouvrir mon lit, il s'est arrangé pour que sa femme me renvoie. J'ai bien tenté de trouver un nouvel emploi, mais faute de références, les dames de la bonne société se méfiaient de moi, et je refusais de travailler pour des hommes célibataires. J'ai cru comprendre que mon ancien employeur m'accusait ouvertement d'être une voleuse, ce qui explique qu'on n'ait pas voulu de moi en dépit de la pénurie de domestiques. Et lorsque je suis tombée malade, je me suis vue obligée de vendre une partie de mes affaires.

Conn la dévisagea longuement.

— Accepteriez-vous de travailler pour ma mère et moi ?

— M'autorisez-vous à la rencontrer avant de vous donner ma réponse ?

— Mon domaine se trouve à une bonne journée de cheval d'ici.

Voyant qu'elle hésitait, Bram déclara d'une voix douce :

— Vous pouvez sans hésiter confier votre vie à Conn Largan, et je peux vous assurer que sa mère vous plaira. J'ai bien conscience qu'il est difficile d'accorder sa confiance à deux inconnus, mais la logeuse connaît bien M. Largan et sa mère, vous n'avez qu'à lui demander ce qu'elle pense d'eux.

Rassérénée, la jeune femme hocha la tête.

— D'accord. Je vous remercie, monsieur. Je travaillerai pour vous avec plaisir, je peux vous assurer que vous ne le regretterez pas.

— Dans ce cas, venez prendre un petit-déjeuner avec nous, suggéra Bram.

Elle le regarda d'un air effaré.

— Ce ne serait pas convenable de manger à la même table que vous.

— N'oubliez pas que vous êtes ma cousine. Je ne vais tout de même pas vous laisser manger seule dans la cuisine.

Surpris qu'elle grignote à peine quelques bouchées, les deux hommes lui enjoignirent de se restaurer et elle leur répondit qu'elle ne pouvait plus rien avaler. Conn s'empressa d'aller trouver la logeuse à laquelle il demanda conseil, et celle-ci lui promit de veiller sur la jeune femme pendant leur absence.

— Comment allons-nous la ramener à Galway House ? s'inquiéta Bram alors qu'ils se rendaient en ville.

— Il lui faudra se tenir en croupe.

— Je doute qu'elle ait la force de supporter une journée à cheval. Il nous faut également ménager nos bêtes.

Un pli barra le front de Conn.

— Il le faudra bien. Je ne vois pas d'autre solution. Nous pouvons la prendre en croupe chacun à notre tour. Je ne voudrais pas te paraître insensible, mais je ne souhaite pas laisser ma mère seule trop longtemps avec Kathleen.

Les deux hommes arpentèrent les rues de Perth dont ils écumèrent les magasins en écoutant les conversations. En passant devant un terrain vague, ils découvrirent un petit marché aux chevaux et Conn tint à examiner les bêtes proposées. Il manifesta rapidement sa réprobation.

— Ces pauvres bêtes sont usées par le travail, glissa-t-il à Bram.

Il trouva toutefois dans un coin deux juments prometteuses.

— Celles-ci seront dures à la tâche à l'âge adulte.

— Elles ne sont vraiment pas belles.

— Ce n'est pas le plus important. Je n'élève pas des chevaux de compétition.

Bram sourit. Conn avait sans doute raison de dire qu'il ne pouvait s'empêcher d'aider ceux qui se trouvaient dans la détresse, mais lui-même ne pouvait passer à côté d'un cheval sans s'arrêter. S'il affirmait que ces juments avaient du potentiel, il avait certainement raison. Bram ne les aurait pas regardées à deux fois, mais il est vrai que les écuries des riches familles pour lesquelles il avait travaillé accueillaient essentiellement des chevaux de concours et non des bêtes de trait.

— Comment comptez-vous les conduire à Galway House ?

Conn réfléchit un moment, puis il se tapa dans les mains.

— Il me suffit d'acheter une petite carriole et d'attacher les juments derrière. Ton cheval tirera la charrette, tu la conduiras et ta *cousine* montera avec toi. Cette charrette te sera utile dans ton commerce. Disons que c'est une petite partie de mon investissement.

— Topons là, à condition de bien choisir la charrette en question. J'aurai besoin qu'elle soit solide, mais il est vrai que je peux la retaper moi-même.

Conn approuva du chef et observa le ciel.

— Je ne crois pas qu'il pleuve cette nuit, il nous suffira de dormir à la belle étoile. Nous manquons de couvertures à Galway House, j'en achèterai quelques-unes tout à l'heure.

— Nous achèterons des provisions après mon entrevue avec l'évêque. Autant profiter de notre séjour en ville, plutôt que de passer commande auprès de notre épicier de campagne. Nous rapporterons des produits de meilleure qualité.

*

Conn se présenta peu avant 14 heures à l'évêché, un bâtiment magnifique par comparaison avec l'architecture sommaire du reste de la ville. Il avait pris la précaution d'enfiler une chemise propre, mais il se sentait nerveux. Il savait trop bien de quel œil on considérait les anciens condamnés.

Le secrétaire du prélat, un homme au visage serein d'un certain âge, le fit patienter un quart d'heure avant de l'introduire auprès de l'évêque. Les présentations achevées, ce dernier alla droit au but.

— Je crois savoir que vous êtes un ancien condamné, monsieur Largan.

— Oui, mais j'étais innocent du crime dont on m'a accusé, je suis tout disposé à en jurer sur la Bible.

L'évêque haussa les sourcils.

— Ce n'est pas l'opinion des juges.

Conn haussa les épaules.

— Je me contente d'énoncer la vérité, monseigneur.

— Que vous soyez innocent ou non ne change rien au fait que vous figurez au nombre de mes ouailles et que je vous dois assistance en cas de besoin. On m'a parlé d'une annulation de mariage. Je vous écoute.

L'explication de Conn terminée, l'évêque resta un moment plongé dans ses pensées, puis il soupira.

— Annuler un mariage est une procédure fastidieuse, à moins que vous ne disposiez de contacts haut placés au sein de l'Église.

— Ce n'est pas le cas. Plus maintenant, en tout cas.

— Qu'en pense votre épouse ? À vous entendre, elle n'est pas d'accord.

— Non. C'est une personne étrange, que sa rigidité empêche d'accepter le moindre changement dans son quotidien. Elle a toujours eu besoin que l'on s'occupe d'elle et, à présent que son principal soutien est mort, elle a choisi de venir vivre chez moi.

— Il serait préférable que vous ne viviez pas sous le même toit.

— J'en ai bien conscience. Je souhaite lui trouver un logement à Perth.

— Communiquez-nous son adresse lorsqu'elle sera installée ici, je veillerai à ce qu'elle trouve sa place au sein de la paroisse.

Conn sortit de ce rendez-vous presque soulagé. Sans se montrer encourageant, l'évêque n'avait pas non plus refusé sa requête. Il ne faisait toutefois aucun doute que la procédure serait longue, si elle aboutissait. Il ne pouvait pas demander à Maia de l'attendre éternellement.

De retour à la pension, il trouva Bram en grande conversation avec Nancy.

— Je nous ai trouvé une petite charrette, annonça le premier. Les chevaux nous attendent dans les écuries, nous pourrons partir demain à la première heure.

— Je te remercie de ton efficacité coutumière, fit Conn en adressant un sourire à Nancy. Vous avez meilleure mine aujourd'hui.

Elle acquiesça.

— J'ai toujours été en bonne santé. Jusqu'au jour où je n'ai plus travaillé. À force de vivre dehors, j'ai pris la pluie une fois de trop.

— Je suis heureux de vous voir ragaillardie. En attendant, Bram, nous avons du pain sur la planche. Il nous reste tout juste le temps d'acheter des provisions pour Galway House. La journée de demain sera longue et fatigante.

12

Maia se tenait près de la fenêtre lorsqu'une charrette et un cavalier conduisant deux pouliches s'engagèrent sur l'allée de Galway House. Elle reconnut aussitôt Conn.

— Ils sont là ! s'écria-t-elle.

En temps ordinaire, elle se serait précipitée hors de la maison, mais elle croisa Kathleen dans le couloir et la laissa sortir la première.

— Vous feriez mieux de vaquer à vos occupations, lui ordonna sèchement celle-ci. Les domestiques n'ont aucune raison d'aller au-devant des maîtres.

— Je comptais lui annoncer le décès de Francis.

— Je suis sa femme, c'est à moi qu'il revient de le lui dire.

Kathleen rejoignit aussitôt son mari à qui elle déclara sans ménagement :

— Ton ami Francis Southerham est mort hier. L'inhumation a lieu demain.

Conn posa sur elle un regard étonné. Francis ? Mort ?

Maia l'attendait sur le seuil de la maison.

— Léo est venu nous avertir hier après-midi. Nous sommes tristes, et inquiets pour Livia.

Kathleen laissa échapper un grognement hostile et repoussa Maia avec une telle virulence qu'elle la fit tomber.

— Je vous ai dit de vaquer à vos occupations. Vous n'êtes qu'une domestique, vous n'avez pas votre place auprès de vos supérieurs.

Conn écarta sa femme et aida Maia à se relever.

— Vous allez bien ?

— Oui… monsieur.

— Maia ! Pourriez-vous m'aider ?

Ce n'était pas la première fois que Mme Largan s'interposait afin d'empêcher Kathleen de s'en prendre à sa femme de chambre. Cette fois, elle était intervenue trop tard, Conn n'avait pu se retenir de venir à l'aide de Maia.

Un silence pesant s'installa, que Kathleen rompit brutalement.

— Je refuse de vivre dans la même maison que ta putain. J'exige qu'elle s'en aille.

— Ce n'est pas ma putain.

— Bien sûr que si, mais je suis ta femme et il est hors de question que tu te débarrasses de moi !

Maia, une main sur la bouche, courut se réfugier dans sa chambre. Xanthe la suivit après avoir lancé un coup d'œil inquiet en direction de sa maîtresse.

Mme Largan se dirigea vers la cuisine où elle s'assit, une main sur la poitrine, bouleversée. Conn la rejoignit, suivi par sa femme qui le fusillait du regard.

— Mère, vous ne vous sentez pas bien ?

— Cela va passer.

Ignorant superbement Kathleen, il fit signe à Nancy de s'avancer.

— Je vous ai ramené une nouvelle femme de chambre, Mère. Je vous présente Nancy. Bram l'a secourue à Perth, elle avait perdu sa place à la suite d'une maladie, mais elle va mieux à présent et…

— C'est tout ce que tu as trouvé ? grinça Kathleen. Regarde-moi un peu sa tenue ! Ses habits sont usés et tout chiffonnés. Je ne serais pas surpris qu'elle soit atteinte d'une mauvaise maladie, si tu l'as ramassée dans la rue. Ton père disait toujours qu'il fallait prendre ces filles à la campagne quand elles étaient encore jeunes.

Conn lui fit face.

— *Vas-tu te taire ? Tu n'es donc capable que de provoquer des catastrophes ?*

Elle saisit le premier objet qui se trouvait à portée de main, une tasse pleine, qu'elle lui lança à la figure avant de s'enfuir en sanglotant.

— Je… Je vais attendre dans l'entrée, suggéra Nancy en quittant la pièce.

Conn essuya de la main les gouttes de thé qui maculaient sa chemise et se massa les tempes, pris d'un violent mal de tête. Il poussa un long soupir et se tourna vers sa mère.

— Je vais devoir trouver un logement à Kathleen. Cette situation ne peut plus durer. Accepteriez-vous de vous assurer que Maia va bien, Mère ? Je crois préférable de ne pas…

— Sa sœur se trouve à ses côtés. Accorde-leur quelques minutes. Conn, mon chéri, ton visage trahit tes sentiments chaque fois que tu poses les yeux sur Maia. Quelle femme voudrait vivre sous le même toit que la femme dont son mari est épris ?

— Je n'y puis rien.

— Ce n'est pas juste du point de vue de Maia non plus, puisque tu n'es pas libre de l'épouser.

— Qui a dit que l'amour était juste ?

Il omit d'ajouter, alors qu'il le pensait, que la vie aussi était injuste.

— En attendant, reprit sa mère en serrant sa main dans la sienne, je te conseille de te rendre à l'enterrement de Francis demain en compagnie de Maia et de Xanthe. Elles voudront lui rendre un dernier hommage. La nouvelle fille que tu nous ramènes pourra m'aider en leur absence.

— Kathleen est rancunière. Je doute qu'elle baisse la garde facilement et je suis inquiet au sujet de Maia.

— Je ne suis pas en mesure de me passer d'elle pour l'heure, répliqua sa mère. Je me sens particulièrement fatiguée ces derniers temps. Je ne pense pas que je tiendrai encore longtemps.

Il la regarda d'un air horrifié et se laissa tomber sur la chaise voisine en lui prenant la main.

— Je ne me doutais pas que tu allais aussi mal.

Elle haussa les épaules.

— Oui, je suis constamment essoufflée et épuisée. Je souffre depuis si longtemps ! Je ne veux pas que tu aies du chagrin, mon cher fils. Je suis si heureuse de t'avoir rejoint en Australie. J'ai connu des heures merveilleuses ici avec toi.

Conn, en la serrant contre lui, constata combien elle avait maigri. Elle était frêle, presque squelettique. Comment avait-il pu se montrer aussi aveugle ? Il se refusait à croire ce qu'elle lui disait tout en sachant qu'elle n'était pas femme à exagérer. *Mon Dieu, préserve-la encore un peu*, pria-t-il.

Comment ferait-il lorsqu'elle ne serait plus là pour le consoler lorsque le monde entier le traitait en criminel ?

*

La porte de la maison s'ouvrit à la volée et Kathleen traversa la cour en direction des écuries sans un regard vers Sean, Ronan et Bram.

— Elle se réfugie toujours près des chevaux quand elle va mal, nota le premier. C'est une pauvre fille. J'ai toujours su que ce mariage forcé ne donnerait rien de bon. Ce n'était pas bien pour elle non plus.

Ronan continua de décharger la charrette. D'un coup d'œil à travers la fenêtre de la cuisine, il vit Conn et sa mère en grande discussion. À voir leurs mines sombres, ils nageaient en plein drame, aussi jugea-t-il préférable de déposer les provisions dans la véranda en attendant que leur conciliabule soit terminé.

Il rejoignit Bram et Sean qui examinaient avec attention les deux juments, parquées dans un petit enclos.

— Voilà qu'il a encore ramené de nouvelles bêtes, sourit Sean. J'en étais sûr. C'est toujours la même histoire quand il se rend à Perth, même quand il n'a pas prévu d'en acheter.

— Il affirme que ce sont des bêtes prometteuses, lui expliqua Bram.

Sean fit la moue.

— Il se pourrait bien qu'il ait raison. Je vais les garder dans l'enclos en attendant qu'elles s'habituent. Elles sont fatiguées du voyage, mais à tout prendre, elles semblent plutôt gaillardes.

Conn ne tarda pas à les rejoindre, la mine grave, sans en expliquer la raison.

— Que penses-tu de ces pouliches, Sean ?

— Convenablement nourries et reposées, elles pourraient tenir leurs promesses, dit-il avant d'ajouter, après une légère hésitation : Vous aussi, vous paraissez fatigué. Votre rendez-vous s'est bien passé ?

— Aussi bien que possible. Ça prendra du temps, sans doute des années. Nous sommes loin de tout.

— Tout est plus long par ici, approuva Sean en posant la main sur l'épaule de son maître avant de s'occuper des chevaux.

— Qui est cette femme que tu ramènes ? s'enquit Ronan.

— La remplaçante de Xanthe. Elle s'était évanouie dans la rue, Bram n'a pu s'empêcher de l'aider. Comme toujours.

L'intéressé haussa les épaules, ce qui fit sourire ses deux compagnons.

— Tu ne devrais pas laisser Maia toute seule ici avec Kathleen dans les parages, déclara Ronan. Elle est… dangereuse quand sa colère éclate. Elle continue de frapper la pauvre Orla. Tu vas devoir t'organiser autrement.

— Je sais. On enterre Francis demain, Maia et Xanthe voudront assister à l'inhumation, par égard pour Livia qu'elles ont connu dans le Lancashire. Je déciderai ensuite ce que je fais de Kathleen.

*

Xanthe et Maia rejoignirent leur maîtresse dans la cuisine en entraînant Nancy avec elles. La jeune femme était au bord de l'épuisement et Mme Largan recommanda à Xanthe de lui préparer un lit et de la laisser se reposer après l'avoir nourrie.

— Je suis désolée, madame Largan, s'excusa Nancy. Je vous promets de mériter ma pitance dès que j'irai mieux.

— Les familles qui ne sont pas capables d'aider une personne dans le besoin sont bien à plaindre. J'espère que vous serez heureuse parmi nous, ma petite.

Xanthe conduisit la nouvelle domestique jusqu'à une petite pièce, à l'extrémité de l'aile que Maia et elle occupaient, persuadée que Kathleen viendrait la harceler si elle l'installait près d'elle. Elle en profita pour détailler à Nancy la composition de la maisonnée.

— Et Bram, quel est son rôle, exactement ?

— Il n'en a pas vraiment. Il est arrivé en compagnie de Ronan, mais je ne crois pas qu'il souhaite rester.

— Il parlait d'ouvrir un magasin, remarqua Nancy.

Elle s'arrêta sur le seuil de la pièce et posa ses baluchons à ses pieds.

— Je n'en reviens pas d'avoir une chambre à moi toute seule.

— Elle est à peine plus grande qu'un placard, mais nous veillerons à la rendre confortable. Je vais commencer par préparer le lit, après quoi je vous apporterai de quoi vous restaurer. Pour vos besoins, c'est de l'autre côté de la cour, précisa-t-elle avant d'aller chercher draps et couvertures.

En ouvrant le placard, elle constata qu'il ne restait tout juste qu'une couverture à moitié trouée.

Elle se mit en quête de Conn afin de lui demander l'autorisation d'envoyer un garçon d'écurie acheter quelques-unes des mauvaises couvertures que proposait l'épicier des environs. Comme elle ne le trouvait pas, elle s'adressa à Bram.

— Il est parti chercher Kathleen. C'est urgent ?

— Je n'ai plus de couverture pour Nancy. Je voudrais m'en procurer au magasin.

— Nous en avons acheté à Perth. On les a stockées avec le reste dans la véranda.

— Ah, parfait ! C'est gentil de sa part d'y avoir pensé.

— On s'en est servi en chemin puisque nous avons dormi dehors, mais elles ne sont pas sales car le temps était sec. Il faudrait déballer tout ce que nous avons rapporté. Avez-vous besoin d'aide ?

— Je m'en occuperai tout à l'heure. Je voudrais d'abord préparer le lit de Nancy et lui donner à manger. Elle est au bord de l'épuisement.

Lorsqu'elle regagna la petite chambre quelques minutes plus tard avec un plateau contenant du pain, du fromage et une tranche de cake, elle trouva Nancy assise sur le matelas de paille, blême de fatigue.

— Tenez, vous n'avez qu'à manger un peu avant de dormir. Je vous conseille de protéger la nourriture qui restera avec ce torchon, vous aurez de quoi grignoter si vous avez faim au milieu de la nuit.

Nancy en eut les larmes aux yeux.

— Vous êtes tous d'une telle gentillesse…

— Vous aurez l'occasion de vous apercevoir que Mme Kathleen est tout sauf gentille. Elle a beau être mariée à notre maître, ce n'est pas elle qui commande ici. Ne la laissez pas vous maltraiter. De toute façon, vous travaillerez pour Mme Largan.

Elle laissa le temps à Nancy d'avaler quelques bouchées avant de lui demander :

— Voulez-vous que je vous aide à défaire vos bagages et à trouver une chemise de nuit ?

Le rouge de la honte monta au front de Nancy.

— Mes vêtements sont crasseux, à l'exception de ceux que je porte et que M. Largan et Bram m'ont achetés. Je vivais dans la rue depuis que j'ai perdu mon travail.

— Ma pauvre ! Je vais vous chercher l'une de mes tenues de nuit, même si j'ai bien peur qu'elle soit trop grande puisque vous m'arrivez à peine à l'épaule. Et puis je vous rapporte de l'eau, un brin de toilette vous fera du bien.

— Merci infiniment.

Nancy enfin couchée, Xanthe retourna dans la cuisine où les hommes de la maison attendaient l'heure du dîner. Kathleen, assise dans un coin, les yeux rougis, regardait par la fenêtre d'un air buté. Quant à Mme Largan et Maia, elles avaient disparu.

— Peut-être Orla pourrait-elle m'aider à préparer à manger ?

— Orla est ma femme de chambre. Ce n'est pas une bonne.

Le visage de Kathleen était chiffonné et son regard sombre trahissait sa colère.

— Vous n'avez pas besoin d'Orla tout de suite.

— C'est *ma* femme de chambre.

Conn allait intervenir lorsque Xanthe le devança. Il n'était pas question que Kathleen se tourne les pouces pendant que tout le monde suait sang et eau à longueur de journée.

— Dans ce cas, vous vous passerez de nourriture.

— Que voulez-vous dire ?

— Il y a trop de monde à nourrir, je n'y suffirai jamais à moi seule. À moins de se prêter main-forte les uns les autres, je ne vois pas comment on pourrait y arriver. Vous n'avez pas besoin d'Orla en permanence. En outre, si vous étiez normale, vous nous aideriez également.

Un silence inquiétant accueillit la remarque, que Conn finit par rompre.

— Elle a raison, Kathleen. La tâche est écrasante pour une seule personne. Je te demanderai d'autoriser Orla à aider Xanthe chaque fois que ce sera possible.

Kathleen croisa les bras sans mot dire. Considérant que son silence valait approbation, Conn partit chercher Orla.

Son démon de femme se mura dans le silence tandis que la conversation reprenait péniblement ses droits. Comment les présents auraient-ils pu oublier la présence lugubre de Kathleen ?

*

Le repas terminé, Kathleen fit signe à Orla de la suivre.

Lorsqu'elle revint quelques minutes plus tard chercher de l'eau chaude pour sa maîtresse, Conn remarqua une rougeur sur sa joue.

— Ma femme vous a-t-elle encore frappée ?

Orla lui lança un regard implorant.

— Ce n'est pas important, monsieur, je vous assure.

— C'est important pour moi.

Les coups de fouet et les maltraitances dont il avait été témoin lorsqu'il était en prison l'avaient traumatisé à jamais, il s'était promis de ne plus rester sans réagir face à la violence, chez lui comme ailleurs. Il se dirigea d'un pas martial vers la chambre de sa femme dont il ouvrit la porte sans frapper.

Elle bondit sur ses jambes et saisit instinctivement l'objet le plus proche, une brosse à cheveux en argent, afin de se défendre.

— Que fais-tu ici ? Sors immédiatement !

— N'aie crainte, je n'ai aucune envie de te toucher. Je suis venu te prévenir que si tu frappais à nouveau Orla, je te la retirais. Tu t'occuperas toute seule de tes vêtements.

— Tu n'as pas le droit !

— Tant que je suis ton mari, la loi me donne tous les droits.

— Tu es un monstre, un criminel ! Je n'aurais jamais dû venir te retrouver.

— À qui le dis-tu. Ne t'inquiète pas, tu partiras bientôt. Je compte te trouver une maison ou une pension à Perth.

Cette perspective parut la terroriser.

— Non ! Je refuse de vivre seule dans une ville inconnue ! Jamais !

— Il le faudra pourtant, le jour où notre mariage prendra fin. J'ai fait une demande d'annulation, mais la procédure risque de durer des années. En attendant, si tu veux garder Orla, ne t'avise plus de la frapper. En outre, elle aidera Xanthe et Nancy quelques heures par jour.

Kathleen, qui n'avait pas reposé sa brosse tout au long de leur échange, claqua la porte dans son dos lorsqu'il quitta la chambre.

Elle aurait pourtant dû se douter qu'elle n'avait rien à craindre de lui. Le simple fait de la voir le rendait malade. Il se sentait enchaîné à elle comme il l'avait été lorsqu'il portait des fers aux chevilles.

*

Conn décida d'emmener Kathleen avec lui à l'enterrement afin d'éviter les drames à Galway House pendant son absence. Il lui fit valoir que ce serait l'occasion d'une promenade à cheval d'une heure à l'aller comme au retour, et que le défunt appartenait à la petite noblesse anglaise.

Cette nouvelle l'enchanta et elle se montra agréable tout au long du trajet, discutant avec les uns et les autres des chevaux comme du paysage.

Conn se souvint que c'était ainsi qu'il s'était fait piéger par son père et les parents de Kathleen : celle-ci se montrait toujours sous son meilleur jour lorsqu'elle était en selle.

Le petit groupe arriva à Lynch Farm vers 11 heures. Les présentations achevées, Léo s'occupa des chevaux.

Pour une fois, Kathleen fit preuve de discrétion. Elle avait assisté à suffisamment d'enterrements dans sa vie pour prononcer les formules de condoléances traditionnelles de façon automatique, sans aucune sincérité.

Elle n'en surveilla pas moins Maia à qui elle adressait un regard assassin chaque fois qu'elle s'approchait de Conn.

Tous les présents montèrent au sommet de la colline. Reece et Léo, qui portaient le cercueil, le déposèrent délicatement dans la fosse.

Conn remarqua que Kathleen admirait le panorama et s'intéressait aux kangourous assis un peu plus loin pendant la lecture des prières. Le moment venu, elle se reprit et jeta une pelletée de terre sur le cercueil à la suite des autres.

L'assemblée déjeuna ensuite d'un simple ragoût servi avec du pain frais préparé par Cassandra.

— Avez-vous des projets ? demanda Conn à Livia.

Elle fit non de la tête.

— Francis est mort si brutalement, je n'ai pas eu le temps de me préparer à sa disparition. Je lui avais parlé d'ouvrir une école, mais je ne m'en sens pas la force. Quand bien même je le voudrais, je n'en ai pas les moyens, à moins de vendre la ferme et les chevaux. Il ne me reste quasiment plus d'argent.

— Envisagez-vous de vivre à Perth ?

— Non, je préfère rester ici, près de sa tombe, et près des seuls amis que je possède dans cette colonie.

Conn, qui n'avait pas mesuré jusqu'alors la situation fâcheuse dans laquelle se trouvait Livia, se creusa la cervelle à la recherche d'une solution. Il finit par s'éloigner au prétexte de surveiller les chevaux.

Ronan le rejoignit.

— Je te vois bien soucieux.

— Rien de grave. Je me demandais juste si Livia accepterait de prendre provisoirement une locataire.

— Tu penses à Kathleen ?

— Oui. La crois-tu capable de se tenir convenablement ici ?

— Pourquoi pas, tant qu'elle a la possibilité de monter à cheval ? Et puis Léo sera là. Jamais il ne laisserait quiconque maltraiter sa maîtresse.

— Crois-tu qu'il soit trop tôt pour que je m'en ouvre à Livia ?

— Tu n'as guère le choix, elle s'inquiète visiblement de son avenir.

Les deux hommes rejoignirent le petit groupe et Conn entraîna Livia jusqu'au banc artisanal que Reece avait construit face à la vue splendide qui s'étalait au-delà de la propriété.

— J'ai une idée, commença-t-il avant d'expliquer à son interlocutrice les difficultés qu'il connaissait avec Kathleen.

— Vous voulez dire… Vous seriez disposé à me payer si je l'accueillais ici ?

— Oui, en compagnie d'Orla. La présence d'une domestique ne serait pas superflue.

— Ce serait envisageable si je disposais d'une pièce supplémentaire, mais la maison est trop petite. Elle ne compte qu'une seule chambre, jamais nous n'y tiendrons à trois. Sans compter que je ne souhaite pas partager mon intimité. Francis a acheté cet endroit parce qu'il aimait son exposition et que les prés environnants pourraient accueillir ses chevaux, mais la maison elle-même est très sommaire.

Conn, perplexe, regarda machinalement la maison de bois dans laquelle vivaient Reece et Cassandra. Il remarqua la présence de la chambre supplémentaire construite par Reece.

— Ronan accepterait peut-être de m'aider à construire une pièce supplémentaire pour Kathleen, avec une annexe destinée à Orla. C'est un excellent menuisier. Ma mère consentira sans difficulté à ce que je vous prête des meubles à l'intention de Kathleen. Qu'en pensez-vous ? Répondez-moi sans ambages, je ne tiens nullement à vous forcer la main.

Livia partit d'un rire nerveux.

— C'est tout réfléchi, j'accepte sans hésiter puisque je n'ai pas d'argent et que je ne souhaite pas quitter cet endroit. Francis n'a jamais su compter.

— Kathleen a un caractère difficile, mais elle adore les chevaux et je puis vous assurer qu'elle s'occupera parfaitement des vôtres si vous l'autorisez à les monter.

— Francis n'était pas facile non plus, pas davantage que mon père. Je sais comment prendre ces gens-là.

Il poussa un soupir de soulagement.

— Dans ce cas, je vais lui en parler.

Elle le retint par la manche.

— Le mieux serait encore que je lui propose de vivre ici. Si j'ai bien compris ce que vous m'avez expliqué, elle sera plus sensible à mon invitation qu'à un ordre de vous. Pendant que je lui parle, pourquoi ne demanderiez-vous pas à Reece s'il accepterait de vous aider à construire cette pièce supplémentaire ?

Ils retrouvèrent leurs compagnons, soulagés l'un comme l'autre. Conn n'en revenait pas d'avoir trouvé une solution aussi simple. Quelques minutes plus tard, Livia proposait à Kathleen d'aller s'assurer avec elle que les chevaux se portaient bien.

Lorsqu'elle reparut un peu plus tard, Kathleen opposa à Conn un sourire narquois.

— J'ai trouvé la solution pour vivre loin de toi et de cette putain de Maia.

Sans se soucier du haut-le-corps de Cassandra, elle poursuivit :

— Je suis impatiente de vivre enfin avec quelqu'un de ma condition. Livia m'autorise à monter le cheval de son mari. Le pauvre a besoin d'exercice. Elle aussi est bonne cavalière, et elle m'a promis de me lire des histoires, comme ton père autrefois. J'adore qu'on me fasse la lecture.

Livia glissa subrepticement quelques mots à l'oreille de Conn.

— Je l'ai autorisée à monter le cheval de Francis à condition que Léo la juge suffisamment bonne cavalière. Voit-elle donc toujours midi à sa porte ?

— Je le crains fort. Si jamais elle se montre impossible, je compte sur vous pour m'alerter immédiatement. Je trouverai une autre solution.

Livia secoua la tête.

— Je m'en arrangerai. Je n'ai pas le choix. Pour l'heure, demanda-t-elle, rougissante, combien êtes-vous disposé à me verser ?

Elle poussa un soupir de soulagement en découvrant le montant qu'il lui proposait.

— Je compte entamer la construction de ma nouvelle chambre dès demain, déclara Kathleen au moment de partir.

— Il nous faut tout d'abord acheter du bois, la tempéra Conn.

— Je dois en avoir en quantité suffisante, proposa Reece.

— Tu vois bien ! s'écria Kathleen. On peut commencer dès demain, je compte m'installer ici au plus vite. Je m'y sentirai plus en sécurité, en compagnie d'une femme de ma classe.

Sur ces mots, elle se hissa sur sa monture avec l'aide de Léo en laissant son mari régler les détails pratiques.

— Je vous paierai votre bois, déclara Conn à Reece.

— Le plus simple est encore de s'enquérir du prix dans une scierie et d'y soustraire une ristourne. Mon bois n'est pas aussi bien taillé. Kevin fabriquait des planches avec son bois, dans l'espoir que son neveu vienne le rejoindre un jour, ce qui ne s'est pas fait.

— Topons là, acquiesça Conn en lui tendant la main.

Leur accord scellé, il reprit :

— Accepteriez-vous, avec Cassandra, de veiller sur Livia et Kathleen ? Vous pourriez me tenir au courant si cet arrangement ne tenait pas.

— Volontiers. Je ne me doutais pas que Livia disposait d'aussi peu d'argent. Francis n'abordait jamais la question.

— J'ai cru deviner qu'elle était au bord du gouffre.

— Je me demande si elle accepterait de me louer une partie de ses terres.

— Vous envisagez de vous agrandir ?

— À présent que Cassandra dispose d'une partie de son héritage, nous voyons l'avenir différemment. Nous souhaiterions fabriquer du fromage. J'ai découvert une grotte dans un promontoire rocheux, un peu plus loin. Je me propose de l'agrandir afin que les fromages puissent y fermenter au frais. Saviez-vous qu'il est possible de fabriquer du fromage avec du lait de chèvre ? Les chèvres sont moins compliquées à élever que les vaches.

— C'est vrai que le fromage manque, par ici. Le fromage bien affiné.

— Exactement.

— Bram et moi avons décidé d'ouvrir ensemble un commerce à Perth. Le temps que vous produisiez vos premiers fromages, le magasin aura ouvert ses portes et vous pourrez les mettre en vente chez nous.

Reece afficha un sourire satisfait.

— Il arrive que tout s'organise parfaitement dans la vie.

*

Kathleen ne cessa de pérorer à propos de son déménagement prochain, insistant pour que la construction de sa chambre débute dès le lendemain.

— Il faut tout d'abord dénicher un menuisier, dit Conn. Je n'en connais aucun dans la région.

Il eut beau le lui répéter, elle ne l'écoutait pas.

— Je suis tout disposé à t'aider, proposa Ronan. Avec l'aide de Reece, nous devrions pouvoir nous débrouiller.

— En es-tu sûr ?

— Évidemment.

— Dans ce cas, nous irons camper à Westview de façon à en avoir fini au plus vite.

— Je peux également vous donner un coup de main, suggéra Bram. Je n'ai jamais construit de maison, mais je sais me servir de mes mains. Après quoi je retournerai à Perth attendre le retour du bateau de Dougal.

Conn avait brusquement l'impression que le poids qu'il avait sur les épaules s'était évanoui. Il n'en revenait pas de la façon dont tout s'enchaînait.

À condition d'être patient, peut-être même parviendrait-il un jour au but qu'il s'était fixé : épouser la femme qu'il aimait.

*

Kathleen éprouva tout son entourage deux semaines durant à propos de son déménagement prochain, au point de transformer en enfer le quotidien de sa femme de chambre. Conn et Ronan, occupés à agrandir la maison de Westview, étaient constamment absents, si bien que les femmes de Galway House durent supporter du mieux qu'elles le pouvaient les sautes d'humeur de Kathleen.

Curieusement, Maia était encore celle qui la circonvenait le mieux. Elle lui montrait comment préparer des gâteaux, sollicitait son aide comme elle l'aurait fait avec une enfant, acceptait sans broncher les remarques acerbes dont la gratifiait Kathleen.

Occupé à Westview, Conn s'en voulait de la satisfaction qu'il éprouvait à se trouver loin de sa femme. Il ne ménageait pas sa peine, apprenait beaucoup sur l'art de construire les maisons de bois très simples qui peuplaient la colonie, reconnaissait sans peine son infériorité par comparaison avec Ronan et Reece. Il se contentait le plus souvent d'aller chercher les matériaux demandés par ses compagnons et d'obéir à leurs ordres. Il rentrait tous les deux ou trois jours à Galway House afin de s'assurer que tout allait bien.

Le soulagement fut général lorsque la pièce fut achevée. Kathleen et Orla prirent place dans la carriole et Conn conduisit les deux femmes jusqu'à leur nouvelle demeure.

Contrairement à sa femme qui n'eut pas un regard pour la maison qu'elle quittait, Orla regarda Galway House à plusieurs reprises jusqu'à ce que la propriété s'efface dans leur sillage. Lors de la conversation qu'elle avait eue la veille avec Conn, elle n'avait pas fait mystère de son regret de s'en aller.

Conn ne pouvait pas la garder s'il entendait être libéré de la présence de Kathleen. Il lui promit toutefois d'augmenter ses gages et de mettre ses économies en lieu sûr, ce qui rasséréna la jeune femme de chambre.

— Si j'économise suffisamment, je pourrai rentrer chez moi ? s'était-elle inquiétée.

— À condition de servir ma femme deux ans durant, je m'engage à financer votre retour, lui avait-il promis.

Le visage d'Orla s'était éclairé.

— Oh, monsieur ! Je suis prête à tout pour retourner un jour chez moi !

13

Un mois s'était écoulé lorsque Xanthe s'accorda enfin le droit de penser à son propre avenir. Elle attendit de se trouver au lit avec sa sœur pour s'en ouvrir à elle.

— Nancy a fait ses preuves, tu ne trouves pas ?

— Oui, elle est travailleuse et efficace. Nous sommes enfin en mesure de réaliser les tâches mises de côté jusque-là.

— Dans ce cas..., je peux partir.

Maia étouffa un sanglot dans l'obscurité, mais Xanthe refusa de se laisser attendrir. Elle savait que la séparation serait dure, elle en avait discuté avec Cassandra, sachant que cette dernière serait là si Maia avait besoin d'aide.

Sa jumelle lui manquerait terriblement, les deux sœurs n'avaient jamais été séparées, mais Xanthe savait qu'il était temps pour elle de mener sa vie avant qu'il soit trop tard. À vingt-sept ans, elle avait dépassé l'âge de se trouver un mari, ce qui ne l'empêchait pas de vouloir une existence plus riche que celle de simple gouvernante dans un domaine isolé en Australie.

— Je t'aurais accompagnée si Mme Largan n'avait pas autant besoin de moi.

— C'est d'autant plus vrai qu'elle décline de jour en jour.

— Elle fait preuve d'un courage admirable.

— Le jour venu, Conn aura encore besoin de toi. J'en ai mal au cœur chaque fois que je le vois poser sur sa mère un regard douloureux. Le pauvre aura subi bien des épreuves. Il n'a donc toujours pas de nouvelles de l'évêque ?

— Il n'en attendait pas aussi tôt.

— T'a-t-il parlé ? T'a-t-il promis quoi que ce soit si son mariage est annulé ?

— Non, il me dit n'avoir aucune certitude. On dirait qu'il a peur d'espérer.

— Tu devrais te trouver un nouvel emploi... le jour où Mme Largan n'aura plus besoin de toi.

— Je ne sais pas ce que je déciderai. On verra bien ce qu'il veut à ce moment-là.

— J'espère que tu ne te donneras pas à lui en dehors du mariage.

Maia laissa s'écouler un court silence avant de répondre à mi-voix :

— Je ne peux pas te le promettre. S'il a besoin de moi...

— Non, Maia ! Tu seras la première à en souffrir si vous vous lancez dans une relation de cet ordre. Souviens-toi de ce que disaient les gens à Outham lorsqu'une fille tombait enceinte sans être mariée.

— La situation est différente dans mon cas. J'aurai assez d'argent pour vivre... et entretenir un enfant. Tu dépenses bien ton héritage comme tu l'entends. Eh bien moi aussi. À présent, je me sens fatiguée, j'aimerais dormir. Inutile de ressasser éternellement les mêmes questions. Ta décision est prise et les arguments que je pourrais avancer n'y changeront rien.

Sur ces mots, elle tourna le dos à sa sœur et se mura dans le silence.

Xanthe resta longtemps sans trouver le sommeil. À l'excitation de l'avenir qui l'attendait se mêlaient de l'appréhension et de la tristesse.

*

Xanthe alla trouver Conn le lendemain. Elle le trouva occupé à dresser l'un de ses poulains.

— Il fait de grands progrès, nota-t-elle avec l'assurance acquise au contact des chevaux depuis son arrivée à Galway

House. J'aimerais vous dire un mot, lorsque vous aurez un moment.

Il crut deviner la raison de cette requête.

— Alors, tout de suite. Sean, si tu veux bien prendre le relais ?

Le vieil homme s'avança et Conn s'éloigna en compagnie de Xanthe en direction d'un banc installé dans un coin du jardin. Il attendit que la jeune femme se soit assise pour l'interroger du regard.

— Le moment est venu pour moi de prendre congé, se lança-t-elle.

— Vous êtes certaine de ne pas vouloir rester en Australie ? Vous auriez pu trouver un emploi plus gratifiant à Perth.

— Non. Je m'aperçois que le crachin me manque, tout comme les paysages verdoyants.

— Comptez-vous vivre près de Pandora ?

— Je ne sais pas encore, répondit-elle avec un sourire contrit. À la vérité, je ne sais rien, sinon que je ne souhaite pas finir mes jours dans la colonie du fleuve Swan.

— Et Maia ? l'interrogea-t-il sèchement.

— Votre mère a besoin d'elle.

Il ramassa un rameau de gommier orné de feuilles mortes qu'il déchira machinalement entre ses doigts.

— Je crains fort que ma mère n'ait plus besoin d'elle bien longtemps.

— Je sais. Elle a beaucoup de courage. J'emporterai d'elle un souvenir ému.

Xanthe, qui hésitait à aller plus loin, finit par se décider.

— Qu'arrivera-t-il à Maia… ensuite ?

— Je ne sais pas.

— Vous… Vous la traiterez de façon respectueuse ?

— Je l'aime. Vous savez bien que jamais je ne lui ferais du mal.

— Vous devriez la renvoyer le jour où vous n'aurez plus besoin de ses services. Ne gâchez pas sa vie.

Il posa sur Xanthe un regard chagriné.

— C'est une décision qu'elle et moi prendrons le jour venu. Je ne veux pas y penser tout de suite, alors que ma mère décline.

Xanthe laissa s'écouler un moment de silence avant de poursuivre.

— Au moins votre femme n'est-elle plus là.

— Livia a réussi la prouesse de la rendre heureuse.

— Votre femme aurait dû recevoir une éducation très simple, autour des chevaux et de tâches quotidiennes.

— C'est vrai. Heureusement pour moi, elle est persuadée que je n'ai rien à voir avec l'arrangement actuel, qu'elle et Livia en sont les artisans uniques. Je ne sais pas combien de temps cela durera. Quoi qu'il en soit, quand comptez-vous partir ?

— Bientôt, si vous en êtes d'accord. J'ai lu dans le journal que le prochain bateau postal ferait escale à Albany dans une quinzaine de jours.

— Que ferez-vous si aucune cabine n'est disponible ?

— Je pourrai toujours voyager dans l'entrepont, mais j'ai écrit à la compagnie afin d'acheter un billet.

— Vous avez pensé à tout.

— Oui. Ronan a transmis ma lettre à la malle-poste lorsqu'elle passait sur la grand-route l'autre jour. Il m'a également retenu une place sur la prochaine voiture à destination d'Albany. Je pars dans deux jours.

— Déjà ? Avez-vous prévenu Maia ?

— Je ne lui ai pas encore fourni les détails. Je n'avais pas envie de la voir pleurer pendant mes deux dernières journées ici.

Elle baissa la tête, et c'est d'une voix rauque qu'elle reprit :

— Je ne prends pas la situation à la légère, Conn. Je souffrirai aussi de cette séparation, mais j'espère la revoir un jour, et puis nous nous écrirons. Je ne me vois pas m'établir ici. Ce qui est un refuge à vos yeux est une prison aux miens.

*

Xanthe quitta Galway House tôt le surlendemain. Elle s'était levée à l'aube en compagnie de Maia. Cette dernière fut en larmes tout au long des derniers préparatifs.

Les jumelles grignotèrent en silence du bout des dents. Elles avaient eu l'occasion de tout se dire lors de leur longue nuit d'insomnie.

— Es-tu certaine de vouloir vraiment t'en aller ? sanglota Maia à l'heure des adieux.

— Nous en avons déjà parlé.

— Je n'arrive pas à croire que nous ne nous reverrons jamais.

Xanthe la serra dans ses bras et trouva la ressource de répondre d'une voix calme.

— Bien sûr, que nous nous reverrons. Et puis nous nous écrirons souvent.

— Ce n'est pas pareil. Laisse-moi t'accompagner jusqu'à la grand-route où doit te prendre la malle-poste.

— Non, je n'ai pas envie d'adieux en public.

Conn les rejoignit et passa un bras autour des épaules de Maia tandis que Ronan accompagnait une Xanthe très pâle jusqu'à la charrette avec laquelle il devait la conduire jusqu'à la grand-route.

Il prit la mesure de son chagrin en constatant qu'elle n'avait pas prononcé une parole de tout le trajet.

— Êtes-vous sûre d'opérer le bon choix ? lui demanda-t-il d'une voix douce.

— Qui peut être sûr de l'avenir ? Je sais juste que je suis incapable de passer le reste de mon existence ici.

Elle regarda longuement sa malle et son sac, puis elle sauta à bas de la charrette autour de laquelle elle entama une ronde nerveuse.

Ronan, incapable de trouver les mots justes, se contenta d'une banalité.

— Vous avez de la chance, vous aurez beau temps pour voyager.

— Cela m'aurait été égal s'il avait plu. Mon unique regret est de laisser Maia. Je ne me suis jamais habituée à vivre dans un lieu aussi isolé.

— Conn y est heureux.

— Conn se cache du monde, soupira-t-elle. À votre avis, qui l'a fait passer pour coupable ?

— Son père n'est pas étranger à ce qui lui est arrivé.

Elle ouvrit de grands yeux.

— Vous n'êtes pas sérieux !

— J'y ai longuement réfléchi. Conn évoquait déjà la possibilité d'obtenir l'annulation de son mariage, ce qui aurait contraint son père à rendre la dot de Kathleen à ses parents.

— Vous êtes sûr ?

— On ne saura sans doute jamais ce qui s'est vraiment passé, M. Largan a emporté son secret dans la tombe, mais pourquoi Mme Largan aurait-elle rejoint son fils ici en abandonnant son mari si ce n'était pas le cas ? C'est la seule explication plausible.

— Conn soupçonne-t-il la vérité ?

— Oui.

— Le pauvre. La vie l'a maltraité plus encore que je ne l'imaginais. Il n'empêche, je suis inquiète de laisser ma sœur avec lui.

Ronan haussa les épaules.

— Ils prendront la décision qui leur conviendra, comme tout un chacun.

— Combien de temps comptez-vous rester en Australie ?

— Deux ou trois mois, je pense.

Il lui adressa un sourire.

— Mon séjour sera moins plaisant à présent que vous êtes partie.

Elle ne feignit pas d'avoir mal compris son propos.

— J'ai pris beaucoup de plaisir à vos taquineries. J'aurais beaucoup aimé avoir un ou deux frères.

— Il ne s'agit pas de sentiments fraternels entre nous, Xanthe Blake.

Voyant qu'elle écarquillait les yeux, il insista :

— M'autorisez-vous à vous embrasser une dernière fois ?

Elle lui offrit muettement ses lèvres et il la prit dans ses bras en l'embrassant à lui donner le tournis. Il finit par relâcher son étreinte en s'apercevant qu'elle le repoussait.

— Une voiture approche, déclara-t-elle en vérifiant que sa capeline était bien droite.

La voiture en question n'était autre que la malle-poste, en vérité un chariot mené par un cocher accompagné d'un garde. Le véhicule, tiré par quatre chevaux robustes, acceptait deux ou trois passagers en échange de la somme de quatre livres.

Le garde aida Xanthe à charger ses bagages et le chariot s'éloigna. Ronan, planté sur le bord de la route, le regarda disparaître à l'horizon.

Xanthe lui manquerait énormément. Jamais aucune femme ne l'avait attiré de la sorte. Faute d'être issue du même milieu que lui, elle se serait sentie mal à l'aise et aurait été traitée avec condescendance s'il avait commis l'impensable en l'épousant. Pourtant, alors que s'effaçaient dans le lointain le claquement des sabots et le tintement du harnachement des chevaux, il reconnut avoir été tenté de conquérir la main de la jeune femme.

Il éclata d'un rire sans joie, soucieux de se moquer de lui-même. Comme s'il suffisait de claquer des doigts pour l'attirer dans ses bras ! Elle affichait son désir de rester célibataire avec beaucoup d'assurance. Il était clair qu'elle attendait de l'existence davantage qu'élever des enfants.

Paradoxalement, il l'approuvait sur ce point.

— Allons, c'est fini ! marmonna-t-il en rejoignant le cheval, attaché à la charrette, qui épuisait tranquillement sa muselière remplie d'avoine.

La grande cuisine de Galway House fut bien silencieuse ce soir-là. Maia ne desserra quasiment pas les lèvres, trop occupée à s'essuyer les yeux avec le coin de son tablier. Ronan trouva la cuisine de Nancy moins réussie que celle de Xanthe, mais peut-être était-ce une impression due au manque d'appétit.

Il préféra rester dans la cuisine avec Bram et les deux femmes de chambre au lieu de passer la soirée avec Conn et sa mère dans le salon, au prétexte qu'ils avaient sans doute envie d'être ensemble à présent que les jours de Susannah Largan étaient comptés.

Le jour venu, Ronan savait qu'il regagnerait l'Irlande, mais il avait les plus grandes difficultés à imaginer des projets d'avenir. Peut-être était-ce dû à l'atmosphère détendue de Galway House, ou bien au chagrin d'avoir perdu sa mère. Peut-être aussi Xanthe lui manquait-elle. Il ne savait plus quoi penser depuis que la malle-poste avait disparu au loin sur la route d'Albany. Pourvu que Xanthe soit en sécurité...

Il finit par se mettre au lit tôt, prétextant la fatigue, sans trouver le sommeil pour autant, ni aucun plaisir à la lecture du livre que lui avait prêté Conn.

Lorsque la pluie se mit tambouriner sur les carreaux, il se prit à espérer que Xanthe soit à l'abri.

*

Si Xanthe se trouvait à l'abri, elle était dénuée de tout confort, allongée sur un mauvais matelas de paille dans le dortoir d'un relais de poste en compagnie des autres passagers. Le cocher les avait avertis qu'il leur faudrait se lever avant l'aube afin de reprendre la route au premier jour.

Se retrouver seule lui semblait étrange, et plus effrayant qu'elle ne l'avait imaginé. Le conducteur du chariot postal la regardait d'une façon particulièrement dérangeante. Grâce au ciel, il y avait une femme plus âgée parmi les passagers, même si celle-ci l'avait initialement considérée avec méfiance. La vieille femme avait baissé sa garde lorsque Xanthe lui avait demandé la permission de rester auprès d'elle, par peur du cocher.

Le trajet jusqu'à Albany dura plusieurs jours, en dépit des changements de chevaux quotidiens.

Xanthe, vêtue d'une robe noire ordinaire, s'efforçait de paraître la plus banale possible, ce qui n'empêcha pas les hommes de la dévisager avec insistance lorsqu'elle regagna la pension où elle était descendue, après s'être assurée auprès du représentant de la compagnie de navigation qu'une cabine avait bien été réservée à son nom.

La ville surplombait une baie parsemée d'îlots. Elle retrouvait avec plaisir l'air revigorant de la mer qu'elle aspira à grandes bouffées en s'arrêtant une nouvelle fois afin d'admirer la vue.

— Attendez-vous quelqu'un ? lui demanda une voix.

Elle se retourna d'un bloc et découvrit un personnage corpulent à la calvitie naissante qui lui souriait.

— Non, se contenta-t-elle de répondre avant de s'éloigner rapidement.

Elle ne pouvait pas mettre le nez dehors sans être observée par les hommes avec admiration, d'une façon révélatrice de leurs intentions, et par les femmes avec désapprobation, ce qu'elle s'expliquait mal.

Elle regagna sa pension et s'enferma dans sa chambre, la maison ne disposant pas d'un salon. Elle ne s'était pas attendue à s'ennuyer de la sorte, elle aurait de loin préféré explorer les rues d'Albany.

Furieuse de sa lâcheté, elle s'aventura de nouveau à l'extérieur après avoir tourné en rond une heure durant. Sa logeuse lui avait communiqué l'adresse d'un magasin où elle trouverait des livres et de quoi écrire.

Cette fois, elle marcha d'un bon pas et fusilla du regard tous les hommes qui faisaient mine de vouloir l'accoster.

La vieille femme qui se tenait devant la boutique qu'elle cherchait lui en fit la remarque.

— Vous marchez bien vite, mademoiselle.

Xanthe s'arrêta en se demandant s'il était prudent de parler à cette étrangère, mais elle se rasséréna en voyant que son interlocutrice lui adressait un sourire bienveillant.

— Quand je marche normalement, les hommes essaient d'entamer la conversation, ce qui ne me plaît guère.

— Vous êtes trop jolie pour vous promener seule.

— Je n'ai pas choisi mon visage.

— Vous n'êtes pas d'ici, ou je me trompe ?

— En effet. J'attends l'arrivée du bateau postal.

— Vous vous rendez en Angleterre ?

— Oui.

— Moi aussi.

Le visage de l'inconnue s'éclaira à nouveau et Xanthe lui sourit instinctivement de retour.

— Pourquoi ne pas nous promener ensemble ? Je suis ici depuis deux jours et je m'ennuie déjà de moi-même.

La vieille femme lui tendit la main.

— Je me nomme Drusilla Pearson, mais mes amies m'appellent Drue.

— Xanthe Blake.

— Vous portez un nom peu commun.

En l'espace d'une demi-heure, les deux femmes s'étaient liées d'amitié et c'est ensemble qu'elles montèrent à bord du bateau le lendemain. Xanthe s'avoua enchantée du confort de sa cabine, qu'elle partageait pourtant avec une vieille demoiselle d'allure revêche qui rentrait en Angleterre afin de tenir la maison de son frère après avoir travaillé comme gouvernante en Australie.

Xanthe ne tarda pas à s'apercevoir qu'elle avait eu beaucoup de chance en croisant la route de Mlle Pearson, les occupants des autres cabines la toisant avec mépris du fait de sa tenue.

Un silence de mort s'installa autour de la table lorsqu'un passager l'interrogea sur ses origines et qu'elle répondit la vérité, refusant de s'abaisser à mentir.

Drue prit la parole.

— Vous êtes une jeune femme hors du commun et votre père devait être un homme remarquable. Sa volonté d'apprendre le grec le prouve.

— C'était le cas, répliqua Xanthe, les larmes aux yeux. Il me manque beaucoup. Lorsque nous lisions des livres ensemble, il avait la capacité de donner vie aux idées qu'ils contenaient.

Xanthe entendait rester sur ses gardes avec ses compagnons de voyage, consciente d'être acceptée au seul prétexte que la snober aurait été gênant, puisqu'ils voyageaient ensemble. Elle ne se sentait à l'aise qu'en compagnie de Drue. Celle-ci lui rappelait combien elle se sentait elle-même avec Ronan. Elle aurait aimé oublier ce dernier, puisqu'il était hors de portée à tous les égards.

L'absence de Maia continuait de lui peser, il lui arrivait fréquemment de se tourner machinalement vers sa jumelle afin de partager avec elle une impression avant de se souvenir que sa sœur était loin désormais.

Il lui arrivait même de verser quelques larmes le soir, à l'heure où la solitude était la plus prégnante. Elle se rassura, persuadée d'avoir pris la bonne décision en quittant la colonie du fleuve Swan.

Malgré les inquiétudes qu'elle nourrissait sur son avenir, elle accueillait avec joie tout ce que lui enseignaient les autres voyageurs, enthousiaste face aux paysages et aux expériences humaines qu'elle découvrait.

Le sourire et les taquineries de Ronan la quittaient rarement. Elle repensait au chagrin que lui avait procuré la mort de sa mère, à sa vivacité d'esprit, au plaisir de leurs discussions. À son charme également. Pas un seul des hommes croisés depuis son départ d'Australie ne trouvait grâce à ses yeux.

Si elle avait cherché un mari, ce qui n'était pas le cas, Ronan aurait répondu à tous les critères qu'elle s'imposait. Elle aurait pu se convaincre de l'épouser, mais elle savait bien que la réciproque n'était pas vraie. Un fils de famille n'épouse pas une femme sans nom ni fortune.

Et elle n'était pas assez sotte pour se donner à lui en dehors du mariage.

Elle craignait en revanche que Maia cède à la tentation face à Conn. Elle ne pourrait rien y changer, puisqu'elle ne se trouvait plus auprès de sa jumelle, sans compter que cette dernière était libre de ses choix.

Du moins avait-elle l'assurance que jamais Conn ne ferait de mal volontairement à Maia, et qu'il ne l'abandonnerait pas si le pire devait survenir.

14

Deux semaines s'étaient écoulées depuis le départ de Xanthe lorsqu'un voisin de Conn se présenta à Galway House, porteur de lettres déposées à l'épicerie de la région, qui servait également de bureau de poste.

L'un des courriers était adressé à Ronan et l'enveloppe, fatiguée par un long voyage, était bordée de noir.

— Donne-la-moi donc, au lieu de la regarder ainsi, dit Mme Largan à l'adresse de son fils.

— Il s'agit assurément d'un faire-part de décès. Je m'inquiète pour Ronan, surtout après la mort de sa mère.

— Si décès il y a eu, il est intervenu il y a de longs mois et personne n'y changera rien.

— Ronan est parti à cheval avec Sean. Je lui donnerai la lettre à son retour. Les mauvaises nouvelles peuvent attendre.

Conn sursauta en découvrant la lettre suivante.

— Regardez, Mère ! Un courrier de Kieran à votre intention.

Il lui tendit l'enveloppe, sachant que c'était la première fois que son aîné reprenait contact avec leur mère.

Elle saisit la lettre d'une main qui tremblait légèrement.

— Je suis étonnée qu'il m'écrive. Ton père m'avait prévenue dans un courrier que plus personne n'accepterait de s'adresser à moi tant que je vivrais en Australie.

— Souhaites-tu que je te lise les lignes de Kieran ?

— Non, c'est à moi d'accepter les nouvelles, quelles qu'elles soient.

Elle déchira l'enveloppe qui contenait deux feuilles. La vieille dame les parcourut lentement à l'aide d'une loupe.

Conn, voyant des larmes rouler le long des joues de sa mère, attendit avec inquiétude qu'elle lui fournisse une explication.

Arrivée au bas de la lettre, elle baissa la tête et s'appliqua à fuir le regard de son fils.

— Tout porte à croire... que la mort rôde cette saison. Ton cousin Michael a fait une chute de cheval. Il s'est brisé la colonne vertébrale, mais il a survécu quelques jours. Avant de mourir, il a avoué avoir aidé ton père à t'envoyer en prison. J'ai élevé Michael comme mon propre fils. En dépit de sa trahison, je n'aurais jamais souhaité sa mort. Il disparaît si jeune...

Conn serra sa mère dans ses bras pendant qu'elle sanglotait contre sa poitrine. Elle finit par se dégager et lui dit d'une voix rauque :

— Ce n'est pas tout. Michael a demandé au prêtre de l'aider à réparer ses torts. Un notaire est venu prendre sa déposition. Kieran dit que cela prendra du temps, mais que tu seras blanchi.

Conn crut que le sol se dérobait sous ses pieds. Le souffle coupé, il posa une main sur sa bouche afin d'étouffer un cri. Jamais il n'avait pleuré en prison, mais l'émotion était trop forte tant son soulagement était grand. Il se laissa tomber aux pieds de sa mère et enfouit sa tête dans les jupes de la vieille femme en laissant libre cours à ses larmes, le corps secoué de sanglots.

Elle lui caressa doucement les cheveux, ainsi qu'elle le faisait lorsqu'il était enfant, mais il lui fallut un long moment avant de tarir ses pleurs et il resta prostré plus longtemps encore, apaisé par la main maternelle. Autre habitude héritée de l'enfance, elle repoussa ses mèches et l'embrassa sur le front lorsqu'il se releva, mais nul baiser n'aurait su effacer l'horreur de ces années de prison et les stigmates de sa déchéance.

— Je suis si heureuse d'être encore en vie lorsque nous parvient cette nouvelle, Conn chéri, déclara-t-elle alors qu'il prenait place à côté d'elle sur le canapé. Moi qui m'inquiétais de savoir qui te soutiendrait lorsque je ne serais plus là ! Cela prendra du temps, mais tout va changer et...

— Ne dites pas cela, Mère ! Je ne supporte pas l'idée de vous perdre.

— Mon cher garçon, cela fait des années que je suis pétrie de douleurs, si tu savais combien je me sens lasse ! J'ai désormais mal à la poitrine chaque fois que je fais un effort. J'éprouve les plus grandes difficultés à vivre, je suis prête à mourir. Cela ne m'empêche pas de trouver insupportable la disparition de Michael. En dépit de tout ce qu'il t'a fait, je le considérais comme mon fils. Il n'aura pas eu le temps d'implorer ton pardon, mais je me réjouis qu'il ait pu avouer ses fautes à un prêtre.

— Je ne crois pas que j'aurais été capable de lui pardonner.

— Tu as donc tant souffert ? Tu n'as jamais voulu évoquer cette épreuve.

— Oui, c'était terrible, répondit-il en s'empressant d'orienter la conversation différemment, après s'être promis de ne jamais raconter à sa mère l'enfer qu'il avait vécu. Je suis désolé que tu éprouves du chagrin. Je sais combien Michael t'aimait, comme nous tous. Tu as toujours été la meilleure des mères, mais je ne veux pas...

Elle le fit taire en posant un doigt sur ses lèvres.

— Chut. On finit par s'accoutumer à l'idée de la mort avec l'âge. Je n'ai pas peur de mourir, surtout à présent que je te sais innocenté.

Elle poursuivit, continuant de tenir la main de Conn dans la sienne :

— La lettre de ton frère contient une autre nouvelle te concernant. Je te laisse la découvrir par toi-même.

Il s'empara des deux feuillets et sentit monter en lui une montagne de souvenirs. Kieran écrivait comme il parlait, sans l'emphase qui marque trop souvent les correspondances. Il savoura longuement la prose de son frère, croyant entendre la voix de ce dernier résonner dans sa tête, au-delà des mots tracés sur le papier. Son attention se trouva soudain attirée par le mot *Kathleen*. L'espace d'un instant, il ne put aller plus loin.

Il lui fallut prendre sa respiration à plusieurs reprises avant de découvrir la suite.

Auriez-vous reçu des nouvelles de Kathleen ? Je n'ai appris son intention de quitter Shilmara qu'après son départ. Je vous le dirai sans ambages, ce n'est pas une perte. Je n'avais jamais pris la mesure de son caractère jusqu'à la mort de Père, et j'ai eu le plus grand mal à la contenir. Père la trouvait amusante et encourageait son arrogance. Moi pas.

Vous demanderez à Conn s'il cherche toujours à obtenir l'annulation de son mariage, à condition que celui-ci n'ait jamais été consommé. Si c'est le cas, je mettrai la machine en route ici, mais il devra agir de même en Australie.

Je sais qu'il me faut veiller sur elle puisqu'elle est incapable de s'assumer seule, mais j'avoue que je ne pourrais pas supporter sa présence à Shilmara. J'ai proposé de lui acheter une maison quelque part, sachant que son frère gère son héritage, bien qu'elle se plaigne du montant de sa rente. Elle ne connaît rien à l'argent.

Elle est entrée dans une colère terrible lorsque j'ai refusé qu'elle reste ici, la crise a duré plusieurs jours au cours desquels elle cassait tout, au point que j'ai demandé qu'on la surveille. Je sais combien elle était attachée à Shilmara, mais il est hors de question qu'elle continue à y vivre.

Elle a fait ses bagages et s'en est allée pendant mon absence sans préciser où elle comptait se rendre. J'ai seulement appris plus tard qu'elle s'était embarquée pour l'Australie avec Mme Maguire en emmenant cette pauvre Orla (peut-être vous souvenez-vous d'elle ?). Personne n'a entendu parler de l'une ou de l'autre depuis.

Son frère et moi serions soulagés de la savoir arrivée en bonne santé. J'imagine qu'elle a voulu retrouver Conn. Elle devrait pourtant se douter qu'il n'a aucune envie de la voir. Je n'en sais rien après tout. Elle est devenue si étrange, avec le temps.

La vie à Shilmara continue, vous allez être à nouveau grand-mère. Nous espérons cette fois avoir une fille…

Conn acheva la lecture de la lettre et soupira.

— Il s'agit d'une double bonne nouvelle pour moi, même si les circonstances sont tristes. Si Kieran m'apporte son aide de son côté, j'ai de bien meilleures chances de voir ce mariage annulé.

— Cela signifie que tu pourras suivre un jour l'élan de ton cœur. Maia est une jeune femme formidable, toute d'amour et de bonté.

Autrefois, elle se serait penchée vers son fils et l'aurait embrassé, mais le moindre mouvement lui était désormais difficile. Jusqu'à son sourire qui se crispait, comme si elle contenait ses souffrances. Conn, soucieux de lui épargner la moindre douleur, se chargea de l'embrasser.

— Vous êtes la meilleure mère que j'ai jamais eue.

La plaisanterie, habituelle entre eux, la fit sourire, ainsi qu'il l'espérait. Comme de juste elle répliqua sur le même mode :

— Et toi le meilleur fils que j'aie en Australie.

— Souhaitez-vous que je réponde à Kieran ? Je sais qu'écrire vous est pénible.

— Nous écrirons tous les deux, c'est préférable.

Il comprit alors qu'elle envisageait cette missive à son fils aîné comme sa dernière, mais il préféra ne pas lui montrer son chagrin, au même titre qu'elle dissimulait ses maux.

— Dans ce cas, ne perdons pas un instant, je veillerai à ce que notre lettre arrive à Perth au plus vite. Je tiens à m'assurer que Kieran entame la procédure d'annulation le plus vite possible. C'est infiniment plus important à mes yeux que l'obtention de ma grâce. Qui sait si votre lointain cousin, celui qui est évêque, ne veillera pas à accélérer le mouvement ?

Alors que son père avait renié la foi catholique pour adhérer à celle des notables anglais, sa mère avait refusé, ce qui avait entraîné de profonds désaccords entre ses parents.

Son père se moquait bien que ses deux derniers fils restent fidèles à la religion maternelle. Mais contre toute attente, Kieran avait suivi leur exemple, ce qui pouvait jouer en la faveur de Conn.

Mme Largan releva la tête en entendant du bruit dehors.

— Sans doute est-ce Ronan qui rentre de promenade. Tu devrais lui donner cette lettre avant de répondre à ton frère.

Lorsque tu écris, tu es sourd à la rumeur du monde. Tu écris si bien, tu aurais dû être poète.

*

Ronan sortait des écuries lorsqu'il vit que Conn l'attendait dans la véranda, une lettre à la main.

— J'ai bien peur que les nouvelles soient mauvaises, déclara-t-il.

Ronan se figea en voyant l'enveloppe bordée de noir.

— Je reconnais l'écriture de Patrick, ce n'est donc pas de lui qu'il s'agit. L'annonce de la mort de Mère n'avait pas pu lui parvenir lorsqu'il a expédié ce courrier, qui donc a bien pu mourir ?

Il glissa l'enveloppe dans sa poche, le front barré d'un pli.

— Je le vois mal prendre le deuil au nom d'un cousin ou d'une tante, à moins que la famille de sa femme ne l'y ait poussé. Je lirai cette lettre lorsque je serai seul, si tu n'y vois pas d'inconvénient.

Il s'enferma aussitôt dans sa chambre et décacheta l'enveloppe avec inquiétude. Il lut la lettre une première fois, s'assit sur le lit, et entama une seconde lecture, plus posée. La nouvelle était si brutale qu'il en resta paralysé, les yeux perdus dans le vague, incapable de mesurer les implications de ce qui lui arrivait. Qu'il le veuille ou non, son existence s'en trouvait bouleversée.

Il finit par se relever, retira sa tenue d'équitation, se lava soigneusement afin de chasser l'odeur des chevaux, et enfila sa tenue habituelle. Il se regarda longuement dans le miroir dans l'espoir de ne plus penser à ce qu'il venait d'apprendre. Il se réjouit de n'avoir pas suivi la mode du moment, qui favorisait les pantalons serrés. Il glissa un mouchoir dans une poche, heureux d'avoir commandé à son tailleur des poches en demi-lune, tellement plus pratiques.

Il fourra la lettre dans l'autre poche en s'efforçant de ne plus y penser, puis il se dirigea vers ses hôtes.

Conn se trouvait avec sa mère dans le petit salon où elle passait le plus clair des journées d'hiver. Elle paraissait si frêle, Ronan avait chaque jour l'angoisse qu'elle ne passe pas la nuit.

— Puis-je me joindre à vous ?

Elle lui désigna un siège.

— Avez-vous reçu de mauvaises nouvelles ? s'inquiéta-t-elle.

— Je le crains. J'en suis encore bouleversé. C'est mon frère Patrick, le benjamin, qui m'écrit. Il vit en Angleterre, mais il m'écrit d'Ardgullan House. Aussi incroyable que cela puisse paraître, mon frère Hubert est mort subitement à l'âge de trente-quatre ans, et c'est moi qui hérite du domaine familial.

— A-t-il été victime d'un accident ? s'étonna Mme Largan.

— Pas le moins du monde. Il est tombé mort, sans raison apparente.

— La loi des séries, commenta Conn. Figure-toi que nous avons également reçu de mauvaises nouvelles. Mon cousin Michael est mort.

Il expliqua à son ami les circonstances de l'accident et sa voix se brisa lorsqu'il évoqua la possibilité d'être innocenté.

Ronan s'empressa de lui donner une tape amicale dans le dos en souhaitant que sa grâce soit accordée promptement, quelle que soit la procédure en cas de condamnation erronée. Il se réjouit par la même occasion de la possible annulation de son mariage.

Ces effusions terminées, Mme Largan sonna Maia afin de lui demander du thé. Le temps que la jeune femme prépare le plateau, la vieille femme se tourna vers Ronan.

— J'imagine que tu voudras rentrer au plus vite ?

— Il le faut, même si le prochain vapeur de la poste ne passe que dans deux mois. Je compte me rendre à Fremantle, au cas où d'autres bateaux y feraient escale.

— Peu de navires font étape à Perth, remarqua Conn. Il s'agit essentiellement de bateaux à voile, donc moins rapides que les vapeurs des services postaux.

Ronan poussa un soupir.

— Cet endroit est décidément loin de tout. Envisages-tu de rentrer en Irlande une fois ton innocence reconnue, Conn ?

— J'en doute. Je me plais ici. En attendant, il me vient une idée. Tu devrais pouvoir arriver à temps pour voir Dougal, l'ami de Bram, si tu te rends à Perth maintenant. Il accepterait probablement de te conduire jusqu'au port de Galle, à condition d'y mettre le prix. La plupart des lignes qui relient les Indes et l'Extrême-Orient à l'Angleterre s'approvisionnent en charbon et en nourriture à Galle.

— Quel dommage que tu n'aies pas reçu la nouvelle avant le départ de Xanthe ! regretta Mme Largan. Vous auriez pu voyager ensemble. Je me fais du mauvais sang pour elle. C'est une fille pleine de bon sens, mais les femmes seules sont vulnérables, surtout lorsqu'elles sont jeunes et jolies.

— Oui, c'est dommage en effet.

Et même plus que dommage, poursuivit intérieurement Ronan. On aurait pu croire que le destin s'amusait à les séparer. Il lui restait à espérer que leurs routes se croisent à nouveau.

Contraint de rentrer chez lui, il se promit de la retrouver et de s'assurer que ses sentiments pour elle n'avaient pas faibli. Si c'était le cas, au diable les conventions ! Il était peut-être l'héritier du nom Maguire à présent, il était surtout un homme amoureux.

Il se retira dans sa chambre afin de préparer ses bagages et fit en sorte qu'un garçon d'écurie de son ami le conduise à Perth avec la charrette.

*

Bram ayant pris ses quartiers chez la mère et la sœur de son ami Dougal à Fremantle, Ronan n'eut aucun mal à le retrouver. En leur qualité de proches d'un capitaine de navire, même un bâtiment aussi modeste et vieillissant que la *Bonny Mary*, les deux femmes disposaient d'une maison capable d'accueillir des pensionnaires, moins par besoin d'argent que par souci de chasser la solitude.

Lorsqu'il leur expliqua son besoin impératif de rallier l'Irlande au plus vite, elles lui proposèrent une chambre. Dougal devait mouiller dans la baie d'un jour à l'autre, il trouverait aisément une solution.

Ronan renvoya la charrette et son conducteur à Galway House avec une lettre de remerciements, promettant d'écrire dès son retour en Irlande.

Il se fit la réflexion que l'isolement de la colonie du fleuve Swan se faisait cruellement sentir en pareil cas. Il passa le plus clair du premier jour enfermé dans sa chambre, une pluie battante l'empêchant de sortir, et passa le temps entre la lecture d'un ouvrage ennuyeux et de longues discussions avec Bram.

Le soleil était revenu le lendemain, si bien qu'il put se promener à Fremantle. Il regarda une équipe de condamnés travailler à la construction d'un énorme pont en bois long de près de trois cents mètres. Il poursuivit ses pérégrinations en rôdant du côté de la prison qui dominait la ville depuis un éperon rocheux, se demandant si Conn avait séjourné derrière ces murs à son arrivée. Il admira un bâtiment flambant neuf de style gothique dont il apprit à son grand étonnement, après avoir interrogé un passant, qu'il s'agissait d'un asile d'aliénés. La colonie comptait-elle donc tant de fous ?

À l'autre extrémité de la gamme architecturale se trouvaient de minuscules maisons en bois comparables aux huttes irlandaises les plus misérables. Il tempéra son opinion en se souvenant que le climat était plus clément en Australie.

Il rongea son frein en attendant l'arrivée du bateau et mit son énergie rentrée au service d'une longue promenade qui lui assura une nuit plus réparatrice.

Trois journées interminables s'écoulèrent avant qu'on annonce l'arrivée du *Bonny Mary*. La sœur de Dougal, voyant que Ronan s'apprêtait à gagner le port, lui expliqua que son frère serait occupé par les formalités de débarquement, si bien que l'après-midi tirait à sa fin lorsque Dougal se présenta enfin. S'il se montra ravi de retrouver Bram, il s'étonna de voir Ronan et fut plus surpris encore d'apprendre que celui-ci devait rentrer en Irlande.

— Hélas, dit-il, je ne peux pas lever l'ancre tant que je n'aurai pas écoulé ma cargaison et chargé de nouvelles marchandises. Je vous conduirai avec plaisir jusqu'à Galle, mais il faudra vous armer de patience. Sachez seulement que vous y arriverez avant le prochain bateau postal.

Ronan, la mort dans l'âme, acquiesça.

Par un heureux concours de circonstances, un passager désireux de rallier le port de Galle se présenta rapidement, tandis que Dougal se voyait confier un chargement de bois de santal.

Contre toute attente, le navire appareilla en moins d'une semaine, ce qui tenait du miracle à en croire son capitaine.

— Je le fais parce que c'est ton ami, avoua Dougal à Bram. Je passe d'habitude davantage de temps avec les miens entre deux traversées.

Il tira sur sa pipe, s'aperçut qu'elle était éteinte, vida les cendres et la chargea à nouveau de tabac.

— Tu sais, Bram, mon vieux. À présent que ton ami Conn est prêt à investir dans le magasin, tu devrais m'accompagner une ou deux fois, histoire de savoir quelles marchandises sont les plus intéressantes à se procurer. Je me rendrai probablement dans les Établissements des Détroits en quittant le port de Galle. Le comptoir anglais de l'île de Singapour est particulièrement lucratif, on dit même qu'il pourrait devenir colonie britannique. On a damé le pion aux Hollandais là-bas, si tu veux mon avis.

Bram réfléchit à la proposition de son associé.

— Je n'aime pas beaucoup naviguer, mais tu as raison, mon vieux Doug. Pour le bien de notre affaire, je dois me rendre compte de ce qu'on trouve en Orient. Je demanderai à Ronan si ça le dérange que je partage sa cabine.

L'autre passager, nettement plus âgé, était de tempérament studieux.

— Il est terriblement rasoir, expliqua Bram à Ronan en sortant du dîner pris en commun la veille du jour où le bateau appareillait. Le bouquin qu'il est en train d'écrire ne sera sûrement pas drôle.

Ils prirent la mer par un jour gris de printemps et le temps resta frais et pluvieux tout au long de la première semaine, contraignant les deux hommes à rester enfermés dans leur cabine la plupart du temps. Ronan, d'un naturel actif, se contentait difficilement en temps ordinaire de parcourir le pont, et rester confiné dans sa cabine le rendait fou. Il se promit de ne jamais retourner en Australie, jugeant le périple en bateau bien trop ennuyeux.

Il voulut mettre à profit cette période en décidant de son plan d'action à son retour en Irlande, mais il n'arrivait pas à se persuader qu'il était désormais le maître d'Ardgullan House et du domaine, avec la responsabilité de tous ceux qui travaillaient pour lui, sans même parler des habitants du village dont il possédait les chaumières.

Il lui incombait surtout d'avoir un héritier afin d'assurer la pérennité de son nom.

Restait à déterminer s'il accepterait d'épouser une femme de sa classe avec laquelle il s'ennuierait au bout d'un mois. Il préférait de loin une femme de tête, avec laquelle échanger en toutes circonstances. Accueillir une femme dans son lit était une chose, partager son quotidien et affronter l'existence ensemble en était une autre.

Son frère Patrick avait fait un mariage d'argent. Il vivait avec une femme qui ressemblait à une jument de race et dont les hennissements faisaient grincer les dents de tous ceux qui l'entendaient rire. Ronan se demanda s'il ne s'était pas accordé trop de libertés dans sa vie, ou bien s'il n'était pas égoïste, car il se voyait mal imiter l'exemple de son cadet. Il n'en décida pas moins d'accepter la responsabilité du domaine à condition de ne pas s'enchaîner à une femme qui ne lui plaisait pas, physiquement et intellectuellement.

Comme toujours en pareil cas, ses pensées le ramenèrent à celle qui lui manquait tant.

La température augmentait de jour en jour. La troisième semaine, la chaleur était telle qu'il fallait se réfugier sous un taud lorsque l'on voulait profiter du pont. Le soleil à son zénith brillait si fort que les passagers se réfugiaient dans leurs cabines, les marins eux-mêmes se contentant des tâches essentielles. La plupart, bruns de peau, supportaient mieux les assauts de l'astre diurne que Ronan dont le teint rougissait facilement. Jusqu'au vent qui semblait s'échapper tout droit d'une chaudière, le reflet du soleil sur la mer brûlant les yeux.

Il faisait chaud à l'intérieur de la cabine, mais pas autant que sur le pont. Dougal disposait d'une petite provision d'ouvrages qu'il prêtait volontiers, ainsi que de jeux de cartes avec lesquels ses passagers s'amusaient innocemment, Dougal refusant que l'on joue pour de l'argent à bord, pour avoir vu trop de gens perdre leur chemise de cette façon.

Un matin où la chaleur l'avait réveillé tôt, Ronan se rendit sur le pont où il découvrit Dougal en train de scruter le ciel d'un air inquiet.

— Un problème ?

— Je m'inquiète des orages.

— Avec ce soleil ?

Dougal opina du chef.

— Regardez le baromètre. Les orages tropicaux surviennent sans crier gare, sans parler des ouragans, bien que ces derniers soient rares en cette saison. Si vous croyez en Dieu, je vous conseille de lui demander de nous épargner une telle épreuve, sinon nous sommes perdus.

À mesure que les minutes s'écoulaient, Ronan vit le ciel s'assombrir tandis qu'une mauvaise houle faisait danser le bateau, au grand dam de son estomac.

Tous les récits de naufrages qu'il avait pu entendre lui revinrent en mémoire.

Bram, guère plus vaillant par mer forte, quitta le bastingage où il venait de vomir par-dessus bord et tituba jusqu'à lui, le teint terreux.

— Si jamais je survis à ce voyage, jamais je ne remonte sur un bateau. Les petits bâtiments sont infiniment plus sensibles au mauvais temps que les gros, je ne suis pas dans mon assiette depuis notre départ d'Australie.

Dougal les rejoignit, son sourire habituel remplacé par une mine grave.

— Je vous serais reconnaissant de bien vouloir vous enfermer dans votre cabine jusqu'à nouvel ordre. Cela vous évitera d'être emportés par une lame et de gêner la manœuvre.

— Et si je suis malade ? s'inquiéta Bram en posant la main sur son ventre.

— Prends un seau avec toi. Allez, vite ! Et ne ressortez tous les deux sous aucun prétexte. Je vous avertirai lorsque le danger sera passé.

Ronan resta planté quelques minutes sur le seuil de la cabine tandis que Dougal frappait à la porte de l'autre passager. Il multipliait les ordres, ne s'arrêtant que pour observer l'horizon, le front barré d'un pli.

Les heures suivantes resteraient gravées dans la mémoire de Ronan comme les pires de son existence. Bram et lui furent malades à plusieurs reprises, et la cabine ne tarda pas à empester le vomi, aggravant la situation.

Les mouvements du bateau atteignirent une violence inouïe et les deux malheureux se trouvèrent ballottés d'un bout à l'autre de la cabine. S'agripper de leur mieux à leur couchette ne servait à rien. Les objets qu'ils avaient négligé de ranger volaient dans tous les sens, mais Ronan n'était pas disposé à risquer sa vie dans le seul but de les mettre à l'abri. Il serait toujours temps de ramasser plus tard livres, serviettes et vêtements. Heureusement, le steward avait veillé à ce qu'aucune vaisselle ne traîne dans la pièce.

Au moment où Ronan croyait le pire derrière eux, un craquement sonore se fit entendre et le bateau resta comme suspendu en l'air avant de retomber brutalement au milieu des vagues. Ronan se cramponna au bord de sa couchette, évitant de justesse un livre qui traversait la pièce.

Un naufrage était-il possible ? Il ne parvenait pas à se dire que son existence s'arrêterait de la sorte tant son envie de vivre était forte. À mesure que s'égrenaient les minutes, interminables, il s'attendait à tout instant à voir l'eau envahir la cabine. Il n'en fut rien, la mer se contentant de frapper de toutes ses forces la coque du navire.

Un nouveau craquement traversa l'air, suivi par des cris paniqués.

— Que se passe-t-il ? s'enquit Ronan auprès de Bram.

— J'aime autant ne pas le savoir.

Le *Bonny Mary* se souleva de toute sa masse et Ronan, projeté hors de sa couchette, tomba de sa couchette en poussant un cri.

Un éclair de douleur le traversa, et son monde vira au noir.

*

Un matin au lever, Mme Largan posa les yeux sur Maia et lui dit en soupirant :

— Je ne me sens pas la force de me lever aujourd'hui.

Sur ces mots, elle referma les yeux.

Ce renoncement lui ressemblait si peu que Maia s'attendait à ce que la vieille dame se réveille à nouveau. Comme il n'en était rien, elle alla trouver Conn.

— Je m'inquiète au sujet de votre mère.

— Que se passe-t-il ?

Elle lui expliqua les raisons de son inquiétude et les yeux de Conn s'embuèrent. Elle lui tendit machinalement la main, il la prit et la serra entre ses doigts.

— Elle est persuadée de ne plus avoir longtemps à vivre. Je crains fort qu'elle ait raison, balbutia-t-il.

— Elle s'efforce de vous cacher son épuisement depuis un moment déjà. J'aurais voulu vous alerter, mais elle estimait qu'il était trop tôt. Elle n'a pas prononcé un mot ce matin, sinon pour refuser de se lever.

— Je vais à son chevet.

Maia lui emboîta le pas et ils s'arrêtèrent sur le seuil de la chambre.

— Comme elle est frêle, murmura-t-il. Savez-vous si elle a maigri récemment ?

— Oui. Elle mange à peine plus qu'un oiseau.

— Que faire ?

Maia l'entraîna dans la bibliothèque.

— Le mieux, à mon sens, serait de la laisser partir en paix. Elle est prête, elle souffre le martyre depuis que je la connais, elle a été victime récemment de crises d'évanouissement. J'ai hésité à vous en parler, mais elle estimait que cela ne servirait à rien. Je crois qu'elle avait raison.

— Je ne sais pas comment je pourrai me débrouiller sans elle.

— Moi non plus. Elle m'a tant appris sur la vie, la façon de s'accommoder des autres. C'est une femme extraordinaire !

Comme il ne disait rien, elle releva la tête et il sonda longuement son regard avant de l'interroger :

— Vous ne partirez pas ? Après, je veux dire. J'ai bien conscience de ne pas avoir le droit de vous poser la question, mais…

Après un instant d'hésitation, il évoqua la possibilité qu'il soit innocenté et que son mariage soit annulé.

— Le jour où je me dépêtrerai de ce mariage grotesque, vous accepterez de m'épouser, n'est-ce pas, Maia chérie ?

— Bien sûr.

— Ce serait donc aussi simple que cela ?

— Nous nous aimons, pourquoi le nier ? Nous ne vivons pas dans le Lancashire.

Conn poussa un grognement sourd, la prit dans ses bras et l'embrassa longuement.

Il finit par reculer et elle l'imita, un sourire aux lèvres. Elle se moquait de ce que diraient les gens après la mort de Mme Largan. Rien d'autre ne comptait que lui. Il l'aimait et il aurait besoin d'elle au cours des jours difficiles qui l'attendaient.

Et si tout se passait comme prévu et qu'ils se mariaient, elle serait la femme la plus heureuse de la colonie. Et même du monde !

15

Xanthe découvrit avec bonheur le port de Galle. De loin, on aurait dit l'une de ces îles grecques qu'évoquaient les livres de son père. Un asile de sable et de soleil entouré d'eau bleue, sous un ciel plus bleu encore. La ville fortifiée dressait sa silhouette sur un promontoire rocheux à l'extrémité de l'île, des collines en arrière-plan.

L'un des jeunes officiers du bord se fit un plaisir de lui raconter l'histoire de ce lieu. Une fois n'est pas coutume, elle le laissa parler, même si son regard de biche énamourée la dérangeait. Qui souhaiterait la compagnie d'une biche ?

Le fort qui dominait le port était massif. Il accueillait, en plus des bâtiments officiels, une église ancienne, une mosquée et un hôpital. Il dut lui expliquer ce qu'était une mosquée car elle ignorait ce terme.

Elle refusa l'offre du jeune homme de l'emmener visiter la ville, de peur que sa réputation en souffre. Elle avait eu la chance jusqu'alors de bénéficier, en la personne de Drue, d'un chaperon officieux, mais son amie poursuivait sa route en direction de Madras, et les deux femmes allaient devoir se quitter.

Le commissaire de bord lui fournit les adresses de plusieurs pensions et lui recommanda de consulter le représentant de la P&O afin de réserver la suite de son voyage. Comme le premier navire en partance pour l'Égypte ne disposait que d'une place dans l'entrepont, elle préféra patienter une dizaine de jours afin d'obtenir une cabine. Elle s'aperçut, à sa grande honte, qu'elle s'était habituée au confort d'un espace privé.

— Je préfère attendre le bateau suivant, mais savez-vous s'il est possible d'engager les services d'un guide et d'une compagne pour visiter l'île ?

L'employé de la P&O lui sourit.

— Vous faites preuve de beaucoup de bon sens, mademoiselle Blake. Il est en effet plus prudent d'observer les convenances. Je connais un individu qui est guide à ses heures. Il s'agit d'un indigène, mais il a reçu une bonne éducation et il est chrétien. Sa fille aînée le suit parfois lorsqu'il explore l'île en compagnie de femmes.

La nouvelle ravit Xanthe.

— C'est parfait. En attendant, où puis-je me loger ?

Il posa sur elle un regard songeur.

— Le guide dont je vous ai parlé dispose également de chambres dont s'occupe sa femme. Vous y serez en sécurité, même si certaines personnes préfèrent les pensions tenues par des Européens.

— Inutile, ce guide et sa fille sont la solution idéale.

Voilà qu'elle se retrouvait dans une île des tropiques, logée par des inconnus qui lui faisaient découvrir des mets exotiques et un mode de vie différent du sien dans le plus grand confort. Des domestiques à la discrétion féline prévenaient ses moindres désirs, lavaient ses vêtements et lui portaient des rafraîchissements.

Cet arrangement lui laissait le loisir de tout découvrir, de tout tester.

C'était seulement dans l'intimité de son lit, à l'heure du coucher, qu'elle acceptait de s'avouer à elle-même combien la présence d'un compagnon aurait pu rendre ces nouvelles expériences plus savoureuses encore.

Le visage de Ronan s'imposait tout naturellement à elle. Il avait disparu de sa vie depuis plus de trois semaines. Comment se portait-il ? Se trouvait-il toujours chez Conn ?

Pensait-il à elle ?

*

Lorsque Ronan reprit connaissance, il reposait à même le sol sur un matelas de fortune. Il voulut parler, mais il n'en trouva pas la force. De toute façon, il ne comprenait pas ce que lui disait l'inconnu agenouillé à côté de lui, aussi préféra-t-il refermer les yeux.

*

Bram se tourna vers Dougal.

— Je ne crois pas qu'il soit vraiment conscient. Il ne m'a pas reconnu.

— Il a de la chance d'avoir survécu après avoir reçu un tel choc à la tête. Je te laisse t'occuper de lui, je dois surveiller les réparations. Il nous faut installer un mât provisoire, mais nous avons assez de toile pour rallier Galle.

— Plus tôt nous arrivons à bon port, mieux cela vaudra pour lui. Il a besoin d'un médecin. Je m'inquiète de le voir aussi pâle. Personne à bord n'a donc la moindre connaissance en médecine ?

— Je suis capable de soigner des plaies et des bosses, il m'arrive de réduire des fractures simples, mais je laisse le soin au voilier du bord de suturer les blessures ouvertes. Il s'y entend bien, rit Dougal.

Bram était loin de partager l'hilarité de son ami.

— Comment vais-je pouvoir le soigner ?

Dougal se releva et posa sur son compagnon un regard bienveillant.

— Tu ne peux rien pour lui, à part veiller à ce qu'il reste au calme. Vous n'avez qu'à prendre ma cabine jusqu'à l'arrivée. Je dormirai dans la vôtre quand on l'aura réparée. Nous serons à Galle dans deux ou trois jours, cette tempête nous a fait brûler les étapes. Alors, quelles sont tes impressions après ce coup de tabac ? C'est excitant de se colleter avec les éléments, tu ne trouves pas ?

— *Excitant !* frissonna Bram. Comment peux-tu utiliser un mot pareil ? Crois-moi, c'est la première et la dernière fois que tu m'emmènes en Orient.

Dougal éclata de rire.

— Dans ce cas, je te conseille d'ouvrir tes yeux et d'apprendre vite. Je te laisse jouer les infirmières. Le voilier sera là dans un instant. Si tu as besoin de quoi que ce soit, adresse-toi au steward. Veille à donner à boire à Ronan. Au besoin, fais-lui couler de l'eau dans la bouche. On m'a expliqué un jour que les personnes qui ont perdu connaissance meurent parfois de soif. Nous trouverons un médecin dès notre arrivée à Galle.

Il donna à Bram une petite tape amicale dans le dos.

— Les personnes blessées à la tête se remettent en général toutes seules. La médecine ne peut quasiment rien pour elles, faute de pouvoir examiner leur cerveau.

Le voilier sutura la plaie comme prévu, après avoir pris soin de passer son aiguille à la flamme.

Les heures suivantes s'écoulèrent avec une lenteur exaspérante. Lorsqu'il ne tournait pas en rond dans la cabine du capitaine, Bram se posait sur une chaise sans jamais quitter son ami des yeux. Il s'était aperçu que la seule façon de l'obliger à boire était de lui glisser quelques gouttes entre les lèvres afin qu'il avale le liquide.

Enfant, il avait vu l'un de ses petits camarades mourir d'un simple coup à la tête. Le gamin était resté longtemps sans connaissance avant de s'arrêter de respirer. D'autres, qui saignaient abondamment d'une plaie au cuir chevelu, s'étaient remis après un jour ou deux.

Ronan avait perdu sa mère et son frère aîné en l'espace de quelques mois, Dieu ne pouvait pas le rappeler à lui à son tour.

Que vais-je bien pouvoir raconter à tout le monde si tu meurs ? se demanda-t-il en regardant le visage terreux de son ami d'enfance. *Tu ne ressembles même plus au Ronan que je connais.*

*

Xanthe trouva la fille de son hôte fort agréable. Anusha, âgée d'une vingtaine d'années, parlait couramment anglais. Elle savait trouver les mots justes lorsqu'il était question d'expliquer les arcanes de sa culture à une étrangère.

Le père d'Anusha couvait des yeux les deux jeunes femmes qu'il laissait volontiers à elles-mêmes lors de sorties en ville. Il les accompagnait en revanche lorsqu'il s'agissait de visiter une plantation de thé, ou bien d'initier Xanthe au jus de noix de coco frais et autres fruits inconnus d'elle.

— Il est préférable qu'il soit là pour nous protéger, expliqua Anusha à Xanthe.

Dans ses lettres, Pandora avait expliqué combien elle détestait la chaleur qui régnait à Galle ou en Égypte, mais Xanthe s'en accommodait avec bonheur. Elle s'habillait le plus légèrement possible, sans contrevenir aux convenances, abasourdie de voir les autres Européennes conserver leur corset. La raideur de leur maintien les trahissait, on les sentait engoncées et handicapées par tant d'inconfort. Comment s'étonner qu'elles s'évanouissent à tout bout de champ ?

*

Quatre jours avant de quitter Galle, Xanthe se promenait sur les remparts de la ville lorsqu'elle vit une goélette s'avancer dans le port.

— Il s'agit d'un petit navire de commerce qui fait parfois escale ici, lui glissa Anusha. Le capitaine est un grand barbu.

— Pourquoi ne pas aller le voir accoster ?

— Si vous voulez.

Xanthe dissimula un sourire, sachant que ces trois mots étaient systématiquement ceux que lui opposait la jeune femme lorsqu'elle était contrariée. Mais c'était le bon vouloir de Xanthe, et comme elle rémunérait Anusha pour sa compagnie, elle pouvait céder à ses propres caprices.

Les deux femmes gagnèrent le port d'un pas nonchalant et virent le navire s'amarrer au quai. Une silhouette apparut sur le pont et l'homme, l'air inquiet, s'adressa longuement au capitaine. Xanthe se figea en croyant reconnaître Bram.

Bram ? À Galle ?!!

Plus elle s'approchait, plus elle était persuadée de ne pas s'être trompée, si bien qu'elle se mit à courir en direction de la goélette en criant son nom.

Le capitaine et son interlocuteur se retournèrent.

— Xanthe ! s'écria Bram. Que faites-vous ici ? Nous étions persuadés que vous étiez en Égypte !

— J'attends le prochain vapeur. Et vous ? Vous retournez en Irlande ?

— Non, je vous expliquerai plus tard. En attendant, auriez-vous l'adresse d'un médecin ? Ronan se trouve à bord, mais il a été blessé lors d'une tempête.

Le visage de Xanthe se figea.

— Il est blessé ? Grièvement ?

— Nous n'en savons rien. Il a reçu un choc à la tête, cela fait trois jours qu'il n'a pas repris connaissance. Je ne sais pas où le conduire.

— Attendez !

Xanthe se tourna vers Anusha qui venait de la rejoindre.

— L'un de mes amis, qui se trouve sur ce bateau, a été blessé pendant la traversée. Pourriez-vous me recommander un médecin ?

Anusha s'anima instantanément.

— Bien sûr. Il y a un docteur dans la rue voisine de la nôtre, et je suis persuadée que ma mère acceptera de loger votre ami.

— Comment le transporter ?

Anusha dévisagea longuement Bram avant de s'enquérir à mi-voix.

— Serez-vous en sécurité si je vous laisse en compagnie de cet homme ?

— Tout à fait, c'est un ami de ma famille.

— Dans ce cas, je pars m'occuper du nécessaire. Votre ami a-t-il les moyens de payer ? ajouta-t-elle après une hésitation.

— Oh oui. C'est un gentilhomme. Sans être riche, il possède de l'argent, précisa-t-elle afin d'éviter que les autochtones ne réclament à Ronan des montants exorbitants pour le moindre service.

— Parfait. Je n'en ai pas pour longtemps.

Anusha s'éloigna d'un pas vif et Bram fit monter Xanthe à bord. Il la présenta au capitaine à qui il expliqua en quelques mots ce qui avait été décidé.

— Souhaitez-vous voir Ronan ? ajouta Bram en s'adressant à Xanthe. Nous avons installé son lit sur le pont. Il se trouve là-bas, sous ce taud.

Xanthe suivit le jeune homme, la gorge nouée. Le spectacle qui l'attendait était plus effrayant encore qu'elle ne l'avait imaginé. Le visage de Ronan avait perdu toute l'expressivité et la vivacité qui le caractérisaient. La plaie suturée qui lui traversait la tempe lui laisserait une vilaine cicatrice lorsqu'il serait guéri.

S'il guérit, ne put s'empêcher de penser Xanthe avant de chasser cette idée de son esprit. Elle s'assit à côté du blessé dont elle prit la main en lui parlant doucement, alors qu'il était inconscient.

— C'est moi, Xanthe. Je m'occuperai de vous jusqu'à ce que vous soyez guéri, Ronan. Vous avez été blessé à la tête, mais vous vous trouvez à Galle à présent, c'est un endroit merveilleux. Vous serez très vite sur pied.

La main du jeune homme serrée dans la sienne, elle poursuivit de la même voix apaisante en lui détaillant ce qu'elle avait fait pendant son séjour, dans l'attente du retour d'Anusha.

Bram, qui observait la scène, fut frappé par l'amour qui transfigurait les traits de Xanthe. Il se prit à espérer d'inspirer un jour à une femme un amour aussi vibrant. Heureusement pour lui, il ne serait pas confronté aux mêmes difficultés que Ronan puisqu'il n'appartenait pas à une famille de riches propriétaires terriens. À certaines remarques de Ronan, il était sûr que son ami aimait cette femme en retour. Les jumelles Blake n'avaient pas été favorisées par le sort. La première était amoureuse de Conn, qui était déjà marié, et la seconde aimait Ronan qui voudrait forcément épouser une femme de son rang le jour venu, comme tous ceux de sa classe.

Il vit deux hommes longer le quai avec une civière, suivis par la compagne de Xanthe. Il s'empressa d'avertir cette dernière.

La jeune femme, si bien préoccupée par la silhouette inanimée de Ronan, sembla émerger de sa rêverie. Elle releva la tête, battit des cils et suivit la direction du doigt de Bram.

— Parfait, déclara-t-elle avant d'ajouter à l'intention de Ronan : Nous allons vous transporter à terre où un médecin s'occupera de vous.

Il ouvrit les yeux, la regarda fixement et murmura :

— Ne partez pas. Je sais bien que vous n'êtes qu'un rêve, mais ne partez pas.

Ses paupières se refermèrent aussitôt.

Xanthe voulut y voir un signe encourageant.

Les porteurs montèrent à bord et hissèrent délicatement Ronan sur la civière.

— Quelqu'un passera prendre ses bagages, annonça Anusha.

— Je vais les préparer, affirma Bram. Dites-moi où vous conduisez Ronan, que je puisse le retrouver une fois la cargaison déchargée.

— Notre maison se trouve près du marché. Vous ne pouvez pas vous tromper, l'entrée est surmontée d'un auvent bleu.

Bram regarda avec inquiétude le petit groupe s'éloigner, puis il se tourna vers Dougal, qui dirigeait le déchargement.

— Nous irons prendre des nouvelles de Ronan ce soir.

Dougal acquiesça, tout à la manœuvre.

Bram récupéra dans sa cabine quelques babioles, puisées dans les bagages de Mme Maguire, dont son ami lui avait expliqué qu'elles se vendraient mieux à Galle. Il aurait besoin de tout l'argent qu'il pouvait réunir s'il entendait se lancer dans le commerce en Australie.

*

Ronan soupira d'aise en prenant progressivement conscience que son lit ne se soulevait plus au gré de la houle. Même la douleur lancinante qui lui martelait la tête semblait se calmer.

Une main lui épongea le front à l'aide d'un linge humide et une voix qu'il connaissait s'éleva près de lui. Il ouvrit les yeux et reconnut Xanthe, assise à son chevet.

— Seriez-vous un rêve ?

Elle lui sourit.

— Quelle question ! Bien sûr que non.

— J'ai beaucoup rêvé de vous.

Le sourire de la jeune femme s'effaça.

— Vraiment ?

— Oui. Vous m'avez manqué.

Il referma les yeux avant de comprendre qu'il n'avait aucune envie de dormir. Ses paupières s'écartèrent à nouveau.

— Où suis-je ?

— À Galle. Vous avez été victime d'un accident à bord du bateau. J'ai cru comprendre que vous aviez reçu une blessure à la tête lors d'une tempête, cela faisait plusieurs jours que vous n'aviez pas repris connaissance.

— J'ai mal.

Il voulut porter la main à sa tête, mais l'effort était trop grand.

— J'aimerais que vous buviez un peu d'eau. Ne craignez rien, elle a été bouillie. Le médecin dit qu'il est essentiel de beaucoup boire.

— Avec plaisir, j'ai une soif ardente.

— Je ne peux vous en donner que quelques gouttes à la fois.

Elle aida le blessé à approcher ses lèvres d'une tasse en métal gravé, veilla à ce qu'il avale quelques gorgées, et lui reposa la tête sur l'oreiller.

Il ne voulait pas rester allongé. Il avait envie qu'elle le serre à nouveau contre sa poitrine. Il émanait d'elle un parfum épicé aux arômes fleuris et elle portait une tenue de couleur vive comme il n'en avait jamais vue.

— Que portez-vous ? Est-ce une chemise de nuit ?

La question fit rire Xanthe.

— Non, pas le moins du monde. Il s'agit d'un vêtement indien que mon amie Anusha porte habituellement lorsqu'elle est à la maison. Cela s'appelle un sari. J'avoue que c'est très confortable.

— Ce rose vous va bien.

Il ponctua son compliment d'un sourire, trop fatigué pour parler longtemps.

— Accepteriez-vous de boire encore un peu ?

— Oui, s'il vous plaît.

Les gorgées d'eau à peine avalées, il sentit ses paupières s'alourdir et trouva tout juste la force de prononcer, avant de sombrer dans le sommeil :

— Ne me quittez pas.

— Je vous le promets.

Sans doute ne l'avait-il pas entendue car sa respiration avait pris un rythme régulier. Était-ce le fruit de l'imagination de Xanthe, ou bien avait-il effectivement repris quelques couleurs ?

La servante qui se tenait dans un coin de la pièce s'avança.

— Moi le veiller à présent, mademoiselle. Vous aller manger.

— Je vous remercie. N'hésitez pas à venir me chercher s'il me réclame. Je reviendrai après le dîner.

— Pas besoin. Moi m'occuper de lui ce soir.

— Je tiens à rester à son chevet, répliqua fermement Xanthe avant d'ajouter d'une voix plus douce : Il me connaît, vous comprenez.

— Alors maîtresse vouloir que je reste avec vous.

— Je lui en toucherai un mot.

Mais la maîtresse de maison resta inflexible. Xanthe était jeune et célibataire, il était hors de question qu'elle provoque un scandale sous son toit.

*

Lorsque Ronan se réveilla le lendemain matin, il trouva Xanthe assoupie sur une chaise, près de son lit, sous le regard vigilant de ce qui semblait être une domestique. Il n'avait aucune idée de l'endroit où il se trouvait. Pas sur un bateau, en tout cas, Dieu merci. Soucieux d'épargner le sommeil de son ange gardien, il fit signe à la servante de lui apporter de l'eau. Xanthe se réveilla au bruit.

— Je m'en occupe, déclara-t-elle en prenant la timbale des mains de la domestique.

Xanthe aida Ronan à se redresser et il savoura une nouvelle fois le plaisir de la sentir tout contre lui pendant qu'il buvait.

Elle posa sur lui un regard inquiet.

— Vous sentez-vous capable de manger un peu ?

— Je n'ai pas vraiment faim.

— Même pour me faire plaisir ? Un fruit, par exemple ?

— Si vous insistez. Auparavant, un domestique pourrait-il m'assister dans mes besoins ?

— Bien sûr.

Elle se tourna vers la servante qui hocha la tête, preuve qu'elle comprenait l'anglais.

— Vous n'auriez pas dû me veiller, déclara Ronan, une fois la servante partie. Je vous en suis très reconnaissant.

Il porta une main à sa tempe.

— J'ai moins mal à la tête aujourd'hui. Quand a eu lieu l'accident ?

— Il y a quelques jours. Vous poserez la question à Bram. Il est passé hier en fin de journée, mais vous étiez inconscient et il a promis de repasser cet après-midi. Il a fait livrer vos bagages. J'ai cru comprendre qu'il reprendrait prochainement la mer. Il compte se rendre en Inde, puis à Singapour.

— Bien. Peut-être le garçon qui doit venir m'aider acceptera-t-il de me raser, dit-il en caressant son menton rugueux d'un air gêné. Curieuse façon de se présenter devant une dame de la bonne société.

— Je ne suis pas une dame de la bonne société.

— Vous êtes à mes yeux tout ce que doit être une femme.

Elle le dévisagea avec méfiance. Qu'avait-il bien voulu dire ?

— Vous m'avez manqué, ajouta-t-il. Et moi, vous ai-je manqué ?

— Oui, reconnut-elle, à son corps défendant.

Elle ne pouvait rien attendre de cet homme, le bon sens exigeait qu'elle l'oublie.

Deux hommes pénétrèrent dans la pièce et la servante entraîna Xanthe hors de la chambre. Lorsqu'elle fut enfin autorisée à y retourner une heure plus tard, Ronan lui montra des signes de fatigue.

— Je suis désolé de dormir autant, s'excusa-t-il.

— Avant de sombrer, souhaitez-vous que je me renseigne auprès de la compagnie afin de savoir si elle dispose d'une cabine pour vous sur le prochain bateau à destination de Suez ? Il appareille dans deux jours et j'ai une place retenue à bord. Sinon, il vous faudra patienter une semaine ou deux, mais peut-être serait-ce plus prudent ?

— Pas du tout. Merci de me retenir une place sur le même bateau. Mon frère aîné est mort, si bien que j'hérite du domaine familial. Il me faut rallier l'Irlande au plus vite.

— Je ferai de mon mieux.

Xanthe se sentit gagnée par la tristesse en prenant la direction du port, quelques minutes plus tard. Elle voyait définitivement s'envoler ses espoirs en découvrant que Ronan héritait de la fortune familiale.

Elle avait eu raison de ne pas s'emballer. Les sentiments qu'elle éprouvait à son endroit finiraient par s'estomper. Du moins l'espérait-elle…

*

En demandant à Xanthe de partager sa cabine avec une jeune Anglaise, l'agent de la compagnie réussit à attribuer une couchette à Ronan sur le bateau en partance pour Suez.

Le jour du départ, Ronan fit ses adieux à Bram, désolé de perdre son ami d'enfance. Il lui donna une tape amicale dans le dos en lui souhaitant de réussir dans ses entreprises.

Bram posa sur lui un regard grave.

— À mon tour de vous remercier. Grâce à vous, je serai en mesure d'avoir une vie décente.

— Grâce à moi ? Mais je n'ai rien fait.

— Vous m'avez emmené avec vous et vous m'avez donné les affaires de votre mère, grâce auxquelles je dispose d'un petit capital. Ce n'est pas « rien », c'est beaucoup.

— J'espère apprendre un jour que tu es devenu riche.

Bram le regarda d'un air étrange.

— Je réussirai, dussé-je y laisser la vie.

Peu après, et bien qu'il eût fait vœu de ne jamais reprendre la mer, Bram rejoignait son ami Dougal à bord du navire de ce dernier, tandis que Ronan poursuivait son voyage en compagnie de Xanthe.

*

Cinq minutes après avoir fait la connaissance de la jeune fille avec laquelle elle allait partager sa cabine, Xanthe comprit pourquoi la famille de celle-ci avait accepté si volontiers un arrangement qui permettait à Ronan de monter à bord : en sa qualité d'héritier de la noblesse terrienne irlandaise, ce dernier était un excellent parti et Marianne rentrait précisément en Angleterre avec l'intention de trouver un mari. Elle était aussi blonde qu'il était brun, fort jolie de surcroît, et vêtue d'une tenue ravissante que Xanthe lui enviait.

Il était clair que la jeune fille ne voyait pas Xanthe en concurrente, persuadée qu'elle avait passé l'âge de harponner un époux, avant même de savoir qu'elle était issue d'une famille ouvrière.

Ronan, en pleine convalescence, passait le plus clair de son temps sur le pont. Il ne tarda pas à se trouver assailli par les parents de Marianne, soucieux de le soigner eux-mêmes tant il était inconcevable à leurs yeux que Xanthe pût l'accaparer.

En désespoir de cause, la jeune femme renonça à le voir sans témoin, pour avoir l'assurance que Marianne et sa mère viendraient les retrouver dès qu'elle approcherait de lui.

Une nuit où la chaleur était particulièrement étouffante, Xanthe enfila l'un des saris qu'Anusha avait choisi avec elle au marché de Galle et monta sur le pont, au grand dam de Marianne.

Elle sursauta en entendant la voix de Ronan s'échapper d'une poche d'ombre.

— Comment avez-vous réussi à leur échapper ?

— J'ai attendu que Marianne soit couchée avant de me rhabiller et de sortir.

— Je suis prêt à parier qu'elle aura aussitôt imité votre exemple et qu'elle sera allée chercher sa mère. Elles ne vont pas tarder à nous rejoindre.

— Cela nous laissera toujours quelques minutes de répit.

— Accepteriez-vous... non, ce serait injuste vis-à-vis de vous.

— Dites-moi.

— Accepteriez-vous de vous réfugier avec moi dans une cachette que j'ai découverte ? Jamais elles ne nous y découvriront. C'est à l'écart du pont, dans un endroit habituellement réservé à l'équipage. À en croire le steward, les marins dorment tous à cette heure. C'est lui qui m'a indiqué ce refuge l'autre soir quand je cherchais un endroit isolé, loin de ces gens qui me harcèlent.

— Allons-y tout de suite.

Main dans la main, ils traversèrent le pont qu'éclairait la lune et s'enfoncèrent dans un recoin sombre meublé de quelques bancs.

— Chut ! J'entends du bruit.

Ils se figèrent dans le noir et la voix stridente de Mme Garston résonna dans la nuit.

— Où peut-elle bien être ?

— Je ne sais pas, maman ! Elle m'a dit qu'elle partait se promener sur le pont.

— Elle avait rendez-vous avec un homme, j'en suis convaincue. Ces filles du textile n'ont aucune moralité. Leur pudeur naturelle cède face à l'existence sans entrave qu'elles mènent. Si j'avais su d'où elle vient, jamais je n'aurais accepté que tu partages une cabine avec elle.

— Elle a pourtant l'air très convenable, Maman. Je ne l'ai jamais vue flirter avec quiconque, elle passe son temps à lire. À ce rythme, elle a dû dévorer tous les ouvrages de la bibliothèque du bord. C'est à se demander comment elle fait pour ne pas loucher.

— Elle s'abîme le cerveau, oui. Jamais je ne te laisserais lire autant. Les hommes comme il faut n'aiment guère les femmes plus intelligentes qu'eux.

Les voix s'éloignèrent et Xanthe laissa échapper un soupir de soulagement.

— Je suis désolé que vous ayez entendu ces remarques désobligeantes, chuchota Ronan.

— Aucune importance. Je sais pertinemment quelle opinion elles ont de moi.

— Et moi, savez-vous vraiment quelle opinion j'ai de vous ? Je...

— Ronan, je vous en prie.

— Vous me priez de quoi ?

— Ne dites rien de personnel. Vos sentiments n'ont guère de poids. Nous sommes issus de mondes si différents que toute... amitié permanente nous est interdite.

— Qui vous parle d'amitié ? Xanthe, pourquoi...

Elle s'éclipsa avant qu'il ait pu achever sa phrase et se réfugia dans sa cabine. Ronan regagna le pont, soucieux de préserver la réputation de la jeune femme.

Croisant Marianne et sa mère, il feignit d'être heureux de les voir et accepta leur invitation à se promener sur le pont.

— Vous n'auriez pas aperçu Xanthe, par hasard ? s'enquit Marianne.

— Pourquoi cette question ?

— Elle m'a annoncé son intention d'aller se promener.

— Vous le voyez, je suis seul. À présent que j'ai pris l'air, je vais regagner ma cabine dans l'espoir de trouver le sommeil.

Au cours des quinze jours qui la séparaient de l'arrivée à Suez, Xanthe évita soigneusement Ronan. Celui-ci, sensible à ses réticences, savait qu'il n'était pas raisonnable de la poursuivre de ses assiduités à présent qu'il était le propriétaire d'Ardgullan.

À ceci près qu'il n'avait pas envie de se montrer raisonnable. Il... Il la voulait. Elle. Xanthe. Avec sa vision vivifiante de l'existence et son beau visage.

16

Mme Largan, incapable de quitter son lit, s'étiola de la même façon qu'elle avait vécu, avec discrétion, soucieuse d'épargner ceux qui l'entouraient, souriante chaque fois que son fils venait s'asseoir près d'elle, reconnaissante à Maia d'avoir si bien pris soin d'elle.

Conn lui tenait la main lorsqu'elle exhala son dernier souffle. Les doigts de la vieille dame se relâchèrent entre les siens et un coup d'œil à son visage révéla la vérité à son fils. Celui-ci n'en tenta pas moins de tâter son cou à la recherche des battements de son cœur, refusant d'accepter sa mort. De guerre lasse, il la regarda longuement, perdu, incapable d'envisager l'avenir sans elle.

— Oh, non…

Il se retourna en reconnaissant la voix de Maia.

— Si. Elle est partie.

Il porta la main de sa mère à ses lèvres, la reposa sur sa poitrine et déposa un baiser sur sa joue avant de se lever.

Maia, en larmes, baisa l'autre joue de la morte. Faute de trouver un mouchoir au fond de sa poche, elle s'essuya les yeux à l'aide de son tablier.

De son côté, Conn restait comme pétrifié.

Maia se tourna vers lui. Voyant qu'il restait muet, elle lui déclara d'une voix douce :

— Souhaitez-vous que je fasse sa toilette ? J'aurais aimé lui rendre cet ultime service.

— Vous accepteriez ?

— Bien sûr.

— Je peux vous aider à la soulever, si vous voulez.

— Inutile. Nancy s'en chargera.

— Il nous faut prévoir un cercueil, balbutia-t-il, incapable de la moindre initiative tant il était perdu.

— M. Carling en fabrique. Le mieux serait que vous alliez le trouver.

— Reste à savoir s'il acceptera de traiter avec quelqu'un comme moi, répondit-il sur un ton amer.

— Bien sûr que oui.

Pendant son absence, Maia prépara le corps avec l'aide de Nancy.

— Pauvre madame. Elle n'avait que la peau sur les os, murmura Nancy. Elle a dû être très jolie quand elle était jeune. Comment monsieur fera-t-il sans elle ? Il l'aimait tant. C'était un plaisir de les voir, tous les deux.

— Il finira par s'en remettre. C'est toujours le cas quand on perd un proche. La vie continue, qu'on le veuille ou non.

Nancy, le visage chiffonné, hocha la tête gravement.

Faute de trouver un prêtre pour présider à l'enterrement, Conn réserva un coin du jardin pour la sépulture en se promettant d'y planter les fleurs préférées de la morte.

Cassandra et Reece, venus de Lynch Farm, assistèrent à la cérémonie en compagnie de Livia.

À la consternation générale, Kathleen voulut venir, elle aussi. Tout de noir vêtue, parlant fort, elle enchaîna les banalités au grand désarroi de Conn. Elle alla jusqu'à gâcher ce moment de recueillement en s'étonnant tout haut de la présence de Maia et de Nancy.

— Comment se fait-il que ces domestiques soient là ?

— Parce que je leur ai demandé de venir, répliqua sèchement Conn.

— Tu n'aurais pas dû. C'est indigne. Dis-leur de retourner à la maison accomplir leurs tâches.

— Elles aimaient ma mère, et celle-ci aurait voulu que tous ceux qui l'appréciaient soient présents au moment de sa mise en terre.

Comme Kathleen faisait mine de protester, il ajouta :

— Si tu ne te tais pas, je te demanderai de repartir.

Il s'était exprimé avec une telle férocité qu'elle en resta muette, sans pouvoir s'empêcher de fusiller Maia et Nancy du regard tout au long de la petite cérémonie.

Tous les présents défilèrent ensuite devant Conn dont ils serrèrent la main en lui présentant leurs condoléances. Lorsque Kathleen voulut se placer à côté de lui, Reece lui agrippa l'avant-bras et la tira en arrière. Elle tenta de se plaindre, mais Reece lui ordonna d'une voix sans réplique de se taire.

Le regard assassin que lui adressa Conn la déstabilisa. Pour une fois, elle comprit qu'elle l'avait gravement offensé.

Cassandra se rendit dans la cuisine afin d'aider Maia. Ce fut l'occasion de l'interroger :

— Si tu souhaites venir vivre chez nous, tu sais que tu es la bienvenue. Nous pouvons facilement ajouter une pièce à la maison.

Maia passa un bras dans le creux de celui de son aînée et posa sa tête contre son épaule.

— Je te remercie. Si je quitte Galway House, c'est chez vous que j'irai, mais Conn a besoin de moi pour le moment.

— Ce n'est pas bien que tu restes ici, ma chérie.

— Pourquoi donc ? Ce n'est pas mon avis.

— Il n'est pas fait pour toi, Maia.

— Je le sais bien, mais il a besoin de moi. S'il s'agit de me trouver à ses côtés aux heures les plus sombres, je le ferai avec plaisir.

Maia fut soulagée de voir repartir leurs visiteurs. Elle était particulièrement heureuse d'échapper à la mine renfrognée de Kathleen comme à ses remarques désobligeantes. Conn salua tout le monde et alla s'enfermer dans la bibliothèque, qui lui servait de refuge lorsqu'il souhaitait s'isoler du monde.

Après avoir aidé Nancy à tout ranger, Maia regagna sa chambre et laissa libre cours à ses larmes en pensant à sa maîtresse qu'elle aimait tant. Mais aussi en pensant à l'amour qu'elle portait à Conn sans oser le lui manifester ouvertement. Elle s'autorisait à rêver parfois depuis qu'il lui avait annoncé son intention de l'épouser un jour. Elle aurait tant aimé avoir une maison, un mari, des enfants. La maison et les enfants de Conn.

Elle savait que sa jumelle entretenait des sentiments comparables à l'endroit de Ronan. Quelle curieuse paire elles formaient toutes les deux ! Elle avait gardé le souvenir du mythe d'Éros, le dieu grec de l'Amour, que lui racontait son père. S'il existait bel et bien, elle le trouvait très facétieux !

*

Livia remarqua un changement dans le comportement de Kathleen suite à la mort de Mme Largan. Sans être de tempérament docile, elle s'était adaptée relativement bien à sa nouvelle vie. Elle passait le plus clair de ses journées à cheval, et ses soirées en compagnie de Livia.

Cette dernière s'étonna de voir sa compagne tomber régulièrement dans des périodes de grand vide mental, à la lecture de son visage dénué d'expression. En outre, elle l'avait surprise à plusieurs reprises en train de parler toute seule. Kathleen affichait alors une mine coupable.

Que pouvait-il bien se passer dans sa tête ?

Elle n'aurait pu être plus différente que Léo. Tout en étant lent d'esprit, ce dernier était d'une extrême bonté. Kathleen elle-même le traitait avec gentillesse. Elle appréciait sa parfaite connaissance des chevaux, la façon dont il l'aidait à dresser les bêtes de Francis, dont il veillait sur une jument qui attendait un petit.

Kathleen, une ou deux fois où elle était de méchante humeur, s'évertua à lui chercher des noises sans parvenir à l'énerver. En pareil cas, il se contentait de la regarder droit dans les yeux avant de vaquer à une tâche quelconque.

Le soir, Livia faisait auparavant la lecture à sa pensionnaire, ce qui avait sur elle des vertus apaisantes. Désormais, loin de l'écouter attentivement, Kathleen perdait rapidement le fil et regardait dans le vide, oubliant de poser des questions ainsi qu'elle l'avait fait jusque-là.

Les nuits de Kathleen étaient agitées de cauchemars, elle se tournait et se retournait dans son lit en réveillant tout le monde avec ses cris.

Livia, lasse de la situation, décida qu'elle ne pouvait pas passer sa vie avec une femme aussi étrange. S'occuper de Kathleen lui avait permis de s'adapter à son veuvage tout en lui assurant quelques revenus. Il était temps qu'elle pense à son propre avenir.

Elle ne voulait en aucun cas rentrer en Angleterre, où elle n'avait plus personne. Mais à quoi occuper ses journées ? À force de lire les quelques journaux qui lui passaient entre les mains, elle remarqua la présence d'annonces proposant des postes de préceptrice.

Dans le même temps, elle avait mis de côté l'argent versé par Reece et Cassandra en contrepartie des champs utilisés comme pâturages pour les deux vaches qu'ils avaient achetées. Elle avait également appris les vertus de la frugalité auprès d'Orla, trop heureuse de l'aider au quotidien depuis que Kathleen avait décidé de se passer de ses services.

À présent que Francis n'était plus là pour acheter à tout-va des objets inutiles, Livia avait compris qu'elle pouvait se contenter de peu. Elle écrivit notamment au libraire de Perth chez lequel se fournissait son mari afin de lui annoncer la mort de son celui-ci.

Dans le même temps, elle envoya un message à l'épicerie locale afin qu'on lui livre la *Gazette* de Perth, assurée d'y trouver des petites annonces susceptibles de la concerner.

En mettant le nez dehors ce soir-là, elle soupira à la vue des nuages annonciateurs de pluie qui s'accumulaient à l'ouest. Kathleen était difficilement contrôlable lorsque le temps était à l'orage. On aurait pu croire que la pluie servait de déclencheur à sa mauvaise humeur. En conséquence, elle demanda à Léo de garder un œil sur la jeune femme.

Il hocha la tête.

— Les chevaux aussi sont nerveux. Elle leur ressemble beaucoup, vous savez. À croire que sa tête ne fonctionne pas normalement.

La vérité sort de la bouche des enfants, pensa-t-elle. Curieuse de savoir d'où venait ce proverbe, elle passa un moment agréable à consulter la Bible et trouva ce qu'elle cherchait dans le huitième Psaume.

Kathleen, rentrée dans l'intervalle, se laissa tomber sur une chaise.

— Pourquoi ne faites-vous pas un peu de broderie ?

— Je déteste la broderie.

— Les femmes de la bonne société s'occupent volontiers en réalisant des ouvrages de dame.

— *Je ne veux pas !* Faites-moi la lecture.

Par souci d'apaisement, Livia obtempéra, mais elle passa ensuite une mauvaise nuit, taraudée par l'inquiétude. Kathleen avait un comportement de plus en plus imprévisible, comment expliquer un tel changement ?

*

Ronan se sentait beaucoup mieux lorsque le navire arriva à Suez, même s'il continuait d'être anormalement fatigué. Sur le pont, il entendit d'autres passagers projeter de visiter des monuments et se rendre sur le chantier du canal. Il s'inquiéta que Xanthe veuille se joindre à eux, ce qui retarderait d'autant la poursuite de leur voyage puisqu'il leur faudrait attendre le bateau suivant. Car, s'il lui fallait rentrer chez lui le plus rapidement possible, il entendait veiller à ce qu'elle retrouve le Lancashire saine et sauve.

Il soudoya le steward afin de connaître les intentions de la jeune femme.

— Mlle Blake souhaite voir les travaux du canal de Suez, monsieur, lui répondit le steward en empochant l'argent.

Ronan envisageait la possibilité de feindre une rechute, histoire d'attirer l'attention de Xanthe, lorsque le destin vint à son secours. L'un des passagers, un individu qui avait déplu à Ronan dès la première seconde, avait décidé de se greffer au groupe des amateurs de visites.

L'homme s'était rendu odieux en harcelant Xanthe à diverses reprises. Un soir où il avait réussi à coincer la jeune femme dans un coin reculé du pont, Ronan l'avait attrapé par la peau du cou et l'avait éconduit avec force.

— Vous allez bien ? s'était-il enquis auprès de Xanthe.

— Oui. Merci de votre aide. Je ne sais pas ce qui a pu le laisser croire que... Pourquoi les hommes ne peuvent-ils me laisser en paix ?

— Avez-vous pris le temps de vous regarder dans la glace récemment ?

Elle rougit, gênée.

— Je ne m'attarde guère sur mon apparence. Ronan... il n'existe donc aucun moyen de les arrêter ?

— Les hommes convoitent les jolies femmes depuis la nuit des temps.

— Ce n'est pas *votre* cas, pas plus que celui de la plupart des hommes. Il s'agit d'une minorité dont fait partie cet individu.

— Il faut croire que ma mère m'a bien élevé. En outre, vous et moi sommes bons amis. Je ne voudrais en aucun cas perdre votre amitié.

Leurs regards se croisèrent et ils restèrent silencieux.

— Oui, finit-elle par déclarer. Je tiens vraiment à notre amitié.

Le jour de la promenade, Ronan jugea bon de l'avertir.

— Si vous partez avec ces gens, personne ne pourra vous défendre. Je doute que les Garston prennent la peine de vous protéger.

— Pourquoi ne pas vous joindre à nous ?

— Je ne peux pas. Il me faut impérativement rentrer.

— Bien sûr. Comment ai-je pu l'oublier ?

Elle serra les bras autour de sa poitrine.

— Dans ce cas, il me paraît mal avisé d'aller visiter le canal.

— Je le crois aussi.

— C'est injuste. Les hommes ont une vie infiniment plus facile que nous.

— Je vous le concède, mais de grâce, Xanthe, en dépit de votre désir de voyager, ne commettez pas d'imprudence.

En toute autre circonstance, il aurait retardé son départ afin de l'escorter, mais il ne pouvait se le permettre. Il n'avait déjà que trop tardé, dans quel état trouverait-il Ardgullan ?

Elle montrait si bien sa déception qu'il éprouva l'envie de la prendre dans ses bras avant de se retenir. Elle avait raison de dire qu'ils n'appartenaient pas au même monde. En plus de son devoir vis-à-vis du domaine et du nom qu'il portait, il savait que les gens la mépriseraient et la rendraient malheureuse s'il l'épousait. À tout le moins la regarderaient-ils comme une bête curieuse, à la façon de certains passagers sur le bateau.

— Décidément, être raisonnable n'est pas une partie de plaisir, soupira-t-il.

— C'est vrai. Mais j'irai en Grèce un jour, quoi qu'il advienne. Je le ferai en mémoire de mon père. Une fois en Angleterre, je me renseignerai sur les voyages qu'organise M. Cook. Je sais qu'il propose des séjours en Suisse. J'imagine que ses voyages sont sûrs.

*

Quelques jours après la mort de Mme Largan, Maia jouait machinalement avec le contenu de son assiette en regardant manger Conn, assis en face d'elle. Perdu dans ses pensées, il n'avait pas desserré les dents du repas et s'était contenté de grignoter.

Le dîner terminé, il s'enferma dans la bibliothèque sans même la remercier, contrairement à ses habitudes.

Nancy, généreuse de nature, distribua les restes du repas de son maître sur trois assiettes qu'elle porta aux garçons d'écurie. Ils n'en laissèrent pas une miette.

— J'ai eu trop souvent faim dans ma vie pour accepter que l'on gâche de la nourriture, expliqua la jeune femme en rapportant les assiettes vides à la cuisine.

Cette nuit-là, Maia ne put trouver le sommeil. Conn, prétendant être retenu par de la comptabilité, n'avait même pas effectué sa promenade à cheval quotidienne. Chaque fois qu'elle était passée près de la véranda, elle avait pu constater qu'il regardait dans le vide.

Elle allait s'assoupir lorsqu'elle entendit s'ouvrir la porte de Conn. Quelqu'un traversa la véranda et s'éloigna dans la nuit.

Elle se leva précipitamment et vit Conn disparaître au fond de la propriété. Il ne faisait guère de doute qu'il allait dans le jardin aménagé à l'intention de sa mère. Ce n'était pas la première fois qu'il s'y recueillait depuis la mort de Mme Largan.

Maia hésita. Ses pérégrinations nocturnes ne la regardaient pas, mais qui allait bien pouvoir chasser ses idées sombres à présent que sa mère n'était plus là ? Ronan avait regagné l'Irlande, elle était donc la seule en mesure d'aider Conn à supporter sa solitude. Elle passa un châle autour de ses épaules et s'élança dans l'obscurité, vêtue d'une simple chemise de nuit.

La chaleur estivale n'était plus qu'un souvenir, mais il ne pleuvait pas et une lune à peine amputée éclairait le petit chemin emprunté par Conn.

Elle s'immobilisa à l'orée du jardin et découvrit son maître planté près du banc de fortune, les mains dans les poches de sa robe de chambre, pieds nus dans les pantoufles de feutre confectionnées par Maia sur la requête de Mme Largan.

Tout à son chagrin, il ne la vit même pas.

— Oh Conn ! s'écria-t-elle sans réfléchir.

Il releva la tête.

— Maia ! Que faites-vous là ? Que se passe-t-il ?

— Tout va bien. Je vous ai entendu vous lever, c'est tout. Je m'inquiétais.

Elle s'avança, prête à le réconforter, mais il recula d'un pas.

— Retournez vous coucher, Maia. Votre présence ici en pleine nuit n'est pas convenable. Vous ne devriez même pas rester avec moi à Galway House.

— Vous avez besoin de quelqu'un qui s'occupe de vous et de la maison à présent que Xanthe est partie. Quelqu'un à qui parler.

— Vous ne comprenez donc pas que je m'évertue à ne pas céder à la tentation ? répliqua-t-il d'une voix dure. Je vous désire depuis longtemps, Maia, mais je ne suis pas libre. Ce serait mal de ma part de profiter de vous. Je ne peux me contenter de vous aimer. Vous méritez d'être épousée. Le jour venu, si vous êtes encore libre, je vous le proposerai, mais cela m'est impossible aujourd'hui.

— Quand bien même votre mariage serait annulé, vous ne pouvez pas épouser une femme de ma condition. Je l'ai toujours su. Conn, je vous aime tant ! Comment pourrions-nous continuer de l'ignorer ?

— Votre réputation serait à jamais salie si nous… si je… Non seulement je suis marié, mais mon passé de condamné ternit mon nom. Rien ne dit que mon honneur me sera rendu un jour. Vous êtes arrivée librement dans cette colonie, vous n'avez aucune raison d'avoir honte.

— Que m'importe ?

— Cela devrait vous importer, au contraire. Il vous faut quitter Galway House. Je vous conduirai chez votre sœur dès demain, pour votre bien.

— Je refuse. Je mourrais si je devais vous perdre. Vous prétendez m'aimer, Conn. Est-ce bien le cas ?

— Évidemment.

Il fit un nouveau pas en arrière en la voyant s'avancer.

— Je vous aime trop pour vouloir vous salir, Maia. Si j'arrive un jour à me débarrasser de Kathleen et que vous êtes encore libre, je vous demanderai de m'épouser, et tant pis si cela dérange les gens. Mais je ne suis pas libre.

En voulant reculer, il se trouva coincé par un arbre.

Un sourire aux lèvres, elle le rejoignit et l'enlaça.

— Je dois vous paraître effrontée, mais plus rien ne compte à mes yeux si vous m'aimez vraiment. Nous avons attendu assez longtemps.

Il voulut se dégager, mais elle resserra son étreinte. Il la dévisagea, puis, avec une lenteur qui parut à Maia durer une éternité, il approcha son visage du sien et l'embrassa longuement, amoureusement, avec une délicatesse qui trahissait la profondeur de ses sentiments.

*

Il finit par reprendre son souffle et chassa une mèche de cheveux du front de la jeune femme.

— Tu es sûre, mon amour ?

— Tout à fait sûre.

Il avait bien tenté de résister, sans trouver la force surhumaine de la repousser alors qu'il lisait l'amour dans ses yeux.

— Dans ce cas, ma Maia, tu seras mon amour, et que tous les autres aillent au diable.

Un rire qui tenait du sanglot s'échappa des lèvres de la jeune femme qui lui prit la main et se laissa entraîner jusqu'à la maison, jusqu'à sa chambre où elle se réfugia dans ses bras.

Elle déboutonnait son corsage lorsqu'il l'arrêta.

— Laisse-moi faire, mon amour.

À la nuit froide et hostile avait succédé une obscurité douce et caressante. Le corps de Maia se coula contre le sien, mais avant de consommer leur union, il l'interrogea une dernière fois.

— Tu es vraiment sûre ?

— Combien de fois devrai-je te le répéter ?

— Tous les jours de ma vie. Maia, ma chérie… je n'ai pas la possibilité de t'épouser aujourd'hui, mais je le ferai avec joie le jour venu.

— Je ne…

— Chut ! Tu es mon amour, la femme avec laquelle je veux passer le restant de mes jours.

— Alors arrête de parler, je suis à toi.

Serrés l'un contre l'autre, plus tard dans la nuit, il sut qu'il n'avait pas été aussi heureux depuis de longues années. Sa mère aurait compris. Il se promit d'aimer et de protéger Maia tant qu'il resterait en lui un souffle de vie.

Il fronça les sourcils. Ce n'était pas suffisant. Il devait veiller à la protéger financièrement si jamais il lui arrivait malheur. La protéger, et protéger les enfants qu'ils pourraient avoir. Son passé d'avocat lui donnait les compétences nécessaires pour rédiger un testament, il s'y attellerait dès le lendemain…

Elle prononça un murmure inintelligible dans son sommeil et se lova contre lui. Il posa la tête contre celle de Maia et sourit dans l'obscurité. Il serait bien temps de réfléchir à la suite le lendemain. Cette nuit était réservée à l'amour.

17

Ronan et Xanthe firent la paix et visitèrent ensemble Alexandrie en attendant le départ du bateau. Ils disposaient de deux journées entières et il n'entendait pas laisser sa compagne à la merci de compagnons de rencontre peu scrupuleux.

Ils se laissèrent guider en profitant des bâtiments anciens qu'ils découvraient, de la population des rues, si différente de ce qu'ils avaient connu en Angleterre ou en Australie, des marchés où l'on trouvait de tout.

— Depuis l'ouverture de la ligne ferroviaire du Caire il y a dix ans, il est beaucoup plus aisé de se déplacer. Nous recevons la visite de nombreux Anglais et Français et je parle même leur langue, annonça fièrement leur guide en ajoutant en français : *Très bien, monsieur.*

L'homme s'étonna que ses deux clients ne se plaignent pas de la canicule.

— J'aime la chaleur, fit Xanthe.

— Vous savez choisir les vêtements qu'il faut, reconnut-il, pour avoir remarqué qu'elle ne s'embarrassait pas d'un corset.

Le soir même, plusieurs de leurs compagnons de voyage se dirent incommodés par la chaleur. Ronan sourit intérieurement en se demandant à quoi d'autre ils pouvaient bien s'attendre en visitant l'Égypte.

Ils regagnaient leur hôtel à la fin du second jour lorsque Xanthe regarda son compagnon tristement.

— C'est la fin, dit-elle.
— Que voulez-vous dire ?
— Nous allons retrouver l'espace confiné d'un bateau, sous le regard scrutateur des autres.
— Cela vous dérange tant ?
— Oui. Je ne suis pas une femme de mœurs légères et je ne tiens pas à donner cette impression. Ce fut… un plaisir… mais il me faut regagner ma chambre et préparer mes bagages. Nous embarquons tôt demain.

Lorsqu'il constata qu'elle ne se joignait pas au reste du groupe à l'heure du dîner, il comprit qu'elle recommençait à l'éviter. Il la comprenait, trouvait même cette décision respectable, mais elle allait lui manquer. Il avait le sentiment de ne pas être totalement lui-même sans elle.

*

Trois jours plus tard, Xanthe était installée sur le pont au milieu d'un groupe de femmes lorsque son esprit s'échappa. Un nouvel incident s'était produit la veille. Un passager avait réussi à la coincer dans un recoin en début de soirée, et il lui avait malaxé les seins de façon répugnante. Sous le choc, elle était restée un instant tétanisée avant de se reprendre. Elle avait alors donné des coups de pied et griffé son agresseur en criant à l'aide.

Il s'était enfui avant que quiconque puisse la secourir, mais l'incident avait fait jaser et elle s'était sentie salie. Elle en frissonnait encore de dégoût. Il avait pris la précaution d'enrouler autour de sa tête un tissu à carreaux comme en portaient les Arabes d'Alexandrie, si bien qu'elle n'avait pu l'identifier.

Depuis, elle n'osait pas se rendre seule sur le pont. Cela l'empêcherait surtout d'y chercher un peu de fraîcheur le soir.

La stewardess lui avait assuré qu'elle ne risquait plus rien, que le pont ferait désormais l'objet d'une surveillance, mais le répit était forcément provisoire. Xanthe se sentirait peut-être en sécurité jusqu'à la fin de la traversée, mais que se passerait-il le jour où personne ne serait là pour lui venir en aide ? Certains ne se privaient pas de dire qu'il ne lui était rien arrivé cette fois, mais c'était faux ! Son agresseur lui avait inoculé la peur...

Ses rêves lui semblaient de plus en plus naïfs et irréalistes. Jamais elle ne pourrait voyager seule. Elle n'avait pas les moyens d'engager des gardes du corps, ou même une compagne. Elle en arrivait à se demander si les voyages de M. Cook étaient vraiment sûrs pour une femme seule.

L'absurdité de la situation la révoltait, mais elle n'entendait pas renoncer pour autant. Au moins pourrait-elle partir à la découverte de son propre pays. Il lui suffirait d'inviter une robuste fille d'Outham à l'accompagner. Évidemment, ce ne serait pas pareil, elle avait une telle soif de découvrir le monde !

Si elle retournait un jour voir ses sœurs aux antipodes, elle en profiterait pour visiter la côte est du continent australien. Sydney, Melbourne. Elle attendrait d'être plus vieille, que les hommes cessent de la regarder avec concupiscence.

Après tout, peut-être n'avait-elle pas l'étoffe d'une vraie voyageuse.

— Je donnerais cher pour savoir à quoi vous pensez.

Elle sursauta. Elle n'avait pas entendu Ronan s'asseoir à côté d'elle. Pourquoi l'observait-il sans un mot, comme si elle avait commis un impair ? Elle releva la tête et soutint son regard. À côté d'eux, les autres passagères discutaient avec animation, elles ne les entendraient pas à condition qu'ils veillent à discuter à mi-voix. Mais qu'il ne compte pas sur elle pour entamer la conversation.

— J'ai appris votre mésaventure d'hier soir.

— Tout le bateau est au courant. Si vous avez l'intention de me dire que vous m'aviez prévenue, sachez que je n'ai pas attendu qu'on vienne à mon secours pour me défendre.

— Je suis heureux de l'entendre.

Comme il continuait de l'étudier, elle prit les devants :

— Que voulez-vous ?

— Je ne sais pas, mais je ne suis pas venu vous dire que je vous avais prévenue. Je tenais à m'assurer que cet incident ne vous avait pas trop affectée.

— Bien sûr que je suis affectée, en grande partie parce que vous aviez raison. J'essaie de trouver une solution pour réussir à voyager sans *jamais* revivre une telle mésaventure.

— C'est peine perdue. Vous êtes trop belle.

— Dans ce cas, je trouverai le moyen de m'enlaidir.

— Vous n'y parviendrez pas, car votre beauté est également intérieure. Bon sang, Xanthe ! Je ne supporte plus de vous savoir en danger.

— Ce n'est pas votre problème.

— Je crois que si. Il ne vous aura pas échappé que je suis tombé amoureux de vous.

Le sentiment amoureux était réciproque, mais il était hors de question de le lui avouer, aussi se contenta-t-elle de hausser les épaules.

— Cela vous passera. Vous n'avez pas le choix. Je sais dans quelle situation vous vous trouvez, Ronan. Vous avez des devoirs, et je n'ai pas l'intention de devenir votre maîtresse.

— Jamais je ne vous le demanderais.

— Dans ce cas, le mieux est encore de nous éviter. Vous ne trouvez pas ?

— Ce n'était pas ce que j'avais en tête. Je comptais vous demander d'attendre que j'aie pris possession du domaine familial avant d'envisager la suite. Ne partez pas tout de suite à l'étranger. S'il vous plaît.

— Vous attendre sagement dans mon salon ? le railla-t-elle. Pour mieux accourir quand vous m'appèlerez ?

— Vous vous doutez bien qu'il m'est impossible de me marier de façon précipitée. Mais enfin, Xanthe ! Vous affirmiez l'avoir compris !

Elle soupira, prête à rendre les armes.

— C'est vrai. Mon père nous lisait des tragédies grecques afin de nous initier à la réalité du devoir chez les gens de votre espèce. En plus de votre maison, il vous faut tenir compte de vos terres et de tous ceux qui en vivent.

— Oui. Paradoxalement, je n'ai toujours pas le sentiment d'être le maître d'Ardgullan. J'ai toujours pensé que le domaine reviendrait à Hubert et que ses fils en hériteraient un jour. Comme il ne s'est jamais marié, la charge m'en incombe à présent. Je ne m'y étais pas préparé, je ne suis même pas certain d'être disposé à l'assumer.

— Vous avez un frère cadet. Il aurait pu succéder à votre aîné.

— Patrick est quasiment devenu anglais, il vendrait Ardgullan. Il aime trop vivre en Angleterre, afin d'y élever ses enfants à l'anglaise. C'est aussi bien, après tout, car sa femme a le plus grand mépris pour les Irlandais, elle ferait une piètre châtelaine à Ardgullan. Je n'ai jamais compris comment elle avait pu s'abaisser à épouser Patrick, sinon parce qu'il est beau garçon. Les femmes ont toujours raffolé de lui.

— Vous êtes plutôt bel homme vous-même, répliqua-t-elle froidement. Vous avez dû avoir autant de succès que lui.

— J'ai connu quelques femmes. Assez peu, en vérité. Aucune ne m'a jamais donné l'envie de passer le restant de mes jours avec elle. Je regardais les jeunes filles comme on choisit un cheval, à leur pedigree. Lorsque je croisais la route d'une candidate bien née et bien élevée, ma mère me poussait à lui demander sa main. J'y réfléchissais, poussé par l'envie d'avoir des enfants, et puis je comprenais que jamais je ne supporterais d'être enchaîné à elle ma vie durant, à l'écouter pérorer. Le prix à payer était trop élevé.

— Il vous faudra bien choisir une femme un jour, et la supporter.

Tout autre n'aurait entendu dans ces mots que la raillerie, mais il sut détecter la souffrance qui s'y dissimulait.

Elle se força à ponctuer son propos d'un sourire. Comme elle n'y parvenait pas, elle se leva et s'éloigna en direction des cabines après avoir prétexté une fatigue soudaine.

Il préféra la laisser partir, faute de savoir quoi penser.

Elle l'évita consciencieusement au cours des jours suivants, trouvant toujours une raison de s'en aller chaque fois qu'il s'asseyait à côté d'elle. Il prit donc l'habitude de s'installer loin d'elle à table et de ne jamais s'accouder au bastingage près d'elle, sachant qu'elle le fuirait instantanément.

Elle se trompait pourtant sur les intentions de Ronan. Tout en sachant qu'il ne serait jamais heureux qu'avec elle, il se refusait à lui imposer le mépris social de son entourage. Il ne supportait pas l'idée qu'elle puisse perdre un jour ce caractère entier qui faisait tout son charme.

Il avait beau s'efforcer de lui expliquer ses motivations, elle refusait de l'écouter. Sans doute n'avait-elle pas pris la mesure de la cruauté des classes supérieures à l'endroit de ceux qu'elles regardaient de haut. Et, plus encore, vis-à-vis de ceux des leurs tombés en disgrâce, à l'image de Conn.

*

L'escale à Gibraltar fut courte, mais lorsque Ronan proposa à Xanthe de visiter la ville en sa compagnie, elle lui expliqua avoir déjà pris ses dispositions avec d'autres passagers. Il déambula seul dans les rues de l'enclave britannique, s'intéressa à peine au célèbre roc, fusilla du regard tous les vendeurs de rues qui lui proposaient leurs marchandises et retourna à bord avant les autres.

Il se trouvait sur le pont lorsque Xanthe franchit la passerelle à son tour. Leurs regards se croisèrent et elle détourna les yeux la première. Elle ne semblait guère heureuse depuis quelque temps. On aurait pu croire que son feu intérieur s'était partiellement éteint.

Le navire fit son entrée dans le port de Southampton par une journée grise et froide de début novembre. Les passagers de l'entrepont manifestèrent bruyamment leur enthousiasme, agglutinés le long du bastingage. Les occupants des cabines, si leur joie d'arriver au terme de leur voyage était réelle, se montrèrent moins expansifs.

Xanthe regarda longuement le port et la ville. Pour avoir souvent pensé ne jamais revoir son pays natal, elle peinait à réaliser qu'elle retrouvait l'Angleterre. Elle ne savait plus si elle devait se réjouir ou s'attrister, consciente de voir Ronan pour la dernière fois. Jamais elle n'avait éprouvé pareille souffrance de toute son existence.

Elle espérait qu'il viendrait la trouver, ne fût-ce que pour lui dire au revoir, mais il resta invisible. Elle se sentit blessée, davantage qu'elle n'aurait voulu l'être. Après tout, n'était-ce pas elle qui l'avait maintenu à distance ? Il se contentait de respecter son désir de solitude…

À moins qu'il n'ait vu en elle qu'une agréable relation de voyage. Non, elle avait la conviction du contraire. Il l'aimait vraiment, mais pas assez pour construire une passerelle au-dessus du gouffre qui les séparait.

*

Xanthe avait pris place à bord du train de Londres lorsque la porte de son compartiment s'écarta et un voyageur apparut. Ronan.

— Il me semblait que ce wagon était réservé aux voyageuses, dit-elle sur un ton glacial.

— Libre à vous de provoquer un scandale, mais le train ne tardera pas à démarrer et personne ne songera à se plaindre de ma présence ici, à moins que vous ne portiez plainte.

Il attendit le verdict de son interlocutrice en haussant un sourcil.

Heureuse comme elle l'était de le voir, elle ne risquait pas de porter plainte, mais elle n'entendait pas le lui avouer.

Le convoi s'ébranla et Ronan se cala sur la banquette en soupirant.

— Je suis heureux de ne pas avoir à changer de compartiment.

— Je vous croyais en route pour l'Irlande. Pourquoi monter dans le train de Manchester ?

— Je tenais à m'assurer que vous rentriez chez vous saine et sauve.

Elle chercha une repartie idoine, et préféra ne rien dire faute d'en avoir trouvé une.

— C'est la première fois qu'il m'est donné de vous parler en tête à tête depuis Alexandrie. À présent que nous roulons, vous allez devoir supporter ma présence jusqu'au premier arrêt. Vous ne pouvez plus vous débarrasser de moi.

La phrase sortit toute seule :

— Je ne veux pas me débarrasser de vous.

— Ah, Xanthe ! dit-il en lui ouvrant ses bras.

Elle le repoussa aussitôt.

— Je vous en prie, ne compliquez pas la situation !

Il reprit sa place sur le siège.

— Dans ce cas, laissez-moi au moins vous expliquer la nature de mes hésitations. À notre sujet.

— Il n'y a rien à expliquer. Vous appartenez à la noblesse terrienne et je suis une ouvrière du textile. Je ne suis pas idiote, vous savez. J'ai bien compris que vous ne pouviez pas m'épouser.

— Je vous épouserais demain si j'avais l'assurance de ne pas gâcher votre vie, rétorqua-t-il avec brutalité. Vous avez forcément une petite idée de l'arrogance des classes supérieures après avoir vu la façon dont elles traitent Conn ? Ces gens-là se montrent tout aussi impitoyables vis-à-vis de ceux qui s'engagent dans une union inappropriée à leurs yeux. Je ne supporterais pas que l'on puisse vous snober de la sorte, de vous priver d'amis *à vie*. Et, au-delà de votre personne, d'atteindre les enfants que nous pourrions avoir. C'est cette raison, et cette raison seule, qui motive mes scrupules.

— Oh…

— Je suis perdu depuis le jour où je vous ai rencontrée. Je ne suis pas tombé amoureux de vous parce que vous êtes ravissante, mais parce que vous êtes vous, la Xanthe vive et intelligente qui me tient tant à cœur.

— Oh…

— C'est tout ce que cela vous inspire ? C'est bien la première fois que je vous vois muette.

Malgré elle, ses lèvres ébauchèrent un sourire.

— Je ne sais quoi dire. Vous non plus, d'ailleurs. Vous comptez vraiment m'accompagner jusqu'à Outham ?

— Jusqu'à Manchester. Je prendrai là-bas un train à destination de Liverpool d'où je m'embarquerai pour l'Irlande.

— Et après ?

— Il me faut parler à diverses personnes, prendre possession de mon héritage, trouver mes marques. Xanthe, promettez-moi de ne pas repartir tout de suite pour l'Europe. Attendez de recevoir de mes nouvelles avant d'entamer votre périple.

Elle sentit monter en elle une bouffée de colère.

— Attendre que vous décidiez de me trouver une petite place dans votre vie, c'est ça ? Vous voudriez que je reste patiemment dans l'attente de vos instructions, comme une enfant ? Jamais je ne vous ferai une promesse pareille !

— Vous m'avez mal compris.

— Ah ?

— Ce n'est pas du tout ce que je voulais dire.

Ils se chamaillaient encore lorsque le train fit halte à la première gare. N'y tenant plus, elle baissa la vitre du compartiment et héla un porteur.

— Auriez-vous la gentillesse de demander à ce monsieur de monter dans un autre wagon ? Il est monté à la dernière minute en gare de Londres sans s'apercevoir qu'il s'agissait d'une voiture réservée aux voyageuses.

— Vous avez un caractère détestable, Xanthe Blake, grondat-il entre ses dents.

— Et vous, Ronan Maguire, vous n'êtes qu'un plaisantin condescendant. Lorsque vous aurez pris votre décision et que vous saurez quel sort vous me réservez, prévenez-moi et je vous dirai si je suis d'accord. Ou pas.

Elle prit un air buté et refusa de regarder Ronan tandis que le porteur descendait ses bagages.

Elle pleura par intermittence jusqu'à Manchester, furieuse contre elle-même de tenir autant à lui, et contre lui de ne pas... Comme à son habitude, elle repoussa cet embryon d'idée.

Ronan l'attendait sur le quai à leur arrivée à destination.

Elle passa à côté de lui la tête haute et monta dans le train à destination d'Outham. Elle le chercha des yeux au moment du départ et vit qu'il agitait la main dans sa direction.

Elle lui répondit, Dieu merci, incapable de s'en empêcher.

Elle retrouverait bientôt la bourgade de sa jeunesse, elle reverrait Pandora et Zachary, elle ne manquerait pas de raisons de ne plus penser à cet Irlandais têtu. Cela prendrait du temps, mais elle finirait par l'oublier. À défaut d'y parvenir, elle apprendrait à vivre sans lui.

Lorsqu'elle descendit du train à Outham, elle se figea sur le quai, incapable de se sentir chez elle. Tout lui paraissait gris et sale, jusqu'aux flaques de pluie qui avaient des reflets noirs.

Elle se rendit à pied jusqu'au Grand Magasin Blake, entraînant dans son sillage le gamin qui poussait la charrette chargée de ses bagages. Elle comptait sur son apparence débraillée et ses cheveux mouillés de pluie pour dissimuler le fait qu'elle avait pleuré.

*

Ronan regarda s'éloigner le train de Xanthe. Restait à savoir si elle accepterait de l'attendre avant de sacrifier à son désir de voyager. Il haussa les épaules et monta dans le train de Liverpool, sachant qu'une dernière étape fatigante le guettait.

Il arriva tard le lendemain, épuisé et essentiellement malheureux. À l'arrivée en gare d'Enniskillen, lourdement chargé, il lui fallut encore prendre une voiture jusqu'au domaine.

En traversant le village qui portait le nom de la propriété familiale, il fut stupéfait par l'état de décrépitude des chaumières et les silhouettes décharnées de leurs occupants. Pourquoi Hubert n'avait-il pas mieux pourvu aux besoins des paysans qui dépendaient de lui ? Les Maguire n'étaient-ils pas les propriétaires de la plupart de ces maisons ? La famille avait pourtant les moyens de pourvoir à la réparation de tous ces toits crevés, au remplacement de ces carreaux cassés.

Quoi qu'il en soit, la responsabilité lui incombait désormais. Honte à lui s'il ne se montrait pas capable de remédier à toute cette misère !

Il se trouva assailli par les souvenirs en passant devant le manoir où il avait longtemps vécu. Il revit sa mère dans le jardin, cueillant des fleurs pour égayer les pièces de la maison, montant dans la vieille voiture à cheval donnée par Hubert et dont elle se servait pour rendre visite à ses amies.

Serait-elle encore en vie s'il ne s'était pas embarqué pour l'Australie ? Le médecin du bord lui avait affirmé qu'elle était condamnée, mais l'absence de réponse à cette question lui laisserait à jamais un goût de culpabilité.

La demeure principale du domaine lui parut sinistre, sa façade noircie par la pluie qui formait des flaques dans l'allée. Une pluie battante frappait le toit de la voiture comme de la chevrotine.

Il traversa précipitamment les quelques mètres qui le séparaient de l'entrée. La porte s'écarta avant même qu'il l'ait atteinte et la silhouette de la vieille gouvernante apparut sur le seuil. Pour la première fois depuis son arrivée, il eut le sentiment de rentrer chez lui.

— Je vous souhaite la bienvenue, monsieur. Nous sommes heureux de vous revoir.

Il retira son chapeau et le secoua afin d'en chasser la pluie.

— Merci, Mary. Comment allez-vous ? Vous avez bonne mine.

— Tout va bien, monsieur. Je ne suis jamais malade, vous le savez bien.

— Mon frère est-il là ?

— Non, monsieur. M. Patrick passe peut-être une fois par mois pour s'assurer que tout va bien, mais il ne reste jamais longtemps. Il a confié la gestion du domaine à M. Devlin.

— Il est vrai que celui-ci est l'administrateur du domaine de longue date.

— M. Devlin n'est malheureusement pas en bonne santé. Il fait de son mieux, mais il ne rajeunit pas. Comme nous tous.

Elle lui tapota le bras avec la familiarité affectueuse de quelqu'un qui connaît son interlocuteur depuis l'enfance.

— Je suis vraiment contente que vous soyez de retour.

Comme toujours, son accent irlandais revenait en force lorsqu'elle était émue.

Ronan se débarrassa de son manteau et elle le lui prit des mains.

— Je vais faire le tour de la maison, histoire de reprendre mes marques. En attendant, accepteriez-vous de me préparer du thé et de quoi grignoter ? Appelez-moi quand la collation sera prête.

— Très bien, monsieur. Je veillerai à ce que l'on monte vos bagages dans la grande chambre.

Il hésita un instant. Devait-il s'installer dans la chambre qu'avaient occupée son père et Hubert ? Après tout, c'était une pièce comme une autre. Si elle ne lui convenait pas, il aurait tout le loisir d'en changer plus tard. Ce n'était pas la place qui manquait dans la grande demeure.

Il se rendit dans le salon qu'il trouva humide et déserté, avec ses tapis râpés et ses rideaux passés. Il passa dans la salle à manger dont l'immense table ovale était soigneusement astiquée. La moquette, en revanche, montrait des traces d'usure.

Il traversa le hall d'entrée, marqua un temps d'arrêt, et pénétra dans ce qui était le boudoir de sa mère jusqu'à la mort de son père. Le papier se détachait du mur au-dessus de la fenêtre et l'un des coins du tapis perdait ses fils. Les ouvrages alignés sur les rayonnages étaient ceux d'Hubert, qui avait toujours été un ardent lecteur. Le petit fauteuil dont il avait gardé un souvenir vibrant avait disparu, remplacé par un imposant siège en cuir qui n'avait guère sa place dans cette pièce féminine.

— Souhaitez-vous que je dépose le plateau ici, monsieur ?

Il découvrit Ellis en se retournant.

— Je ne savais pas que vous étiez employée ici.

— Lorsque nous avons appris le décès de votre mère, Dieu la bénisse, M. Hubert a demandé que l'on ferme le manoir et il m'a engagée. À dire vrai, nous recevons si peu, ma présence n'était pas indispensable.

Petit, Ronan avait joué avec Ellis qu'il avait surtout bien connue à l'époque où elle travaillait pour sa mère.

— Aviez-vous conscience que mon frère était malade ?

Elle hésita.

— Il s'était beaucoup renfermé au cours des derniers mois, monsieur. Il passait son temps à lire.

— Il a toujours beaucoup lu.

— C'est vrai, monsieur, mais c'était différent. Suite au départ de votre mère, il n'a quasiment plus quitté cette pièce. Il demandait même qu'on lui apporte ses repas ici. Il laissait M. Devlin décider de tout. Il est mort dans ce fauteuil, monsieur. Nous l'avons trouvé un matin.

Ronan examina le décor de la pièce.

— J'aimerais que l'on débarrasse ce petit salon des affaires de mon frère. Ce serait un endroit agréable où passer mes soirées. Puis-je vous confier cette tâche ?

— Bien sûr, monsieur. Puis-je vous apporter votre thé avant qu'il refroidisse ?

— Je le prendrai dans la bibliothèque.

Ronan ne souhaitait pas utiliser le boudoir de sa mère tant que le fauteuil de son frère s'y trouverait. Installé derrière le grand bureau de son père dans la bibliothèque, il but deux tasses de thé. Il aurait de loin préféré boire dans ces mugs en fer-blanc australiens capables de contenir l'équivalent d'une théière.

La pièce lui rappelait de mauvais souvenir. C'est là qu'il recevait les punitions paternelles lorsqu'il était petit. Son père se servait, pour les délits les plus graves, d'une lanière de cuir remisée dans le tiroir du bas. S'asseoir dans le fauteuil du maître de maison faisait naître en lui un sentiment étrange. En ouvrant le tiroir, il y découvrit la lanière de cuir qu'il s'empressa de jeter dans la cheminée d'un geste plein de colère. Elle ne servirait jamais plus à punir un enfant.

Ce geste sembla aiguiser son appétit car il dévora les cakes posés sur le plateau et vida la théière.

Freiné par le lourd manteau de solitude qui pesait sur ses épaules, il hésita longtemps sur la nature des décisions à prendre.

Que faisait Xanthe au même moment ? Était-elle seulement plus heureuse que lui ?

*

Dot écarquilla les yeux en ouvrant la porte.

— Vous êtes mademoiselle Xanthe, c'est bien ça ? Seigneur, vous êtes trempée !

Le jeune garçon qui poussait les bagages sur une charrette derrière la visiteuse toussota.

— J'aurais besoin d'aide pour la malle.

— Je vais demander à l'un des commis de t'aider, lui répondit Dot. Je préviens tout de suite M. Zachary que vous êtes là, mademoiselle.

La domestique se précipita dans le petit couloir reliant l'appartement au magasin et revint aussitôt en compagnie de son maître et d'un adolescent musclé qui s'occupa des bagages.

Zachary offrit un sourire lumineux à sa belle-sœur.

— Pourquoi ne pas nous avoir avertis de votre arrivée par télégramme, Xanthe ?

— Je n'y ai même pas pensé. J'en suis restée aux moyens rudimentaires dont on dispose en Australie.

— Je n'ai pas oublié le côté primitif de ce pays qui n'en est pas moins beau, reconnut Zachary. En tout cas, c'est un plaisir de vous voir. Vous serez toujours la bienvenue ici.

La jeune femme coula un regard en direction de l'escalier.

— Comment va Pandora ? Mais peut-être est-elle sortie ?

— Elle doit être occupée à nourrir notre petite Hébé.

— Vous voulez dire qu'elle a accouché ? Vous avez une fille ? Et vous lui avez donné un prénom grec ?

— Oui, nous avons pensé que cela aurait plu à votre père.

— C'est certain !

Les deux jeunes gens descendirent de l'étage où ils avaient déposé les bagages et Xanthe glissa quelques pièces au porteur.

— Je suis impatiente de voir ma sœur et ma nièce, déclara-t-elle une fois la porte refermée.

Zachary ne s'était pas trompé, Pandora nourrissait bien sa fille. Elle poussa un cri de surprise, faisant sursauter le bébé aux joues roses qui lâcha son sein et poussa des cris de protestation.

Le temps que la petite Hébé reprenne sa tétée, Pandora tendit une main en direction de Xanthe qui s'empressa d'embrasser sa sœur.

— Quel bébé magnifique!

— C'est vrai qu'elle est belle. Elle tient des Blake, je trouve.

— Dieu merci, plaisanta Zachary. Nous ne sommes pas connus pour notre beauté de mon côté.

— Assieds-toi donc sur le lit, Xanthe. Je t'interdis de me quitter tant que je n'en ai pas terminé avec cette enfant! ordonna Pandora. Allez, Zachary! Laisse-nous! Tu te doutes bien que j'aurai meilleur moral à présent que ma sœur est là.

Xanthe attendit le départ de son beau-frère pour s'étonner.

— Pourquoi aurais-tu mauvais moral?

Pandora fit la grimace.

— Parce que nourrir un enfant au sein n'est guère agréable, et terriblement ennuyeux. Je sais que c'est nécessaire et j'adore ma fille, Xanthe, mais pour être tout à fait honnête, le métier de mère me rend folle. La plupart des femmes sont trop heureuses d'être épouses et mères, mais j'ai également besoin de nourrir mon esprit.

— Tu regrettes de t'être mariée?

— Pas un seul instant. Zachary est un garçon formidable, mais c'est juste que Père nous a appris à nous servir de notre tête et que ce n'est pas dans les habitudes. Les femmes ne sont pas censées réfléchir, surtout lorsqu'elles sont mariées. J'aime autant te prévenir, évite de te marier à moins d'être désespérément amoureuse.

Xanthe se mordit la lèvre en retenant ses larmes.

Sa réaction n'échappa pas à sa sœur.

— Tu ne vas pas bien. D'ailleurs, j'ai vu que tu avais pleuré. Zachary n'aura rien remarqué, trempée comme tu l'es, mais je te connais bien.

Xanthe laissa libre cours à son chagrin. Sa rencontre avec Ronan, l'amour qu'elle lui portait sans espoir. Une fois la petite Hébé confiée à la jeune nourrice qui en avait la charge, les deux sœurs s'installèrent dans le salon.

— Je comprends ce qui te plaît chez ce Ronan, déclara Pandora. On dirait que c'est un gentil garçon, mais je n'aurais jamais cru que tu puisses tomber amoureuse aussi bêtement. Toi, toujours si raisonnable.

— La raison n'a pas sa place dans la sphère amoureuse.

La remarque fit sourire Pandora.

— Tu as raison. Et tu dis que Maia est amoureuse de Conn ? C'est terrible. La crois-tu capable de se laisser séduire ? Sans être mariée, j'entends.

Xanthe opina.

— Cela finira par arriver. Il suffit de les voir ensemble pour comprendre combien ils s'aiment. D'autant que sa femme est un monstre. En plus d'être bizarre et lente d'esprit, elle est foncièrement méchante.

— Nous n'y pouvons rien. En dépit de sa douceur, Maia est capable de se montrer têtue. Es-tu vraiment sûre que Ronan t'aime ?

— Oui, mais il ne lui est pas possible d'épouser quelqu'un comme moi.

— Je ne vois pas pourquoi. S'il t'aime vraiment, il ne va tout de même pas en épouser une autre ? Ce serait injuste.

— C'est le lot de l'aristocratie terrienne. Ils ne se marient pas par amour, mais pour avoir des enfants et enrichir leur patrimoine. Il prétend agir pour mon bien, au prétexte que je ne supporterais pas d'être rejetée et critiquée... Après tout, peut-être a-t-il raison. De toute façon, je ne peux pas l'obliger à m'épouser. Mais cessons de parler de lui. On verra bien ce qui se passe.

Zachary les retrouva à l'heure du thé avant de redescendre au magasin qui fermait ses portes à 21 heures.

Malgré sa tristesse, Xanthe était heureuse de retrouver sa sœur. Celle-ci n'avait plus rien de commun avec la jeune femme insatisfaite qui se languissait de l'Angleterre lorsqu'elle vivait en Australie. Elle avait beau trouver pesante sa charge de mère et de maîtresse de maison, elle rayonnait de santé et adorait sa fille.

Au moment de s'endormir ce soir-là, Xanthe laissa ses pensées la ramener à Ronan. Était-il rentré chez lui. Et pensait-il à elle ?

Le reverrait-elle un jour ?

18

Le lendemain, Ronan trouva le régisseur du domaine dans la modeste pièce, voisine des écuries, à laquelle on avait toujours donné pompeusement le nom de bureau. John Devlin se leva péniblement en s'appuyant sur une canne, le souffle court.

— Vous ne vous sentez pas bien ?

— Je n'arrive pas à me débarrasser de mes douleurs de poitrine, monsieur. Veuillez m'en excuser, mais asseyez-vous donc. En quoi puis-je vous aider ?

— Je souhaiterais m'entretenir avec vous du domaine, des chaumières au village, de toutes les réparations qui s'imposent… bref, de tout. J'avoue que l'ensemble me paraît… ma foi, bien délabré.

Devlin laissa échapper un soupir.

— Vous m'en voyez désolé, monsieur Ronan. Je veux dire, monsieur Maguire. J'ai fait de mon mieux, mais M. Hubert ne dépensait jamais un sou de trop, même lorsqu'il s'agissait de réparations importantes. C'est tout juste si j'ai pu veiller à ce que les chaumières ne tombent pas en ruine.

— Je ne vous adresse aucun reproche. Je sais que mon père était un piètre maître, et tout indique qu'Hubert aura suivi son exemple. J'entends y remédier. La tâche est trop rude pour un homme de votre âge, et je me demandais si vous accepteriez que j'engage un régisseur adjoint. Lui et moi pourrions vous assister, ce qui vous permettrait de souffler un peu. Le jour où vous le déciderez, vous seriez ainsi libre de vous retirer, sachant que je continuerais de vous verser des gages et…

— Jamais je ne pourrais accepter de l'argent que je n'ai pas gagné, monsieur. Ce serait anormal. En revanche, je vous serais reconnaissant si vous pouviez me verser les gages qui me sont dus ?

— *Vous voulez dire que vous n'avez pas été payé ?*

— Non, monsieur. Et je ne suis pas le seul dans ce cas.

Ronan se retint de dire à voix haute ce qu'il pensait de son frère, par égard pour sa mémoire.

— Vous avez consacré votre vie à ce domaine, John Devlin, et je m'engage à vous payer au plus vite. Je m'assurerai aussi que vous puissiez prendre confortablement votre retraite le jour venu.

Le vieil homme poussa un soupir fatigué.

— Il est peu probable que je fasse de vieux os, monsieur. Je ne serai pas un fardeau pour vous bien longtemps. Je m'inquiète davantage au sujet de ma femme, le jour où je ne serai plus là.

— Je veillerai sur elle également, mais ne parlons pas de malheur. Essayons plutôt d'améliorer votre situation. Je ne peux me passer de vous, personne ne connaît ce domaine mieux que vous, vos conseils me seront d'une grande utilité. J'ignore tout de la gestion de la propriété, faute de m'y être intéressé.

Le visage de Devlin s'éclaira à ces mots.

— Parlons un peu de la possibilité de vous recruter un adjoint. Qui pourriez-vous me conseiller ?

— C'est-à-dire… J'aurais bien une idée. Je pense à Brian, le dernier fils de Peter Cahill. C'est un garçon intelligent. Ce n'est pas un grand bavard, mais il connaît le domaine et m'aide régulièrement.

— Dans ce cas, je peux l'envoyer chercher. À moins que vous ne préfériez lui parler d'abord ?

Il ponctua sa proposition d'un sourire.

— À présent que je suis de retour, John, nous allons bien voir si vous n'irez pas mieux. J'y veillerai personnellement.

Le régisseur rit de la remarque.

— Déjà tout petit, vous obteniez tout ce que vous vouliez par de belles paroles.

Lorsqu'il repartit quelques instants plus tard, Ronan se demanda si le vieil homme avait vraiment raison. Arriverait-il à convaincre les femmes de la bonne société locale des qualités de Xanthe ? Il savait déjà qu'épouser la jeune femme contrevenait à leurs us et coutumes. De belles paroles suffiraient-elles à endormir leur méfiance ?

Les jours à venir s'annonçaient chargés. Il lui faudrait inspecter le domaine, discuter longuement avec John et Brian, mais il devait prioritairement rencontrer le notaire, savoir de combien d'argent il disposait avant d'entamer les réparations nécessaires.

*

Au lendemain de son retour à Outham, Xanthe découvrit un ciel presque dégagé. Il faisait frais, à l'approche de la saison hivernale, mais le soleil réchauffait la petite bourgade. Après un rapide petit-déjeuner pris en compagnie de sa sœur et de son beau-frère, elle déambula longuement à travers les rues et croisa d'anciennes connaissances.

Elle attendit une heure décente avant de frapper à la porte de la femme de son pasteur. Phoebe Rainey avait apporté une aide précieuse à ses sœurs et elle autrefois, elle lui devait sa première visite.

Xanthe passa un moment des plus agréables avec cette vieille amie qui l'invita à l'appeler par son prénom. Elle partagea avec Phoebe les nouvelles qu'elle rapportait d'Australie tout en faisant preuve de réticences lorsqu'il fut question de ses propres projets.

À mesure que s'écoulait la journée, elle s'interrogea sur le quotidien de Ronan. Avait-il trouvé le domaine familial en bon état de marche ? Se souciait-il seulement d'elle, ou bien les mères des jeunes filles à marier des environs se bousculaient-elles déjà à sa porte ?

À son grand amusement, elle se trouva elle-même au centre d'une opération de séduction. En sortant de l'office le dimanche suivant, elle fut la proie de plusieurs paroissiennes, mères ou sœurs de jeunes gens fréquentés autrefois. Ces femmes multiplièrent les invitations, au nom de leur Henri ou de leur Robert, que Xanthe fut bien en peine de refuser, faute de pouvoir expliquer qu'elle avait déjà un garçon en vue, les intentions de Ronan restant obscures.

Pandora, que la manœuvre amusait, voulut y voir un test.

— Accepte ces invitations, recommanda-t-elle à sa sœur dans un murmure. Rencontre donc tous ces garçons ; c'est encore le plus sûr moyen de savoir si tu aimes toujours Ronan.

— J'en suis certaine.

— Qu'en sais-tu ?

— Comment as-tu su que tu aimais Zachary ? À t'entendre, tu l'as compris aussitôt.

— C'était différent. Les circonstances nous ont amenés à nous connaître très vite.

— Tu t'imagines peut-être que ce n'est pas mon cas avec Ronan ?

— Tu n'as... Tu n'as tout de même pas commis l'irréparable ?

— Si je ne me trompe pas sur la teneur de ta question, la réponse est non. Je ne me suis pas donnée à lui.

Elle en arrivait presque à le regretter, car il se serait senti obligé de l'épouser au lieu de s'inquiéter de la façon dont elle serait reçue dans son milieu. Elle s'empressa de chasser cette pensée de son esprit.

— En tout cas, je vais m'ennuyer à mourir si j'accepte d'aller prendre le thé chez ces gens.

— Fais-le pour moi. Je ne suis pas très enthousiaste à l'idée que tu épouses un homme issu d'un milieu aussi différent du nôtre. Je suis persuadée que tu cours à l'échec. Je voudrais que tu sois aussi heureuse que je le suis avec Zachary.

Pourquoi diable les gens s'évertuaient-ils à croire que Ronan n'était pas l'homme qu'il lui fallait ? L'amour, s'il était partagé, n'était-il pas le meilleur remède contre les différences ? Ce n'était pas comme s'il était sans le sou, ou bien comme si elle manquait d'éducation au point de ne pas savoir se tenir à table. Grâce à Mme Largan, elle savait désormais se comporter en société.

Elle trouva le moyen de s'occuper au cours des jours suivants, mais Ronan continuait de lui manquer cruellement. Elle pensait si souvent à lui qu'elle n'aurait pas été étonnée de le voir surgir devant elle.

*

Dès son arrivée à l'étude du notaire familial à Enniskillen, Ronan fut accueilli sans aménité par maître Hatton. Après les formules de politesse d'usage, ce dernier fit signe à son client de s'asseoir et s'empara d'un dossier en soupirant.

— J'ai fait établir des copies des principaux documents ainsi que des comptes. Je vous remettrai le tout dans un instant, après vous avoir résumé la situation.

Ronan lui répondit par un hochement de tête et le notaire poursuivit :

— Je suis au regret de vous dire que votre père n'a pas laissé le domaine dans une situation financière très favorable. Vous le savez, il vivait sur un grand pied et il… disons qu'il lui arrivait de jouer, certes sans démesure, mais suffisamment pour entamer sérieusement le patrimoine familial. En clair, il se comportait en homme très riche, ce qui n'était pas le cas lorsqu'il a hérité de son père, et la situation ne s'est guère améliorée avec le temps.

« Votre frère a hérité d'une situation compliquée. Hubert a décidé de reconstruire la fortune familiale, mais il a procédé à un certain nombre d'investissements douteux. En particulier, l'une des banques auxquelles il avait accordé sa confiance a fait faillite, tandis qu'un navire dont il était actionnaire était victime d'un naufrage. Cela n'a pas altéré son optimisme, si bien qu'il a pris des risques contre lesquels je l'avais mis en garde.

L'attitude du notaire, davantage encore que ses mots, acheva de convaincre Ronan de la gravité de la situation.

L'homme de loi se redressa, prit sa respiration, et enchaîna :

— Je tiens à préciser à ce stade que si vous-même avez le goût du jeu, je ne tiens pas à conserver votre clientèle. Je n'ai pas envie d'être associé à la faillite du domaine.

Il croisa les bras sur sa maigre poitrine, une expression grave sur son visage.

Ronan, pris de court, mit quelques secondes à digérer ces informations.

— Je ne suis pas joueur, maître, finit-il par déclarer, et je ne jette pas l'argent par les fenêtres. Non seulement mon héritage est intact, mais je crois savoir qu'il a grossi avec les années. Je puis vous communiquer le nom du notaire qui gérait le patrimoine de ma grand-tante, si vous souhaitez vous en assurer. Je vous saurai gré de conserver ma clientèle, sachant que je suis tout disposé à suivre vos avis.

Maître Hatton le dévisagea pendant quelques instants avant d'incliner la tête.

— Dans ce cas, peut-être est-il encore temps de sauver le domaine. Cela prendra du temps, et nécessitera une gestion rigoureuse.

— La situation est donc si grave ?

— Je le crains. Plusieurs de vos créanciers, pour certains des commerçants de la région, attendaient votre retour avec impatience afin d'être réglés. Quant aux gages des domestiques, ils n'ont pas été payés depuis longtemps pour certains.

— Je n'avais aucune idée de ces difficultés. Depuis combien de temps durent-elles ?

— Plusieurs années.

— Pourquoi Hubert n'en a-t-il rien dit ?

— Il était persuadé de pouvoir redresser la balance.

— Je souhaiterais commencer par payer les créanciers avant d'entamer les travaux nécessaires.

— Si vous voulez.

Au terme d'une longue séance de travail, Ronan s'apprêtait à prendre congé du notaire lorsque celui-ci le retint d'un geste.

— Le moyen le plus sûr de redresser la situation serait encore que vous épousiez une héritière.

Les traits de Ronan se figèrent.

— Je ne crois pas pouvoir m'y résoudre, maître. Je suis euh... amoureux d'une jeune femme avec laquelle nous avons parlé de nous marier.

— Ah. Puis-je vous demander si elle apporte de l'argent dans la corbeille ?

— Un peu. Un ou deux milliers de livres, à ma connaissance, dont la totalité n'est pas disponible tout de suite.

Le notaire posa sur lui un regard méprisant.

— Cela ne suffira jamais. Je vous invite à réfléchir à la possibilité d'un mariage adéquat. Votre premier devoir est de rétablir la fortune familiale. Il se trouve que je suis en lien avec un certain individu qui a su s'élever dans la société. L'homme en question est désireux de marier sa fille au sein de l'aristocratie locale. Je pourrais vous le présenter afin que...

Ronan secoua la tête.

— C'est inutile. Je suis très amoureux et... c'est tout simplement inenvisageable.

Sans doute lui serait-il impossible d'épouser Xanthe immédiatement. Comment lui demander de vivre chichement le temps de restaurer le patrimoine familial ? Quoi qu'il advienne, elle l'avait dégoûté de toutes les autres femmes.

— Vous n'êtes pas encore fiancé, toutefois ?

— Non. J'ai jugé qu'il était préférable d'apprécier la situation à Ardgullan auparavant.

Maître Hatton feuilleta machinalement les documents posés devant lui.

— En toute honnêteté vis-à-vis d'elle, je vous invite à ne pas vous engager davantage tant que nous n'aurons pas démêlé l'écheveau.

De retour chez lui, Ronan parvint à la conclusion que le mieux était d'écrire à Xanthe afin de lui exposer la situation en lui offrant la possibilité de reprendre sa liberté. Elle ne lui avait d'ailleurs rien promis. À la mine du notaire, peut-être mettrait-il des années à pouvoir se marier.

Il avait bien sûr la possibilité de refuser cet héritage et de vivre confortablement de ses rentes, mais sa conscience l'empêchait d'envisager une telle solution. Des familles entières dépendaient de lui, et s'il lui fallait puiser dans ses propres réserves de façon à sauver le domaine, il le ferait.

Le devoir était décidément un compagnon de route exigeant.

*

Quelques jours plus tard, Zachary monta à l'étage peu après l'ouverture du magasin, porteur d'une lettre qu'il tendit à Xanthe.

— Le facteur me l'a donnée pour vous. J'imagine qu'il s'agit d'un courrier de Ronan. Qui d'autre vous écrirait d'Irlande ?

Elle s'empara de l'enveloppe, un sourire aux lèvres, en reconnaissant l'écriture.

— Si cela ne vous dérange pas, je vais la lire dans ma chambre.

Zachary et Pandora échangèrent un regard en la voyant s'éclipser.

— J'espère que ce sera une bonne nouvelle, déclara Pandora à mi-voix. Elle essaie de ne pas le montrer, mais elle se fait beaucoup de tracas à son sujet.

Dans sa chambre, Xanthe contempla longuement l'enveloppe en s'interrogeant. Ronan, par noblesse d'âme, s'inquiétait-il toujours de sa capacité à la rendre heureuse ? Ce n'était pas dans la nature de la jeune femme d'attendre que l'on décide à sa place de ce qui était bon pour elle.

Elle poussa un grand soupir et décacheta l'enveloppe. Celle-ci contenait une seule feuille.

Ma très chère Xanthe,

À mon retour, j'ai découvert une situation catastrophique : plus d'argent, un domaine en piteux état, de nombreuses dettes. Je ne suis même pas certain d'être en mesure de conserver Ardgullan une fois que j'aurai tout remboursé.

C'est avec le plus profond regret que je vous libère de votre promesse. Quel homme proposerait à une femme de l'épouser alors qu'il n'a pas même un toit à lui offrir ? Vous êtes désormais libre de trouver un autre mari.

Je suis au désespoir de vous l'écrire, mais il me faut obéir à mon devoir.

Ronan, qui vous aime

Elle relut la lettre, croyant entendre dans sa tête la voix de son auteur, au point de sentir toute l'angoisse tapie derrière ces mots, puis elle s'assit près de la fenêtre en s'interrogeant sur la conduite à adopter.

Il était clair qu'elle n'allait pas laisser sa noblesse de cœur gâcher leur vie. Jamais elle n'en aimerait un autre, elle en avait la conviction, et elle savait qu'il l'aimait. Il lui fallait mieux comprendre dans quelle situation il se trouvait avant de savoir si elle pouvait l'aider, ou bien si elle représentait pour lui un handicap.

Clairement, elle éprouvait le besoin de le voir, de lui parler, de découvrir Ardgullan.

*

Sa lettre expédiée à Xanthe, Ronan passa une nuit sans sommeil. Au matin, il fit parvenir un message à maître Hatton, lui expliquant qu'en vertu de la situation, il avait rompu avec la jeune femme qu'il aimait et se déclarait prêt à rencontrer des jeunes filles susceptibles de l'épouser, dans le but de sauver le domaine familial.

La réponse lui parvint par retour de courrier. Le notaire le conviait dans son étude d'Enniskillen afin d'envisager une union avec Mlle Georgina Johnson, fille d'un roturier fortuné. Ronan s'empressa d'accepter, de peur de changer d'avis, et annonça sa visite pour le lendemain. Cette fois encore, il passa une nuit difficile, obnubilé par l'image de Xanthe.

Il fut surpris, en entrant dans l'étude du notaire, de constater que ce dernier avait pris la liberté d'organiser la rencontre avec la jeune héritière.

— Nous étions censés aborder la question. Vous me forcez la main.

Le notaire prit un air gêné.

— M. Johnson sait se montrer très persuasif. Il tient énormément à ce que sa fille épouse un gentilhomme. La jeune femme semble réticente, je dois vous préciser qu'elle a refusé plusieurs offres jusqu'à présent.

— À quoi bon la rencontrer, dans ce cas ?

— J'ai cru comprendre que son père la pressait. J'ajouterai que vous êtes le seul parti qu'elle accepte de rencontrer. Ce rendez-vous ne vous engage donc à rien.

Malgré le froid, Ronan voulut se promener le long des rives du lac voisin en sortant de l'étude du notaire. De lointains ancêtres avaient longtemps habité le château riverain, au point d'enflammer son imagination lorsqu'il était enfant. Il rêvait à l'époque d'être un preux chevalier armé d'une épée étincelante, volant au secours des gentes damoiselles.

Un régiment de fusiliers du Royal Inniskilling regagnait au même moment le château où se trouvait sa caserne. Ce spectacle le ramena à la réalité. Loin d'être un preux chevalier, il n'était qu'un pauvre bougre suant sang et eau pour sauver le patrimoine familial.

L'après-midi même, il se rendait chez les Johnson à l'heure du thé. M. Johnson lui parut antipathique d'emblée, mais il fut agréablement surpris par Georgina. Celle-ci, sans être belle, avait une fraîcheur et une candeur réconfortantes.

M. Johnson, après avoir sorti à plusieurs reprises sa montre gousset, annonça son intention de regagner son bureau. Sa belle-sœur, Mlle Lawson, qui officiait auprès de sa nièce en qualité de chaperon, l'accompagna jusqu'à l'entrée, accordant à Ronan et Georgina quelques instants de tranquillité.

— Vous n'avez pas vraiment envie de m'épouser, n'est-ce pas ? s'enquit la jeune fille à brûle-pourpoint.

Surpris par la question, il n'en voulut pas moins y répondre avec honnêteté.

— Je n'ai pas les moyens de me marier par amour, mais je m'engage à vous respecter et à vous considérer avec bienveillance.

— Ce qui n'est pas le cas de mon père, dit-elle avec amertume. J'envisagerai votre offre sérieusement.

La tristesse de la jeune fille égalait manifestement la sienne, mais la tante arriva avant qu'il ait pu demander à Georgina pourquoi l'idée de se marier lui répugnait autant.

Ronan ne tarda pas à prendre congé.

Il s'était attendu à ce que la jeune fille lui déplaise, ce qui n'était pas le cas, mais cela suffisait-il pour l'épouser alors qu'il ne l'aimait pas ?

*

Maia n'avait jamais été aussi heureuse de sa vie. En plus de passer ses nuits avec Conn, elle le retrouvait tous les soirs dans le petit salon. Nancy semblait accepter ce changement sans mauvaise grâce, de même que les autres employés de la propriété dont l'attitude vis-à-vis de Maia n'avait pas changé.

Quant à Conn, il lui souriait à tout instant, l'embrassait sur la joue lorsqu'il la croisait dans la maison, discutait le soir avec elle et se montrait très amoureux au lit.

Tout se passa bien jusqu'au dimanche où ils se rendirent à l'office mensuel, ainsi qu'ils l'avaient toujours fait. Les fidèles, comme à leur habitude, discutaient entre eux devant le bâtiment.

Lorsque Maia voulut saluer une voisine, mère de l'un des garçons d'écurie, celle-ci lui tourna le dos et toutes les autres femmes imitèrent son exemple. Maia, humiliée, sentit le rouge lui monter aux joues. À l'exception de Livia et de Cassandra, venues avec Reece ce jour-là, les femmes de la congrégation s'appliquèrent à lui signifier qu'elles ne souhaitaient plus avoir de contact avec elle dorénavant.

Elles étaient donc au courant !

Elle s'avança dans la grange avec sa sœur d'un pas mal assuré.

— Que s'est-il passé ? l'interrogea Cassandra dans un murmure. Pourquoi te traite-t-on comme une paria ?

Rouge de honte, Maia plongea le nez dans son recueil de cantiques.

— Je t'expliquerai plus tard. As-tu le temps de nous rendre visite à Galway House après l'office ?

— Je ne préfère pas. Nous sommes venus avec Livia et Kathleen. Livia juge préférable de ne pas emmener Kathleen chez Conn.

— Tu as raison. Je n'avais pas remarqué la présence de sa femme.

— Elle discute encore dehors avec les gens qu'elle estime « convenables ».

L'office achevé, Conn prit le temps de s'entretenir avec d'autres personnes tandis que Maia et sa sœur l'attendaient à l'écart. Reece, la petite Sofia dans les bras, entama la conversation avec un voisin.

— Explique-moi de quoi il retourne, insista Cassandra. Les gens ne te traitent pas de la sorte sans raison.

Maia prit sa respiration.

— Je suis devenue la maîtresse de Conn et certains l'ont appris. J'image que l'un des garçons d'écurie en aura parlé à ses parents. Il fallait voir le regard que m'a lancé sa mère !

— Oh, Maia ! Je n'arrive pas à croire que tu aies pu agir ainsi. Que dirait Père ?

— Il serait mal à l'aise, mais j'aime Conn et je ne regrette rien.

Le maître de Galway House arriva au même moment, rouge de colère. Il passa un bras protecteur autour des épaules de Maia et se tourna vers Cassandra.

— Je suis désolé de ce qui est arrivé, mais je peux vous assurer que personne n'aimera jamais une femme plus que j'aime votre sœur. Le jour où je serai libre, je serai heureux de l'épouser en me fichant des différences de classes.

Reece, tout aussi agacé, avait suivi Conn.

— Je vous souhaite de tenir cet engagement, Largan. En attendant, c'est elle qui va en payer les conséquences, et non vous.

Un cri d'indignation retentit derrière eux. Conn se retourna d'un bloc et vit Kathleen se ruer dans leur direction, son visage disgracieux déformé par la fureur. Il fit à Maia un rempart de son corps.

Kathleen, ne parvenant pas à le repousser, se mit à crier à tue-tête.

— Une putain ! Ce n'est qu'une putain !

— Arrête tout de suite ! lui ordonna Conn.

— Parce que tu la protèges, en plus ? Je suis ta femme ! C'est inadmissible ! Je ne le tolérerai pas !

Kathleen, soudain prise de folie, voulut contourner Conn afin de s'en prendre à Maia et il fallut les efforts combinés de Reece, Conn et deux autres hommes pour la tirer en arrière.

Kathleen finit par cesser de se débattre, mais elle continua d'invectiver son mari qui s'efforçait de la traîner jusqu'à la charrette de Reece.

— C'est bien tout ce que tu mérites ! Une putain digne d'un condamné !

Livia s'interposa et lui posa une main sur le bras en lui glissant quelques mots à l'oreille. Kathleen se mit à trembler et l'on put craindre un instant qu'elle laisse à nouveau éclater sa rage, mais tout esprit de rébellion la quitta soudain et elle fondit en larmes, secouée de sanglots comme une enfant.

— Allons, venez vous installer dans la charrette, l'invita Livia d'une voix douce.

— C'est mal ! Vous ne trouvez pas que c'est mal ? Très mal ! Elle mérite qu'on la fouette. Ce n'est qu'une putain.

Tandis que Conn continuait de surveiller Kathleen, Reece rejoignit sa femme.

— Le mieux est de repartir avec elle au plus vite, avant qu'elle ait une nouvelle crise, suggéra-t-il à Cassandra.

— Tu as raison, approuva celle-ci en serrant contre elle sa sœur, les yeux embués de larmes.

— Ça ira, ma chérie ?

Maia redressa les épaules.

— Bien sûr. Conn s'occupera de moi. Je ne compte plus revenir à l'office, nous allons devoir trouver un autre moyen de nous voir. Ne t'inquiète pas pour moi. Vraiment. Je suis en sécurité avec Conn.

Alors que la charrette s'éloignait, elle attendit que Conn arrive en gardant la tête haute. Il posa sur elle un regard compréhensif. Il lui tendit le bras, elle le prit sans un mot, et ils regagnèrent leur chariot près duquel les attendait Sean.

À peine le véhicule s'éloignait-il que Maia laissait libre cours à ses pleurs.

Sean, assis à l'arrière, échangea un regard avec son maître.

— J'aimerais me dégourdir les jambes, déclara-t-il en sautant du chariot.

Conn passa un bras autour de la taille de Maia, laissant le cheval retrouver seul le chemin de Galway House.

— Je suis désolé, ma chérie.

— Tu n'y es pour rien.

— Je ne supporte pas de te voir pleurer de la sorte. Qu'attends-tu de moi ?

— Mais… rien du tout. Quand bien même on pourrait changer ce que nous avons fait, je ne le voudrais pas. Cela dit, je ne pense pas retourner à l'église. Je ne me sens pas assez forte pour affronter de telles rebuffades mois après mois.

— Comment ont-ils su ?

— Quelle importance ?

— J'imagine que l'un des palefreniers aura parlé. Je ne tiens pas à garder à mon service un individu aussi déloyal.

Il n'eut pas besoin de renvoyer le coupable. L'un des garçons d'écurie lui fit parvenir un message afin de l'avertir que ses parents refusaient de le voir travailler à Galway House. Les autres palefreniers lancèrent à Maia des regards de défiance, jusqu'à ce que Sean les reprenne vertement, et tout rentra dans l'ordre.

Maia, consciente que cela affecterait injustement Conn, prit le parti de ne plus pleurer. Ce soir-là, sans lui faire l'amour, il la serra contre lui afin de lui signifier toute la force de ses sentiments.

— Dans quelle galère t'ai-je embarquée, ma chérie ? Je mériterais d'être pendu pour mon égoïsme.

— Il faudrait me pendre avec toi, Conn, parce que je me suis donnée à toi de mon plein gré. En dépit de tout ce qui s'est passé, je n'ai aucun regret.

— Moi non plus, que le ciel m'en soit témoin. Tu es tout pour moi, ma chérie.

*

Dès leur arrivée à Westview, Kathleen sauta de la charrette et se réfugia dans les écuries où Léo la suivit sans un mot.

— Il est le seul capable de la calmer en pareil cas, déclara Livia.

— C'était différent aujourd'hui, remarqua Reece en fronçant les sourcils. Elle ne contrôlait plus sa rage. Ce n'est pas comme si elle vivait avec Conn. Ils ont même demandé l'annulation de leur mariage.

Livia ne put retenir un soupir.

— Elle tient avant tout aux principes de bienséance. J'imagine que cette rigidité lui aura été instillée dès son plus jeune âge. Cela dit, je la trouve chaque jour plus instable, j'éprouve les plus grandes difficultés à la maîtriser. Jamais je ne m'en tirerais sans la présence de Léo.

— N'hésitez pas à vous adresser à moi en cas de besoin.

— Tout finira sans doute par s'arranger.

— Conn devrait peut-être envisager une autre solution.

— Laquelle ? Et moi, quelle autre solution aurais-je ? Francis m'a laissée quasiment sans un sou. Je n'ai pas les moyens de puiser dans mon propre capital, c'est tout ce qui me reste. Je survis uniquement grâce à l'argent que me verse Conn.

— Vous devez bien vous douter que jamais nous ne vous laisserons mourir de faim. Et dès que nous aurons reçu le solde de l'héritage de Cassandra, nous sommes tout disposés à racheter vos terres.

— Je le sais, mais ce n'est pas uniquement une question de survie. Il me faut imaginer une nouvelle existence plus agréable, et je n'arrive pas à me décider. Peut-être ouvrirai-je une école, après tout. Je pourrais aussi acquérir une maison à Perth et prendre des pensionnaires. Je ne souhaite pas rester éternellement ici, mais je ne suis pas encore prête à m'en aller.

*

Reece secoua tristement la tête en reprenant le chemin de Lynch Farm.

— Tu t'inquiètes au sujet de Kathleen, c'est ça ? lui demanda Cassandra, la petite Sofia serrée contre elle.

— Oui. Tu l'auras remarqué, elle se comporte parfois de façon anormale.

— Je sais.

— Léo me disait l'autre jour qu'elle n'était pas bien dans sa tête et qu'il ne voyait pas comment il pourrait la « réparer ». À sa façon, il résume parfaitement la situation. À ceci près que Livia a besoin de l'argent que lui verse Conn. Je me fais du souci pour elle aussi.

— Je ne vois pas comment nous pourrions l'aider. En invitant Kathleen à prendre le thé, peut-être ?

— Je n'ai aucune envie qu'elle vous approche toutes les deux, avec Sofia. Veille bien à ne jamais laisser notre fille seule avec elle.

— Bien sûr que non.

Elle posa un regard attendri sur l'enfant endormie.

— Tu as vu comme elle a été sage pendant l'office aujourd'hui ?

— C'est le signe qu'elle est heureuse.

Reece préféra ne pas s'étendre sur la situation afin que Cassandra ne s'alarme pas pour sa sœur. Si seulement Maia et Conn avaient attendu un peu avant d'afficher leur amour.

Le soir même, il découvrit dans un journal vieux de quelques semaines, donné par un voisin à l'office le matin même, un article consacré à la construction d'un asile d'aliénés à Fremantle. Il le lut attentivement et observa longuement la gravure de la façade gothique de l'établissement.

— Tu as vu ? dit-il en tendant le journal à sa femme. Je ne peux m'empêcher de penser que Kathleen finira ses jours là-bas si son état continue d'empirer.

Elle ouvrit de grands yeux.

— Tu n'es pas sérieux ?

— Où ailleurs pourrait-on l'interner ? Elle est dotée d'une grande force physique. Nous étions quatre à la maîtriser ce matin, et nous en portons tous les stigmates, précisa-t-il en caressant machinalement la griffure qui lui marbrait la joue. Je n'aimerais pas me retrouver avec elle lorsqu'elle a une crise. Quand je pense que Livia vit seule avec elle !

— N'oublie pas Léo et Orla.

— Dieu merci, mais Léo est le seul homme présent à Westview et Orla est plutôt menue. Je doute qu'ils soient capables à trois de retenir Kathleen si elle était à nouveau prise de folie.

— Jamais le père de Conn n'aurait dû obliger son fils à épouser cette femme.

— Je suis de ton avis, mais certaines personnes n'hésitent pas à sacrifier les leurs pour de l'argent.

Il déposa un baiser sur la joue de Cassandra.

— Parlons de sujets plus gais. J'ai décidé de commencer demain à creuser une cave dans la roche pour y affiner du fromage. Nous avons besoin d'un endroit qui reste frais l'été. Lorsque la cave sera prête, je proposerai à nos voisins de leur acheter du lait, ce qui nous évitera d'avoir un troupeau de vaches à gérer. La plupart des fermiers des environs ont trop de lait.

— Tu veux fabriquer du fromage parce que tu adores ça, le taquina-t-elle.

La remarque le fit sourire.

— C'est vrai, mais c'est également un moyen de gagner de l'argent. J'envisage parallèlement de vendre du bois, mais j'aurai besoin de quelqu'un capable de m'aider à scier les troncs d'arbre en planches.

— Tu ne peux pas tout entreprendre en même temps, Reece.

— Je sais, mais j'aime bien penser à l'avenir. Te rends-tu compte que nous n'avons même pas exploré toute la propriété ? Je n'imaginais pas que Kevin possédait autant d'hectares. J'aimerais en connaître le moindre arbre, le moindre recoin, le moindre rocher.

— Ta mémoire n'y suffirait pas. Sans compter que le sol est loin d'être aussi riche qu'en Angleterre.

— Le mieux est précisément de voir ce qui y pousse naturellement et d'envisager les façons d'en tirer profit.

— Allons, Reece Gregory. Cesse donc de rêver et viens te coucher. Tu n'es peut-être pas fatigué, mais je le suis.

Il plia soigneusement le journal afin de le transmettre à un autre lorsqu'il en aurait achevé la lecture. Livia n'en avait pas besoin, elle avait contracté un abonnement et gardait précieusement chaque exemplaire, pour une raison quelconque.

Une fois couché, il repensa au nouvel asile d'aliénés. Pourvu qu'il ne soit pas nécessaire d'y enfermer Kathleen. Ce pauvre Conn avait suffisamment souffert toutes ces dernières années.

19

Par un jour glacial de la fin du mois de janvier, Xanthe s'approcha de la fenêtre et constata qu'il neigeait. Voilà qui compromettait toute idée de promenade.

Noël était passé sans qu'elle reçoive de nouvelles de Ronan, alors qu'elle lui avait envoyé une carte de vœux.

De toute façon, sa décision était prise depuis la veille. Elle lui avait laissé tout le temps d'opérer un tri dans sa vie, il était temps pour elle de passer à l'action. Le matin même, Pandora lui avait fait une réflexion :

— Tu as maigri et tu n'es pas heureuse.

— Cela se voit vraiment ? Je m'efforce pourtant de paraître enjouée en société.

— Je te connais suffisamment. Même Zachary m'en a fait la remarque, tout comme sa sœur Hallie.

— C'est une fille charmante.

— Elle te ressemble. Elle a le virus du voyage et souhaite voir le monde avant de fonder une famille, au point de ne pas s'intéresser aux garçons qui la courtisent, à entendre sa mère.

Xanthe eut une idée, mais elle préféra n'en rien dire, sachant qu'il était préférable de prendre le temps de la peaufiner.

Quelques jours plus tard, jugeant le moment opportun, elle déclara nonchalamment :

— J'ai besoin de changer de décor. J'aurais pu aller passer la journée à Manchester. Crois-tu que Hallie accepterait de m'y accompagner ? Je te l'aurais volontiers proposé, mais tu ne peux pas laisser Hébé aussi longtemps.

Pandora fit la grimace.

— C'est hélas vrai.

Elle posa les yeux sur sa fille et une expression attendrie éclaira son visage.

— C'est un gentil bébé, tu ne trouves pas ? J'adore la voir sourire.

— C'est vrai qu'elle est adorable. Je me demande pourtant comment notre mère a pu se débrouiller avec quatre filles, dont des jumelles. Nous vivons dans le luxe, à côté d'elle.

Pandora acquiesça.

— Nous n'avons pas toujours connu une vie aussi rose. Cassandra et moi sommes heureuses dans nos couples respectifs, mais je m'inquiète pour Maia et toi.

Xanthe s'empressa de détourner la conversation. Elle n'avait aucune envie que sa sœur lui reproche une fois de plus d'être tombée amoureuse d'un hobereau. Elle connaissait par cœur les arguments de Pandora.

D'un autre côté, elle connaissait aussi Ronan et jugeait lui avoir laissé tout le temps de se décider ! Elle le soupçonnait surtout d'être malheureux et d'avoir besoin d'elle.

*

C'était la deuxième fois que Maia se levait le matin avec des nausées. Conn posa sur elle un regard interrogateur.

— Tu es enceinte ?

— Oui.

Il la prit dans ses bras.

— C'est merveilleux ! Je ne voudrais avoir des enfants avec personne d'autre. Cela dit…

— Tu penses que c'est prématuré. Moi aussi, mais j'ai toujours voulu avoir un bébé.

— Je vais m'organiser de façon à ce que tu ne sois pas sans le sou s'il m'arrivait malheur.

— J'ai de l'argent, tu sais.

— Tu en auras un peu plus. Et puis je ne veux plus te voir t'user à des tâches ménagères ingrates.

Elle le regarda d'un air moqueur.

— Bien, maître.

Il afficha sa tristesse.

— Je suis désolé que mon premier enfant soit contraint de naître hors mariage. Je ne vois pas comment je pourrais accélérer la procédure d'annulation. J'ai répondu à mon frère et je suis allé consulter l'évêque de Perth. Celui-ci m'a fait savoir depuis que la procédure était lancée, sans que j'en sache davantage.

Il lui saisit les mains.

— Un enfant ! Notre enfant ! Nous l'aimerons de tout notre cœur !

*

En dépit du froid, Xanthe entraîna la sœur de Zachary à Manchester, pour plus de discrétion. Hallie vivait avec sa mère dans la maison où elle avait grandi avec Zachary. Elle ne se souciait plus de trouver du travail car son frère veillait à ce que les deux femmes ne manquent de rien. Zachary, pas davantage que leur mère, ne comprenait qu'elle attendait plus de la vie que l'existence banale qu'elle menait.

Xanthe mit à profit cette journée pour lui exposer ses tracas et Hallie prit le temps de réfléchir avant de répondre.

— Que proposez-vous ? finit-elle par demander.

— Je compte aller trouver Ronan en Irlande et lui demander ce qu'il a décidé, mais j'ai eu l'occasion de m'apercevoir qu'une jeune femme voyageant seule est la proie de certains hommes. Accepteriez-vous de m'accompagner ? Tous les frais seront à ma charge, bien évidemment.

— Oh, j'adorerais ça ! Je n'ai jamais quitté Outham.

Le sourire de Hallie s'effaça aussitôt et elle se figea dans la rue.

— Mais je doute que Zachary accepte.

— Je me charge de lui, mais que dira votre mère ?

— Je pense qu'elle me donnera son autorisation. Elle sait combien je suis avide de voir le monde. Elle pourrait demander à sa cousine Martha de s'installer à la maison pendant mon absence. Martha est toujours à court d'argent, être nourrie pendant une ou deux semaines sera une bénédiction de son point de vue. En tout cas, j'ai la ferme intention d'expliquer à ma mère et à Zachary que je vous accompagne, qu'ils soient d'accord ou non.

— À votre avis, quel est le meilleur moyen d'aborder le sujet avec votre frère ?

Hallie médita sa réponse quelques instants.

— Le mieux serait de solliciter Zachary afin qu'il vous aide à organiser votre voyage sans lui parler de moi. Laissez-le vous convaincre de ne pas partir seule.

Xanthe serra la jeune fille dans ses bras.

— J'étais sûre que vous seriez de bon conseil.

*

Le jour même, à l'heure du dîner, Xanthe se lança.

— J'attends depuis trop longtemps. J'ai décidé de me rendre en Irlande afin de prendre la situation en main, puisqu'il n'a toujours pas fixé de date pour notre mariage.

Pandora en eut le souffle coupé, tandis que Zachary ouvrait de grands yeux.

— Vous ne pouvez tout de même pas exiger qu'il vous épouse ! Vous nous avez expliqué qu'il était sans le sou.

— Je sais qu'il m'aime, c'est suffisant. Et puis nous n'avons pas la même notion des besoins d'un jeune ménage. Je n'ai pas besoin de vivre dans l'opulence. Sa grandeur d'âme le rend aveugle, je lui ai accordé tout le temps nécessaire pour recouvrer ses esprits. J'ai la conviction qu'il a *besoin* de moi et qu'il ne m'épousera jamais si je n'agis pas, quitte à me rendre pieds nus en Irlande s'il le faut.

— Je crois qu'elle a raison, approuva Pandora.

Zachary la regarda avec ahurissement.

— Tu *l'encourages* à entreprendre seule un tel voyage?

— Elle est bien rentrée d'Australie toute seule.

— Ronan l'accompagnait.

— Pas au départ. Elle a voyagé seule jusqu'à Galle. Elle a le droit de suivre les élans de son cœur. Nous l'avons bien fait, après tout.

— Il est hors de question qu'elle parte seule. Surtout en hiver. C'est hors de question.

Pandora adressa un clin d'œil à sa sœur avant de se tourner vers son mari.

— Ce sont des bêtises! En outre, la solution est toute trouvée, il suffit qu'elle prenne quelqu'un avec elle. Pourquoi ne pas demander à Hallie? Ta sœur rêve de voir le monde. Je sais bien que tu lui as promis de l'emmener à Blackpool l'été prochain, mais c'est encore loin.

— Deux jeunes et jolies femmes voyageant seules? Tu n'y penses pas!

— Tu deviens vieux jeu, mon amour.

Voyant qu'il accusait le coup, elle ajouta:

— C'est vrai. Je te rappelle que tu n'es pas le tuteur de Xanthe et qu'elle a plus de vingt et un ans. Tu ferais mieux de veiller à ce qu'elle voyage en toute sécurité.

Un pli barra le front de Zachary.

— Si Hallie accepte de l'accompagner, j'organiserai ce voyage dans ses moindres détails. Je ne laisserai ce soin à personne d'autre.

— Et personne d'autre ne pourrait tout prévoir mieux que toi, approuva Pandora. Qui pourrait t'aider dans cette entreprise?

— Maître Featherworth a toujours un exemplaire des horaires de train en cas de déplacement urgent. Je peux lui demander de me le prêter.

Il revint une heure plus tard avec un indicateur des chemins de fer à la couverture jaune vif.

— Voici le dernier exemplaire du guide Bradshaw. Je suis passé chez ma mère en chemin et je l'ai convaincue de laisser Hallie vous accompagner, Xanthe. Elle est pourtant de mon avis que vous avez tort de vouloir presser le mouvement. Hallie, qui est aussi tête brûlée que vous, est quant à elle ravie de se lancer dans cette aventure. Un tel voyage en plein hiver sera très inconfortable, vous regretterez votre décision.

Pandora attendit que son mari soit redescendu fermer le magasin pour hausser un sourcil en direction de sa sœur.

— Eh bien, tu as obtenu ce que tu voulais.

Xanthe se leva et la prit dans ses bras.

— Oui, oui, oui ! Tu es la meilleure des sœurs.

— Je n'ai aucune envie de te perdre, mais je sais ce qu'il en coûte d'aimer un homme doté d'un sens aigu de l'honneur. Zachary ne voulait pas m'épouser au prétexte que j'étais l'une des héritières du magasin. J'ai dû me fâcher pour qu'il entende raison.

Xanthe poussa un soupir de soulagement.

— Dans ce cas, l'affaire est réglée. Il est dommage que nous soyons en hiver, l'Irlande doit être bien plus agréable l'été. Vous viendrez me rendre visite à la belle saison lorsque je serai mariée.

— Es-tu seulement sûre que Ronan soit toujours d'accord ?

— Je le crois, mais on n'est jamais trop prudent.

Le soir même, à l'heure de s'endormir, elle se souvint qu'il l'avait laissée libre d'en épouser un autre dans sa dernière lettre. C'était mal la connaître !

De son côté, elle n'avait pas l'intention de le laisser se marier avec une inconnue.

*

Ronan, prostré dans la bibliothèque d'Ardgullan, était déprimé. Il avait réussi à sauver le domaine, mais à quel prix ? Son propre héritage avait tout juste suffi à éponger les dettes les plus pressantes, ce qui l'obligeait à vivre pour longtemps de façon frugale.

Si de nouveaux créanciers venaient frapper à sa porte, il ne voyait pas comment il pourrait les rembourser. Maître Hatton, tout en lui assurant n'avoir pas connaissance d'autres dettes, n'avait pu s'avancer davantage sur ce point.

La dernière fois que Ronan avait vu le notaire, ce dernier lui avait à nouveau enjoint d'épouser Mlle Johnson.

— Je me suis entretenu avec son père, il est disposé à vous prêter les sommes nécessaires à la modernisation du domaine en échange d'une telle union.

— Qu'en dit l'intéressée ?

Maître Hatton avait affiché sa surprise.

— Je n'en sais rien, je me contente d'évoquer la question avec son père.

Ronan n'avait aucune envie d'épouser la jeune fille, mais c'était le seul moyen de sauver Ardgullan. Plus il y réfléchissait, plus cette solution l'effrayait. Le souvenir du mariage forcé de Conn le hantait.

Non, autant tout vendre et chercher un emploi. Oui, mais lequel ? Jamais il n'avait travaillé de sa vie, à l'inverse de Conn qui avait pratiqué le droit. Ronan s'était contenté de mener une existence oisive jusque-là.

L'avenir paraissait bien sombre.

Il continuait de rêver de Xanthe qu'il voyait sourire en le taquinant, comme un défi, dans ses songes. Jamais il ne pourrait en épouser une autre.

*

Quelques jours s'étaient écoulés lorsque le jeune homme reçut la visite du clerc de maître Hatton, porteur d'un courrier lui annonçant l'arrivée d'une nouvelle dette.

Ronan lut et relut la lettre, au bord du désespoir. Maître Hatton le poussait à reconsidérer sa proposition d'épouser Mlle Johnson. Il y voyait l'unique moyen de sauver le domaine.

Après une nuit d'insomnie, le cœur lourd, Ronan répondit au notaire en lui signifiant son accord. Seul le devoir lui dictait sa conduite, sachant que Xanthe était perdue pour lui, quoi qu'il advienne. Quand bien même il renoncerait à Ardgullan House, il se trouverait ruiné et dans l'impossibilité de convoler avec elle. Son choix se réduisait donc à deux options : tout perdre, ou épouser Georgina Johnson pour son argent.

20

Livia fut réveillée en pleine nuit par un bruit émanant de la chambre de Kathleen. Celle-ci parlait à voix haute, mais à qui ?

La silhouette d'Orla apparut sur le seuil.

— Vous êtes réveillée, madame Southerham ?

— Oui.

— Je crois bien qu'elle est devenue folle. Je n'ai jamais vu de spectacle aussi scandaleux.

Livia se leva et se dirigea pieds nus vers la chambre de Kathleen dont elle découvrit la porte entrouverte. La pièce était éclairée par une multitude de chandelles et son occupante, assise sur le lit, entièrement nue, parlait avec véhémence avec un interlocuteur imaginaire. Livia, prise de peur, s'éloigna sur la pointe des pieds.

— Restez ici à la surveiller, recommanda-t-elle à Orla avant de sortir de la maison et de gagner les écuries où dormait Léo.

Elle frappa contre le battant en jetant un regard apeuré par-dessus son épaule afin de s'assurer que Kathleen ne l'avait pas suivie. Comme personne ne répondait, elle frappa à nouveau et Léo finit par ouvrir la porte, les yeux ensommeillés, en chemise de nuit.

— Que faites-vous là, madame Southerham ? Il y a un problème ?

— Kathleen n'est pas dans son état normal, elle me fait peur.

Il fronça les sourcils, le temps de comprendre les implications de ce qu'il venait d'entendre.

— Reece m'a bien recommandé de vous aider en cas de besoin. Qu'attendez-vous de moi ?

Elle lui expliqua la situation, gênée à l'idée qu'il puisse voir Kathleen nue, tout en sachant qu'elle n'arriverait jamais seule à convaincre sa locataire de se rhabiller. De toute façon, Kathleen ne pouvait pas rester là, Conn allait devoir trouver une autre solution, la jeune femme avait besoin de soins.

— Laissez-moi le temps de m'habiller, j'arrive tout de suite, réagit Léo.

— Pensez à vous munir du nécessaire, il est possible que nous soyons contraints de l'attacher.

Il s'éclipsa et réapparut quelques minutes plus tard, sa chemise boutonnée de travers, deux longueurs de cordes à la main.

— Vous croyez pouvoir la maîtriser tout seul, Léo ? lui demanda Livia, peu soucieuse de rentrer dans la maison. Elle a une force incroyable. Peut-être serait-il plus prudent d'aller chercher Reece ?

— Je pense pouvoir l'immobiliser assez longtemps pour que vous lui attachiez les chevilles et les poignets avec Orla. J'ai préparé des nœuds coulants, comme pour les chevaux. Vous n'aurez plus qu'à les serrer.

Ils regagnèrent la maison brillamment éclairée devant laquelle se tenait Orla, un châle serré autour de ses épaules. Kathleen chantait à tue-tête à présent. Toujours nue, elle se retourna en voyant le petit groupe s'avancer dans sa chambre.

— Je t'attendais, Léo. Puisque Conn a pris une maîtresse, je ne vois pas pourquoi je n'aurais pas un amant.

Elle lui adressa un sourire enjôleur qui seyait mal à ses traits disgracieux.

— Je vous en prie, Kathleen, habillez-vous, lui enjoignit Livia, rouge de confusion.

Léo était tout aussi gêné, ce qui ne sembla en rien déranger Kathleen qui lui sourit de plus belle. Orla, en retrait, se signa en marmonnant des paroles inintelligibles.

— Allons, il faut vous habiller, insista Livia.

— On ne reçoit pas son amant tout habillée, répliqua Kathleen en caressant ses cuisses. Vous pouvez être certains que Conn et sa putain ne sont pas habillés quand ils se retrouvent tous les deux. Allez, Léo, déshabille-toi. Tu es le seul homme ici, je me contenterai de toi en attendant d'aller à Perth. Ce ne sont pas les gentilshommes qui manquent, là-bas.

Il l'attrapa par surprise alors qu'elle se ruait sur lui et il l'allongea de force par terre, sur le ventre. Tandis qu'il l'immobilisait, Livia voulut lui ligoter les chevilles. Kathleen se débattit, envoya Livia rouler à l'autre bout de la pièce, et tenta d'échapper à l'emprise de Léo, mais ce dernier était plus fort qu'elle et il tint bon, ce qui permit à Livia et Orla d'emprisonner dans le nœud coulant l'un des pieds de la furie.

Kathleen, hurlant de toutes ses forces, continuait de les repousser de sa jambe libre et Léo se vit contraint de lui tordre le bras dans le dos. Elle cria de douleur et cessa brièvement de se débattre, ce qui permit à Livia de lui passer l'autre pied dans le nœud coulant. Orla s'empressa d'enrouler l'autre corde autour des poignets de la folle.

Il leur fallut plusieurs minutes pour parvenir à ligoter solidement Kathleen qui remuait dans tous les sens. Lorsqu'ils se relevèrent enfin, elle continuait de frétiller par terre comme un poisson hors de l'eau.

— Vous voulez que je la couvre, madame ? demanda Orla.

— Oui, nous n'avons qu'à nous servir de sa couverture.

Les deux femmes s'exécutèrent, mais Kathleen rejeta la couverture à force de s'agiter furieusement.

Livia partit chercher le laudanum qui avait servi à apaiser les crises de toux de Francis à la fin de sa vie. Elle en versa quelques gouttes dans un verre et Léo maintint la tête de Kathleen pendant qu'Orla l'obligeait à ouvrir la bouche afin que Livia puisse lui verser le liquide dans la gorge.

Kathleen enchaîna les jurons les plus orduriers et trouva le moyen de mordre Orla.

— Il faut attendre quelques minutes que le produit fasse effet, murmura Livia.

Peu à peu, le corps de la forcenée se détendit, ses mouvements désordonnés se calmèrent et elle finit par s'endormir.

— Elle en a pour un moment, déclara Livia.

— Dieu soit loué, réagit Orla en se signant à nouveau avant d'envelopper à l'aide du drap le corps blafard de Kathleen.

Livia s'assit sur le bord du lit, au bord de l'épuisement.

— Cela vous ennuierait-il d'aller chercher Reece, Léo ? Nous allons devoir reconduire Kathleen chez Conn au plus vite, avant qu'elle ne se fasse du mal ou ne blesse l'un d'entre nous.

Léo parti, elle se tourna vers Orla.

— Asseyez-vous, vous devez être aussi épuisée que moi. Elle était devenue impossible.

Orla hocha la tête en se laissant tomber à l'extrémité du lit.

— Elle est devenue complètement folle, vous ne croyez pas, madame ?

— Si.

— Dans ce cas, je n'ai plus besoin de travailler pour elle ? Je suis libre ! ajouta-t-elle en fondant en sanglots.

— Vous auriez pu trouver un autre emploi si vous l'aviez souhaité, s'étonna Livia, sachant combien les domestiques étaient recherchées dans la colonie.

— Je n'osais pas. Elle aurait écrit au nouveau maître qui aurait chassé mes parents de leur chaumière. Elle m'avait prévenue.

— Mais ce n'était pas vrai, Orla ! J'en suis convaincue. Jamais le frère de Conn ne les aurait mis dehors. Conn dit toujours que c'est un gentil garçon. Vous n'aurez aucun mal à trouver un nouvel emploi. Je vous garderais volontiers, mais je n'en ai pas les moyens pour le moment. Sachez en tout cas que vous pouvez rester ici aussi longtemps que vous le souhaitez. Vous aurez un toit et vous ne mourrez pas de faim. Le jour venu, je vous écrirai une lettre de recommandation.

— Que va-t-il advenir de Mme Kathleen ?

— Je crains fort qu'il faille l'enfermer. Allons, ajouta-t-elle en se levant, il est temps de nous habiller.

*

Le jour était levé depuis une heure lorsque Conn entendit du bruit sur l'allée de Galway House. Il sortit et reconnut la vilaine jument de Reece qui tirait sa charrette. Léo était assis à côté de lui. Inquiet, il s'avança et sa gorge se noua lorsqu'il vit sa femme ligotée sur le plateau de la charrette, le regard mauvais.

Elle l'accabla d'injures en l'apercevant et se démena si bien qu'elle se débarrassa des couvertures sous lesquelles elle était nue.

Léo sauta à terre afin de s'occuper de la jument et Reece descendit à son tour de la charrette.

— Je suis désolé de vous importuner, mais Kathleen est devenue complètement folle. Elle s'est jetée au cou de Léo, nue comme un ver, en voulant l'attirer dans son lit. Livia a bien tenté de l'apaiser, mais rien n'y a fait. Ils ont eu toutes les peines du monde à la maîtriser avec Orla avant de la ligoter. Nous avons bien tenté de l'habiller, mais elle nous repoussait avec une telle violence que nous avons renoncé.

Conn en resta éberlué.

— Livia s'excuse, enchaîna Reece, mais elle ne peut plus rien pour Kathleen. Orla est restée à Westview, elle est terrifiée à l'idée d'approcher sa maîtresse.

Conn posa un regard horrifié sur sa femme dont la folie ne faisait plus aucun doute à la vue de ses yeux hagards.

— Je ne sais pas comment je vais pouvoir m'occuper d'elle. Il me faudrait des gens que je n'ai pas, sans compter que personne ici ne possède la force physique de Léo.

— Même Léo est impuissant face à elle, remarqua Reece. Il a fallu administrer du laudanum à Kathleen, mais les effets se sont dissipés. Je vous ai apporté le flacon, qui est hélas presque vide.

Conn s'approcha à contrecœur de la charrette. Kathleen lui cracha au visage en le voyant.

— Comment vais-je pouvoir m'occuper d'elle ? répéta Conn dans un murmure.

— Je ne vois qu'une solution, répondit Reece d'une voix douce. La conduire à l'asile d'aliénés de Perth.

— L'enfermer, vous voulez dire ?

— Quelle alternative ?

Conn secoua la tête.

— Je vous conseille de gagner Perth au plus vite, poursuivit Reece. Elle a déjà fait sous elle et je ne vous conseille pas de la détacher.

Conn prit la route une heure plus tard en compagnie de Léo, réservant le peu de laudanum qui leur restait à la partie de la route la plus fréquentée, où les cris de la malade ne manqueraient pas d'attirer l'attention sur eux.

*

Nancy regarda s'éloigner la charrette en surveillant du coin de l'œil sa maîtresse qui pleurait. La fureur de Mme Kathleen l'avait bouleversée, elle aussi. Elle n'aurait pas souhaité un sort aussi atroce à sa pire ennemie.

— Elle a donc toujours été bizarre ? s'enquit-elle auprès de Maia.

— Elle n'était pas... normale. Mme Largan m'a expliqué un jour que la tante de Kathleen présentait les mêmes symptômes. Il n'empêche, je me demande si tout ça n'est pas à cause de moi.

— Vous n'étiez même pas sur place au moment de sa crise.

— Elle était au courant de notre situation, avec Conn. J'ai bien vu qu'elle en était perturbée, même si elle ne l'a jamais aimé. On aurait dit une petite fille perdue.

— Ce n'est pas votre faute, je vous dis, insista Nancy en oubliant sa place l'espace d'un instant pour serrer dans ses bras sa maîtresse qu'elle voyait toute pâle. On ne sait jamais ce qui déclenche la folie chez les gens, mais vous n'y êtes pour rien. Venez donc vous asseoir et manger un peu.

— Je n'ai pas faim.

— Il vous faut manger pour deux, à présent. Faites-le pour le bébé. Je vais vous préparer un œuf à la coque. Vous n'aurez qu'à le manger avec le pain frais d'hier.

Maia fit de son mieux, mais elle finit par repousser son assiette après avoir péniblement ingurgité la moitié de l'œuf.

— Je n'y arrive pas.

— Vous n'aurez pas l'estomac vide, en tout cas. Vous êtes à bout de forces, vous feriez mieux d'aller vous reposer. Je me débrouillerai très bien toute seule, d'autant que le maître n'est pas là.

Maia retournée dans sa chambre, Nancy finit son œuf. Elle avait eu trop souvent faim par le passé.

Elle lécha son doigt sur lequel restait collé un peu de jaune séché et fit des yeux le tour de la cuisine. Elle se sentait heureuse à Galway House. Elle était désormais capable de gérer une grande maison et priait chaque soir que son maître ne fasse pas appel à une autre gouvernante.

Personne n'aimerait jamais Galway House autant qu'elle. Pas même son maître. Cette maison était son refuge et son salut, elle le sentait. Si jamais elle pouvait y finir ses jours, elle mourrait heureuse.

*

Xanthe continuait de s'inquiéter au sujet de Ronan à mesure que se poursuivaient les préparatifs de son voyage en Irlande avec Hallie. Sans bien se l'expliquer, elle pressentait un besoin croissant de se hâter.

Sans vouloir perturber Zachary, qui avait ses intérêts à cœur, elle s'agaçait de constater que ses tergiversations retardaient le départ.

Son beau-frère finalement à court d'arguments, il les escorta un matin à la gare et les installa dans le train. Le convoi s'ébranla lentement et il agita longuement la main avant de disparaître, enveloppé par le nuage de vapeur de la locomotive.

Xanthe appuya sa nuque contre le coussin de son siège avec un soupir de soulagement.

— Ne le prenez pas en mauvaise part, mais votre frère adore couper les cheveux en quatre.

— Zachary éprouve toujours le besoin de protéger ses proches.

— Je sais, et j'ai tort de m'en plaindre. En tout état de cause, nous voilà parties.

Les deux jeunes femmes changèrent de train à Manchester et montèrent dans celui de Liverpool où elles prirent le vapeur à destination de Dublin.

— Vous voyez bien, déclara Xanthe. Nous nous débrouillons très bien en l'absence d'un homme.

L'un des stewards leur avait annoncé que la mer était « animée », mais ni l'une ni l'autre ne ressentit les effets de la houle. Hallie, qui n'avait jamais vu un tel spectacle, tint à rester sur le pont tout au long de la traversée.

Elles s'accordèrent un peu de repos à Dublin, mais Hallie eut beau supplier sa compagne de rester un ou deux jours de plus afin de visiter la cité, Xanthe se montra intraitable, pressée d'arriver au terme de leur périple.

Le train les conduisit jusqu'à Enniskillen où elles passèrent la nuit avant de louer une voiture qui devait les conduire à Ardgullan House. Le temps, qui était froid mais beau jusqu'alors, tourna à la pluie et les routes boueuses ralentirent leur progression.

Xanthe, inquiète pour Ronan, ne parvenait pas à s'expliquer les raisons de son angoisse. À l'approche d'un petit lac, le cocher ralentit l'allure.

— Le village se trouve de l'autre côté de l'eau, leur cria-t-il depuis son perchoir, mais Ardgullan House est la bâtisse de pierre qui se dresse sur ce petit promontoire.

Xanthe se pencha à la fenêtre et vit dans le lointain une voiture franchir les grilles de la propriété et s'engager sur l'allée conduisant à la vieille demeure. Qui pouvait donc bien rendre visite à Ronan ? Il restait à espérer que ses affaires ne le retiennent pas longtemps car elle était impatiente de sentir ses bras autour de sa taille.

Le cocher passa à son tour à travers la grille ouverte sans que quiconque ne sorte du pavillon de gardien. Xanthe aperçut sur la droite un joli manoir dont elle devina qu'il s'agissait de l'ancienne maison de Mme Maguire. Des rideaux occultaient les fenêtres et le jardin semblait abandonné.

La voiture poursuivit sa route jusqu'à la demeure principale et s'immobilisa devant le portique de l'entrée. Le cocher descendit d'un bond de son banc et frappa à la lourde porte.

Xanthe, impatiente, monta les marches du perron au moment où une femme ouvrait la porte.

— Je souhaiterais voir M. Maguire, déclara-t-elle avant même que le cocher ait pu ouvrir la bouche.

La gouvernante la dévisagea d'un air interloqué.

— Vous êtes attendue ? demanda-t-elle en constatant la présence de Hallie à l'intérieur de la voiture.

— Non. Nous nous sommes connus en Australie, M. Maguire est un ami de la famille.

— Il est actuellement occupé avec son notaire et M. Johnson.

— Pourriez-vous lui signaler ma présence ? Il sera heureux de me voir.

La femme hésita.

— Je n'ose pas le déranger, ces messieurs sont en train de régler les détails de son mariage. Le mieux serait de revenir un autre jour, mademoiselle.

21

Le trajet jusqu'à Fremantle n'en finissait plus. À l'arrière de la charrette, Kathleen continuait de pousser des cris aigus, au point de s'écorcher la voix.

— Elle ne va pas bien, remarqua Léo. Si c'était une jument, il faudrait l'abattre.

— On traite les humains différemment des animaux.

— Je sais, mais je doute qu'ils parviennent à la guérir. Il faudra sûrement l'interner dans cet asile de fous, répliqua Léo, avant d'ajouter d'un air sombre : Mon beau-père menaçait toujours de m'envoyer chez les fous, et ça faisait pleurer ma mère.

— Pour quelle raison ? Tu n'es pas fou.

— Non, mais je suis lent d'esprit et les gens n'aiment pas ça. Il n'aimait pas ça, en tout cas. Il n'aimait pas que son beau-fils travaille dans les écuries avec les palefreniers.

Il soupira.

— J'espère que ma mère est heureuse. Je pense à elle très souvent.

— Voudrais-tu que je lui écrive de ta part ?

Léo, le front barré d'un pli, secoua la tête.

— Il s'empresserait de cacher la lettre et elle ne saurait jamais que je lui ai écrit.

— Peut-être a-t-elle une amie à qui je pourrais adresser ton courrier ? De cette façon, ton beau-père ne pourrait pas l'intercepter.

L'idée fit lentement son chemin dans la tête de Léo qui finit par hocher la tête avec enthousiasme.

— Oui, oui ! On pourrait écrire à Mme Farsham au village. La femme du pasteur. Elle en parlerait à ma mère. Je l'ai entendue dire un jour qu'elle n'aimait pas mon beau-père.

Son visage s'illumina.

— Vous feriez ça pour moi ?

— Bien sûr.

— Je vous remercie, balbutia Léo en essuyant une larme.

— Ta mère pourra te répondre, Livia et moi, nous te lirons son courrier aussi souvent que tu le voudras.

— J'en serais très heureux, acquiesça Léo d'une voix rendue sourde par l'émotion. Je veillerai bien à ne pas perdre la lettre.

Ils poursuivirent en silence pendant quelques kilomètres jusqu'à ce que Léo reprenne la parole :

— Je pensais que Mme Kathleen irait mieux à force de s'occuper des chevaux, parce qu'elle les aime, mais c'était de pire en pire. Récemment, elle s'est mise en colère, j'ai eu peur qu'elle leur fasse du mal, alors j'ai refusé de la laisser les approcher seule. Elle s'est fâchée contre moi en disant que je devais lui obéir parce que c'était une dame. Sauf qu'elle ne se comportait pas comme une dame. Jamais je ne laisserai quelqu'un maltraiter une créature vivante.

À mesure que les zones qu'ils traversaient devenaient plus habitées, Conn craignit que les cris de sa femme n'attirent l'attention des habitants. Fort heureusement, elle avait fini par s'endormir, bercée par les mouvements de la carriole et le tintement des harnais.

— C'est bien ce que je pensais, déclara-t-il en faisant halte pour abreuver les chevaux. Nous n'arriverons pas à Fremantle ce soir. Nous avons été bien inspirés d'emporter des provisions et des couvertures. Il nous faudra trouver un endroit où passer la nuit d'ici une heure ou deux.

Kathleen, soudain réveillée, s'agita à l'arrière de la charrette au point de rejeter ses couvertures. Voyant qu'elle était toujours entravée, elle reprit ses hurlements en appelant à l'aide. Conn s'approcha et constata qu'elle s'était oubliée.

— Je vais la nettoyer, proposa Léo. Ça ne me dérange pas, je le fais bien pour les chevaux.

— Au point où nous en sommes, autant ne pas lui remettre de jupon si elle se salit constamment. Il suffira de la rhabiller avant d'arriver à Fremantle.

Léo s'approcha de Kathleen et celle-ci renouvela ses avances de façon aussi impudique que grotesque, à la grande honte de Conn.

Léo, voyant se rapprocher une carriole qui avançait dans la même direction, se servit d'une couverture pour cacher à la vue le corps de Kathleen, mais celle-ci se mit à crier. Le conducteur de l'autre véhicule tira sur les rênes de son cheval sous l'effet de la surprise. La femme qui l'accompagnait lui agrippa le bras d'un air craintif tandis que le passager assis à l'arrière levait le canon de son fusil d'un air menaçant.

— Que se passe-t-il ? s'enquit le conducteur. Pourquoi cette femme hurle-t-elle de la sorte ?

— C'est ma femme, et elle est devenue folle, articula péniblement Conn. Nous la conduisons au nouvel asile de Fremantle.

— Je ne suis pas folle du tout et je ne suis pas sa femme, se récria Kathleen. Ces deux hommes m'ont kidnappée, aidez-moi ! Au secours !

— Elle n'a pas l'air folle du tout, maugréa l'inconnu au fusil.

— Elle est très rouée, se justifia Conn.

Kathleen parvint à se débarrasser de la couverture qui la protégeait et la femme laissa échapper un petit cri en la découvrant nue.

Alors que Conn cherchait désespérément le moyen de convaincre de sa bonne foi les occupants de la carriole, Kathleen offrit brusquement ses charmes aux nouveaux venus de sa voix éraillée.

Léo s'empara de la couverture qu'il prit cette fois la précaution d'attacher autour d'elle à l'aide d'une corde.

— Je suis désolé, s'excusa le conducteur. Elle est vraiment rouée, en effet. Nous avons bien failli nous laisser berner. Je vous plains.

— Merci, répondit Conn en desserrant les poings. Je m'excuse de vous avoir fait perdre votre temps.

— On préviendra de votre passage tous ceux dont vous allez croiser la route, proposa le conducteur de la charrette. Autant éviter qu'elle affirme à nouveau avoir été enlevée.

— Je vous remercie.

La carriole s'éloigna vers Perth et Conn s'enfouit la tête dans les mains, s'efforçant de se reprendre. Il lui restait à espérer que la direction de l'asile ne refuse pas d'interner sa femme.

*

Avant qu'il ne quitte la ferme, Livia n'avait jamais pris la mesure du travail effectué par Léo à Westview. Sans parler de sa présence bienveillante et enjouée.

— Ce Léo est décidément un gentil garçon, remarqua Orla, faisant écho aux pensées de sa maîtresse. Toujours souriant et prêt à rendre service. Il me manque.

— Oui, ce ne sera pas facile de s'occuper des chevaux en son absence.

— D'autant que je ne m'y entends guère en chevaux, s'inquiéta Orla.

— Je me chargerai d'eux.

— Dans ce cas, je prendrai en charge les tâches domestiques. J'aurai tout le loisir de préparer à manger, de laver le linge et de nettoyer la maison à présent que Mme Kathleen n'est plus là pour m'en empêcher.

— Cela me sera bien utile.

— Nous pourrions mettre ses affaires dans la grande tente, le temps que je récure sa chambre. Elle n'était pas très propre sur elle.

— Vous n'aurez qu'à vous y installer.

Orla en eut les larmes aux yeux.

— Vous m'autoriseriez à occuper une vraie chambre ?

— Bien sûr. Il vous faut bien un lit. Même si les nuits ne sont guère froides à cette époque de l'année, cela ne doit pas être très agréable de dormir sous la tente.

— Les étés sont chauds ici, n'est-ce pas ? demanda Orla. Je n'ai jamais vu autant de soleil. Ce n'est pas pour me déplaire.

— Je pars m'occuper des chevaux.

Livia trouva la tâche plus rude qu'elle ne l'imaginait. Elle nourrit les bêtes et nettoya les stalles du mieux qu'elle le put, regrettant de n'avoir personne à qui parler. Elle s'arrêtait régulièrement, croyant entendre la voix de Francis, ce qui la perturba beaucoup.

L'après-midi touchait à sa fin lorsque son attention fut attirée par un bruit de pas sur les feuilles mortes. Elle crut un instant qu'il s'agissait du fruit de son imagination. Inquiète, elle coula un regard à l'extérieur et fut rassurée de voir Reece avancer à grandes enjambées sur le sentier reliant les deux propriétés. Elle l'appela et il tourna la tête en direction des écuries.

— Livia ! Comment allez-vous ? Je souhaitais vous annoncer que nous avions remis Kathleen entre les mains de Conn. Il est parti la conduire à Fremantle en compagnie de Léo.

Il lui prit des mains la pelle qu'elle tenait.

— Laissez-moi vous aider, ce n'est pas un travail de femme. Pourquoi n'engagez-vous pas le cadet des Bronson en attendant le retour de Léo ?

Les difficultés rencontrées ce jour-là avaient achevé de la convaincre qu'elle n'était pas faite pour vivre à la ferme. Comme si elle ne le savait pas déjà…

En s'éloignant des écuries, elle prit brusquement conscience qu'elle était venue là dans le but de réaliser le rêve de son mari, et non le sien. Elle avait toujours voulu avoir un mari et des enfants, sans jamais tomber enceinte. Francis n'avait jamais été un modèle de passion. C'était lui-même un grand enfant qui avait mis un peu de joie dans l'existence terne qu'elle menait, sans pour autant lui offrir la stabilité à laquelle elle aspirait.

Après plusieurs années de mariage, sachant Francis condamné à relativement brève échéance, elle avait accepté de le suivre en Australie. Ce rêve, à l'instar de tous ceux qu'ils avaient eus auparavant, n'aurait été qu'un mirage de plus.

Elle l'avait aimé profondément, malgré ses défauts.

Sa mort s'était chargée de la rappeler à la réalité. Elle avait désormais conscience qu'un autre destin l'attendait. Restait à en déterminer les contours. Elle se sentait usée à force d'avoir veillé sur Francis, au point d'être incapable de prendre la moindre décision. Elle n'aspirait qu'à vivre tranquillement pendant quelque temps.

Elle avait cru que prendre Kathleen en pension lui accorderait du répit, en plus d'un peu d'argent, mais il n'en avait rien été.

Elle contempla sa petite maison de bois. La présence de Kathleen n'aurait pas servi à rien, la pièce supplémentaire construite par Reece, Ronan et Léo en était le témoin, avec ses murs de planches neuves qui tranchaient avec le gris terne du reste du bâtiment. Le jour où elle voudrait vendre, qui sait si cette chambre supplémentaire ne séduirait pas les acheteurs potentiels ?

Car il lui faudrait vendre la ferme, en dépit de l'angoisse qui l'étreignait à l'idée de s'en aller vers l'inconnu. Elle n'avait pas encore passé d'annonce dans le journal, sachant que Reece et Cassandra voulaient lui racheter la propriété.

— Ça va comme vous voulez, madame Southerham ?

La voix d'Orla la tira de ses pensées.

— Comment ? Euh… oui, très bien. Je réfléchissais. Allons préparer du thé, nous avons bien mérité de nous reposer un peu, toutes les deux.

*

Le temps que les paroles de la gouvernante d'Ardgullan s'impriment dans sa tête, Xanthe ouvrit des yeux horrifiés. Ronan était sur le point de se marier ?!! Elle arrivait trop tard.

Elle allait regagner la voiture et fuir précipitamment lorsqu'un réflexe de fierté l'arrêta. Pour qu'il en soit réduit à se marier avec une autre, il devait se trouver au bord du gouffre. Qu'importait, après tout. Elle n'entendait pas le laisser se sacrifier, et elle avec, au nom d'une maison, aussi grande fût-elle.

Sans réfléchir plus avant, elle repoussa la domestique et se planta dans le hall d'entrée.

— Où est-il ?

— Je vous en prie, mademoiselle, je ne peux pas…

Les yeux de la femme s'étaient instinctivement tournés vers une lourde porte sculptée. Xanthe se précipita dans cette direction et comprit qu'elle avait vu juste en entendant la gouvernante laisser échapper un hoquet dans son dos.

Elle écarta doucement le battant et se trouva en présence d'un groupe de personnes à la mine grave. Leurs expressions étaient si solennelles qu'on aurait pu les croire taillées dans de la pierre.

Ronan se tenait devant la cheminée dans laquelle crépitaient pitoyablement quelques bûches. Sa personne tout entière respirait une tristesse et une gravité inhabituelles chez lui.

Xanthe le connaissait trop bien pour se méprendre sur son état d'esprit et elle sentit monter en elle une bouffée d'espoir.

La jeune femme roide sur le canapé paraissait tout aussi malheureuse. Elle portait une immense crinoline, ce qui l'avait contrainte à se poser sur le bord des coussins. Les mains serrées sur ses genoux, elle regardait fixement le plancher sans paraître s'intéresser à Ronan. Xanthe ne pouvait croire qu'elle fasse preuve d'une telle réticence face à l'homme qu'elle allait épouser. Et puis, qui étaient donc les trois autres personnes présentes dans la pièce ?

La femme plus âgée assise à côté de la jeune fille avait un visage revêche, on la sentait prête à sauter à la gorge du premier qui oserait prononcer un mot de travers.

Deux inconnus avaient pris place sur le canapé opposé. Le premier, richement vêtu, était sans doute le père de la jeune fille alors que le second, vêtu de noir, était probablement le notaire.

Pourquoi un homme de loi ? S'agissait-il d'un mariage, ou d'une affaire à conclure ?

Tandis que Xanthe prenait la mesure de cet étrange tableau, Ronan se tourna vers la porte.

— Ah ! On nous apporte le thé. Je vous propose de…

Il se tut brusquement en reconnaissant Xanthe et afficha une expression incrédule. Pris de court, il fit un pas dans sa direction en prononçant muettement son nom, ses traits reflétant l'amour qu'il lui portait.

Sans lui laisser la possibilité de se reprendre, elle traversa la pièce d'un bond et se jeta dans ses bras.

— Je ne vous laisserai pas commettre une telle folie, Ronan ! s'écria-t-elle avant qu'il ait pu ouvrir la bouche. Vous seriez malheureux jusqu'à votre dernier soupir, à l'image de Conn.

Il la serra contre lui, sans se soucier de la réaction outrée de son entourage.

— Xanthe ! Est-ce bien vous ? Je ne peux le croire. C'est comme si le soleil venait de crever les nuages, ajouta-t-il avec un rire incertain avant de l'embrasser sur la joue. Comment se fait-il que vous surveniez à cet instant précis ?

— Je savais que vous aviez besoin de moi, ne me demandez pas comment. Alors j'ai accouru.

Elle fut interrompue par un rugissement furieux qui roula le long des murs de la pièce.

— Maguire !

Ronan sursauta et lâcha la main de Xanthe.

Le personnage richement vêtu s'était levé et lançait au couple un regard meurtrier.

— À quoi jouez-vous donc, Maguire ?

— Je viens de reprendre mes esprits, rétorqua Ronan qui se tourna vers Xanthe : Ne partez pas, je vous en prie, mais il me faut régler cette affaire.

Elle lui caressa la joue et se dirigea vers la fenêtre devant laquelle elle se planta, le cœur en fête. Il l'aimait, et c'était l'essentiel.

Ronan s'approcha de la jeune fille.

— Mademoiselle Johnson, je vous adresse mes plus profondes excuses, mais il serait malhonnête de ma part de vous épouser alors que j'en aime une autre.

Elle releva la tête.

— Moi aussi, j'aime quelqu'un d'autre, mais papa refusait que j'épouse Paul dans le seul but de me marier à un gentilhomme.

— Vous auriez tort de vous marier pour des raisons d'argent. Vous seriez malheureuse.

Elle lui adressa un sourire qui la rendit belle.

— Vous avez raison.

— Tais-toi donc, Georgina ! glapit la femme qui l'accompagnait.

— Je me tais depuis trop longtemps. J'en ai assez de me laisser malmener par vous deux.

Elle se leva et secoua légèrement sa crinoline qui forma aussitôt une corolle autour d'elle.

— Si la situation avait été différente, Ronan Maguire, dit-elle en se tournant vers l'intéressé, j'aurais pu vous apprécier. Quant à vous, mademoiselle, ajouta-t-elle à l'adresse de Xanthe, je vous souhaite tout le bonheur du monde. Il est clair qu'il vous aime.

— Moi aussi, je vous souhaite d'être heureuse.

Le sourire de Georgina s'effaça.

— Père ne me permettra jamais d'épouser Paul. Il a menacé de le ruiner si je m'entêtais, mais à compter d'aujourd'hui, je refuse d'être mariée de force. Je ne changerai pas d'avis.

— Georgina, on t'a demandé de te taire !

Elle fit face à son père.

— J'en ai assez de votre entêtement, Père. Cette jeune femme m'a montré l'exemple en ayant le courage de venir retrouver celui qu'elle aime. Je me marierai avec Paul, ou personne.

— C'est ce que nous verrons, tonna son père. Quant à vous, monsieur Maguire, je veillerai à ce que vous perdiez cette maison.

— Peut-être, mais je ne perdrai pas la femme que j'aime, et c'est l'essentiel.

Il se dirigea vers la fenêtre et passa un bras autour des épaules de Xanthe. Cette dernière lui sourit.

— Peut-être trouverons-nous le moyen de conserver cette propriété. Vous n'imaginez pas les miracles dont je suis capable au quotidien.

Le notaire s'avança.

— Vous commettez une grave erreur, Maguire.

— Pas le moins du monde. Je ne sais pas comment j'ai pu me laisser influencer par vos conseils de la sorte. Je sais trop ce qu'il advient des unions forcées. Maître, ajouta-t-il sur un ton plus conciliant, j'entends tout tenter pour conserver le domaine familial, mais ma priorité sera de conserver la femme que j'aime.

— Viens, Georgina, déclara sèchement la douairière.

M. Johnson emboîta le pas aux deux femmes.

— Je vous ferai regretter cette décision, Maguire.

— Vous passerez aux yeux du monde pour un bouffon pétri de rancune, rétorqua Xanthe, bien décidée à ne pas lui laisser le dernier mot.

M. Johnson se retourna d'un bloc.

— Jeune femme, veuillez vous mêler de vos affaires.

— Les affaires de Ronan sont les miennes, au même titre que votre conscience est la vôtre.

Il en resta interdit un instant et finit par quitter la pièce en jurant entre ses dents.

Ronan raccompagna ses visiteurs sur le perron et attendit que leur voiture se soit éloignée avant de rentrer dans la maison.

Hallie, qui avait assisté à la scène de loin, assise sur une chaise dans l'entrée, se leva.

— Je suis Hallie Carr, la sœur de Zachary. J'accompagne Xanthe.

Ronan lui prit chaleureusement la main, un sourire aux lèvres.

— Vous me voyez heureux de votre présence ici. Nous aurons besoin d'un chaperon si nous souhaitons couper court aux commérages. Comment se porte votre frère ?

— Très bien, je vous remercie.

Ronan se tourna vers la domestique qui observait la scène avec inquiétude.

— Mary, auriez-vous l'obligeance de préparer des chambres pour Mlle Carr et Mlle Blake ? Non, le mieux serait d'ailleurs qu'elles partagent la même. Mademoiselle Carr, puis-je vous demander de m'accorder quelques instants avec Xanthe ?

La domestique, son sourire retrouvé, se tourna vers Hallie.

— Je vous propose de patienter dans la cuisine où vous attend un bon feu. Le temps est exécrable aujourd'hui et nous n'avons pas eu le temps de chauffer les autres pièces.

Ronan entraîna Xanthe dans le salon dont il referma la porte. Il entraîna sa compagne vers la cheminée, l'enlaça et l'embrassa jusqu'à ce qu'elle n'ait plus de souffle.

— Vous ne m'en voulez pas, au moins ? s'inquiéta-t-elle avec un sourire.

— Vous savez bien que non. Je vous suis infiniment reconnaissant de m'avoir ouvert les yeux. À force de me noyer dans les dettes, je ne voyais plus clair. J'étais sincère tout à l'heure en affirmant à M. Johnson que je me moquais de perdre cette maison. Je peux fort bien m'en passer alors que je serais incapable de me passer de vous.

Ils prirent place sur le canapé qu'occupait Mlle Johnson quelques minutes auparavant.

— Vous pensez vraiment perdre cette maison ?

— C'est possible, mais pas sans avoir tout tenté pour la garder.

— Mon argent vous appartient. J'ai bien conscience que ce n'est pas une grosse somme, mais…

— Nous aurons tout le temps de voir ensemble comment sauver Ardgullan, même si je dois avouer ma hantise des chiffres.

Il laissa échapper un soupir en balayant la pièce du regard.

— Je ne suis pas certain que cette vieille bâtisse humide en vaille la peine, mais j'aimerais la sauver. Elle appartient aux Maguire depuis des générations. Xanthe, ajouta-t-il d'un air hésitant. Êtes-vous vraiment certaine… de votre choix ?

Elle leva les yeux au ciel et fit mine de le gifler.

— Comment pouvez-vous me poser une telle question quand je me suis littéralement jetée à vos pieds ?

— Ma chérie, il me fallait vous poser la question une dernière fois. À présent, nous allons devoir nous procurer les papiers nécessaires. Je n'attendrai pas une minute de trop avant de vous épouser. J'imagine que vous ne tenez pas à une grande cérémonie ?

— Non, tant que nous sommes mariés aux yeux de la loi. De toute façon, nous n'en aurions pas les moyens. Il nous faut économiser chaque sou et je peux vous assurer que pour avoir survécu à la famine du coton, je suis capable de vivre de rien. Je veillerai à diminuer vos factures de moitié. Nous regarderons les comptes ensemble afin de voir comment éliminer le superflu.

— Mais… vous vous y entendez en comptabilité ?

— Pas autant que Pandora, mais j'apprends vite.

Il l'attira contre lui et la serra dans ses bras.

— Tant que vous serez à mes côtés, tout sera possible.

— Fort bien. À présent, faites-moi visiter cette maison. Où se trouve cette pauvre Hallie ? J'ose espérer que vous ne l'avez pas abandonnée sur une chaise dans l'entrée ? Et puis, je dois encore régler le cocher qui nous a conduites jusqu'ici.

Elle lui retira sa main et quitta précipitamment la pièce afin de partager la bonne nouvelle avec son amie.

Pour la première fois depuis une éternité, Ronan laissa éclater sa joie.

*

Le lendemain, ils rendirent visite à maître Hatton. Celui-ci leur montra une mine consternée en apprenant leurs intentions.

— Vous souhaitez vous marier *immédiatement* ?

Ronan acquiesça.

— Dorénavant, j'entends m'occuper personnellement de la comptabilité d'Ardgullan, déclara Xanthe en adressant un sourire au notaire que cette décision parut stupéfier. J'engagerai un comptable dans un premier temps afin de m'aider dans cette tâche. Auriez-vous quelqu'un à me conseiller ?

— Mais enfin… la comptabilité n'est pas l'affaire d'une dame !

— Mon accent vous aura confirmé que je n'étais pas une dame. Eu égard à la situation critique dans laquelle se trouve le domaine, toute bonne volonté est bonne à prendre. Mon amie Hallie, qui restera quelque temps avec nous, m'apportera son aide. Elle est meilleure maîtresse de maison que moi, les tâches domestiques ne la rebutent nullement. En attendant, Ronan et moi devons nous marier au plus vite. Je ne peux vivre chez lui en l'état, malgré la présence de Hallie.

Ronan sourit intérieurement en voyant combien le franc-parler de Xanthe désarçonnait le notaire. Maître Hatton, peu habitué à voir une femme prendre la situation en main, en restait muet de saisissement.

— J'ai une question à vous poser, maître, déclara-t-il. Dans quels délais nous est-il possible de nous marier ?

— C'est possible en deux jours à condition d'acheter un certificat de publication des bans.

— Alors c'est dit, décida Ronan sans se soucier de la mine déconfite du notaire. S'il y a un poste sur lequel je n'entends pas économiser, c'est bien celui-là.

*

Le trajet jusqu'à Fremantle fut un véritable cauchemar pour Conn, alors que Kathleen provoquait l'émoi sur leur passage par ses hurlements. Il était las de fournir des explications à tout bout de champ et de supporter les changements d'humeur de la malade dont les crises étaient entrecoupées de moments où elle paraissait presque normale.

Le soir, à l'étape, il lui délia les chevilles afin qu'elle puisse se dégourdir les jambes tout en lui laissant les poignets entravés. Au moment de remonter dans la carriole, elle tenta de lui donner des coups de pied et l'aide de Léo s'avéra nécessaire pour lui ligoter à nouveau les jambes.

Chaque fois qu'ils passaient devant une maison, Kathleen laissait échapper des hurlements en appelant à l'aide. À bout de ressources, Conn dut se résoudre à lui administrer de force le reste du laudanum.

Épuisé moralement, les tibias meurtris par les coups de pied de sa femme, il attendait avec impatience le moment de se débarrasser d'elle.

Enfin arrivé, il immobilisa la carriole devant l'asile d'aliénés. Le bâtiment, de construction récente, avait une façade impressionnante conçue pour rassurer la population sur les traitements réservés aux malades, bien différents de ceux que l'on réservait autrefois aux fous en faisant d'eux des bêtes de cirque.

Il pénétra à l'intérieur de l'asile et expliqua la situation à l'infirmière de garde tandis que Kathleen restait ligotée dans la charrette sous la surveillance de Léo. La femme sortit afin d'examiner la malade et se pinça le nez à cause de l'odeur pestilentielle qui se dégageait d'elle.

— Nous l'avons gardée la plus propre possible, mais le trajet a duré deux jours. Quand elle ne hurle pas, elle se comporte de façon… obscène avec les hommes dont elle croise la route.

La femme posa sur Conn un regard circonspect.

— Il faudrait la montrer à un médecin, décida-t-elle à contrecœur, mais je doute qu'il accepte de l'interner. Nous disposons de cinquante lits seulement et vous avez visiblement les moyens d'engager quelqu'un pour s'en occuper.

Conn posa sur elle un regard horrifié.

— Je ne peux pas à la fois m'occuper d'elle et de la propriété, et jamais je ne trouverai quelqu'un pour m'aider. Elle a des crises d'une violence extrême, il faut au moins trois personnes pour la maîtriser.

Kathleen les injuria lorsqu'ils voulurent l'aider à descendre de la charrette. Elle s'exprimait d'une voix pâteuse à cause du laudanum tout en prononçant des paroles ordurières.

Conn, gêné, voulut s'excuser.

— Nous avons l'habitude, le rassura l'infirmière en haussant les épaules. Je vais chercher de l'aide, cette femme est d'une force peu commune.

Conn suivit la femme à l'intérieur du bâtiment en laissant Kathleen à la charge de Léo et revint bientôt en compagnie de deux solides gaillards. Ils eurent toutes les peines du monde à entraîner la folle dans le bâtiment tant elle se débattait en les rouant de coups de pied.

L'infirmière fit signe à Conn de les suivre. Quelques minutes plus tard, Kathleen se trouva enchaînée par la taille sur un lit dans une cellule dont les murs résonnaient de ses hurlements.

— Ah, voici le médecin ! annonça l'infirmière. Docteur, je vous présente le mari. Je vous recommande d'examiner la patiente avant toute discussion, elle est particulièrement agitée.

Le médecin hocha la tête et demanda à Conn de patienter dans le couloir.

À peine avait-il franchi la porte que Conn entendait sa femme s'exprimer d'une voix normale. Pris de panique, il redouta qu'elle parvienne à donner le change.

Lorsque le médecin ressortit quelques instants plus tard, il commença par dévisager Conn d'un air songeur avant de se tourner vers l'infirmière.

— Comment s'est-elle comportée à son arrivée ici ?

— Elle poussait des cris et multipliait les coups de pied.

— C'est donc une patiente rouée, car elle s'est comportée de façon parfaitement normale avec moi.

Un hurlement s'échappa de la cellule et le médecin retourna précipitamment auprès de la malade. Kathleen, arc-boutée à ses chaînes, l'invectiva en hurlant.

— J'ai toujours été frappé par la façon dont leur regard se modifie pendant les crises de folie, remarqua l'aliéniste. Monsieur Largan, veuillez m'accompagner dans mon bureau.

Une fois les deux hommes assis l'un en face de l'autre, le médecin entama la discussion.

— Il nous faut tout d'abord déterminer si la folie de votre femme est due à des causes physiques. Des crises nerveuses ? Une blessure à la tête ? Une forte fièvre, peut-être ?

Conn secoua la tête.

— Elle a toujours eu un comportement... étrange. J'ai cru comprendre qu'on la battait régulièrement lorsqu'elle était enfant, mais mon propre père a soigneusement veillé à ne rien m'en dire lorsqu'il a organisé notre mariage avec la complicité de ses parents. Elle apportait une forte dot que mon père s'est appropriée.

— Avec votre accord ?

— Oui. Il savait se montrer très... persuasif. Ses colères perturbaient grandement ma mère qui était invalide. À la suite de ma condamnation...

— Vous êtes un ancien condamné ? l'interrompit le médecin en le regardant comme s'il lui avait soudain poussé des cornes.

— J'étais avocat, s'empressa de répondre Conn, et j'ai fait l'objet d'une accusation mensongère. Son coupable s'est confessé depuis, j'attends actuellement d'être innocenté par la justice irlandaise, mais la procédure prend du temps.

— Comment votre femme a-t-elle réagi à votre déportation ?

— Je ne l'ai jamais revue après mon arrestation, jusqu'à ce qu'elle vienne me retrouver il y a quelques mois. Elle a vécu auprès de mon père jusqu'à la mort de celui-ci. Je ne l'ai pas trouvée changée initialement lorsqu'elle m'a rejoint, mais son état s'est progressivement détérioré. Je l'ai confiée à une voisine veuve qui vit dans une ferme isolée, persuadé que le calme lui ferait du bien, mais elle est rapidement devenue incontrôlable, ce qui m'a contraint à la conduire jusqu'ici. Je ne sais plus comment gérer la situation.

L'aliéniste tambourina des doigts sur sa table pendant quelques instants, l'air pensif.

— Vous m'avez expliqué tout à l'heure que votre mariage n'avait pas été consommé, monsieur Largan, mais il est de mon devoir de vous dire que votre femme n'est pas vierge. Elle a même contracté la syphilis, ce qui peut contribuer à son état.

Conn ne put dissimuler son ébahissement.

— Mais enfin, c'est impossible ! Elle a refusé de m'ouvrir son lit, il suffisait que je l'approche pour qu'elle se transforme en une véritable tigresse ! J'ai même demandé l'annulation de notre union sur la base de ces éléments.

— Je suis désolé, monsieur Largan, mais le doute n'est pas permis. La syphilis conduit généralement à un état de démence hélas incurable.

Conn, incapable de contenir ses émotions, fouilla ses poches à la recherche d'un mouchoir.

— Je vous prie de m'excuser. Le choc, sans doute.

— Je m'en veux d'être porteur d'aussi mauvaises nouvelles, monsieur Largan. Au vu de son état, nous allons évidemment l'admettre dans cet établissement.

— Je vous remercie.

Le médecin posa sur lui un regard insistant.

— Vous êtes certain de ne jamais l'avoir touchée ?

— Absolument.

— Vous pouvez remercier à genoux notre Créateur, monsieur Largan. Si tel n'était pas le cas, vous souffririez probablement du même fléau.

Conn répondit aux dernières questions du médecin, lui remit les effets de Kathleen qu'il avait apportés et rejoignit Léo qui l'attendait devant la porte de l'établissement.

— Elle ne rentre pas avec nous ? s'inquiéta le jeune homme.

— Non.

— Vous serez mieux sans elle.

— Oui, approuva Conn, encore choqué par ce qu'il venait d'apprendre. Que préfères-tu ? Que l'on trouve une chambre pour la nuit, ou bien qu'on achète de quoi manger avant de repartir dès aujourd'hui ?

— Je n'aime pas cet endroit. Tout le monde me regarde bizarrement.

— Dans ce cas, reprenons la route. Mais commençons par laver la carriole.

— Je m'en suis occupé pendant que vous étiez à l'intérieur.

Conn donna à Léo une tape amicale sur l'épaule.

— Je ne sais pas comment je me serais débrouillé sans toi. Tu es un brave garçon.

Le visage de Léo s'éclaira.

— Alors vous écrirez à ma mère pour moi ?

— J'en serai heureux, mais tu dois savoir que sa réponse mettra des mois à nous parvenir.

Conn, s'il était satisfait de quitter la ville, n'en était pas moins soucieux. Comment Kathleen avait-elle pu contracter la syphilis ? Qui avait bien pu abuser d'elle lorsqu'elle vivait avec son père ? Il avait du mal à imaginer que l'on puisse la désirer. En attendant, l'annulation de son mariage serait difficile à prouver puisqu'elle n'était pas vierge. Jamais il ne serait en mesure d'épouser Maia, dont il avait sali à jamais la réputation.

22

Ronan regagna Ardgullan House en compagnie de sa jeune épouse et de l'amie de cette dernière au terme d'une brève célébration dans une église pleine de courants d'air. Hallie et un cousin de Bram, cocher de son état, avaient servi de témoins au jeune couple. Le second se chargea de les reconduire chez eux et Ronan regarda avec ravissement sa femme discuter gaiement avec son amie tout le long de la route. La simplicité de ce mariage hâtif ne semblait en rien l'avoir affectée et il se fit la réflexion que les mariages se déroulaient sans doute de cette façon dans son milieu d'origine.

À l'arrivée, il découvrit une voiture dans l'allée et reconnut Kieran Largan devant le perron de la demeure. Le visiteur se retourna au bruit et salua Ronan de loin, un sourire aux lèvres.

Ronan aida les deux jeunes femmes à descendre en leur donnant à chacune un bras avant de se diriger vers le frère aîné de Conn.

— Kieran ! Quel plaisir de te voir. Je voudrais te présenter ma femme Xanthe et son amie, mademoiselle Carr. Mesdames, voici Kieran Largan.

Le visiteur manifesta son étonnement en battant des paupières.

— Tu es marié ?

— J'ai épousé Xanthe aujourd'hui même.

— Dans ce cas, je suis heureux d'être le premier à vous féliciter tous les deux. Vous n'êtes pas originaire de la région, madame Maguire ?

Comme Xanthe, pas encore habituée à son nouveau nom, restait sans réaction, Ronan répondit à sa place.

— Xanthe est née dans le Lancashire, mais nous nous sommes rencontrés en Australie chez ton frère.

— Je reviendrai dans un jour ou deux, je ne voudrais pas interrompre la fête.

— La seule fête est dans notre cœur.

— Nous n'avions pas les moyens d'organiser un grand mariage, avoua Xanthe avec sa franchise coutumière. Pourquoi ne pas vous joindre à nous quelques instants, monsieur Largan ? J'imagine que vous souhaitiez vous entretenir avec Ronan de votre frère ?

— Eh bien… en effet. Vous avez bien connu Conn en Australie ?

— Très bien. J'étais sa gouvernante et ma sœur Maia continue de… de travailler pour lui.

Frappé par tant de candeur, Kieran se tourna vers Ronan.

— Ma femme est au courant de ce qui est arrivé à Conn, déclara ce dernier. Viens donc boire un verre de vin en l'honneur de notre mariage, tu en profiteras pour m'expliquer ce qui t'amène. Si je puis t'aider en quoi que ce soit, tu sais que tu peux compter sur mon appui, tout comme ton frère. Aurais-tu reçu de ses nouvelles récemment ?

— Oui. Il m'a écrit une ou deux semaines après ton départ, son courrier m'est parvenu hier. Il t'envoie ses amitiés, en espérant que tu n'aies pas trouvé Ardgullan House en trop piteux état.

— Il me faut impérativement lui écrire pour lui annoncer notre mariage. Je doute qu'il en soit surpris.

Kieran jeta un coup d'œil embarrassé en direction de Xanthe.

— Conn m'a également demandé de veiller sur votre sœur si jamais il lui arrivait malheur. Il me dit vouloir l'épouser dès que l'annulation de son union précédente aura été prononcée. J'espère que cette nouvelle ne vous perturbera pas, madame Maguire.

— J'aime autant être au courant, soupira Xanthe. Ce n'est d'ailleurs pas une surprise pour moi. Tout le monde a pu constater combien ils s'aiment, tous les deux.

— Votre sœur pourra s'appuyer sur moi en cas de besoin. Conn sait qu'il peut compter sur ma fidélité, cette fois. À ma grande honte, je me suis laissé convaincre par mon père de ne rien tenter lorsqu'il a été accusé autrefois.

Ronan passa un bras autour de la taille de Xanthe.

— Maia sait aussi qu'elle sera toujours la bienvenue chez nous.

Sur ces mots, ils se rendirent au salon.

— Installe-toi, déclara Ronan à l'adresse de son invité. Je descends chercher une bouteille. Les caves ne sont plus guère entretenues, mais mon frère avait tout de même trouvé le moyen d'acheter du vin.

Il réapparut quelques minutes plus tard en se frottant les mains afin de les réchauffer.

— Mary s'occupe de nettoyer la bouteille et de nous apporter des verres. Je suis transi, ces caves sont glaciales !

Kieran porta un toast aux jeunes mariés et Ronan, après l'avoir remercié, entama la discussion avec lui. Xanthe en profita pour s'éclipser en compagnie de Hallie.

— Comme l'Australie me semble loin, dit-elle d'un air songeur en entraînant sa compagne vers le petit boudoir.

— Votre vie là-bas vous manque ?

— Non, je suis convaincue que mon existence sera plus intéressante ici avec Ronan. Je n'ai jamais voulu m'établir en Australie, mais je m'en veux de laisser Maia seule dans sa situation. Heureusement que Cassandra n'est pas loin, sinon jamais je n'aurais abandonné ma jumelle de la sorte.

Elle regarda le décor de la pièce, soucieuse de parler d'autre chose.

— Ce boudoir est parfait, ne trouvez-vous pas ? Sauf en présence d'invités, bien sûr. Il sera moins coûteux à chauffer que le salon.

— Oui, d'autant que vous n'avez pas besoin de beaucoup d'espace. Je n'en reviens pas de la taille des pièces, ici. Une demeure aussi grande nécessite beaucoup de personnel.

— Bien trop. J'envisage de fermer la moitié des pièces, voire davantage. Nous n'en aurons pas l'usage.

*

Kieran leva son verre en voyant la porte du salon se refermer derrière Xanthe.

— Tu as de la chance. Elle est ravissante.

Ronan sourit.

— Ce n'est pas sa seule qualité. Je ne l'ai pas épousée pour sa beauté, mais pour sa force de caractère et son intelligence. C'est une femme extraordinaire.

Il plongea les yeux dans son verre avant de poursuivre à mi-voix.

— Nous savions avant notre départ que ton frère était éperdument amoureux de sa sœur jumelle. Maia est d'un naturel plus doux, mais tout aussi belle et intelligente.

— Conn est pressé d'obtenir l'annulation de son mariage, mais l'Église prend son temps en pareil cas.

— Son union avec Kathleen n'a jamais été un vrai mariage.

— J'ai été horrifié quand j'ai su que Père l'avait convaincu d'épouser cette fille. Il a profité que nous étions en Angleterre chez les grands-parents de Julia. Elle tenait beaucoup à eux et les savait en mauvaise santé. Ils lui ont d'ailleurs laissé un bel héritage. Si mon père avait encore été de ce monde, il aurait essayé de le capter.

— Je suis heureux de savoir que tu vis confortablement.

— Cela aurait été le cas même si Julia n'avait pas hérité. C'est en partie la raison de ma visite. J'ai cru comprendre que tu avais des soucis financiers.

Ronan hocha tristement la tête.

— À ce point ?

— Je ne sais pas si je serai en mesure de conserver Ardgullan House. J'ai blessé Reginald Johnson dans son amour-propre en refusant sa fille et il s'est juré de se venger.

— Si quelques milliers de livres peuvent te suffire, je serai heureux de te les prêter. Mon père adorait l'argent. Je ne crois pas que Conn ait su à quel point Père l'avait grugé. J'ai compris qu'il s'était approprié la dot de Kathleen au moment de la succession.

Ronan posa sur son ami un regard ébahi.

— Comment est-ce possible ?

— Il a signé un accord secret avec les parents de Kathleen. Ils l'ont littéralement acheté pour se débarrasser de leur fille.

— Je te sais gré de me proposer un tel prêt, mais je ne vois pas comment je pourrais te rembourser.

— Je ne suis pas pressé. Tu as toujours honoré Conn de ton amitié, ma famille te doit beaucoup. Je me sens coupable d'avoir hérité de cet argent, après tout ce qu'a subi Conn. Il y a laissé sa liberté, son métier, son confort.

— Sa condamnation m'a énormément peiné, reconnut Ronan.

— J'ai toujours su qu'il était innocent, reprit Kieran. Ma mère ne se serait pas enfuie si elle n'avait pas été persuadée que mon père était responsable de ce qui est arrivé. Il a envisagé jusqu'à sa mort de la ramener de force d'Australie. C'était un mauvais perdant.

Kieran laissa s'écouler un temps de silence avant de demander à mi-voix :

— Comment Conn se débrouille-t-il dans sa nouvelle vie ? Dis-moi la vérité.

— Il s'est renfermé sur lui-même. Il n'aspire qu'à une vie paisible, et Maia saura la lui offrir. Crois-tu que la confession de Michael suffise à effacer la condamnation de Conn ?

— Mon avocat le pense, mais cela prendra du temps. Autant que l'annulation, probablement. Je compte envoyer de l'argent à Conn en lui expliquant mes raisons. Je me sentirai mieux de savoir qu'il vit confortablement dans l'attente de ces deux verdicts.

Il vida son verre.

— Je m'en voudrais de t'embêter davantage le jour de ton mariage. Si tu veux bien demander à tes gens de préparer ma voiture.

— Bien sûr. Ah, j'aperçois Feargus !

Ronan s'approcha de la fenêtre à guillotine qu'il souleva, laissant pénétrer dans la pièce une bouffée d'humidité.

— Holà, Feargus ! M. Largan a besoin de sa voiture.

L'intéressé accepta la mission d'un signe. Ronan, en se retournant, remarqua un sourire sur les lèvres de Kieran.

— Je ne vais tout de même pas camper sur ma dignité avec des domestiques qui travaillent depuis des années pour rien. Ce n'est pas comme si j'avais une dizaine de femmes de chambre à mon service. Et puis Feargus m'a appris à monter à cheval. Je le considère davantage comme un vieil oncle que comme un palefrenier.

Dix minutes plus tard, les deux hommes se serraient la main sur le perron.

— N'oublie pas ! déclara Kieran en montant dans sa voiture. Je tiens à ce que nos femmes fassent connaissance. Je suis persuadé qu'elles s'entendront fort bien.

*

Le dîner achevé, Hallie s'excusa auprès de ses hôtes et Ronan conduisit Xanthe dans la bibliothèque. Il sortit d'un tiroir un coffret en cuir qu'il lui tendit.

— À défaut d'un présent digne de ce nom, au moins puis-je offrir à ma femme les bijoux de famille que je tiens de ma mère.

Elle souleva le couvercle du coffret et découvrit avec étonnement un grand nombre de broches, de colliers et de bracelets. Elle releva aussitôt la tête, le front barré d'un pli.

— Pourquoi ne pas les avoir vendus alors que tu manques de tout ?

— Certains de ces bijoux sont dans la famille depuis plus d'un siècle. En outre, il n'y a rien là de très précieux. Les pierres de ces broches sont sans doute jolies, mais elles sont petites.

— Elles ont tout de même de la valeur et chaque sou compte en ce moment.

— Hubert les aurait négociés depuis longtemps s'il avait su où ma mère les cachait. Elle avait pris la précaution d'emporter ses préférés en Australie. Je les ai retrouvés dans ses affaires à son décès, et je savais où elle cachait ce coffret. J'ai toujours pensé les vendre en dernier recours. Si M. Johnson parvient réellement à me ruiner, garde-les précieusement car ils nous permettront de partir en Australie si nous devons recommencer à zéro.

— Tu le crois capable de te prendre cette maison ?

Il se rembrunit.

— Il essayera. Il en a les moyens, et c'est un homme impitoyable, aussi ai-je l'intention de me tenir sur mes gardes. Je me suis mal comporté vis-à-vis de sa fille, il n'est donc pas anormal qu'il m'en tienne rigueur.

— La pauvre paraissait si malheureuse.

— Sans doute, mais à l'heure qu'il est, c'est toi que j'entends rendre heureuse.

Elle s'empara d'un bracelet en diamants qu'elle fit briller à la lumière.

— Je n'ai pas besoin de bijoux pour être heureuse. Si nous vendions ces pièces, cela ne suffirait-il pas à effacer tes dettes ?

— Je n'en sais rien, mais je ne tiens pas à engager jusqu'à mon dernier sou. Des créanciers peuvent fort bien se présenter encore, autant attendre un peu.

— Très bien. J'espère que tu connais une bonne cachette car je ne voudrais pas les laisser traîner.

— Je te montrerai la cache familiale à l'heure de nous mettre au lit.

Il soupira.

— J'aimerais tant me montrer plus habile avec les chiffres, Xanthe. J'ai mené une existence oisive sans me préoccuper de mes affaires. Je préfère cent fois me promener à cheval ou à pied plutôt que de rester enfermé devant des livres de comptes. Je te promets toutefois de m'appliquer dorénavant. Pour toi et pour Ardgullan.

— Je te crois, mais laisse-moi gérer la comptabilité à l'avenir. Tu peux te reposer sur moi.

Il ouvrit de grands yeux.

— Vraiment ?

— Oui. J'ai toujours su compter. Ce n'est guère difficile de surveiller les rentrées d'argent comme les dépenses, et de voir ce qui peut servir aux réparations en fin de saison.

— Tu as donc des ressources infinies ?

Elle lui répondit par un sourire lumineux.

— Non. Je ne m'aventure jamais dans des entreprises physiquement dangereuses. Tu ne me verras jamais chasser, par exemple. En revanche, je me suis initiée à l'équitation en Australie et j'aimerais continuer. Je me suis ouverte de notre situation actuelle à Hallie, elle accepte de s'occuper de la maison pendant une ou deux semaines, le temps de dresser un inventaire. Cela te permettra de t'occuper de l'exploitation afin de décider ce qui peut générer des liquidités. Tu dois bien avoir des chevaux à vendre ou bien des bois ?

— Je doute que les bois aient la moindre valeur. Nos terres ne sont pas riches. Quant à vendre les chevaux, que dirait-on dans la région ?

— On dirait que tu fais preuve de bon sens. Il doit bien y avoir un moyen de trouver un peu d'argent, de quoi assurer notre quotidien.

Il déposa un baiser sur la joue de Xanthe.

— Rien ne te fait donc peur ?

— J'aurais peur de te perdre, c'est tout.

— Moi aussi.

Il l'attira à lui, le souffle court.

— Ma chérie, cessons un instant de parler d'argent. Il est temps de concrétiser notre union.

Elle acquiesça, reposa le bracelet délicatement dans le coffret et le lui tendit. Il le glissa sous son bras et conduisit sa femme à l'étage, heureux comme il ne l'avait jamais été depuis son retour en Irlande. C'est à elle qu'il devait ce bonheur. Cette femme indomptable lui donnait le sentiment que tout était possible. Il veillerait à se montrer digne d'elle.

Une fois dans la chambre, elle ne se laissa approcher qu'une fois le coffret à bijoux soigneusement enfermé dans un placard secret. L'instant suivant, elle se glissait dans ses bras et tous leurs soucis s'évanouirent. Ils s'embrassèrent longuement et s'allongèrent sur le lit, sachant qu'ils avaient désormais tout le temps du monde pour s'aimer.

*

Conn rentra à Galway House épuisé physiquement et moralement par son périple à Fremantle. Léo avait eu le bon goût de ne pas l'obliger à parler sur le chemin du retour, pas même lorsqu'ils avaient dormi à la belle étoile, à une heure où il est pourtant courant d'échanger des confidences.

En dépit de sa lenteur d'esprit, Léo avait le don de respecter les sentiments et les besoins d'autrui.

La culpabilité qui étreignait Conn revint au galop lorsque la silhouette de sa maison se profila à l'extrémité de l'allée. Il sauta de la charrette, pressé de retrouver Maia, laissant à Léo et Sean le soin de s'occuper des chevaux.

La jeune femme l'attendait dans la petite véranda voisine de la cuisine et le sourire qu'elle lui réserva lui fit tout oublier.

Sean, qui les observait de loin, essuya une larme.

— Ce garçon mérite d'être aimé, dit-il. Il a toujours été trop doux pour son propre bien, alors que son père était dur. Dur avec ses enfants, dur avec ses domestiques. Il ne s'intéressait qu'à l'argent. Sans la présence de madame, jamais je ne serais resté à Shilmara.

Il donna une tape sur l'épaule de Léo.

— Allez, garçon ! On ne va pas y passer la journée. Commençons par soigner ces bêtes, après quoi on prendra une tasse de thé bien méritée dans les écuries. Ces deux-là n'ont pas besoin qu'on les dérange.

Maia attendit que le repas soit terminé et que Nancy soit couchée pour se tourner vers Conn :

— Mon chéri, tu ne veux pas me dire ce qui te préoccupe ?

Il lui prit délicatement les mains avec un soupir.

— Je rapporte de bien mauvaises nouvelles. Le médecin de l'asile a examiné Kathleen et il a vu… qu'elle n'était pas vierge. Pire encore, c'est tout juste si j'ose prononcer ce mot, elle a… la syphilis. Je n'arrive pas à comprendre avec qui elle a pu l'attraper.

Maia se montra plus inquiète par la tristesse de Conn que par les implications d'une telle nouvelle.

— Cela ne change rien pour moi, tu sais.

— Au contraire. L'annulation repose sur le fait que mon mariage avec Kathleen n'a jamais été consommé. Si elle a fauté avec un autre, comment prouver qu'il ne s'agit pas de moi ? Jamais l'Église n'acceptera de me libérer de cette union. Elle finira par mourir de cette horrible maladie, mais cela peut prendre des années.

— Ta parole ne compte-t-elle donc pas, si tu leur affirmes ne jamais l'avoir touchée ?

— J'en doute. Je me demande même si je ne devrais pas retirer ma requête afin d'éviter toute humiliation supplémentaire.

Maia réfléchit longuement avant de réagir.

— Mon chéri, le seul malheur qui pourrait m'arriver serait de te perdre. Tout le reste, je peux l'accepter.

Il lui répondit avec véhémence.

— Je ne suis pas sûr de pouvoir supporter cette situation éternellement. Tu ne *mérites* pas la façon dont les gens te traiteront dorénavant. De même que nos enfants ne méritent pas d'être traités de bâtards dès la naissance. C'est indigne d'un père de leur donner un aussi triste héritage. Je n'aurais jamais dû profiter de toi de cette façon.

— En quoi as-tu profité de moi ?

— Tu le sais bien. En t'entraînant dans mon lit.

Elle laissa échapper un gloussement satisfait.

— J'y suis venue de mon plein gré et je recommencerais sans hésiter s'il le fallait. Mon Conn chéri, je ne suis pas une poupée que l'on manipule à loisir. J'ai une tête dont je sais me servir.

— Tu as bien vu la façon indigne dont on te traitait le mois dernier à l'église ! J'ai bien compris que tu en souffrais.

— Ce jour-là, je ne m'y attendais pas. J'ai bien réfléchi depuis. L'angoisse des femmes qui partagent ma situation est de se retrouver un jour sans le sou. Ce n'est pas mon cas. J'ai de l'argent, sans compter celui que tu as prévu de laisser pour moi et nos enfants à venir, si bien que je ne me sens nullement menacée. Cesse donc de te tracasser, Conn. Je suis heureuse avec toi, et c'est tout ce qui m'importe.

Il lui passa un bras autour des épaules et elle se lova contre sa poitrine.

— C'est pourtant simple, mon Conn chéri. Que nous soyons mariés ou pas, tu seras toujours mon homme, mon ami le plus cher et le père de mon enfant. Je n'ai jamais été aussi épanouie de ma vie. Je me moque des réactions du monde, le mépris d'autrui ne m'intéresse pas.

— Le monde pourrait bien venir nous importuner ici un jour.

— Il sera toujours temps d'aviser le cas échéant.

Elle se promit toutefois de ne jamais révéler à Xanthe les affronts qu'elle avait subis, au risque d'inquiéter sa sœur. Elle se contenterait de lui décrire son bonheur et de lui annoncer la venue d'un enfant. Elle aurait tant aimé l'avertir de vive voix !

Sa souffrance n'était pas tant liée à sa situation qu'à l'éloignement de sa jumelle. Leurs conversations lui manquaient terriblement.

Que devenait Xanthe ? Voyageait-elle, ou bien avait-elle retrouvé Ronan ? Elle le souhaitait ardemment, ces deux-là étaient faits l'un pour l'autre.

Comme il était frustrant de devoir attendre des mois entre deux lettres ! Au fond d'elle-même, elle savait pourtant que Xanthe était heureuse. Elle savait toujours quand sa jumelle n'allait pas.

*

Le lendemain de leur mariage, Ronan alla consulter John Devlin au sujet du domaine tandis que Xanthe demandait à voir la cuisinière et Mary, en présence de Hallie.

La cuisinière, une femme maigre à cheveux gris vêtue d'un tablier immaculé, se présenta la première. Elle semblait soucieuse et à peine Xanthe l'invitait-elle à s'asseoir qu'elle se justifiait :

— Je suis désolée que ma cuisine ne soit pas suffisamment sophistiquée pour vous, madame Maguire, mais il me manque la moitié de ce dont j'aurais besoin.

— Ce n'est pas la raison pour laquelle je souhaitais vous voir, madame Sullivan. Les plats que vous préparez pour mon mari et moi nous conviennent parfaitement. Attendons que Mary nous rejoigne, que je n'aie pas à répéter ce que je compte vous dire.

Mary arriva sur ces entrefaites, tout essoufflée d'avoir couru.

— Je vous prie de m'excuser, madame, mais je m'occupais du linge et la fille qui me portait votre message ne me trouvait pas. Elle aurait pourtant dû se douter que j'étais dans la buanderie.

Elle prit le siège qu'on lui indiquait en jetant un coup d'œil furtif en direction de Mme Sullivan avant de reporter son attention sur sa maîtresse, les mains serrées sur ses genoux.

Xanthe évita de tourner autour du pot.

— Vous le savez, mon mari a hérité des nombreuses dettes laissées par son père et son frère.

Les deux femmes acquiescèrent, plus inquiètes que jamais.

— Autant vous dire franchement ce que cela signifie pour cette maison. Nous allons devoir gérer le quotidien au plus près si nous ne voulons pas que M. Maguire perde le domaine.

Mary fit mine de se signer avant de se reprendre en regardant sa maîtresse avec nervosité.

— Sentez-vous libre de vous signer, Mary, si cela vous rassure, déclara Xanthe, à qui le geste n'avait pas échappé. Pourquoi vous être arrêtée ?

— Ça ne plaisait pas à M. Hubert. Il ne voulait pas non plus qu'on se rende à la messe. J'ai toujours eu peur qu'il me renvoie au prétexte que je suis catholique.

— Sachez que Ronan et moi n'y voyons aucun inconvénient, mais ce n'est pas de cela que je voulais vous entretenir. En clair, je vais avoir besoin de votre aide pour réduire les dépenses quotidiennes.

Au-delà de la surprise, Xanthe crut lire du soulagement sur le visage des deux femmes. De toute évidence, elles avaient craint que l'arrivée d'une nouvelle maîtresse ne mette en péril leur emploi.

— Il n'est pas question de mourir de faim, mais d'économiser. Je ne viens pas d'un milieu aristocratique, je n'éprouve nullement le besoin d'être gâtée ou d'avoir une table trop garnie. Quant à Ronan, vous savez aussi bien que moi qu'il n'est pas difficile.

Mme Sullivan poussa un soupir de soulagement.

— Et moi qui craignais de vous voir fermer la maison, madame.

— J'espère ne pas en arriver là. Êtes-vous prêtes à m'aider à réduire notre train de vie ?

— Bien volontiers, madame. Et vous avez raison, monsieur ne verra pas la différence. Déjà petit, c'était un enfant si joyeux.

— Formidable, approuva Xanthe avant de s'adresser à Mary : Je vous poserai la même question. Est-il possible de réaliser des économies sans renvoyer personne ? Je pensais condamner les pièces dont on ne se sert pas, à vous de me dire lesquelles.

Là encore, la gouvernante se montra rassurée.

— Bien sûr, madame. Je m'en occuperai personnellement. On peut facilement sortir les housses et fermer les pièces qui ne servent jamais.

— M. Maguire et moi souhaitons transformer en petit salon et salle à manger le boudoir voisin de la bibliothèque. Cela évitera des dépenses de chauffage et de nettoyage. Le grand salon ne servira qu'en présence d'invités, il suffira d'y allumer un feu.

— Je m'en charge, madame.

— Parfait. À présent, j'ai demandé à Mlle Carr de vous aider à dresser l'inventaire des placards afin de procéder au tri nécessaire. Elle et moi avons été à bonne école lorsque les usines de notre ville natale ont fermé suite à la pénurie de coton. Les gens mouraient littéralement de faim. De mon côté, je vais m'intéresser à la comptabilité du domaine. Ronan me dit ne rien y entendre. À ma demande, l'un des clercs de maître Hatton m'assistera pendant quelques jours. Il nous faudra lui trouver une chambre.

Xanthe attendit que les deux domestiques aient quitté la pièce avant d'interroger Hallie.

— Comment m'en suis-je tirée ?

— Très bien. Elles se sont montrées polies et attentives.

— Parce qu'elles aiment Ronan, à l'image de tout le monde. Personne ne se hasarderait à critiquer Hubert, mais il suffit d'observer leurs réactions pour s'apercevoir qu'il n'était pas apprécié. Quel bonheur de me sentir aussi utile !

*

Le jeune clerc de maître Hatton, un dénommé Flewett, se présenta à Ardgullan House deux jours plus tard. Très mal à l'aise en la présence des Maguire, il parut surpris d'être invité à partager leurs repas. En moins de vingt-quatre heures, sa méfiance vis-à-vis de Xanthe s'était évaporée et il se fit un plaisir de la guider à travers les méandres de la comptabilité du domaine.

— Vous apprenez vite, madame Maguire, déclara-t-il le deuxième soir. Vous avez le don des chiffres.

— Dieu soit loué ! s'exclama Ronan, amusé, en portant un toast à sa femme à l'aide de sa tasse de thé.

Lorsqu'il se trouva seul avec elle, en fin de soirée, il la taquina en affirmant que M. Flewett était à moitié amoureux d'elle. Elle lui sourit en retour.

— Le pauvre. Je n'aime guère la façon dont maître Hatton traite ses gens.

— Pour l'amour du ciel, ne t'avise pas de vouloir changer Hatton. C'est un notaire de la vieille école.

Au terme de quatre journées intenses, suffisamment à l'aise avec les comptes pour se passer des conseils de M. Flewett, Xanthe prenait possession de l'une des innombrables petites pièces de la vaste demeure afin d'y installer son bureau.

23

Deux semaines s'étaient écoulées lorsque maître Hatton se présenta à Ardgullan House, la mine grave. Xanthe envoya aussitôt Mary chercher Ronan dans les écuries en lui recommandant de se hâter. Elle conduisit le visiteur jusqu'à la bibliothèque où elle s'empressa d'allumer un feu.

Ronan regagna la maison sans même prendre le temps de se changer. Il lui suffit de voir l'air soucieux du notaire pour comprendre que l'heure était grave.

— Que se passe-t-il ?

— Un nouveau créancier vient de se présenter, cette fois avec une dette de vingt mille livres.

— Comment est-ce possible ? s'étonna Ronan. À qui devons-nous autant d'argent ?

— À M. Johnson.

— Je ne peux y croire. Il se serait déjà manifesté si nous lui devions une telle somme. À quoi donc correspond celle-ci ?

— Il parle d'un prêt consenti à M. Hubert pour un investissement, avec le domaine en garantie.

Ronan médita longuement l'information.

— Mon frère se lançait dans des investissements hasardeux, c'est vrai, mais je le vois mal emprunter pour les financer. En particulier à Johnson.

— Celui-ci affirme ne pas avoir voulu réclamer son dû, sachant que vous alliez épouser sa fille. Votre renoncement à ce mariage l'a fait changer d'avis. Il exige d'être remboursé au plus vite. Il m'a présenté hier la reconnaissance de dette de votre frère.

— J'ai du mal à y croire.

Maître Hatton fut pris d'une légère hésitation avant de répondre.

— Moi aussi. Si ce document ne portait pas la signature de M. Hubert, que je reconnaîtrais entre toutes, je pencherais pour une forme de… de supercherie.

— Expliquez-vous.

— Votre frère n'aimait guère Johnson à qui il ne faisait pas confiance. Il me l'a dit plus d'une fois.

— Cette reconnaissance de dette serait-elle un faux ?

— Je vous avoue ma perplexité. La signature ressemble pourtant à celle de M. Hubert, avec ce panache final bien particulier qui la caractérisait.

Comme un silence pénible retombait sur la pièce, Xanthe crut bon d'intervenir.

— Il s'agit d'un piège. M. Johnson a clairement menacé Ronan de lui prendre sa maison, c'est sa façon de mettre son projet à exécution.

Maître Hatton ne répondit rien, les yeux rivés sur ses mains.

— Eh bien ? insista la jeune femme. Il y a forcément un moyen de dénoncer cette fraude. Je vois mal ce sinistre personnage oublier une dette aussi importante, il en aurait fait mention le jour même.

— Comment diable dénoncer sa mauvaise foi si cette fausse signature est capable d'instiller le doute même chez maître Hatton ? répliqua Ronan.

— Qu'attendez-vous de moi ? s'enquit le notaire sans répondre à la question. Je ne vois pas comment éviter de payer, ce qui signifie mettre le domaine en vente. Hypothéquer Ardgullan ne suffirait pas à l'obtention d'un prêt. Je doute même que la vente de la propriété permette de réunir une telle somme. Johnson n'aura plus qu'à en prendre possession.

Ronan, à la recherche d'une échappatoire, lui répondit d'une voix lente.

— Ne brusquons rien, ignorons sa requête jusqu'à nouvel ordre. Si Johnson revient à la charge, dites-lui que vous attendez ma réponse.

— Vous ne gagnerez guère que quelques jours.

— Toute heure est bonne à prendre. En attendant, si vous n'avez pas d'autre mauvaise surprise à nous annoncer, puis-je vous offrir à boire ?

Le notaire jeta un regard inquiet par la fenêtre.

— Sans façon, je vous remercie. Le temps est à l'orage, je préfère repartir tout de suite.

— Je vous suis reconnaissant de vous être déplacé en personne. Je vous raccompagne.

Le notaire reparti, Ronan alla trouver Xanthe dans la bibliothèque.

— Je suis perplexe. Je ne peux envoyer promener Johnson, comme je le voudrais. S'il présente sa requête au tribunal, je ne vois pas comment apporter la preuve qu'il ment.

— Mon père avait l'habitude de dire que la précipitation est mauvaise conseillère en période de crise.

— Je n'ai aucune intention de me précipiter, mais je vois mal comment sortir de la nasse.

Sur ces mots, Ronan quitta la pièce d'un pas lourd, les épaules voûtées, et Xanthe retourna s'asseoir près du feu. Les mains serrées autour de ses genoux repliés, les pieds sur le garde-feu, elle se creusa la tête à la recherche d'une solution. Cet horrible personnage n'allait tout de même pas réussir à les dépouiller de leur maison ?

Elle passa l'après-midi à réfléchir, en vain.

La vieille demeure tout entière se retrouva brusquement plongée dans la mélancolie. Les domestiques, sans connaître les détails, savaient qu'un nouveau créancier s'était présenté. Quant à Hallie, à qui Xanthe avait fait part de ses soupçons, elle continuait d'inventorier les placards.

La nuit était bien avancée lorsque Xanthe se réveilla brusquement en repensant à Georgina Johnson. Ronan ne lui avait-il pas dit que la jeune fille, contrairement à son père, était une personne honorable ? Elle-même, lors de leur brève rencontre, lui avait trouvé un visage honnête. Était-il possible qu'elle soit au courant de ce que tramait son père ? Accepterait-elle de les aider, ou bien était-elle sous la coupe de Johnson au point de rester sous son toit, au prix de sa relation avec l'homme qu'elle aimait ? Pourquoi ne pas tenter de solliciter son aide ?

Pourquoi n'épousait-elle pas ce garçon qu'elle aimait ? Quand bien même M. Johnson aurait menacé de le ruiner, ils auraient pu commencer une nouvelle vie ailleurs. Jusqu'où M. Johnson était-il prêt à aller ? Jusqu'au meurtre ? Ronan était le premier à dire que l'homme était redouté dans la région.

Le mieux était d'aller trouver Georgina, mais comment s'y prendre ? Les Johnson habitaient une propriété de construction récente, à un jet de pierre de la route d'Enniskillen, mais Xanthe ne pouvait pas frapper à leur porte. Il lui fallait trouver le moyen de rencontrer Georgina en secret.

*

Au matin, Xanthe se confia à Mary, seule susceptible de l'aider à l'insu de Ronan.

— Comment pourrais-je envoyer un message à Georgina Johnson sans que son père l'apprenne ? lui demanda-t-elle.

Mary fit la moue avant de répondre.

— La fille de l'une de mes petites-cousines est femme de chambre chez les Johnson. Mais promettez-moi de donner à Brenda une place à Ardgullan House si jamais elle est renvoyée pour nous avoir aidées.

— Bien évidemment, mais j'ai des scrupules à l'exposer à des risques inutiles.

Mary lui adressa un sourire entendu.

— Brenda n'est pas heureuse là-bas. Elle a peur de M. Johnson, elle serait partie depuis longtemps si elle avait trouvé un autre emploi.

— Comment lui confier une lettre ?

— Il me suffit de me rendre au marché d'Enniskillen et de me présenter à l'entrée de service sur le chemin du retour. Ce n'est pas la première fois que je rends visite à Brenda en passant.

Xanthe, oubliant son rang, serra Mary dans ses bras. La gouvernante se raidit sous l'effet de la surprise avant de sourire en tapotant affectueusement le bras de la jeune femme.

— Écrivez votre lettre, madame. Je passerai voir Brenda demain.

*

La matinée du lendemain parut durer une éternité à Xanthe. Elle ne pouvait centrer son attention sur rien dans l'attente du retour de Mary, partie avec la vieille carriole réservée aux domestiques les jours de marché.

Ronan se trouvait dans l'enclos voisin des écuries lorsque la gouvernante rentra enfin, ce qui empêcha Xanthe de se précipiter à sa rencontre. Elle n'avait tenu son mari au courant de rien, de peur qu'il soit déçu si la manœuvre échouait. Elle trompait son impatience dans la cuisine lorsque Mary pénétra dans la pièce, son manteau perlé de pluie.

— Brenda a monté votre message à Mlle Georgina. Celle-ci vous donne rendez-vous demain matin vers 10 heures chez sa vieille nourrice. Je vous y emmènerai, le village en question n'est pas loin d'ici.

— Pensez-vous qu'elle accepte de nous aider ?

— Je n'en sais rien. Brenda m'a expliqué que sa maîtresse avait été obligée de s'éclipser pour descendre servir le thé de son père qui venait de rentrer.

— Il n'est donc pas capable de s'en verser une tasse tout seul ? marmonna Xanthe, tout en sachant que c'était la coutume dans les familles aisées.

*

Xanthe quitta Ardgullan le lendemain matin en compagnie de sa gouvernante, officiellement dans le but de porter de la nourriture à une famille nécessiteuse des environs.

— Mme Sullivan ne donne que les restes dont elle n'a pas l'usage, elle n'entend pas gâcher de l'argent inutilement, expliqua Mary à sa maîtresse. Il y a au village quelques personnes âgées qui dépendent uniquement de nous quand leurs enfants partent travailler ailleurs. On pensait que vous seriez d'accord. Ces gens-là se contentent de peu et ils mourraient de faim sans nous.

— Ils sont donc si pauvres ?

— Pour certains. Les gens du village n'ont rien de trop de nos jours, ils n'ont pas les moyens d'aider les nécessiteux.

Xanthe se promit de veiller à l'avenir elle-même sur ces gens, en souvenir de l'époque où ses sœurs et elle ne mangeaient pas à leur faim. À condition qu'ils ne soient pas obligés de vendre le domaine, bien sûr.

La vieille nourrice de Mlle Johnson vivait dans une petite chaumière, au cœur du hameau dans lequel elle s'était retirée lorsqu'elle n'avait plus eu la force de travailler. Une voiture conduite par un cocher stationnait devant la porte et Mary veilla à ne pas arrêter la carriole à sa hauteur.

— C'est heureux que j'aie des amis dans ce village, murmura-t-elle en ralentissant un peu plus loin.

— Vous avez des amis partout, remarqua Xanthe.

— C'est normal, puisque je suis originaire d'ici.

Les deux femmes laissèrent le cheval et la carriole à une connaissance de Mary qui entraîna sa maîtresse sur un petit chemin longeant l'arrière d'une rangée de chaumières alors qu'il commençait à pleuvoir. Elles traversèrent un petit jardin bien tenu et frappèrent à une porte.

— Je vous attends ici, madame, déclara Mary en voyant Georgina Johnson apparaître sur le seuil.

— Venez plutôt vous asseoir à la cuisine, ou vous serez trempée, l'invita Georgina.

Xanthe y vit le signe que la jeune fille avait bon cœur, ce qui la rassura quant à la réussite de sa mission. Elle se figea en constatant que Georgina voulait l'entraîner à sa suite dans la pièce commune donnant sur la rue.

— Le cocher et son apprenti ne risquent-ils pas de nous voir ?

— Ma nourrice a équipé les fenêtres de voilages car elle n'aime pas que les passants puissent voir ce qui se passe chez elle. Nous veillerons à discuter à voix basse, mais elle est sourde.

Xanthe adressa un signe de tête à la vieille femme qui se trouvait là et s'empressa d'expliquer la situation à Georgina.

— Nous sommes persuadés que votre père a établi une fausse reconnaissance de dette.

Georgina, hésitante, se mordilla les lèvres avant de hocher la tête.

— C'est vrai. L'autre soir, un faussaire avec lequel mon père est en affaires est passé à la maison. Je me suis cachée dans l'escalier afin d'en savoir davantage et je les ai entendus parler d'Hubert Maguire. Ils riaient de lui au prétexte que sa signature était facile à imiter.

Xanthe en eut le souffle coupé, étonnée que son interlocutrice confirme ses soupçons aussi aisément.

Georgina laissa échapper un rire amer.

— Accepteriez-vous de nous aider ? se hasarda Xanthe.

— Oui. J'ai beau savoir que c'est mon père, je sais combien il est malfaisant et je le déteste. En échange, je voudrais que vous m'aidiez à quitter l'Irlande afin que je puisse épouser Paul. J'ai vingt-deux ans, de sorte que je n'ai plus besoin de l'autorisation de mon père, mais je sais qu'il trouvera le moyen de nous retrouver si nous ne prévoyons pas notre fuite dans ses moindres détails. Il cherchera probablement à faire tuer Paul.

— Votre père est donc un monstre ?

— Depuis la mort de ma mère, il me tient sous sa coupe. Vous avez pu constater la présence de ses chiens de garde dans la rue. Vous avez également croisé ma tante, qui vit chez nous. Elle ne m'accompagne jamais chez ma nourrice car elles se détestent toutes les deux, sinon elle serait là.

— Comment comptez-vous nous venir en aide ?

— Je m'engage à signer une déclaration décrivant dans quelles circonstances mon père a engagé un faussaire capable d'imiter la signature de votre beau-frère. Je vous indiquerai l'identité du faussaire. Je préciserai également dans mon témoignage avoir entendu mon père menacer de se venger de Ronan à plusieurs reprises. Vous demanderez à votre notaire si ces preuves sont suffisantes. Faites-moi parvenir votre réponse par l'intermédiaire de Brenda.

— Je ne saurais trop vous conseiller de préparer vos bagages et de vous tenir prête à fuir.

— Je comptais sur vous pour me fournir des vêtements. Je me contenterai d'emporter mes bijoux et quelques objets de valeur, dit-elle avant de serrer les paupières et d'ajouter d'une voix sourde : Je n'en peux plus. Il terrorise tous les domestiques, même ma tante le craint. Ce n'est pas une vie.

— Êtes-vous certaine de ne pas manquer de courage à la dernière minute ? s'inquiéta Xanthe.

— Oh oui, sûre et certaine.

Elle affichait une telle détermination que Xanthe la crut.

— C'est en partie de vous que je tiens ma résolution, ajouta Georgina. Je n'oublierai jamais la façon dont vous avez choisi de vous battre pour l'homme que vous aimez. Je revois encore le visage de Ronan s'illuminer lorsqu'il vous a vue.

— De quoi vivrez-vous lorsque vous aurez épousé Paul ?

— Il possède quelques économies. Nous irons en Angleterre où nous vendrons mes bijoux. Ils sont vraiment à moi, ils me viennent de ma mère et de ma tante. Mon père croit les avoir mis en sécurité, mais je connais le secret de leur cachette. Il n'a jamais voulu les déposer dans un coffre, il n'accorde aucune confiance aux banques. Sans compter qu'il aime me voir les porter lorsque nous sortons, c'est une façon pour lui d'afficher sa richesse.

— Pourquoi avoir choisi l'Angleterre ?

— Paul y a des parents qui ont promis de l'aider. Il y perdra beaucoup, notre fuite l'oblige à laisser à son cousin le commerce familial, mais il pourra toujours s'établir à son compte. C'est un excellent horloger. Cela fait trois ans que nous souhaitons nous marier, mais mon père a toujours refusé. J'attendais d'avoir vingt et un ans, et de trouver le courage nécessaire.

— Si votre père est aussi malfaisant que vous l'affirmez, peut-être serait-il préférable de vous enfuir en Amérique ou en Australie. Il lui sera quasi impossible de vous retrouver là-bas.

Georgina posa sur Xanthe un regard songeur.

— Sans doute avez-vous raison, mais c'est bien loin.

Tout au long du chemin du retour, Xanthe se demanda si le témoignage écrit de Georgina suffirait. Malgré le parapluie sous lequel elles se serraient, les deux occupantes de la carriole furent bientôt trempées. Au grand étonnement de Xanthe, tout indiquait qu'il pleuvait davantage en Irlande que dans le Lancashire. Le contraste était saisissant avec l'Australie-Occidentale, épargnée par les précipitations six mois par an.

La jeune femme était impatiente de demander à son mari ce qu'il pensait de son stratagème. Il serait de bon conseil.

*

Ronan écarquilla les yeux en apprenant ses exploits.

— Je n'arrive pas à croire que tu sois entrée en contact avec Georgina Johnson. Tu n'as donc peur de rien ?

— De rien, sinon te perdre.

Il la gratifia d'un baiser en signe de reconnaissance.

— Georgina a raison de dire que tu es une source d'inspiration pour les autres, lui glissa-t-il à l'oreille. Tu me donnes du courage, ma chérie, et même davantage : le désir de m'installer dans une vie réglée et de devenir un jour un bon père de famille. Jusqu'à notre rencontre, j'étais un être oisif.

La voyant froncer les sourcils, il s'empressa de préciser sa pensée.

— Je sais que tu ne voulais pas d'enfant, mais je ne puis m'empêcher d'espérer que tu m'en donnes un ou deux. Il existe des moyens d'éviter de se retrouver à la tête d'une famille nombreuse, de nos jours, même si ces méthodes ne sont pas infaillibles.

Elle lui caressa la joue en lui adressant un sourire rêveur.

— Merci. J'avoue que cette question me préoccupait, mais pas au point de ne pas vouloir t'épouser. Avec *toi*, je suis prête à avoir un ou deux enfants. Maia m'avait prédit que je changerais d'avis si je rencontrais un jour l'amour de ma vie, elle avait raison. Je n'en ai pas moins connu, dans le quartier où j'ai grandi, des femmes qui haïssaient leurs maris parce qu'ils leur faisaient enfant après enfant jusqu'à ce qu'elles soient usées. Parfois même jusqu'à la mort.

— Jamais je ne te ferais subir un tel sort, dit-il en portant à ses lèvres la main avec laquelle elle l'avait caressé.

— Ne crois-tu pas que nous devrions consulter maître Hatton ? réagit-elle en se reprenant.

— Le plus tôt sera le mieux. J'y vois le seul moyen de conserver Ardgullan.

*

Ils prirent l'après-midi même le chemin d'Enniskillen. La route paraissait infiniment plus courte à bord de la charrette anglaise à quatre roues achetée par le frère de Ronan peu avant sa disparition.

— Cette voiture est nettement plus rapide que celle louée à notre arrivée avec Hallie, remarqua Xanthe.

— Ces vieilles pataches vont à peine plus vite que les piétons ! La voiture d'Ardgullan roule plus rapidement, c'est dire. Mais cette charrette anglaise, avec ses deux chevaux, m'est fort utile. Il faudrait que je sois réduit à la dernière extrémité pour vendre ces bêtes. Cela dit, j'ai jeté un coup d'œil à tous nos chevaux, je peux aisément en vendre quelques-uns dont nous n'avons pas vraiment l'usage et dont l'entretien coûte cher. Si je parviens à conserver Ardgullan, je pourrais imiter l'exemple de Conn et élever des chevaux.

Xanthe se réjouit de le voir envisager des projets d'avenir. Elle avait toujours craint qu'il ne parvienne pas à se plier à la discipline indispensable à l'entretien du domaine.

— C'est une excellente idée. Je t'aiderai dans la mesure de mes moyens.

Il gloussa affectueusement.

— Parce que tu t'y entends en chevaux, en plus de tout le reste ?

Elle lui tira la langue.

— Figure-toi que je m'y connais un peu. J'ai vécu chez Conn pendant plusieurs années et j'ai eu l'occasion de voir comment Sean et lui s'y prenaient. J'apprends vite.

— Je l'ai remarqué, acquiesça-t-il en retrouvant son sérieux. Tu es la lumière de ma vie, c'est à toi que je devrai de m'épanouir dans l'existence.

En dépit de tous les soucis qui les assaillaient, elle sentit une vague de satisfaction monter en elle à ce compliment.

En apprenant la situation, maître Hatton reconnut avec gravité que le témoignage de la propre fille de M. Johnson suffirait à remettre en cause la créance.

— Il est possible qu'il renonce à sa requête afin d'éviter un scandale, mais cela ne l'empêchera pas de recommencer. C'est un être dangereux et rancunier. On murmure que certains de ses ennemis sont morts de façon opportune. Je m'en veux de vous avoir mis en relation avec lui.

— On ne revient pas sur le passé, répliqua Ronan. En attendant, je n'ai pas l'intention de me laisser dépouiller sans réagir.

— Le mieux serait d'amener Mlle Johnson dans cette étude et de recueillir son témoignage en présence de témoins choisis par mes soins.

— Après quoi il nous faudra l'aider à quitter le pays sans attendre, ajouta Xanthe. Nous devrons soigneusement préparer sa fuite.

Maître Hatton posa sur elle un regard réprobateur, comme à chaque fois qu'elle ouvrait la bouche.

En repartant, elle adressa un sourire à M. Flewett. Le jeune clerc, occupé à rédiger un acte, la remercia d'un clin d'œil derrière le dos de son employeur.

*

Trois jours plus tard, Georgina se glissait hors de la maison paternelle peu avant l'aube, chargée de deux paquets. Ronan et sa femme, qui l'attendaient devant la grille de la propriété, l'invitèrent à monter dans la charrette anglaise. Xanthe avait veillé à lui apporter des vêtements et tout ce dont elle aurait besoin.

Il avait été décidé que Hallie, désireuse de rentrer à Outham, voyagerait avec la fugitive. Deux femmes voyageant ensemble avaient moins de chance d'attirer l'attention des acolytes de M. Johnson. Maître Hatton les attendait dans son étude d'Enniskillen, de mauvaise humeur.

Plus sinistre que jamais, il fit pénétrer les intéressés dans son bureau.

— M. Rawdon est déjà là depuis une demi-heure, déclara-t-il. Mon clerc, M. Flewett, a bien voulu se présenter à son poste en avance afin de l'accueillir à cette heure indue. Je n'ai pas les idées très claires, il est décidément trop tôt pour moi.

Paul Rawdon, habillé en domestique, adressa un sourire à Georgina. Elle poussa un cri de joie et se jeta dans ses bras, au grand dam du notaire.

— Commençons par régler nos affaires, dit-il d'un air pincé. J'ai fait établir deux exemplaires de la déclaration de Mlle Johnson. M. Flewett attend dans l'antichambre afin de les contresigner en qualité de témoin.

— Ne serait-il pas avisé de s'adresser à un second témoin, extérieur à votre étude ? suggéra Rawdon. Il ne faudrait pas que l'on vous accuse de collusion avec votre client. Je suis venu en compagnie de deux amis qui assurent ma protection. L'un d'eux peut aisément signer ce document. Je crois M. Johnson capable de tout.

— Moi aussi, approuva Ronan.

L'opération terminée, maître Hatton s'apprêtait à ranger les deux exemplaires de la déclaration lorsque Xanthe s'interposa.

— Je serais plus rassurée si nous gardions un exemplaire de ce document.

Maître Hatton la gratifia d'un regard sévère.

— Douteriez-vous de ma capacité à les mettre en lieu sûr ?

— Pas le moins du monde, mais l'affaire est suffisamment sérieuse pour que toutes les précautions soient prises.

Furieux, il roula l'une des deux feuilles, l'entoura d'un ruban rouge et la posa brutalement sur le bureau devant la jeune femme.

— Tenez ! Mais ne vous avisez pas de perdre ce document.

Ronan s'empressa de glisser le précieux papier dans sa poche.

— Il nous faut rallier la gare tout de suite si vous ne voulez pas rater le premier train, remarqua l'ami de Paul en regardant sa montre gousset.

— À compter de cet instant, déclara Paul à l'adresse de Georgina et de Hallie, vous êtes deux sœurs et je suis votre domestique. Vous avez bien fait de teindre vos cheveux en brun, Georgina. Les hommes de main de votre père chercheront une jeune femme rousse.

La jeune fille fit la grimace.

— J'ai dû me contenter de cirage, faute de mieux.

Xanthe espéra en son for intérieur que le jeune couple parvienne à échapper à M. Johnson. La présence de Hallie à leurs côtés contribuerait à donner le change.

Sur le chemin de la gare, Paul confia à Ronan une adresse où le joindre en Angleterre.

— Je compte m'établir là-bas, expliqua-t-il. Les proches dont je dispose sur place m'aideront à ouvrir un nouveau commerce, et je puis vous assurer que je resterai vigilant à tout instant.

Alors que les Maguire, restés sur le quai de la gare, agitaient la main en voyant s'éloigner le train, Xanthe se serra contre son mari.

— Hallie va me manquer, regretta-t-elle. Je suis également désolée que Georgina soit obligée de fuir. Je suis persuadée que nous serions devenues amies, toutes les deux.

— N'oublie pas la femme de Kieran, qui a pris la peine de nous rendre visite récemment. Tu ne crois pas que tu pourrais te lier d'amitié avec elle ?

— Le temps nous le dira. Je l'ai trouvée bien cérémonieuse avec moi. Elle doit penser, comme tout le monde, que tu as fait une mésalliance.

— Ce n'est pas mon opinion, en tout cas, même s'il m'arrive de penser que j'ai épousé une tigresse.

— Tu aurais préféré te marier avec un agneau ?

— Non, sourit-il. Je m'ennuierais trop. Avant de te rencontrer, je ne voulais pas fonder une famille. Pour en revenir à ce qui nous préoccupe, je me demande comment réagira M. Johnson.

— Je lui souhaite de mourir d'une attaque d'apoplexie ! Une fois que toute cette affaire sera derrière nous, crois-tu que nous pourrons trouver un autre notaire ? Maître Hatton est si vieux jeu ! Sans compter qu'il me voit d'un mauvais œil.

— Commençons par sauver Ardgullan. Et n'oublions pas que les Hatton sont les notaires de ma famille depuis plusieurs générations.

24

Au cours des jours suivants, maître Hatton se contenta de notifier Ronan qu'il avait refusé la créance de M. Johnson en lui envoyant une copie de la déclaration de sa fille, mais Xanthe ne se sentait guère tranquille. Jamais leur adversaire ne baisserait les armes aussi facilement.

Georgina avait quitté l'Irlande depuis une semaine lorsqu'ils reçurent une lettre dans laquelle elle leur annonçait son mariage avec Paul, et leur bonne installation grâce aux proches de ce dernier.

— Tu parais bien soucieuse, s'étonna Ronan. Johnson ne peut plus rien contre nous, et je l'imagine essentiellement concerné par la disparition de sa fille.

— Dieu t'entende.

— Ah, femme de peu de foi !

Ce calme ne disait rien de bon à Xanthe, persuadée que l'orage couvait. Ses pressentiments ne l'avaient jamais trompée. Johnson n'était pas homme à s'avouer vaincu, quand bien même il aurait perdu la première bataille. Jusqu'où irait sa vengeance ?

*

Maia était heureuse dans sa maison, aux côtés de son cher Conn, entre deux visites à sa sœur. Celle-ci, furieuse du traitement réservé à sa cadette par leurs voisins, avait également cessé de se rendre à l'office mensuel.

— Je me fais du souci pour Xanthe, avoua Maia lors de l'un de ses passages à Lynch Farm. Tu connais mes prémonitions à son sujet ? Eh bien je suis persuadée qu'elle est en danger.

Cassandra ouvrit de grands yeux.

— Tu es sûre ?

— Oui.

— Rien de grave, j'espère. C'est le principal inconvénient de notre isolement. Le courrier met des mois à nous parvenir.

Maia, la main posée sur son ventre arrondi, fixa l'horizon avec appréhension.

Le lendemain, Conn reçut une lettre de Perth le convoquant à l'audience préliminaire de sa requête en annulation.

— Je vais devoir m'absenter, expliqua-t-il à Maia. Tu te débrouilleras sans moi ?

— Ne t'inquiète pas. Je peux compter sur Nancy et Sean.

— Je préfère que tu ne quittes pas la maison.

— Je n'ai besoin de rien à l'épicerie de la grand-route. D'ailleurs, je n'y vais jamais sans toi. J'ai bien conscience d'être lâche, mais je supporte difficilement la façon dont on me traite.

— Je risque d'en avoir pour un jour ou deux. Je ne voudrais pas que tu t'inquiètes.

— Tu comptes te rendre à Perth à cheval, ou bien avec la charrette ?

— À cheval, à moins que tu n'aies besoin de fournitures particulières.

— Rien de pressé. Occupe-toi en priorité de cette procédure d'annulation.

*

Conn fut reçu par le prêtre occupant la charge de secrétaire auprès de l'évêque de Perth.

— Je tiens à souligner le fait que tout mensonge de votre part serait un péché mortel, déclara le religieux.

— Je n'ai rien à cacher.

— Vous bénéficiez d'une mesure de libération conditionnelle, de sorte que votre probité n'est pas clairement établie, ce qui inquiète son excellence.

— Ainsi que j'ai eu l'occasion de l'expliquer, j'ai été injustement condamné. Mon frère, qui est resté en Irlande, m'a récemment fait savoir que le coupable des fausses accusations portées contre moi avait confessé sa faute sur son lit de mort. Le prêtre qui a recueilli ses dernières paroles lui a fait signer une déclaration à cet effet. La procédure prendra du temps, mais je vais être réhabilité.

Son interlocuteur hocha la tête avec un semblant de bienveillance.

— J'imagine que l'épreuve a été terrible pour vous, puisque vous étiez innocent.

— Oui, se contenta-t-il de répondre, incapable d'évoquer les épreuves qu'il avait traversées.

— Son excellence sera heureuse d'apprendre la nouvelle. Cela devrait jouer en votre faveur.

Conn résista à la tentation de répondre à son interlocuteur par un commentaire cinglant, de peur de le froisser.

— Parlons à présent de votre mariage, dont vous affirmez qu'il n'a jamais été consommé.

— Jamais.

— Ce qui n'a pas empêché votre épouse de vous rejoindre en Australie.

— Elle n'avait nulle part où aller après la mort de mon père. Mon frère ne souhaitait pas l'accueillir chez lui, pas plus que son propre frère.

— Où se trouve-t-elle à présent ? Il serait gênant qu'elle vive chez vous.

— Je ne pouvais pas la renvoyer. Elle a d'abord vécu dans ma maison, tant que ma mère était encore en vie. Elle dormait dans une aile séparée, en compagnie de sa femme de chambre, jusqu'à ce que je lui trouve un autre refuge.

— Où donc ?

— Chez une voisine, à une heure de cheval de chez moi. Elle n'y est pas restée car elle se comportait de façon alarmante. Elle a fini par sombrer dans la folie et se trouve actuellement enfermée à l'asile d'aliénés de Fremantle.

À ces mots, le visage du prêtre se ferma.

— On risque de penser que vous avez fait cette requête en annulation dans le seul but de vous débarrasser de votre femme au prétexte qu'elle est folle.

— Elle ne l'était pas lorsque nous nous sommes mariés, mais elle a toujours refusé que je la touche. Elle s'est débattue comme une tigresse la seule fois où j'ai voulu l'approcher, le soir de notre mariage. Je voulais des enfants. C'est toujours le cas.

— Ce qui est le but véritable de tout mariage. Dans ce cas, nous allons demander que votre femme soit examinée par un médecin.

— Celui de l'asile l'a déjà fait.

— Il peut donc attester de sa virginité ?

Conn ferma les yeux, conscient qu'il ne lui servirait à rien de mentir.

— Bien au contraire. Il a pu constater qu'elle n'était pas vierge, *en aucun cas* de mon fait, et qu'elle avait contracté la syphilis.

Le prêtre le dévisagea longuement avant de réagir.

— Il faudra que je m'entretienne avec ce médecin. Pouvez-vous rester quelques jours à Perth ?

— Bien sûr. Je suis prêt à tout pour annuler ce qui n'a jamais été qu'un simulacre de mariage.

Lorsqu'il se mit en quête d'une pension, ce jour-là, Conn n'était guère optimiste sur le sort que réserverait l'évêché à sa requête. Il n'entendait pas rendre visite à Kathleen, qui hantait régulièrement ses cauchemars depuis son internement.

*

Le clerc de maître Hatton paraissait terrifié lorsqu'il se présenta à Ardgullan House une semaine plus tard. Xanthe, qui l'avait vu par la fenêtre franchir la grille du domaine, se précipita sur le perron à sa rencontre, aussitôt rejointe par Ronan.

Le jeune Flewett parcourut à la hâte les quelques mètres qui le séparaient d'eux.

— Vous n'êtes pas au courant ?

— Au courant de quoi ?

— L'étude de maître Hutton a été détruite par un incendie aux premières heures du jour. Lui-même a péri dans les flammes. J'ai découvert la catastrophe en arrivant ce matin. Les voisins avaient réussi à éteindre le feu, mais j'ai remarqué la présence de deux des hommes de M. Johnson un peu plus loin. Je me suis caché dans une ruelle en attendant qu'ils s'éloignent.

— Venez donc vous asseoir, l'invita Ronan en constatant sa détresse.

Au passage, il demanda à Mary de préparer du thé pour leur hôte tandis que Xanthe s'inquiétait :

— Avez-vous mangé ?

Le clerc secoua la tête.

— Apportez-lui également du pain et du jambon, Mary, ordonna-t-elle à la gouvernante.

Quelques instants plus tard, le visiteur s'écroulait dans l'un des fauteuils du salon, le visage livide.

— Je suis venu ici parce que je crains pour ma vie, dit-il d'une voix sourde. Je vous en prie, ne me renvoyez pas.

Xanthe échangea un coup d'œil avec son mari.

— En quoi vous sentiriez-vous menacé ? s'étonna Ronan.

— On a retrouvé le corps de maître Hatton dans l'escalier. Le feu a pris au rez-de-chaussée, les pompiers en ont déduit qu'il avait été réveillé par la fumée et qu'il avait fait une chute en voulant descendre. Je n'y crois pas. Il dormait toujours d'un sommeil très lourd, il m'est arrivé plusieurs fois de le réveiller et j'ai eu toutes les peines du monde à le tirer de ses songes.

— Il vivait donc au-dessus de l'étude ? s'enquit Xanthe.

— Oui, il avait son appartement au premier, et nous conservions les archives de l'étude dans le grenier. J'arrive tous les matins à 7 heures, une demi-heure avant sa gouvernante, et c'est moi qui allume les poêles. Sauf cas exceptionnel, il nous interdit de le réveiller avant 9 heures.

— Il a peut-être senti la fumée et voulu descendre, suggéra Ronan.

— C'est ce que je ne comprends pas. Je ne vois pas *comment* aurait pu se déclencher le feu. Lorsqu'il était jeune, maître Hatton a survécu à un incendie et il avait la hantise des flammes. C'est la raison pour laquelle il insistait pour vivre seul, de peur qu'un domestique commette une négligence. Il éteignait personnellement les poêles tous les soirs en versant de l'eau sur les braises. Il avait fait installer l'éclairage au gaz dans la maison, histoire de ne pas utiliser de chandelles.

Xanthe posa sur son mari un visage inquiet. M. Johnson aurait-il commandité le meurtre du notaire ?

— Je vous en prie, laissez-moi vivre ici quelque temps, implora M. Flewett. J'ai peur que M. Johnson me retrouve.

— Votre famille ne risque-t-elle pas de s'inquiéter ?

— Je vis seul. Mes parents sont morts et j'étais fils unique. Maître Hatton était un lointain parent, c'est lui qui a financé mes études avant de me prendre à son service. J'ai toujours partagé mon logement avec sa gouvernante. C'était un homme très solitaire. À présent qu'il n'est plus là, je ne sais pas ce que je vais devenir.

Le malheureux jeune homme était dans un tel état que Xanthe voulut le calmer.

— Vous êtes en sécurité pour l'heure, et nous n'avons pas l'intention de vous renvoyer.

Ronan se tourna vers elle.

— Johnson aura cherché à détruire la déclaration signée par Georgina.

— Ou bien à punir maître Hatton de nous avoir aidés. Sans doute les deux. Le pauvre ne méritait pas un tel sort. Crois-tu

Johnson capable de s'en prendre à nous ? demanda-t-elle, inquiète.

Ronan prit le temps de la réflexion avant de répondre.

— Je vais demander aux habitants du village de m'aider à surveiller la propriété, au cas où l'on chercherait à nous agresser. Je te prie de te mettre à l'abri, pour une fois. Il faut s'attendre à une confrontation avec ces gens. Sais-tu seulement te servir d'une arme ?

— Non, mais je peux apprendre.

— Je te donnerai personnellement des leçons quand tout ceci sera derrière nous. Le plus urgent est de prévenir mes gens du danger.

— Je te promets de ne pas bouger de la maison, concéda-t-elle.

On frappa à la porte au même moment et Mary apparut avec un plateau sur lequel étaient posés une théière, du pain et du jambon.

— Je file au village, décréta Ronan. Pendant ce temps, préviens les domestiques.

Mary, surprise, le regarda quitter précipitamment la pièce. Elle se tourna vers sa maîtresse, en quête d'une explication.

Les heures qui suivirent resteraient à jamais gravées dans la mémoire de Xanthe. Où qu'elle se déplace à l'intérieur de la maison dont portes et fenêtres avaient été barricadées, l'une ou l'autre des femmes de chambre lui emboîtait le pas.

Quant à M. Flewett, surmontant sa panique, il proposa son aide à Ronan lorsque celui-ci rentra enfin à l'heure du dîner.

— Nous ne pouvons qu'attendre pour le moment, réagit le maître d'Ardgullan House. Il fait nuit à présent et mes gens surveillent le domaine. Avez-vous déjà manié une arme ?

Le clerc répondit par la négative d'un mouvement de tête.

— Dans ce cas, je vous fournirai un couteau, au cas où quelqu'un voudrait s'en prendre à vous. Je vous prie de rester auprès de ma femme. Je serai rassuré de vous savoir armé.

Les minutes s'écoulèrent avec une lenteur infinie ce soir-là. Personne n'avait le cœur d'alimenter la conversation et Xanthe se surprit à tendre l'oreille au moindre bruit, au cas où des pas ou un carreau cassé auraient signalé l'arrivée de l'ennemi.

— On se croirait en Australie, remarqua la jeune femme. En l'absence de police, les gens ont appris à se défendre eux-mêmes.

— La situation n'est pas différente à Ardgullan. J'ai de la chance que les habitants ne me tiennent pas rigueur de l'indifférence de mon frère à leur égard. Seul l'intéressaient ses investissements.

— Du moins l'une de ses entreprises a-t-elle fini par payer, remarqua distraitement M. Flewett.

Ronan et Xanthe le dévisagèrent avec étonnement.

— Que voulez-vous dire ?

Le jeune clerc sursauta.

— Mon Dieu ! J'étais si perturbé par la mort de maître Hatton, j'ai oublié de vous annoncer la nouvelle qui nous est parvenue hier en fin de journée. Votre frère avait investi une partie de son argent dans la cargaison d'un bateau que tout le monde croyait perdu. En réalité, le bâtiment a subi des avaries qui l'ont obligé à de longues réparations dans un port indien reculé avant de pouvoir vendre les marchandises qu'il transportait. Une partie importante des bénéfices vous revient de droit.

— Ah ! déclara Ronan avec un sourire grave. Voilà qui explique la précipitation de Johnson. Il savait que cet argent me permettrait de garder le domaine et que…

— Chut, l'interrompit Xanthe en dressant l'oreille. Écoutez !

— Je n'entends rien, s'étonna Ronan.

— Votre femme a raison, approuva Flewett. Un bruit de voix dans le lointain.

— Je vais voir de quoi il retourne, décida Ronan.

Xanthe lui agrippa le bras au passage.

— N'y va pas, je t'en prie. Laisse agir tes gens.

Il repoussa gentiment sa main.

— Je ne peux décemment pas leur demander de prendre des risques que je n'assume pas moi-même.

— Souhaitez-vous que je vous accompagne ? proposa M. Flewett.

— Je préfère que vous restiez avec ma femme, d'autant que vous ne connaissez pas la propriété. Je vais sortir par la fenêtre du salon, précisa-t-il à l'adresse de Xanthe. Attends-moi dans la cuisine en veillant à tirer les rideaux et à verrouiller la porte donnant sur l'extérieur. N'ouvre à personne en dehors de moi.

À peine avait-il disparu qu'elle s'enfermait dans la cuisine avec M. Flewett.

— Les couteaux sont rangés dans ce tiroir, expliqua-t-elle au clerc.

Elle en prit un et en glissa un second, plus petit, dans la poche de sa robe.

— Il n'y a plus qu'à attendre.

*

Conn passa le plus clair de sa journée à tourner en rond dans sa chambre de Perth, ou bien à observer le ballet des passants, planté devant la pension. Pour rien au monde il n'aurait vécu en ville, à cause des odeurs nauséabondes qui y flottaient, de l'anonymat qui y régnait. Il avait éprouvé la même sensation à Dublin, autrefois.

Le secrétaire de l'évêque le convoqua en fin d'après-midi et il se hâta de se rendre au palais épiscopal qui n'avait de palais que le nom.

On le fit patienter un quart d'heure près d'une pendule dont le balancier égrenait les secondes, si bien qu'il avait les nerfs à vif lorsqu'on l'introduisit enfin dans le petit bureau du prêtre.

— Je me suis rendu à l'asile où j'ai rencontré le médecin, expliqua ce dernier. Je ne souhaite rien laisser au hasard avant de décider s'il y a bien matière à vous libérer des liens du mariage.

— Quelle est son opinion ?

— Il affirme que la maladie n'est pas récente et que si vous aviez été en contact avec elle depuis votre mariage, vous auriez contracté la maladie. Vous devrez donc vous présenter à l'asile tout à l'heure afin qu'il puisse vous examiner.

— Que se passera-t-il si je ne suis pas atteint par la maladie, ce que je sais déjà ?

— Dans ce cas, nous pourrons entamer la procédure d'annulation.

— Combien de temps faudra-t-il ?

— Probablement deux ans. Pourquoi cette question ?

Conn serra les paupières.

— Parce que la femme que j'aime porte mon enfant.

— Vous avez péché.

— Pas de mon point de vue. Je l'aime en toute sincérité et j'ai l'intention de l'épouser.

— Je ne vois pas comment nous pourrions empêcher cet enfant de naître hors mariage.

Le prêtre s'intéressa aux documents étalés sur sa table de travail.

— J'enverrai quelqu'un recueillir la déposition du médecin à votre sujet. Vous pourrez ensuite rentrer chez vous. S'il est avéré que vous n'êtes pas malade, le mieux sera encore d'attendre que l'affaire suive son cours.

Trois heures plus tard, Conn reprenait le chemin de Galway House, honteux d'avoir subi un examen dont il connaissait d'avance l'inutilité.

À son retour chez lui le lendemain, il remercia le ciel de lui avoir accordé un tel havre de paix. Sean lui prit des mains les rênes du cheval, s'aventurant à lui demander comment s'était déroulé son séjour à Perth, tandis que Nancy, dans la cuisine, lui répondait en souriant avant même qu'il ait pu poser la question.

— Elle se repose, monsieur. Tout va bien, c'est moi qui l'ai convaincue de s'allonger un moment, pour le bien du bébé.

Il gagna la chambre où Maia somnolait. Elle ouvrit les yeux au bruit.

— Tu es rentré, dit-elle en posant sur lui un regard plein d'amour.

Il retira sa veste et la rejoignit sur le lit avec un soupir de contentement en lui prenant la main.

— Il me suffit de te retrouver pour être heureux.

Il lui fit le détail de son séjour et ils restèrent là un moment, la tête de Maia lovée dans le creux de son épaule. Seuls le chant des oiseaux et les bruits de la ferme venaient troubler le calme qui les enveloppait.

— Quoi qu'il advienne, je t'aime, murmura-t-il d'une voix endormie.

Comme elle ne répondait rien, il posa les yeux sur elle. Elle respirait profondément, le front sans un nuage, ses longs cils dessinant des ombres sur ses joues.

Il l'aimait d'un amour dont il aurait été bien en peine d'exprimer la force par des mots. La somme de ses épreuves était un vil prix à payer pour avoir eu la chance de rencontrer une femme aussi parfaite.

À cette pensée, son amertume acheva de se dissoudre et il s'endormit à son tour, un sourire aux lèvres.

25

Ronan, tapi dans la nuit glacée, aurait préféré que l'été, en garnissant les arbres de feuilles, lui accorde une cachette plus sûre. Il attendit quelques instants que ses yeux s'habituent à l'obscurité et s'avança prudemment. Il distingua soudain une silhouette au milieu des bosquets, à une centaine de mètres de la maison. Il s'en approcha silencieusement en glissant d'une poche d'ombre à l'autre avant de se coller contre un tronc d'arbre afin d'observer l'intrus.

Celui-ci se mit en mouvement sans aucun souci de discrétion et se dirigea vers la maison, passant tout près de Ronan sans le voir. L'un des jeunes paysans chargés de surveiller le domaine sortit de l'ombre et emboîta le pas à l'inconnu.

Parfait ! Son plan fonctionnait à merveille.

Ronan allait se couler dans le sillage des deux hommes lorsqu'un bruit attira son attention. Un autre étranger émergea de la nuit. Armé d'une matraque, la casquette rabattue sur ses yeux, il marchait sans s'inquiéter d'être entendu. Combien étaient-ils donc ? Et pourquoi aussi peu de discrétion ?

Le premier intrus s'arrêta à une trentaine de mètres de la maison, s'adossa à un arbre et attendit. À quoi jouait-il donc ?

*

Xanthe entendit un craquement à l'étage, au niveau des chambres réservées aux domestiques. C'était d'autant plus anormal que ces dernières s'étaient réfugiées à la cavc sur les conseils de Ronan.

Un coup d'œil en direction de M. Flewett lui confirma qu'il avait également entendu le bruit. Elle posa un doigt sur ses lèvres et il hocha la tête.

Elle crut percevoir un murmure dans l'escalier du personnel. Elle tendit le doigt dans cette direction et M. Flewett acquiesça à nouveau. Le mieux était encore d'attendre.

La lampe à pétrole diffusait dans la pièce une lumière sourde, Xanthe regretta de ne pas l'avoir mieux réglée. Prise d'une idée, elle fit signe à M. Flewett de se cacher derrière la porte et s'installa elle-même à la table de cuisine, son couteau sur les genoux. Il lui fallait espérer que le clerc de notaire prenne l'intrus à revers et qu'ils parviennent à le maîtriser.

Le battant s'écarta légèrement et Xanthe feignit de bâiller tout en tendant l'oreille.

Avant qu'elle ait pu réagir, un objet fendit l'air et s'écrasa contre son front en la désorientant. Le temps qu'elle reprenne ses esprits, un inconnu lui emprisonnait la gorge.

— Pas un mot, ou je t'étrangle, gronda-t-il.

Elle se tétanisa, priant le ciel que M. Flewett vienne à son secours.

— On va sortir gentiment tous les deux. Si tu tiens à la vie, je te conseille de ne pas crier. Hoche la tête si tu as compris.

Elle s'exécuta et il la força brutalement à se lever. Le couteau tomba à ses pieds et l'inconnu l'écarta avec sa chaussure en laissant échapper un rire méprisant.

M. Flewett traversa la pièce comme une furie. L'intrus poussa un rugissement de colère, écarta Xanthe et écrasa son poing dans le visage du clerc qui hurla de douleur. En dépit de sa stature modeste, le malheureux opposa une résistance inattendue à son adversaire et Xanthe profita de la confusion pour s'emparer de la théière pleine qu'elle abattit sur le crâne de l'inconnu.

Sous l'effet de la surprise et du liquide brûlant, celui-ci laissa échapper un hurlement. Xanthe tira alors de la poche de sa robe son second couteau, fermement décidée à se défendre.

*

Les deux inconnus s'élancèrent vers la maison en entendant les cris qui s'échappaient de la cuisine. Ronan saisit le premier par surprise et lui arracha sa matraque des mains. Paddy, l'un des jeunes du village, acheva le travail en l'assommant.

— C'est bon, monsieur. Il a son compte.

Ronan voulut se ruer vers la cuisine, inquiet pour sa femme, mais il dut prêter main-forte aux paysans qui s'efforçaient de maîtriser le second inconnu. Ce dernier, armé d'un couteau, avait réussi à blesser l'un de ses adversaires, mais un autre villageois se précipita à la rescousse de son camarade et Ronan en profita pour retourner à la maison.

La porte de la cuisine était verrouillée, conformément à ses recommandations. Il l'ouvrit d'un coup de pied magistral et se figea sur le seuil en découvrant l'agresseur par terre au milieu d'une pluie d'éclats de porcelaine. Au même moment, Xanthe planta son couteau dans l'épaule de l'inconnu qui hurla de douleur. Sans se démonter, la jeune femme acheva son œuvre en l'assommant avec la lourde planche à pain.

Elle se retourna au bruit, prête à défendre chèrement sa peau, lorsqu'elle reconnut son mari.

M. Flewett ramassa le premier couteau à l'aide duquel il découpa un torchon en lanières afin de lier les poignets du blessé derrière son dos, sans se soucier du sang qui s'échappait de sa blessure.

Des bruits de lutte dans le jardin forcèrent Ronan à se retourner. Il fit signe à Xanthe de le rejoindre, un sourire narquois aux lèvres : Paddy et trois autres hommes du village s'avançaient avec les deux intrus dont ils avaient ligoté les mains.

— Que fait-on d'eux, monsieur ?

— Surveillez-les bien, j'ai quelques petites questions à poser à leur chef.

De retour dans la cuisine, il obligea le prisonnier à se relever.

— Que faisais-tu chez moi ?

L'homme serra les dents.

Ronan, le regard mauvais, assena un coup de poing sur l'épaule du blessé qui lâcha un hurlement.

— Je n'hésiterai pas un instant à t'égorger si tu ne me dis pas tout, le menaça-t-il. Si c'est le prix pour protéger ma femme, tu peux compter sur moi.

Il conclut sa phrase en levant le poing et l'autre l'arrêta d'un cri.

Xanthe, qui n'aurait jamais soupçonné une telle détermination chez son mari, assista médusée à l'interrogatoire qui suivit.

— Dis-moi qui t'envoie.

L'homme s'empressa de répondre en voyant Ronan serrer le poing.

— C'est M. Johnson.

— Pourquoi avoir investi ma maison ?

— Il nous a demandé d'enlever votre femme et de la tuer. Il voulait vous faire payer la disparition de sa fille.

Ronan serra les paupières, remerciant le destin d'avoir épargné Xanthe.

Il rouvrit les yeux et sa mine devait être effrayante, car son prisonnier afficha sa terreur.

— Je vais te conduire chez le juge et je te conseille de répondre à ses questions, sinon le coup de poing de tout à l'heure sera une caresse à côté de ce qui t'attend.

— Ne crois-tu pas que je devrais mettre un bandage sur la plaie pour stopper le saignement ? lui demanda Xanthe.

— Non, laisse-le perdre son sang.

— Très bien. Je vais chercher mon manteau.

— Tu ne vas nulle part.

— J'insiste pour t'accompagner. Tu n'étais pas là quand il a tenté de m'enlever, je serai mieux à même que toi de répondre aux questions du juge.

— Je ne veux pas te voir courir le moindre risque.

— Le danger est passé.

À l'instant où ils franchissaient le seuil de la cuisine, un coup de feu éclata et Xanthe s'écroula. Ronan se jeta sur elle dans l'espoir de la protéger tandis que les villageois se précipitaient en direction des bois.

*

Maia se réveilla en criant et Conn fit un bond dans leur lit.

— Que se passe-t-il ? Le bébé ?

Elle fondit en larmes.

— Mais enfin, ma chérie ? Qu'y a-t-il ?

— C'est Xanthe. Elle a été blessée. J'en suis sûre, gémit la jeune femme en se massant instinctivement l'épaule. Elle a mal là !

Il la prit dans ses bras, mais elle était inconsolable, obnubilée par l'image de sa jumelle meurtrie.

*

Le médecin, appelé d'urgence à Ardgullan, se redressa.

— Elle s'en remettra, monsieur Maguire. Elle a eu de la chance, la balle a traversé le gras du bras. J'ai pansé la plaie, veillez à ce qu'elle garde le pansement bien serré pendant quelques jours. Je passerai la voir quotidiennement.

Le médecin venait de quitter la chambre lorsque Xanthe poussa un gémissement. Ronan se précipita à son chevet.

— Tout va bien, ma chérie.

— Pas avec un pansement aussi serré.

— Le docteur m'a bien recommandé de ne pas y toucher.

— Il pratique la médecine à l'ancienne. Je veux que Mary m'apporte une cuvette d'eau savonneuse et un pansement propre. Ce bandage me fait mal. Ils ont mis au point de nouvelles techniques pour soigner les blessures par balle pendant la guerre de Crimée. Il est essentiel de nettoyer régulièrement la plaie pour éviter toute infection.

— Tu sais décidément tout sur tout.

En dépit de la douleur, elle parvint à sourire.

— J'ai eu tout le temps de lire en Australie.

Ronan eut beau multiplier les arguments, Xanthe refusa de céder et Mary prit parti pour elle.

— Notre docteur est tout juste bon à réduire des fractures. Vous n'avez donc pas vu comme il avait les mains sales ?

Xanthe lança à son mari un regard implorant.

— Je t'en prie. Laisse-moi nettoyer la plaie.

— Tu es censée te reposer sans parler, la reprit Ronan.

— Tu m'as déjà vue ne pas parler ?

Ils furent interrompus par une grosse voix au rez-de-chaussée.

— Où est Maguire ?

— J'ai envoyé Paddy quérir le juge, expliqua Ronan à sa femme. Il est à moitié sourd, c'est la raison pour laquelle il parle aussi fort. Je descends lui parler. Ne bouge pas de ton lit en attendant.

— J'en profiterai pour nettoyer la plaie, décida Xanthe.

La gouvernante s'éclipsa et revint peu après en compagnie de la cuisinière, chargée d'un broc d'eau chaude et de linges propres.

Lorsque Ronan reparut deux heures tard, sa femme dormait d'un sommeil agité, l'épaule enveloppée d'un pansement propre.

— Comment va-t-elle ? s'inquiéta Ronan en s'adressant à Mary, assise près du lit.

— La plaie est propre.

— Je vais prendre le relais à son chevet.

— J'aime autant rester ici. De toute façon, le jour ne tardera pas à se lever, et je m'y entends mieux que vous pour panser une plaie.

Elle laissa s'écouler un battement avant d'ajouter d'un air morose.

— Je suppose que M. Johnson s'en tirera, une fois de plus.

— Il n'aura pas cette chance. Le juge, confronté à une abondance de preuves, va l'envoyer en prison pour longtemps, s'il échappe à la potence. Il a dû l'arrêter à cette heure.

La gouvernante se signa.

— Que Dieu soit loué.

Ronan était surtout reconnaissant au destin d'avoir épargné sa femme. Qu'aurait-il fait sans elle ? Il écarta une mèche qui barrait le front de Xanthe, pour le seul plaisir de la caresser.

La chance lui avait donné plus qu'il ne méritait en la plaçant sur sa route, et il se promit de la rendre heureuse, de veiller sur les enfants qu'il espérait d'elle, de s'occuper de son domaine et de tous ceux qui en dépendaient.

*

À Galway House, Maia poussa un soupir de soulagement.

— La douleur s'estompe enfin.

— Tu sais donc toujours lorsqu'elle a mal ?

— Seulement lorsqu'elle souffre vraiment. Je sais qu'elle était heureuse ces temps derniers, je me demande bien ce qui a pu lui arriver.

— Un accident peut-être ?

— Nous le saurons dans quelques mois. En attendant, l'essentiel est qu'elle soit en vie.

Sur ces mots, Maia reposa la tête sur l'oreiller et s'endormit, alors qu'il faisait grand jour dehors.

Conn la regarda un moment avant de s'assoupir à son tour.

Le lendemain, un messager se présenta à sa porte.

— Monsieur Largan ? Je viens de la part du secrétaire de l'évêché.

— Entrez, je vous en prie. Vous devez avoir faim et soif, à courir les routes par une telle chaleur.

— Je commencerai par m'acquitter de ma mission, si vous le voulez bien, répondit l'homme en lui tendant une enveloppe à son nom.

Conn s'en empara à contrecœur et s'éloigna de quelques pas afin d'en lire le contenu.

— Mon Dieu!

Maia le rejoignit à ce cri.

— Que se passe-t-il? Une mauvaise nouvelle?

— Je t'expliquerai dans une minute, le temps de conduire ce garçon dans la cuisine et de le confier à Nancy.

De retour quelques instants plus tard, il entraîna Maia dans la bibliothèque.

— Que se passe-t-il? insista-t-elle.

Il lui tendit les deux feuillets insérés dans l'enveloppe. Le premier, signé de son interlocuteur à l'évêché, était laconique:

Au regard de cette nouvelle, j'ai mis un terme à la procédure d'annulation. Je vous laisse le soin de procéder aux formalités d'inhumation, sachant qu'elle ne peut pas être enterrée en terre consacrée.

Le second courrier, plus long, émanait du médecin de l'asile:

J'ai le regret de vous informer que Mme Kathleen Largan s'est tranché la gorge hier. Je ne sais comment elle a pu se procurer un couteau, mais elle ne s'est laissé aucune chance. Elle était morte lorsque nous l'avons retrouvée.

Je vous prie de bien vouloir en informer M. Largan. J'y vois une fin miséricordieuse car elle était malheureuse jusque dans sa folie, au point de passer des heures à gémir et à pleurer. Elle en appelait constamment à «papa Largan», dont nous avons cru comprendre qu'il avait fait d'elle sa concubine, aussi choquant que cela puisse paraître. On peut en déduire qu'elle avait contracté le mal qui la rongeait par son intermédiaire. Je veillerai à ce qu'elle repose dans le lieu réservé aux malades défunts.

Bien à vous

Maia, bouche bée, posa sur Conn un regard noyé de larmes.

— Quelle tristesse !

Il voulut lui répondre, mais la répugnance que lui inspirait son père le laissait sans voix. Maia l'enlaça.

— Ton père devait être un…

— Ne prononce pas son nom, s'il te plaît. J'espère qu'il moisira en enfer.

Il avala péniblement sa salive avant de poursuivre.

— Je me suis toujours demandé ce qui avait poussé ma mère à fuir après tant d'années passées à subir la tyrannie de son mari, mais à présent…

Sa voix se brisa et il dut consentir un effort pour achever sa phrase.

— J'ai le sentiment, à certaines confidences qui m'avaient étonné… Elle savait, Maia. Elle était au courant au sujet de Kathleen. Jamais elle n'en a soufflé mot.

Ils restèrent longtemps serrés l'un contre l'autre, en silence, jusqu'à ce que Maia retire son bras.

— Souhaites-tu qu'elle soit enterrée ailleurs, Conn ?

— Non, je souhaite que la malheureuse repose en paix. Elle était plus à plaindre que coupable.

Il s'approcha de la fenêtre.

— Je n'ai jamais souhaité sa mort.

— Je sais, mon chéri.

Il rejoignit Maia et posa la main sur son ventre.

— Tu auras compris que nous sommes désormais libres de nous marier et que cet enfant n'aura pas à supporter la honte d'être un bâtard ?

Elle lui sourit.

— Il sera passé entre les gouttes.

— Je te propose de nous rendre à l'office dimanche et de demander au prêtre de nous marier. Et tant pis pour tous ceux qui nous regarderont de travers !

Elle rougit.

— Seigneur, moi qui ne ressemble à rien !

— Tu seras toujours la plus belle à mes yeux.

— Est-ce à l'école du barreau que l'on enseigne aux avocats l'art des compliments ?

— Pas du tout. C'est l'amour qui anime ma langue.

Il la serra dans ses bras et ils restèrent longtemps collés l'un contre l'autre, sans prononcer une parole, heureux d'être ensemble.

Conn trouva difficilement le sommeil cette nuit-là. Tout en étant heureux de pouvoir épouser Maia, il regrettait que cela se fasse au prix de la mort de Kathleen. L'iniquité de son père le hanterait longtemps. Le vieil homme se savait forcément malade, ce qui ne l'avait pas empêché de contaminer Kathleen.

Conn soupira. La mort avait frappé à sa porte tant de fois depuis quelques mois ! Il lui restait à espérer que le sort leur réserve un avenir plus paisible. Ils l'avaient bien mérité.

Il passa un bras autour de la taille de Maia. Celle-ci se blottit contre lui dans son sommeil et la présence de la jeune femme à ses côtés le réconforta.

À quoi bon revenir sur le passé ? Un avenir peuplé d'amour et d'enfants l'attendait. Comment ne pas être heureux avec une femme telle que Maia dans son cœur ?

Épilogue

Dix-huit mois plus tard, à la fin de l'année 1868

La fête débuta en fin de matinée, le jour convenu entre les sœurs par courrier. Cassandra et Reece se rendirent à Galway House, accompagnés de Léo, de Livia, d'Orla, ainsi que de la jeune fille qui aidait désormais Cassandra à s'occuper de ses deux enfants.

Voyant que tout le monde descendait de la carriole, Sofia monta la garde auprès de sa petite sœur.

— Faites attention à Demi, répétait-elle à l'envi. Elle est toute petite.

Maia adressa un sourire à Cassandra.

— J'étais certaine que vous finiriez par lui donner un diminutif.

— J'aurais préféré continuer de l'appeler Démétria, mais Sofia avait du mal et le raccourci est venu de lui-même.

— Papa ne t'en tiendrait pas rigueur. Il aurait dû se douter que nous donnerions des prénoms grecs à nos enfants, comme lui.

Maia porta son regard sur son propre enfant, un garçonnet prénommé Karsten qui parcourait la véranda sur ses petites jambes potelées en serrant contre lui le chien de chiffon qu'elle avait confectionné à son intention.

C'était une journée de fin de printemps idéale pour un tel événement. La véranda arrière avait été agrandie en prévision de telles réunions familiales.

Maia attendit que tous les convives soient assis pour se lever :

— J'ai une annonce à vous faire.

Tous les regards se tournèrent vers elle.

— Pas un autre bébé, tout de même ? la taquina Livia.

— Non, pas cette fois. Je souhaitais vous dire que Conn avait été réhabilité à la suite de la révision de son procès. C'est désormais un homme libre.

Un court silence accueillit la nouvelle, suivi par des applaudissements nourris.

Conn en profita pour enlacer sa femme.

— Cela ne changera rien à notre quotidien. Nous sommes aussi casaniers l'un que l'autre, mais la vie future de nos enfants en sera grandement changée. Nous n'avons qu'un regret, ajouta-t-il en regardant sa femme : que les quatre sœurs ne puissent être réunies en ce jour.

— L'ouverture du canal de Suez, prévue l'an prochain, devrait faciliter les trajets entre l'Angleterre et l'Australie, suggéra Reece. Ronan et Xanthe envisagent de revenir nous rendre visite.

Cassandra secoua la tête d'un air triste.

— Pandora n'effectuera jamais le déplacement. Elle souffre terriblement du mal de mer, et je doute que Zachary accepte d'abandonner son cher magasin pendant plusieurs mois. Peut-être devrions-nous tous retourner un jour en Angleterre le temps de célébrer nos retrouvailles.

— Pourquoi pas ? Qui sait ce que l'avenir nous réserve ? approuva Maia en posant un baiser sur la joue de son fils.

Conn adressa un signe à Nancy à travers la fenêtre de la cuisine et la jeune femme s'empressa d'apporter un plateau. Chacun prit un verre et Conn glissa à la femme de chambre :

— Allez donc en chercher pour Sean et vous.

Il attendit qu'elle revienne en compagnie du vieil homme pour porter un toast.

— Aux sœurs Blake, que le destin a eu le bonheur de placer sur ma route !

— Sur la mienne aussi, renchérit Reece au milieu d'un tintement cristallin.

Il remarqua que les yeux de sa femme étaient embués. Elle pensait à ses deux sœurs, à l'autre bout du monde. Ainsi en décidait la vie…

*

L'automne tirait à sa fin en Irlande lorsque Ronan annonça à sa femme.

— Ils sont là !

Xanthe arriva au moment où une voiture s'immobilisait devant le perron d'Ardgullan House. C'est tout juste si Pandora ne bouscula pas son beau-frère tant elle était pressée de serrer sa sœur dans ses bras. Les deux jeunes femmes s'étreignirent en retenant leurs larmes, tout sourires.

— Cela faisait une éternité, déclara Xanthe. C'est la première fois que vous venez ici alors que nous vous avons déjà rendu visite à deux reprises.

— Tu sais bien que Zachary n'aime guère s'absenter du magasin.

Les maris des deux sœurs se serrèrent la main.

— Je ne suis pas fâché d'être enfin arrivé ! s'écria Zachary. Pandora ne tenait plus en place depuis Enniskillen. Elle qui n'aime pas voyager !

— Comment a-t-elle supporté la traversée ?

— Un léger mal de cœur, rien de plus.

Hallie, restée à l'écart avec sa mère, se trouva bientôt entraînée dans le cercle familial tandis que la nurse des Carr veillait sur Hébé et son petit frère Hector.

Tout le monde s'engouffra dans la maison où le bébé de Pandora se trouva au centre de toutes les attentions. De son côté, Hébé collectionnait les baisers et les compliments sur sa taille, chacun prédisant qu'elle serait un jour aussi grande que sa mère et sa tante.

Le bébé de Xanthe, que l'on avait descendu pour le présenter à ses cousins, ne daigna pas émerger de son sommeil.

— Cet enfant passe son temps à dormir, remarqua Xanthe. J'aurais été mieux avisé de chercher dans un dictionnaire l'équivalent grec du mot *sommeil*, au lieu de le prénommer Andréas. Maia m'écrit que son Karsten est pareil. Elle regrette que nous n'ayons pas accouché de jumeaux, mais j'avoue qu'un enfant à la fois me suffit.

Les nurses respectives des enfants les conduisirent dans la pouponnière et le reste de l'assemblée battit en retraite dans le salon où il fut question des dernières nouvelles des uns et des autres, comme des courriers reçus de Cassandra et de Maia.

— À cette heure, ils sont sur le point de se coucher, leur fête terminée, déclara Xanthe d'un air pensif. Si seulement…

Incapable d'achever sa phrase, elle afficha un sourire déterminé afin de cacher son trouble, se promettant de rendre un jour visite à sa jumelle.

Ardgullan House servait désormais de cadre au quotidien du couple qu'elle formait avec Ronan, mais ils n'avaient pas renoncé pour autant à leur désir de voir le monde. M. Cook n'organisait-il pas des voyages de groupe vers toutes sortes de destinations ? Voyager n'avait jamais été aussi facile.

Ronan, qui avait pris la précaution de s'approvisionner dans sa cave, remplit les verres et réclama l'attention de tous.

— J'aimerais proposer un toast. À Pandora et Xanthe, qui nous ont réunis ! Dans l'espoir que nous soyons un jour en mesure de nous retrouver tous ensemble autour des quatre sœurs Blake !

DU MÊME AUTEUR
CHEZ LE MÊME ÉDITEUR

CASSANDRA ET SES SŒURS

Réunies dans l'*outback* australien, les quatre sœurs Blake se réjouissent d'être à nouveau ensemble.
Pour Cassandra, qui a retrouvé Reece, l'homme qu'elle aime, la colonie de Swan River apparaît comme un refuge inespéré. Surtout depuis qu'elle attend un enfant, fruit d'un viol, mais que Reece décide d'accepter comme le sien.
Lorsqu'un émissaire arrive d'Angleterre pour annoncer qu'un héritage considérable attend les sœurs, Pandora, la plus jeune, y voit la chance de retrouver son Lancashire natal.
Mais le chemin du retour pourrait être plus rude que prévu. Pour rejoindre le bateau à Outham, elle devra en effet traverser des contrées hostiles, avant de franchir sur les mers une moitié du globe. Épreuves qui ne seraient rien, sans l'apparition d'un ennemi inattendu… et déterminé.
Un amour aussi neuf que soudain éveillera-t-il en elle le courage d'affronter son destin ?

« Anna Jacobs sonde avec acuité
la profondeur des sentiments humains. »
The Sunday Times

ISBN 978-2-8098-2561-9 / H 11-7977-2-1901 / 374 pages / 22 €

LE DESTIN DE CASSANDRA

1861. Le Lancashire subit la crise. Privées de coton, les filatures ferment une à une en Angleterre, plongeant la population dans la misère.
Cassandra Blake, ses trois sœurs cadettes et leur père Edwin tentent malgré tout de faire face à l'adversité. Mais la mort du patriarche vient tout bouleverser.
Leur oncle Joseph décide de prendre ses nièces sous son aile, malgré l'opposition de son acariâtre épouse, qui commandite en secret l'enlèvement de Cassandra. Elle menace alors ses sœurs de faire subir à la jeune femme les pires sévices si elles ne quittent pas le pays…
Contraintes de dire adieu à leur Lancashire natal, elles embarquent pour l'Australie. Les quatre sœurs parviendront-elles à se retrouver à l'autre bout du monde, et à construire une vie nouvelle ?
Une saga au souffle puissant, qui nous entraîne dans une Australie encore sauvage, où tous les rêves sont permis.

« Anna Jacobs a l'art de créer des personnages hauts en couleur, que l'on quitte à regret. »
Booklist

ISBN 978-2-8098-2353-0 / H 39-9429-7-1801 / 374 pages / 22 €

Cet ouvrage a été composé
Par Soft Office à Eybens (Isère)

Impression réalisée par
CPI France
en décembre 2019
pour le compte des Éditions de l'Archipel
département éditorial
de la S.A.S. Écriture-Communication.

IMPRIM'VERT
Votre imprimeur agit pour l'environnement

PEFC
10-31-3068
Certifié PEFC
Ce produit est issu de forêts gérées durablement et de sources contrôlées.
pefc-france.org

Imprimé en France
N° d'impression : 3036046
Dépôt légal : janvier 2020